魚館幽話 之二

鬼狼。驛

瞌睡魚游走——著

作者序

風搖落日催行棹，潮擁新沙換故洲

記得《魚館幽話》第二冊在二〇一三年底第一次付梓之後，很多讀者跟我說，第二冊和第一冊感覺不一樣了，一個是文章體量上，一個是文章格局和內涵上面。《魚館幽話》第一冊多是小巧精緻的短篇，以簡單鮮明的情感志怪故事為主；而第二冊由四個中篇組成，感情厚積薄發，隱於故事的曲折之外，讓位於思考了。

這個是必然的，因為這兩本書之間相隔了幾年。《魚館幽話》還是《魚館幽話》，只是它長大了。就好像我還是我，經歷過一些事情之後，也會有所改變。

《魚館幽話》系列是我的一個嘗試，嘗試不同的類型、風格，用以鍛鍊筆力。就好像第一個故事〈鬼狼驛〉，是一個純推理斷案的小說。雖然裡面出現了魚姬，但她幾乎沒有直接插手，而是旁敲側擊地引導名捕龍涯，抽絲剝繭，最終真相大白。然而這個推理只是故事的表象，背後關於復仇的思考，才是重點。比如弱者的復仇如同脫韁的怪獸，吞噬著惡者和無辜者的生命，這是否正義？七年的營營，陰謀一旦發動便是血流成河的修羅場，一切是否值得？

促使我寫下第二個故事〈天盲山〉的，是一系列關於拐賣婦女的資料，無數真實的案件，血淋淋而不堪。這些並非已經消亡的罪惡，而是在今時今日，閉塞的法外之地，依舊有許多愚昧、自私、惡毒之人，在靠綁架、拐騙無辜的女性來傳宗接代。現實照進幻境，於是才有天盲山中半人半牛的魔物，屈從於怯懦和慾望，將獸慾傾向無辜的弱女。無數如花的生命於絕望的密林中枯萎，無數的屍骨堆砌在祕密的溶洞之中，卻無法掩蓋罪惡的痕跡……可以預見的是，這樣的罪惡在很長一段時間之內都會存在，要真正使之消亡，這需要社會絕大部分的人警醒、關注、同理並努力，而書籍恰恰是個不錯的載體。

第四個故事〈羈雲灘〉寫於第三個故事〈桃隱刀〉之前，故事裡的掙扎、飄搖、愛恨情仇等等是故事的血肉構架，而媚十一娘這個角色所投射的，還另有一層含義。她偷偷回歸故土，卻一直漂泊在家門之外，近鄉情怯。這在異鄉發展的年輕人中很常見，他們尷尬而不甚如意，但是「回家」這兩個字卻有著非常大的壓迫力。然而家中的老父母，卻並不是如何執著於他們是否混得風生水起，只是思念悠長。這是一個比較廣泛的社會現象，也有不少人在呼籲，陪伴是最長情的告白。之前我也不甚留意，直到幾年間父親病體沉痾，我才真正體會到「樹欲靜而風不止，子欲養而親不待」的意思，所以借黑蝮的口問出那一句：十一，這麼久了，你還不回家嗎？

第三話〈桃隱刀〉是寫於二〇一三年初的春節期間，那是我現有人生中最灰暗的一個春節。父親再一次入院，情況不樂觀，母親留院陪護，而我開始主理家裡的事務。一方面是內心深知不妙，一方面得撐著給家人打氣，心理壓力很大。〈桃隱刀〉的大綱雖然是早前擬好的，但那樣的情形下要從現實的困境剝離去寫作，是個煉心的過程，然而也是我所能承受的極限了。完成了〈桃隱刀〉，修整完第二冊《魚館幽話》的整本內容，交稿之後就暫停了寫作。

夏末秋初的時候，父親到底還是走了。這對我打擊很大，即使就在同一年出版了第二冊，也不能帶來什麼喜悅，因為最支持我寫作的人已經不在了。在那之後，都處於頹廢的負能量中，雖然依舊在工作，也常說笑，但只有自己才知道心裡是什麼樣的廢墟。中途也曾嘗試過再次拿起筆寫作，但未能持久，廢墟開不出花來。這樣的狀態一直持續了三年，總算漸漸地走出，於是《魚館幽話》系列的故事終於可以繼續。

偶然間翻開《魚館幽話》第二冊的書頁，看到好幾年前自己寫下的一句話：「時光是一件無往不利的利器，無論……初衷如何，這許多年下來，很多事情都在潛移默化中偷偷改變。」隨之釋然，原來這是很多年前就明白的道理。脆弱的可以變堅強，幼稚的可以變老成，輕浮鮮亮的可以變成濃墨重彩的厚重。於是《魚館幽話》在第一冊之後，有了同樣面孔，卻不同思緒的第二冊、第三冊……甚至第N冊，這是成長本身，就好像船頭潮水捲起的新沙堆積，舊州換成新洲一樣。

謹以此書獻給父親楊德友先生、母親陶平女士、外婆雷瑤先女士。

二〇一八年五月八日，於重慶巴南。

目次

楔子

傳說盤古開天闢地之後，有金、木、水、火、土、風六氣充斥在天地之間，彼此相融，久而久之，衍生無數生靈。生靈秉性各異、強弱懸殊，有的祥和，有的凶殘，本無法共處天地之間。幸好，有六氣精髓所化生的六位上古神將加以守護約束，萬物都各歸其道互不相擾，總算天下太平。

然而，一場蔓延六道的曠世浩劫，毫無徵兆地打破了天地之間的寧靜。千餘年間無數部族覆滅，就連主掌萬物生靈的金、木、水、火、土五位上古神將也相繼隕亡，只剩那位因風而生的風靈提桓。從此提桓集天、地、人三界大權於一身，被尊為無上天君，並由他一手締造了天地之間一切生靈生死更替的新秩序。自此，原本平等的生靈有了高低貴賤之分，傾軋、相爭也由此而生。

時間過得很快，轉眼又是千年過去，於天界、地界眾生而言，似乎只是一段短暫的歲月，而對人間而言，卻是改朝換代不計其數，繁華零落猶如潮漲潮退，往復更替之間，不知不覺已到了大宋徽宗在位的政和年間。

大宋立國以來不斷有外族侵擾，只是少有內亂，所以可以維持多年的安穩。雖國力積弱，卻藏富於民，尤其是東京汴梁城中市列珠璣，戶盈羅綺，競豪奢。

不知什麼時候開始，東京汴梁東市尾一個很不起眼的角落裡多出一間古樸的小酒館。當壚賣酒的是一位名喚魚姬的美貌女子，笑語嫣然，八面玲瓏，將這小酒館打理得井井有條，人來人往頗為興旺。不久新添了兩名古靈精怪的小雜役，一個名喚明顏，一個名喚三皮，這對冤家活寶的存在，也使得這家小小的傾城魚館，在興旺之餘多出幾分教人哭笑不得的聒噪來。

店裡的客人有來自五湖四海的過客，也有數年如一日盤桓不去的老酒客。對於汴京第一名捕龍涯而言，傾城魚館裡匯聚的天南地北珍饈百味也好，或濃烈或甘醇的各色美酒也罷，都不及掌櫃魚姬的一抹淺笑醉人，尤其是聽她朱唇輕啟，講述那一個個或憂傷、或深情、或詭異的離奇故事時，儼然萬丈紅塵皆浮於眼前，或喜或悲，遠比最濃烈的美酒更暢快淋漓。

時間一長，就算精明如他，也分不清究竟是喜歡那些故事，還是喜歡講故事的人，或者魚姬本身就是一個美麗而離奇的故事……。

第一話

鬼狼驛

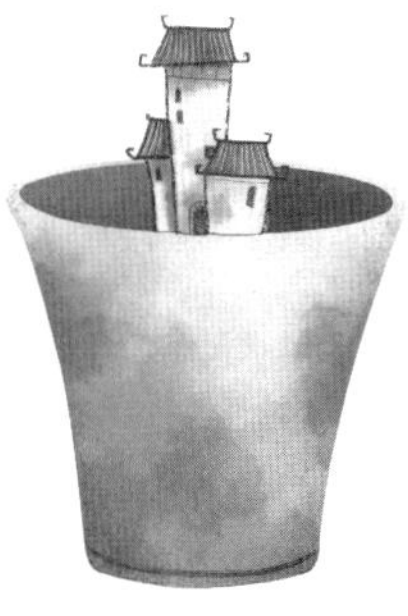

歲末朔寒。

一更天，夜有細雪。奈何汴京人氣旺盛，溫度也不算很低，飄飄搖搖的雪屑剛一落地，就融為雪水，染得街頭一片泥濘。街頭上行人已無，只有街邊的店鋪內還有些許晚歸的客人。

傾城魚館中燈影稀疏，唯大堂中央的大銅火盆炭火旺盛，映得堂裡的人膚色紅豔。桌上自然是幾味適宜下酒的菜肴，犖犖溫香，不時挑逗著人的味覺，更有紅泥小爐上燙著的酒水，使得堂裡的味道帶上幾分醉人的馥郁。

龍涯面帶微醺，看著火盆裡跳躍的火苗，在對面魚姬溫潤的面頰上帶起或明或暗的光影，不由得有些失神，許久才微微歎了口氣：「時間過得真快，轉眼又是一年了。」

魚姬抬眼淺笑道：「今日龍捕頭怎生如此感慨？」

「嗯……嗯……吃錯藥了……。」幾聲迷迷糊糊的囈語，很是煞風景地冒了出來。一到寒冬，明顏就不可避免地整日犯睏，這會兒歪在火盆邊的座椅上，半合星眸微寐，也不知道又在夢中拿什麼人尋開心。其實不能怪她犯懶，對一隻貓而言，這樣的寒天她沒有縮在溫暖的灶膛裡昏睡不起，已經算相當不錯了。

「死丫頭。」龍涯表情甚是無可奈何，「這話接的真是時候，也不知道究竟是真睡假睡。」

魚姬啞然失笑：「龍捕頭休得和這丫頭一般見識，她睡著了都還不忘開罪的自是另有其人。」

話音剛落，酒廊後的廚房就傳來一聲脆響，想必是一早被打發去後面洗碗的三皮又出了紕漏。三皮是隻狐狸，比起那些慣於以色相迷惑眾生的狐妖，他也算比較有品，除了偷吃、偷懶、愛嗑呼，貌似也沒什麼大的毛病。

魚姬清清喉嚨：「三皮，做事呢就上心一點，別老是豎著耳朵東聽西聽。打碎的東西可是要從你工錢裡扣的。」聽到這話，埋在成堆杯、盞、碗、碟中的三皮，少不得喋喋不休抱怨個沒完，直到魚姬慢悠悠來了句：「強嘴是吧？雙倍賠付！對了，今冬正少一件禦寒的狐尾圍巾……。」此言一出，便如祭出了殺威棒一般，廚房裡頓時安靜了下來，取而代之的是很麻利洗滌器物的水聲。三皮最好的本事就是知道什麼時候該低頭，碰巧魚姬惦記他那毛茸茸的大尾巴也不是一天兩天了，說不準什麼時候就尋個因由，拔了去做成狐尾圍巾。這樣的處境委實險惡，由不得他不低頭。

龍涯在一邊笑得打跌：「真有你的，魚姬姑娘。三年前才遇上的時候，我倒不知道你這般厲害。」

魚姬側眼看看龍涯，掩口一笑：「龍捕頭又來取笑於我，好似我當真是個惡性惡相，讓人生畏的母夜叉。」

龍涯搖頭正色道：「不敢不敢，便是有心取笑，可天下又上哪裡去找這麼漂亮的母夜叉來？只不過當年多少有些走眼就是了。」言至於此，端起手邊的酒杯一飲而盡，神情若有所思。

魚姬看看龍涯的面龐，順手又給他面前的空杯斟滿酒漿：「龍捕頭可又是想起那時候的事了？」

龍涯歎了口氣，笑了笑道：「看來什麼事都瞞不了魚姬姑娘。一晃三年過去，也不知道他們現在怎樣了。其實想想，世間之事不如意者十常八九，要是過於執著，反而是作繭自縛。只是人往往不走到最後那一步，也看不清楚前面的魔障……。」言語未盡，目光卻落在街面飛舞的細雪上，難以釋懷。

他記得，三年前也是這樣的小雪天，只不過地點不在繁華的汴京城，而是在邊塞苦寒之地，雁門關外……。

荒山野驛

對作奸犯科的獨行大盜麻七來說，被汴京第一名捕盯上，不得已逃離宋境，其實是明智也是唯一的選擇。只是很可惜，對他而言，那依舊是相當倒楣的一天。即使是出關百里，麻七到底還是沒能甩開追蹤而至的龍涯，在如困獸鬥一般的生死相搏之後，麻七的血濺上了龍涯的寶刀，從此六扇門發出的通緝榜上，又少了這樣一號神憎鬼厭的人物，而千里追凶、格斃凶頑的龍涯，卻不得不踏上白雪皚皚的來時路，重入雁門關回京覆命。單騎披風沐雪而行，難免有些冷清，直到他發現在這片廣漠雪原上居然還有同路人。

前方十丈開外，有一白衣女子，羅裙拽地，蓮步姍姍，右手挽了個竹籃，上面搭了塊淺色的花布，也不知道是蓋了些什麼要緊的物事。在荒郊野外，一個年輕貌美的單身女子出現已經有悖常理，更何況是在這遼人的地界做宋人打扮。然而最為奇怪的是，這樣的寒冬臘月，便是龍涯這般身體強健的習武之人，尚且加了一件皮裘大氅禦寒，而那個女子卻衣衫單薄，似乎全然不把這冰天雪地放在眼中。

龍涯心中奇怪，於是催馬前行，轉眼已經追上那名女子，定眼一看，卻是個年約二十五、六的美貌女郎。只見肌膚勝雪，眉目如畫，青絲鬆鬆挽了個螺髻，卻不著任何頭飾。龍涯久歷江湖自然見過不少美貌女子，比眼前女子更姣好的雖不多，卻也見過一兩個。只是叫他意外的是，這女郎一雙黑色眸子映著遍地雪光，顯得分外通透，猶如墨色琉璃一般虛幻不真。眉宇之間的那份淡然坦蕩，更是超然世外。若是尋常女子，在這荒野之地遇上陌生男子，多是因循男女大防，埋首趕路或是避在一旁。而這女郎卻只是駐足抬眼微微一笑，菱角小嘴微微上揚，那雙美得不可思議的雙目，霎時間眼波流轉、活色生香。龍涯猶如被人重重地在胸膛上打了一拳，竟然愣在當場，一時間不知如何言語。待到龍涯回過神來，那女郎已然又走在前面，於是慌忙促馬跟了上去，開口問道：「這位姑娘，為何在這冰天雪地的荒野，孤身行走？」

那女郎也停下腳步，抬頭看看他頭上的烏紗冠，自是知曉他是公門中人，於是答道：「有勞官爺相問，小女子是取道雁門關回宋土。」說的卻是一口官話，正宗的汴京口音。

「原來姑娘也是汴京人氏。」龍涯翻身下馬，抱拳言道，「我是京師刑部衙門中人，在這裡遇到也算有緣。姑娘一介弱女，孤身行走荒野，只怕有些不妥。這裡離雁門關還有三四十里地，如果姑娘不介意，不妨與我同行一起過關，沿路也有個照應。」

那女郎聞言，開口言謝：「多謝官爺好意。只是怕耽誤了官爺的行程。」

龍涯心想，這姑娘想必怕我是那圖謀不軌的輕薄之人，所以婉拒，只是此地苦寒，一個孤身女子長途跋涉終是不妥。反正這匹馬也是廝七所留。不如就將這馬兒與她代步，自行回國，這樣助人之餘也算避了嫌疑。於是龍涯開口言道：「姑娘到底不似我這般身體強健，不如騎了這馬早早入關，也免再受此間的寒氣。」言語間只聽一陣窸窸窣窣，那女郎竹籃的花布下鑽出一個毛茸茸的小腦袋，卻是一隻遍體黃毛的小貓。那貓也頗為奇怪，兩眼望定龍涯，不發喵咪之聲，而是嘴角上翹成一個甚是誇張的角度，便如在笑一般發出「咕咕」兩聲。

貓也會笑？真是怪事年年有，今天特別多。

那女郎還未開口說話，就聽得一陣車馬之聲，兩人轉身一看，只見身後遠遠地來了一隊人馬，約有百人左右。為首的是十餘名手執旗幡開路的軍士，而後是三騎施施然而行。兩者並轡而行，看上去身形雄壯。一個看似文弱的中年文生則挽轡尾隨那兩人之後，神態甚是謙恭。這三騎之後是一輛顏色絢麗的包繡馬車，想來車裡的定是那三人的家眷。馬車後數十名軍士護衛列隊而行。看著一行人的旗幟衣冠，俱是遼人打扮，出自官府之列，雖然多是十七八歲的弱冠少年，但遼人身材高大，加上身披厚夾，乍看似乎比之龍涯的身型還要壯實許多，眉目粗豪，有幾分嚇人。

龍涯心想來時路上人煙少見，這時候倒是熱鬧得有些過分。於是將手裡的轡繩塞在那女郎手裡：「姑娘還是快些入關的好，那隊遼人人數不少，雖貌似帶有家眷，不是那邊塞之上搶掠的遊勇。但遼宋之爭時有，避一避也少些麻煩。」說罷，便要轉身離去。

那女郎笑道：「你就這樣將馬兒借我，我便是上得馬背，也不見得拉得穩轡繩。不如還是和官爺一路的好，免得被這馬兒甩下鞍來。」

龍涯心想，得，開始還在忌諱男女之防。現在見了契丹人，倒是不推辭了。這姑娘倒是心眼活絡。罷、罷、罷，既是同路，堂堂第一名捕給你做馬倌，也權當是憐香惜玉，倒也不算丟人。於是伸手將她扶上馬背，牽馬而行，雖未回頭，又聽得那籃子裡的貓兒「咕咕」兩聲，龍涯眉頭微揚吐了口氣，兀自納悶那小東西偏生這等古怪。

那隊遼人倒是沒有追趕，依舊是有條不紊地前行。龍涯轉頭回望，心想看來那班遼人也是取道雁門關，這等陣仗，也不像是押送商隊貨物，算算時間，也是歲末朝宋的時候，說不得那便是遼主派出的使臣。

自百年前神宗年間宋遼修訂澶淵之盟以來，雖邊境之上偶爾也有戰事衝突，但並無大規模的進犯兵戈。每年都有遼使受命至宋土朝拜，實際卻是索要錢幣財帛之物。若是給得少了，來年邊境之上自是不得太平；若是所得頗豐，也就相安無事，便如那專門訛人錢財的潑皮惡霸一般。

龍涯啐了一口，抬眼見馬上的女郎也在回頭觀望，若有所思。龍涯心想，莫非你還識得這班遼人不成，正要開口相問，卻覺得路上朔風忽而緊了起來。風方向不定，原本細鹽般的雪屑，片刻之間大許多，被大風刮得旋個不停！他久歷江湖，自是聽過這雁門關外「旋毛風」的厲害，倘若這時節再加上暴雪，只怕是目不能視方向不明，運氣不好便迷失荒野葬身雪中。於是伸手揭下身上的皮裘大氅蓋在那女郎身上，沉聲道：「姑娘且抱緊馬脖，咱們得趕快找個地方避一避！」說罷，勉力辨明方向，拉了馬匹前行。

那馬兒從來沒有見過這等陣仗，吃了驚嚇就裹足不前。奈何龍涯手臂千鈞之力，那畜生自也拗不過去，唯有亦步亦趨。大約走了半個時辰，地上的積雪早已沒過小腿！龍涯心中暗叫不好，尋思再不找個安全的所在，只怕要糟糕。忽而遠遠看到一點燈光，於是趕緊拉了馬匹直奔而去，到了近處卻是一處貌似寺廟的莊園。

龍涯將馬牽近門廊下避風之處，方才伸臂將那女郎扶下馬背，再抬眼看那莊園，只見房屋半舊，門上匾額上書「鬼狼驛」，上面一排遼文，下面稍小的字體卻是極為方正的宋體小楷。名兒挺怪，只是見得門前破損的石雕佛門靈獸，想來這所驛站本是由寺廟改建而成。慶幸的是，這裡雖是遼國的驛站，卻也可留宿與人方便。龍涯心頭一寬，伸手去拍那門上的銅環。只是拍了許久，也沒人來應門，而門廊外風雪呼嘯，遮天蔽日，甚是怕人！他暗中尋思，遇上這等鬼天氣，只怕那班長居寒地的遼人也少不得要吃些苦頭，正在思索之間，果見那隊人馬東倒西歪而來，到了近處，卻發現人數少了小半，想必已然折在那風雪之中！

馬車自是不見了，就連原本騎馬的三人，現在也只有先前見過為首的兩人還牽著馬，那文生卻抓著一馬的鞍鐙，舉步維艱地跟在後面。另一匹馬上還伏著一個女人，一身白色狐裘蓋住全身頭面，想必是那牽馬之人的妻房。

這麼多人擠上前來，原本寬闊的門廊頓時水泄不通，外有寒風呼嘯好似怪獸狂吼，而進了門廊的遼人，自不比得龍涯知禮叩門，少不得連踢帶打，喝罵連連。很快，門外的吵鬧驚動了驛站裡的人，大門「嘎嘎嘎」的一陣悶響，總算開了半扇，眾人早一擁而入，把門後的那個廳堂填得滿滿的。

開門的人身著雜色狗毛皮襖，面上纏著一些灰色布條，只露出兩隻眼睛和鼻孔、嘴唇，背心微駝。即使如此，仍不覺如何矮挫，想來伸直了腰背，應與龍涯相去不遠才是，只是肩膀頗窄，顯得有些單薄。身後還跟著十來個打雜的小廝，大多也不過十二、三歲年紀。

龍涯轉眼看看那兩個一同進來的為首遼人，不由得暗歎一聲。只見那兩人身形魁梧過人，比起他來還高出半個頭。一人只顧照顧妻房，另一個卻神情倨傲無禮，一路呼呼喝喝，說的是契丹語言。龍涯對契丹語雖是粗通，也聽明白那人在向另一人抱怨，說什麼要不是帶著那婆娘誤了行程，也不會遇上這「半月愁」云云。而被埋怨之人卻不理會，只是柔聲安撫妻子，說的竟是不甚地道的漢語。儘管腔調古怪，神情語態倒甚是溫柔。

龍涯見狀，心想這韃子對妻房倒是愛護有加，如此看來，莫非那身披白裘的女子是宋人不成？想到這裡，自是多看了兩眼，一轉頭卻見與他同來的女郎披著他的皮裘大氅，只露出半張臉來，神情頗為凝重，想是遇上這等天氣，吃了些驚嚇，故而忐忑不安。龍涯正打算寬慰幾句，卻見那面纏布條之人迎上前來，對眾人施了一禮，開口便是頗為流利的契丹話：「小的是這『鬼狼驛』的驛丞，喚作老曾。三日前已然接到通令，說南院樞密使耶律不魯耶律大人、燕京節度使蕭肅蕭大人，以及禮部文書卓國棟等三位大人，要經雁門關出使宋土，故而早做了安排。三位大人蒞臨小處，『鬼狼驛』頓覺蓬蓽生輝。」只是聲音甚是嘶啞，想來已然上了年紀。

龍涯乍然聽到那三人的名字，心裡一凜，雖然他一直在汴京當差，但因七年前那場宋遼之戰，對這三人也頗有耳聞。七年前遼軍攻宋，領兵之人便是當今蕭太后親侄，受封平南大將軍的蕭肅。而隨同監軍的正是大遼皇室宗親耶律不魯。當時遼軍兵強馬壯，大有逐鹿中原之勢，不想雁門關前受阻，遇上了雁門關守軍拚死抵禦。雙方對峙一天一夜，各有損傷。而雁門關守軍死傷殆盡，終難擋遼人鐵騎，雁門關一度失守，遼軍長驅直入，邊城一帶慘遭屠殺洗劫，就連負責監造防禦工事的工部侍郎蘇念梅也被虐殺當場，屍身懸於城樓之上五天五夜，慘狀觸目驚心。然而這場浩劫之中，原本身居雁門關刺史之位的卓國棟卻不知去向。之後便有傳聞，說此人早投了遼國，如今一見，足見傳聞不虛。龍涯眼角餘光瞄了瞄先前那猶自驚魂未定的文生，心想那兩個遼人倒罷了，畢竟兩國相爭，各為其主。但這等貪生怕死、賣國求榮之輩，既然在此間亮了本相，便不能輕饒了。姑且等明日風雪停了，先將那姑娘送走，再趕在這般遼人入關之前，橫豎是要那廝吃些零碎苦頭，也算告慰那些陣前枉死的英靈。

那卓國棟不知此刻已有人盯上了自己的性命，好不容易逮到恭維那兩名大遼貴族的機會，自然把先前所受的驚嚇拋在一邊，忙自動上前哈腰引見：「這位便是南院樞密使耶律大人，那位是燕京節度使蕭大人和蕭夫人賢伉儷，你等可要小心伺候，萬萬不可怠慢！」

那耶律不魯鼻子裡哼了一聲，算是應答。而一旁一直照顧妻子的蕭肅卻轉過頭來微微頷首，龍涯一眼望去，只覺蕭肅雖身形魁梧，眉目之間倒是一股英氣，形容不似那飛揚跋扈的耶律不魯一般粗蠻。尤其是對著妻子輕言軟語的情狀，更是顯得溫情脈脈。蕭夫人此刻已揭下蓋在頭上的皮裘帽簷露出臉來，只見二十五、六年紀，生得俏麗清秀，絕非遼地異族女子可比，只是神情委頓，像是有病在身。

老曾見狀，忙賠笑道：「卓大人放心便是，小的這裡雖是粗鄙，但各位有什麼吩咐，相信也可辦到。要酒，有上好的馬奶酒；要肉，有現宰的肥羊羔；要歇息，大小廂房也有數十間，被褥、炭爐一應俱全，包管各位稱心如意。」說罷，轉眼看向龍涯和那女郎，於是又拱了拱手：「兩位看樣子是宋人，小的這裡雖非宋土，倒也可做出宋土的菜肴，高粱渾酒也釀有一些。」這番言語，卻又是地道的宋語，只是隱隱帶有些蜀地口音。

龍涯正想誇他伶俐，驀然心念一動，心想蜀地離此間何止千里，這人莫非也是宋人不成。本要開口相問，便聽得那耶律不魯大聲喝道：「哪來那麼多廢話？有好酒、好肉只管做出來，管得我等便可，不相干的宋狗又何必去理會！」

龍涯聽得那耶律不魯這般無禮言語，心中頗為不快，若是平日早已發作起來，然而此間乃是遼國的驛站，若非形勢所迫，也不必困在這裡，倘若鬧僵起來，自己一人來去自如，若是連累了同來的那位姑娘，倒是不妥。尋思之間一轉頭，見那女郎眼帶幾分感激，對自己微微一笑，那一腔閒氣頓時不知消散到了何地，索性當作沒聽見先前的無理言語。

老曾見狀，只是賠笑，向龍涯告了一聲失陪，又招呼小廝準備茶點，招待兩人，便親自引了一干遼人向廳後去了。

這驛站依山而建，層層遞升，前廳之後便是一長排石階，石階之上是一處院落，主要是驛站中人的住所和廚房、飯堂之類。飯堂頗寬，可容納百餘人用膳，卻是原本的大雄寶殿改成。正中那尊大佛還在，只是面上的金漆早已斑駁。飯堂後又是一長排石階，上去之後又是一片院落，便是平日裡安排過往商賈或使節親隨留宿的客房。大大小小也有三四十間，素牆灰瓦，也算古樸整潔。遼使的一干隨從都被安置於此，自有小廝前來伺候。再後面又是一排石階，石階盡頭是一所兩層的「回」型四方閣樓，修得雕梁畫棟，頗為精緻，和下面的房舍不可同日而語。閣樓臨淵而立，背後便是數十丈的山崖，而對面的幾座山卻如屏障一般圍合。此地難以攀爬入侵，只有前面石階一條道路，端的是安全無憂，乃是專為上賓所設。

閣樓內有一正方天井，正中一個井口般大小的圓形池子，砌得甚是光滑潤澤，池子裡白氣蒸騰，溫湯動盪，卻是一眼熱泉，是以任憑天井處如何雪花紛飛，那池子方圓兩丈之外都不見積雪。閣樓一樓東面進口是一處花廳，兩側各有一排通往樓上的木梯，南北兩方各是一間不太寬敞的客房，而正對花廳西面的那間乃是專門供客人洗浴用的浴場，面積足有那客房的四倍大小，內設浴房若干，各自封閉並配有青銅鑲邊的浴池，自有暗渠接引那熱泉之水入池，衣架、浴巾、木勺、香爐、無患子等洗浴用具一應俱全。

而樓上四方迴廊，則僅有四間上房，分居東、南、西、北四個方位，無一不是兼帶書房套間，寬闊舒適。東廂房在兩個樓梯之間，是四間房中最為寬大的一間，南北兩廂次之，位於浴場樓上的西廂最小，背懸崖而立，遠離樓梯，且特意加設了三重暖簾，以防外界滋擾，卻是專為女眷而設。

老曾將耶律不魯、蕭肅夫婦、卓國棟以及一名喚做茗香的侍女引上閣樓，依言開了四間上房。那蕭夫人有病在身，忌諱許多，所以單獨要了那間西廂，只留那茗香侍奉，方便靜養。蕭肅很是體諒妻房，特意吩咐老曾再多加上兩個炭爐取暖，而他的房間便是緊靠其右側的南廂，方便照應。耶律不魯選中最大的東廂。二樓只剩下北廂，那卓國棟也不挑剔，只顧在耶律不魯和蕭肅面前阿諛奉承。安排停當，眾人各自回房休息，只等晚膳時分去飯堂用膳。老曾也抽空回到前廳接待正在用茶的龍涯二人。

龍涯正等他來，於是便開門見山地問道：「適才聽你口音，似是出自蜀地，不知我可有猜錯？」

老曾一愣，繼而開口笑道：「客官猜得不錯，小的祖籍川東，只是來此地討生活，不知不覺已有好幾年，沒想到還是鄉音未改。」

龍涯微微頷首：「既然你已在此地營營數載，想必甚是了解此間的天氣，不知道這場雪明日是否會停，我等也好上路。」

那老曾哈哈大笑：「不瞞客官，這風雪自是有些門道，入冬至開春數月間便有數場之多，當地人都稱之為『半月愁』。顧名思義，便是一旦開始不刮個十天半月的，也不會消停。客官想要明日上路，只怕是難以如願。」

龍涯心想真如此言，恐怕不得不困在此地，天天對著那班遼人豈不氣悶？繼而轉頭看看身邊的女郎，忽而放寬了心情。尋思大不了天天只對著這美貌姑娘，權當其他人是青菜、蘿蔔便可。先前那女郎一直未有言語，此刻卻忽然對著他噗嗤一樂，眼中俱是促狹之意，便如親耳聽見他此刻心聲一般。龍涯驀地臉上一紅，頓覺窘迫，於是乾咳一聲，轉頭對老曾問道：「適才你故意先行安頓那一干遼人，想必是沒打算讓我二人與之混住，不知是何安排？」

老曾忙賠笑道：「客官所言甚是，小的已然在前院安置了一間精舍給二位……。」

「一間！」龍涯的表情就像是生生兒吞下一顆雞蛋，忽而聽到那女郎籃子裡的貓兒又是「咕」的一聲發笑。那女郎面有嗔意，伸手在蓋著貓兒的花布上拍了一記，抬頭對老曾道：「您誤會了，我們要兩間客房。」

老曾訕笑道：「對不住，對不住。小的見兩位同行，就以為兩位是……對不住，小的馬上再開一間便是。」於是引了兩人朝內堂而去。一路上龍涯只覺面如火燒，所幸那女郎一直走在身後，倒不至於讓這般窘態又讓她看了去，多少留點顏面。尷尬之餘抬頭觀望，只見風雪茫茫中隱隱可見山頂閣樓燈光。

前院的客房雖是與雜役小廝混住，但也收拾得乾淨整齊，被褥、簾帳俱新。那女郎的房間就在隔壁，老曾也殷勤地多加了一個火盆禦寒，兩人各自回房歇息，只待晚膳準備停當，飯堂鐘響便前去用膳。

龍涯關上房門，心中稍定，將身朝床頭一靠，正欲閉目養神，卻聽得隔壁女郎在說話：「偏生你這小蹄子這般作怪，早知如此，我也不會大老遠地去尋你。也不知道哪來這般好笑，我看早晚一天得撕了你的嘴……。」云云，卻是女兒家嬌憨之言，想必是在嗔怪那頭會發笑的貓兒。龍涯低笑一聲，心想這姑娘倒是有趣，那貓兒的確有幾分奇異，但到底也不通人言，這般言語調教，只怕與那對牛彈琴有異曲同工之妙。大約過了一個時辰，便聽得外面「鐺鐺」數聲，聲沉而悠長，想來必是晚膳的鐘聲。龍涯方才覺得肚中飢餓，於是一翻身自床上躍將起來到了門邊，剛一開門。就見那女郎正捧著自己那件大氅立在門前，面色溫和：「官爺，你的大氅。」

龍涯心想這姑娘果真是不怕冷，不然也不會這麼快來歸還，於是順手接過拋在床頭：「這一路上姑娘你官爺長官爺短，總覺得有些怪，既然大家還要一同在這裡待上好些天，應當互通姓名，方不負這一場相識。在下姓龍，單名一個涯字，不知道姑娘怎麼稱呼？」

那女郎淺淺一笑：「小女子姓魚，龍捕頭叫我魚姬便可。」

龍涯微微頷首，心想世上姓魚的不多，再者以姬為名頗有點周武遺風，這姑娘的名兒倒是有些意思。忽而心念一動：「我記得只說過在京師刑部衙門當差，魚姬姑娘如何知道我是捕頭？」

魚姬掩口一笑：「汴京第一名捕龍涯，誰人不知，哪個不曉？魚姬雖無多少見識，倒也聽過不少傳聞軼事。何況同在京師，也許早有一面之緣也未可知。」

龍涯乾笑兩聲，心想這般美貌的姑娘若是見過，豈會全無印象，未曾料到這點虛名流傳頗廣，就連這閨中女兒也知曉，不免小有一點自得之意：「汗顏，汗顏……剛才聽得鐘響，想是開了晚膳，咱們也該去飯堂了。」

魚姬點頭稱是，兩人一同離了房舍前往飯堂。一路上雖風雪呼嘯，但園中圍牆頗高，倒不難行。雖說之前已有人清掃過園中積雪，但片刻又鋪上厚厚一層，一腳下去便沒過了腳背。兩人進了飯堂，尋了一副座頭坐定，一旁早有小廝送上碗筷杯盞。龍涯不經意地回望來時路，只見雪地之上只有自己的一排腳印，而魚姬走過之處只見裙角拖拽之痕，而無半個足印，心中不免有些奇怪。心想莫非這魚姬姑娘還會那踏雪無痕的輕身功夫不成？只是這許久來，也沒覺得她是深藏不露的練家子。倘若真有那般能耐，只怕早已飛步入關，無論如何也不會和自己一道困在此處。

胡漢相爭

飯堂中已有二十餘個遼人，驛站的小廝們一個個來回奔走傳菜，忙得不亦樂乎，準備的多是遼人的菜肴，桌上整整齊齊放著的大銅壺裡盛著熱騰騰的馬奶酒，散發著獨有的氣息。而大堂外門廊的避風之處還架起了一堆火，火苗旺盛活跳，火上架著一隻肥美的全羊，不時有油脂啪嗒啪嗒滴入火堆，帶起一陣膻氣的肉香。

一個小廝正手持片刀，專揀那烤得恰到好處的肥美部位下刀，片下巴掌般大小的肉來置於桌上的大銅盤中，不多時，銅盤裡已然壘成一座小山，油光閃亮，叫人垂涎。而火堆之上只剩一隻羊骨架，很快便被移了去，又架上了一隻肥羊。銅盤裡的肉食也逐步分發到個人的桌上，桌上早配有磨得細細的香料碎，用以佐餐，只是耶律不魯和蕭肅未到，眾隨從也不敢先動手。

龍涯雖是宋人，但久歷江湖四方闖蕩，對於各地的風物飲食都曾有接觸，對於肥美的羊肉倒是頗為喜歡。本打算也來上一份，卻見魚姬皺眉掩鼻，面有嫌惡之色，便尋思她定是不喜那羊膻味，既然同桌對食，總得顧及姑娘家的感受。於是強忍心癢打消了念頭，只吩咐上一些尋常的菜品。兩人同桌而食，對飲閒談，也不覺拘束。

忽而聽得腳步聲響，耶律不魯、蕭肅和卓國棟一起前來。眾隨從忙起身見禮，方才各自坐定。那三人便圍坐一桌，老曾手捧酒壺一旁侍候。周圍的隨從也開始吃喝鬧酒，那巴掌大小的羊肉塊也是徒手抓握，用各自隨身的小刀切割，配上桌上的香料調味，徒手進食，大口吃肉，大碗喝酒。此時一小廝手提錦盒到了蕭肅面前，老曾伸手揭開錦盒，卻是些清淡的宋土菜肴，待到蕭肅過目首肯，方才蓋上盒蓋，著落小廝送去閣樓，想來定是為那抱病在身的蕭夫人準備。

龍涯心想這等瑣碎之事也要親自過目，可見那姓蕭的韃子雖凶殘好殺，但對自己夫人倒是寵愛有加，倍加呵護。

那二十餘個遼人親隨就著羊肉、熱酒，送下些許現蒸的饃饃，約莫半個多時辰，吃飽喝足之後，便起身向蕭肅、耶律不魯見禮，而後紛紛離席，魚貫而出，半盞茶功夫又進來二十名親隨。那原本杯盤狼藉的席面也早被驛站的小廝們收拾停當，換上了乾淨的杯盞，那架在火上的烤羊也足了火候，被分割裝盤呈上，遼人們自是大快朵頤，吃得淋漓盡致。

見得眼前的情形，龍涯心想這班契丹胡虜倒是行事小心，便是在本國的驛站裡也是分批飲食，就算有人想在飲食裡做手腳，也無法同時放倒所有人。目光停留之處，只見狼吞虎嚥的饕餮之徒，隨後低笑一聲，取了桌上的高粱酒飲了一杯，抬頭看看那堂中的佛像，對魚姬輕聲笑道：「若是佛祖見得這班韃子在佛堂上烤羊大啖，呼喝鬧酒，只怕非氣得從那蓮花座上跳將起來不可。」

魚姬淺淺一笑，伸手攜起酒壺，斟滿龍涯面前的空杯：「倘若世間真有佛祖，大概在其看來世事皆是不垢不淨，縱然是如何荒唐之事，也不必過於執著，大可拈花一笑俱釋然。」

龍涯笑道：「不想魚姬姑娘還會打禪機。」

魚姬咯咯笑道：「我哪裡會打什麼禪機，不過是胡亂說了一氣，倒叫龍捕頭笑話。」

就在此刻，忽然聽得一聲喝斥，卻是那耶律不魯跳將起來，神情甚是不悅。原來是把盞的老曾一時走神，將酒水斟得過滿溢出，自桌面淌到了耶律不魯的腿上。

老曾猛地回過神來，忙點頭哈腰，連連告罪，想是心神緊張，口齒有些不清。見得這般情狀，耶律不魯也不好再發作，只是責罵了老曾兩句。一轉頭見龍涯神情歡愉且正看著這邊，只道是這宋人幸災樂禍。不由得遷怒於他，有心要給這不知天高地厚的宋人幾分顏色，於是轉身踱將過去，面帶挑釁之色。龍涯見他過來，心知其不安好心，不過他向來藝高膽大，倒也不把這孔武有力的遼人放在眼中，只是與魚姬說笑。

耶律不魯本想一上來便發作，哪知走到桌邊見得魚姬笑語嫣然眉目如畫，便如眼前一亮，再也移不開眼去，倒把過來尋龍涯晦氣之事忘了。心中尋思宋土女子果然個個俊秀，在這鳥不生蛋的鬼地方居然也有如此豔遇，就算再被困上個一兩月，也不覺無趣。思慮之間，那抓食過羊肉，油膩膩的右手已然毫不客氣地朝魚姬肩上搭去，口裡笑道：「好個美貌小娘，且過來與我吃酒。」

眼看那隻油手要觸到魚姬肩頭，旁邊忽然伸了雙筷子來，夾住那隻不規矩的祿山之爪，而後聽得龍涯慢條斯理言道：「耶律大人還是放尊重些好，免得髒了我這朋友身上的衫子。」

那耶律不魯平日裡飛揚跋扈慣了，豈會受這等閒氣？奈何那雙細細的筷子如鐵夾一般緊緊叼住右腕，全然無法抽出手來。在美人面前這般狼狽，自是怒火中燒，右肘一沉，已然飛快撞向龍涯頭部！

龍涯冷笑一聲，只是將頭一偏，左掌包住其右肘順勢一帶，耶律不魯龐大的身軀已然從桌上飛了過去，直撲前方擺滿菜肴、酒器的一張桌子。只聽「劈里啪啦」一陣亂響，桌上的器物被撞倒在地摔個粉碎，菜肴沾了耶律不魯一臉一身，而桌子對面坐的那個遼使隨從目瞪口呆地呆坐當場，因為他手裡握著的一大塊烤羊肉，此刻正被橫在桌面上的耶律不魯叼在嘴裡！

眾人見狀俱是一驚，雖覺滑稽，但也無人敢笑，廳堂裡只見魚姬笑得花枝亂顫，聲如銀鈴。耶律不魯從沒在這麼多人面前如此丟臉，一翻身自桌上躍將下來，氣勢洶洶要上前動武。龍涯將身一晃，離了桌邊，一手撩起袍子下擺別在腰間，一手朝飯堂外的院子做了個請的手勢。

耶律不魯自然禁不住這般撩撥，大吼一聲朝龍涯撲了過去，鐵夾也似的雙手早扣住龍涯雙肩，一聲發喊使出十足的力氣要摔他個四腳朝天。哪裡知道龍涯便如雙腳在地上生了根似地，任他如何搖撼，均紋絲不動！耶律不魯鋼牙咬碎，只顧施展蠻力，沒覺察龍涯眼中閃過一絲狡黠，驀然手裡一輕，龍涯的身軀已然順勢拔地而起，自他頭頂撲過，連帶他雙手關節也被反扳過頭頂，頓時痛楚難當，慌忙撒手，一時間身軀晃蕩，重心不穩。

龍涯已然雙手著地，足尖在耶律不魯腰後一頂，耶律不魯頓時連撲帶爬地朝前撞去，雙腳在飯堂的門檻上一絆，龐大的身軀直摔進院裡，在雪地上蹭出大片的空地來。這一摔看似簡單，其實也有些門道，乃是一招借力打力的絕技。那耶律不魯雖是孔武有力，卻也只會些尋常軍中的格鬥技，硬橋硬馬倒是無所謂，遇上龍涯，只有任憑擺布的分兒。這一跌早摔得他七葷八素，半天起身不得。

卓國棟自不會放過這等溜鬚拍馬的機會，一面對龍涯呼喝恐嚇，一面飛奔過去攙起耶律不魯，卻被惱羞成怒的耶律不魯一把推開，摔了個四腳朝天。周圍的遼人見得這般情狀，自是不會坐視不理，紛紛發喊、亮出兵器，朝龍涯圍將過來。耶律不魯憤憤不平想找回場子，卻又對龍涯的身手有幾分忌憚，只得揚聲呼喊，招呼一干親隨上前！

龍涯將手一攤，對魚姬笑笑，滿臉的無可奈何：「在魚姬姑娘面前作了許久的斯文，想不到還是免不了要動手動腳，大煞風景。」隨後轉眼看看周圍的遼人：「要動手還是出去的好，免得唐突佳人，有失風度。」那些遼人不理會龍涯的言語，一個個躍躍欲試！

龍涯心知這以一敵二十的陣仗不容小覷，他手無寸鐵、徒手搏擊，專挑來人胸腹大穴下手。他身形矯健靈動，認穴奇準，兩個回合下來，十餘人均被他一一放倒，雖不見傷處流血，卻一個個血氣阻滯，痛楚難當，紛紛倒地呻吟不起。其餘幾人見勢不對，也只是遠遠地呼喝壯膽，上竄下跳，喊殺之聲不絕於耳，卻無一人膽敢近身。

飯堂中的小廝們早驚得呆若木雞，而蕭肅坐在原位觀望，神情饒有興趣，一直未有言語。那老曾與卓國棟攙定耶律不魯，苦苦相勸。一時間人聲嘈雜，鬧得不可開交。唯有魚姬尚在淺斟小酌，菱角小嘴微微上揚，一雙妙目落在戰團之中，身形靈動又出手沉穩的龍涯身上，不知不覺浮起幾絲笑意。

耶律不魯心中恨極，忽見龍涯正轉身應對幾名侍衛的攻勢，背後空門大開。就覺得機會難得，於是用力甩開曾、卓二人，自身旁一名侍衛手中奪過一柄鋼刀，便向龍涯背心劈去。龍涯聽得背後風聲，也未回頭，只是伸臂一攬，將前方一侍衛的右臂扣住，拖拽之間已將那人連人帶刀操控於手，反手一帶，便迎上了耶律不魯的刀。

耶律不魯只覺得手臂一麻，那把刀已然脫手而出。龍涯哈哈大笑，驀然將手一鬆，那被擒住的侍衛原本手臂反折吃痛，而今一得自由，便很自然地刀身一彈。耶律不魯只覺得眼前白光一閃，那侍衛的刀已然朝他面門橫劈而來，當真是手起刀落，寒風襲面，全然避無可避！

眼看耶律不魯的腦袋就要一分為二，眾人皆是一聲驚呼。千鈞一髮之際，耶律不魯忽而雙膝一軟，頓時跌跪於地，同時只覺額頭一涼，那鋼刀貼面而過，兩條眉毛已然被剃了下來。那持刀的侍衛早嚇得雙腿發顫，耶律不魯也愣在當場，只見面容青白，冷汗淋漓，全然作聲不得。

龍涯優哉游哉地負手而立，眼神卻帶幾分玩味，盯著此刻正趴在地上，左臂緊抱耶律不魯雙腿的老曾。他很清楚剛才那假手於人的一刀，有什麼樣的後果，若非這老曾及時讓耶律不魯跌摔於地，此刻這飯堂中只會多出一個死人來。然而老曾那一抱看似笨拙，卻非尋常。倘若他沒看錯的話，應是「沾衣十八跌」中的一式，只是原本應用腿腳抵壓對方關節的制敵之法被其用手臂完成，看似狼狽實際卻頗為精妙。「沾衣十八跌」乃是昌州阮家堡的獨門絕學，江湖上可以用得這般出神入化的，絕對不超過三個人，而其中一人，恰巧是龍涯昔日在刑部衙門中的至交好友，因時常在一起切磋技藝，所以他一眼便認得這招式。再看那耶律不魯額頭上光溜溜的狼狽模樣，不由得幾分好笑，心想此人飛揚跋扈、貪花好色，也活該有此一劫。

周圍的遼人初時還呆立不動，等緩個勁來又一個個呼喝叫罵，當真上來生事卻又不敢，端的是輸人不輸陣。忽然間聽得一聲斷喝，一直坐著的燕京節度使蕭肅開了口。

「都給我住手！」

原本鬧烘烘的飯堂頓時靜了下來，蕭肅穿過人群走到龍涯面前，上下打量一番：「你的功夫不錯。」

龍涯笑笑：「還成吧，用來恃強凌弱、調戲民女什麼的，還差了些火候。」

蕭肅原本臉色平靜，忽然咧嘴一笑：「兄臺不用皮裡陽秋、指桑罵槐，此事原是耶律大人酒後唐突，雙方就此收手，也少一番紛爭。」

龍涯微微一笑：「也好，如此也免得多費手腳。」說罷，負手轉到桌邊坐下，開口對魚姬言道：「剛才一番胡鬧驚擾了姑娘，在下自罰三杯如何？」

魚姬掩口一笑：「龍捕頭說到哪裡去了，一番風波也因魚姬而起，理應魚姬敬酒三杯，酬謝龍捕頭解圍之誼。」說罷，舉杯相敬。兩人對飲三杯，全然不把一干遼人放在眼中。

遼人們雖氣憤難平，但既然蕭肅發了話，自然也不會再來生事，卓國棟早將耶律不魯扶了起來，朝後院山上的閣樓去了。

龍涯冷笑一聲，目送那卓國棟架著耶律不魯消失在門外，心想此人果真是不放過任何一個向遼人獻殷勤的機會。如此狗腿本色，生生兒白搭了一張人皮。而轉眼看看同樣點頭哈腰的老曾，心頭卻疑竇叢生，尋思那人既有如此好的功夫，又怎麼會留在此間做小伏低？

晚膳用得這般峰迴路轉，這飯堂裡也沒幾個人再有心情大快朵頤，龍涯與魚姬自行回住地歇息。

一夜風雪交加，雖說房中已然加了炭爐，但外面天寒地凍滴水成冰，連帶那紅豔豔的炭火也不覺如何溫暖，龍涯早上起來洗漱完畢，信手推開窗戶，只見簷下垂掛著大大小小的冰掛，最長的已逾丈餘，正好頂在窗戶外，使得窗扇不可盡開。

外面院子裡有幾個小廝正在清掃積雪，以木車裝運運走，腳步挪移之處，只見積雪蓬鬆過膝，可見昨夜風雪何等肆虐無度。

龍涯心想這等寒天，隔壁的魚姬依舊是衣衫單薄，姑娘家身子骨單薄，若是受了風寒倒是不妥，正想過去探望，就聽得魚姬在外面輕喚：「明顏，明顏，你這小蹄子跑到哪裡去了？」

龍涯拉開門，見魚姬正在走廊上四處尋覓，於是上前問道：「可是貓兒不見了？」

魚姬面露幾分焦急：「正是，早上起來就不見蹤影，也不知道跑去哪裡玩去了。」

龍涯笑道：「外面風雪交加，這小東西也不太可能跑到外面去，大概就在這些房舍之中，我且與你同去找便是。」

兩人一道沿著走廊而行，不時推開兩邊的房門輕喚，只是一路行來並無所獲，直到一間房門虛掩的屋舍前，便聽得裡面有些動靜，推門一看，只見那貓兒正伏在房間一隅的花几上，猶自梳理毛髮，全然一副好整以暇的悠閒模樣。

魚姬上前抱起明顏，伸指點點那貓兒的腦門嗔道：「原來你在此處，倒叫我好找！」

龍涯轉頭看看屋裡的陳設，只見一應家具都收拾得乾乾淨淨，被褥疊得整整齊齊，便是火盆的銅邊也被擦得發亮，半點炭渣都沒沾惹，想來這屋子的主人必定是個喜潔嚴謹之人。

那貓兒所伏的花几後面，牆上還懸有一副字畫，畫著一處花窗，花窗外海棠怒放，蜂蝶縈繞，春意盎然。而畫內的案几上羅列幾許紙筆墨硯，還有一個瘦長花瓶，瓶裡一支枯梅，花朵早已凋敝，但枝折嶙峋，頗見風骨，而那枯梅之上猶有一隻墨色蝴蝶翩翩飛舞。左上角卻是幾行小楷，字跡娟秀端麗，似是出自女子之手。那幾行小楷卻是一闋名為《水調歌頭》的詞句。

天本饕餮徒，歲寒饌新鹽。
染得硯臺墨韻，奈何禿筆難全。
昌州子弟猶在，誰記年少輕狂，棠香舊園事？

落拓雁門去，消愁借酒寒。
怎平怨，無明念，付流年。
狼煙未冷，碎夢驚心瓦礫難全。
惜慕西市臘梅，枝折蕊碾湮於塵，魂香亦如故。
何談新歲至，恨遺庚寅間。

魚姬見龍涯專注此畫，嫣然一笑：「看來龍捕頭對字畫丹青之道，也頗有研究。」

龍涯哈哈大笑：「我不過是俗人一個，哪裡懂得風雅之事，只是覺得這畫有些怪異，看那窗外景致，似是繁花似錦的春天，房中怎麼還會有早已枯敗的臘梅？」

魚姬搖了搖頭：「不是枯敗的臘梅，而是梅死香魂在，要不然，怎麼還會有蝴蝶流連不去？你看那詞的倒數第二句，不是把這思慕懷念之情寫得很是入骨麼？」

龍涯微微頷首：「經魚姬姑娘這般解讀，果然是有些意境。不過看那最後一句，似乎這字畫是出自庚寅、辛卯交替之際，而字畫未嘗泛黃，也不可能是年代久遠之物，算算年時，應是出自七年前。遺恨二字，似乎寫這詞的人心有恨事難解。」話一出口，又見畫上的海棠春色，不經意地低吟那句「昌州子弟猶在，誰記年少輕狂，棠香舊園事？」忽然想起一事來。

以往文人哀歎人生幾大恨事，常是鰣魚多刺、海棠無香、金橘多酸、蓴菜性冷等，那畫上的海棠蜂蝶縈繞，其意境分明是指有香海棠。這普天之下，唯有昌州海棠有香，自古以來便有海棠香國之稱。這畫卷中詞和畫的內容與昌州都有著關聯，而昌州地處川東，想來此地便是那老曾的臥房。加上昨日老曾露的那手功夫，足見其與昌州阮家堡淵源頗深！

魚姬見他皺眉思索，便會意一笑：「現在明顏也找到了，咱們還是出去吧，這到底是別人的房間。」

龍涯點頭稱是，只是退出房外掩上房門之時，目光仍在那字畫上注視良久。兩人離了房舍，經院子前往飯堂用早膳，只見院中積雪已然清空，雖不時有鵝毛大雪自空中飄落，但也無法凝聚，不多時便化為雪水，自院中溝渠排盡。

魚姬伸足在地上一撚，隨即笑道：「我道他們使了什麼法術，原來是在院裡的石板地上撒了粗鹽粒，所以雪化得特別快，難以像昨晚一樣堆積起來。」

龍涯笑道：「果然是個好辦法。」抬眼望去，見那飯堂中已有不少遼人，一個個見他進來，面上都有畏懼之色，想是昨晚一戰吃了些驚嚇。龍涯歎了口氣，心想那般胡鬧一場，居然搞得這些如虎似狼的遼人一個個成了見貓的耗子，看來這世上還是拳頭出道理。隨後與魚姬仍選了昨晚的座頭坐定，招呼小廝，要了些包點麵食，一同吃了。

外面風雪肆虐，後院又是遼人聚居之地，無什麼景致可看，除了回房外，也只有留在這飯堂聊天、賞雪，打發時間。這般笑語嫣然，天南地北無所不談，龍涯頗為吃驚地發現，眼前這個柔弱女子心中見識匪淺，旁徵博引、妙語連珠，卻非尋常人家的女兒可比。言語甚歡，配上茶點、溫酒，似乎這漫長的時間也不是那麼難以打發。

中途見得蕭肅與卓國棟來飯堂用餐，卻始終不見那耶律不魯，必然是昨夜被剃去一雙眉毛，失了顏面所以無臉出來見人。不多時便見老曾左臂挽了兩個食盒行色匆匆而去，想來是送飯食與耶律不魯和病中的蕭夫人。

迷離詭案

不知不覺又到了晚膳時刻，眾人齊集，便是那耶律不魯也悻悻而來，但見額上兩道黑痕，卻是以女子妝容所用的石黛描上，大概是他親手描繪，因為不諳畫眉之道，所以眉形粗糙，左上右下，說不出的滑稽。眾人見得這等模樣，雖覺好笑，但一個個顧著耶律不魯的顏面，強自按捺。

龍涯低笑一聲，只是抬手對著魚姬點了點眉梢。魚姬自是知道他在取笑那無眉的耶律不魯，想想昨夜之事，也不由得忍俊不已，笑出聲來。就連她懷裡揣著的那頭貓兒，也跟著「咕咕咕」，甚是不甘寂寞。聲音雖輕，但對那灰頭土臉的耶律不魯而言，卻甚是刺耳，想要去尋晦氣，又忌憚龍涯功夫了得，唯有重重「哼」了一聲，起身踢翻一個凳子洩憤，頭也不回地奔後院去了。

蕭肅本就與那耶律不魯有些嫌隙，也懶得去理會，只顧就著桌上的酒水、小菜，等待小廝們上菜。老曾頗為伶俐，忙招呼小廝準備菜肴、酒水，要親自與耶律不魯送去。蕭肅自是記掛著自家妻房，也點了幾道菜肴，要他一道送去，隨後還多說了一句：「適才夫人對我言道，昨夜雖上了三個火盆，但外面風雪大作，寒氣逼人，一夜也未睡得踏實。今晚且再加上幾個。」

那老曾點頭哈腰地應道：「這裡夜間的確是非常冷，但房裡火盆太多，只怕炭煙熏著夫人，不如小的且開了夫人樓下的房間，備上十餘個大火盆，燒旺炭火，這樣隔著一層樓板，也可保夫人房中溫暖，又不必受那煙熏火燎。」

蕭肅滿意地點點頭，心想此人倒是想得周到，於是自懷中摸出一錠紋銀賞與那老曾。老曾歡天喜地拜領了，口裡自是千恩萬謝。而後小廝們紛紛傳菜入堂，此時外間風向朝東，他們逆風雪而行，無不鬢角、眉毛泛白，胸前、肩頭也積了不少雪屑。所幸小廝們早有準備，一應菜肴俱是以木蓋封合，不走一點熱氣，待到了桌上，揭去木蓋，頓時熱氣騰騰，香氣四溢。

蕭肅自斟自飲，不理會其他人，便是一旁的卓國棟舉杯相敬，也只是隨意虛應，不假辭色。那卓國棟看在眼裡，心想這般變著方兒討好蕭肅，他待自己仍甚是冷淡，比之那性情暴躁的耶律不魯，竟是更難親近。此番和這兩人一道出使，便是想乘機籠絡，為自己搏一個富貴前程。而今看來，要求富貴升遷，還是從耶律不魯身上下功夫比較划算。恰巧又有小廝將送予蕭夫人和耶律不魯的食盒奉上，便起身拜別蕭肅，親自拎了耶律不魯的食盒朝閣樓而去。

剛剛出門，忽而以手護頭退了回來：「怪哉，怪哉，這等風雪天怎生下起雨來？」而後自門廊的竹架上，摘了一個斗笠罩在頭上，神色匆匆離去。

老曾聞言也到門外一看，卻不曾見得半點雨滴，依舊是漫天風雪，簌簌而下。過了一會兒，又有兩個小廝挑著擔子穿堂而過，卻是些木炭、火盆之類的雜物，老曾對蕭肅言語了一陣，便左手攏了給蕭夫人的食盒，押著兩個挑擔小廝，朝閣樓而去。龍涯的目光落在老曾那彎腰駝背的卑微背影上，忍不住歎了口氣，心想此人原本定是個人物，何苦在遼人面前這般形狀？

不多時，晚膳的主菜上得堂來，小廝們送來一個個小銅爐子，每張桌子上放了一個。然後配上一個盛了湯水的銅鍋，鍋蓋一揭，只見湯水乳白，熱氣裊裊，香氣馥郁，教人食指大動。湯中沉浮有不少肉食，面上漂著些紅棗、枸杞之類的溫補藥材。另有備好的生鮮食材，可依個人喜好取來燙食。雖不比得昨夜烤羊一般誘惑張揚，卻別有一番滋味。配上高粱美酒慢慢品嘗，倒是驅寒暖胃的好法子。

眾人圍爐而坐，大快朵頤，一個個吃得大汗淋漓，熱氣騰騰。中途有小廝上前添湯、加炭，那一眼眼爐火騰騰，鍋中濃湯滾了又滾，整個堂裡都是湯鍋的鮮香和淡淡藥材味道，坐得越久，便越教人停不了口，一頓飯吃了一個半時辰，外面天色已然盡黑，居然還沒人離席。

忽而聽得腳步聲響，那老曾已然領著兩個小廝回來，只見空著兩副擔子，三人都是一身煤灰，兩肩積雪，看著甚是狼狽。那老曾到了蕭肅面前回話：「小的已在夫人樓下的房間點了十數個火盆，炭火旺盛，已將夫人房中焙暖，夫人便著落小的將房裡原有的三個火盆撤了兩個去大人房裡，而今已然燃得頗為旺盛。」

蕭肅微微一笑，心知他這是又來討賞，於是再給了他一錠紋銀打發了去，便起身離席回閣樓探望妻子。

飯堂的晚膳已近尾聲，餘下眾人也漸漸離席，各自回房，另換了一批人來，如此往復了三批，所有遼人都用過晚膳，方才見幾個小廝開始收拾席面。倒是只有龍涯、魚姬桌上的湯鍋一直在「啵啵啵」地沸騰，兩人談天說地，直到一更天，方才熄了爐火，回房歇息，而後自有小廝打掃殘局。

約莫四更時分，外間風雪大作，風中隱隱傳來幾聲悠長的怪叫聲，似是狼嚎，但卻透著尖銳。龍涯本未睡沉，加上素來警惕，自是翻身起來，心想這驛站地處山野，周圍有狼也不稀奇，只是這等風雪天，便是有狼，只怕也是縮在窩裡，哪裡可能這個時候會來這人煙密集之處轉悠？正在疑惑之間，忽然聽得外間腳步散碎，想要推窗觀望，哪裡知道那窗扇早已被冰雪凍住，紋絲不動，而此刻門外腳步更是散亂，開門一看，卻是驛站的小廝們紛紛披衣而出，一個個神情緊張！

龍涯心想這又是鬧的哪一齣？正要相問，便聽得風雪之中遠遠傳來一聲女人的尖叫，聲音淒厲非常！

龍涯不由一驚，尋思這驛站之中，總共也只有魚姬、蕭夫人和蕭夫人的侍女這三個女子，那尖叫聲隔得如此遠，自然不是隔壁的魚姬，難不成遠在閣樓之上的蕭夫人出了事？正在思慮之間，魚姬也披衣開門出來，手裡還攬著那頭貓兒，神色茫然：「出什麼事了？」

老曾左手裡提了個燈籠匆匆而過，也是披衣在身，髮髻散亂，就連臉上的布條都鬆垮垮地勉強堆在臉上，見得龍涯、魚姬二人，便開口言道：「二位還是和我們一起過去看看，千萬不要單獨行動，須知性命攸關！」說罷，與一眾小廝一起快步離去。

眾人手裡不是拎著掃把、鐵鏟，就是握著柴刀、菜刀，甚至還有人操著擀麵杖，掌著燈籠、火把，一個個如臨大敵！龍涯見狀也不敢怠慢，轉身自床頭取了隨身寶刀，對魚姬言道：「事出突然，我們也去看看。」

魚姬點頭稱是，兩人快步跟上驛站中人，等過了後院，見一干遼人全被驚了起來，便是守夜之人，也一個個睡眼惺忪面面相覷，不知所措。

龍涯心想這一干遼人雖不成全是酒囊飯袋，上面出了那麼大的動靜，居然還全無應變之策，倘若是大宋的使臣近隨，此刻只怕早到了那閣樓裡。那一干隨從見狀，也知事關重大，於是數十人一道奔最高處的閣樓而去，路經閣樓前的臺階，原本白雪覆蓋無半點痕跡的階面，頓時布滿眾人的腳印，積雪厚過小腿，加上風雪呼嘯，行走甚是吃力。

進得花廳，只見那閣樓的二樓上，已然亮起幾處燈火，蕭夫人門外的走廊上一個侍女打扮的女子，正伏在欄杆上嘔吐不已！

龍涯見得這等情狀，心知必是那蕭夫人房裡出了大事，情急之下將身一縱，攀在二樓欄杆上一翻身，已然上了二樓，掀開蕭夫人門外的門簾一看，只見蕭肅神色凝重，正摟著妻子柔聲寬慰，而那鐵塔似的耶律不魯此刻卻面容抽搐，雙眼發直，一臉驚怖之色死死盯著窗外！

龍涯順著他的眼光望去，只見那洞開的窗口所對應的是一片白皚皚的山壁，而那山壁上有一黑影，其位置略低於蕭夫人窗戶下沿。龍涯定睛一看，不由倒抽一口冷氣！

這屋中懸了兩個燈籠，光線柔和，是以龍涯看得分明，那黑影竟是晚飯時才見過的卓國棟。只是此時，雙目圓瞪，面目扭曲，赤腳空懸，只著中衣，一個冰錐穿胸而過，將其牢牢釘在山崖之上，遍體血肉模糊，也不知是被什麼尖利之物抓撓成這般慘狀，只見胸腹大開，腸肚內臟流了一身，下淌的血水早凝成一條長長的冰，掛懸在腰腹，死狀甚是恐怖！

而最令人不解的是，那山壁與閣樓之間相隔十丈遠，之間並無任何相連之處，只有一片數十丈深的山谷，只見白雪皚皚，在這夜色中甚是醒目，窗外朔風席捲、雪花飛舞，聲如鬼怪嚎叫，甚是怕人。

那卓國棟怎麼會這般慘狀，死於那山壁之上？

龍涯心裡打了一個突，心想那雜碎雖死不足惜，但這等情形也未免太匪夷所思。閣樓與山壁之間寬約十丈，世上斷然沒有人有這樣的輕身功夫可以凌空虛步而過，更何況還要背負那百餘斤重的卓國棟。若是想在風雪大作的時侯，自陡峭且積雪的山壁下方攀爬而上，也是絕無可能。

然而屍身遠在山壁之上，難以將其弄回此地詳加檢驗。況且此間苦寒，雖說可以保存屍身不腐，但也將屍身凍得青紫變色。縱使等到風雪停止，可將屍身弄下來，恐怕也無法推測其具體死亡時間。卓國棟晚飯時分離席到現在，有五、六個時辰了，不知中間究竟發生了什麼事？

正在思慮之間，聽得腳步聲響，自是其餘的人都陸續到了。老曾先行入內，下意識地朝洞開的窗戶一張，不免發出一聲驚叫，癱坐於地，神情甚是惶然，口裡喃喃道：「是鬼狼……是鬼狼……鬼狼又回來了！」

龍涯心想此人按理說不會如此膽小不濟，不知道他所說的鬼狼是什麼，忽然心念一動，尋思這等詭事血腥恐怖，若是驚嚇到外面的魚姬可是大大不妥，於是揚聲道：「魚姬姑娘留步，切莫進來。」

「嗯！」魚姬在門外輕輕應了一聲，也不問緣由，果真留在外面，不再入內。

龍涯轉眼看看房中眾人：「雖說此等慘事太過突然，大家都聚在這裡也不是辦法，不如下去樓下的花廳，再從長計議。」

蕭肅看看懷中驚魂未定的妻子，也覺龍涯言之有理，於是開口言道：「也對，咱們先下去，且將這屋封閉，一切器物都不可移動。」說罷，將妻子環抱於臂，走向門口，原本擠在門口的眾人，自然讓出一條道來。耶律不魯好不容易回過神來，開口招呼眾人出門。一干人等遇上這等凶險詭異之事，自然走得飛快。

龍涯見老曾還癱坐於地，於是伸手挽住他右臂想將他攙起來，誰料著手發硬，渾然不似生人的肢體，龍涯驀然一驚，遂回想起這老曾一直都是以左手行事，從未用過右手，莫非他的右臂早已廢了不成？思慮間已然將老曾扶起攙出門去，見魚姬仍留在門邊未嘗離去，不由得心頭一熱，心想原來她還在此等我，於是柔聲道：「煩勞姑娘相候，適才不讓姑娘進去，是不願驚嚇到姑娘，且先離了此處，再作打算。」

魚姬微微頷首面，露出一絲微笑：「多謝龍捕頭牽念，魚姬既是與龍捕頭同來，豈有先走之理？他們都在樓下，咱們也下去吧！」

龍涯點點頭，攙了老曾，與魚姬一路同行，到了樓下花廳，只見一干人一個個面色惶然，尤其是老曾、茗香和蕭夫人三人，更是惶惶不可終日。

龍涯轉眼看看茗香和蕭夫人，開口問道：「剛才就是二位最先發現屍體的？」

蕭肅聽得龍涯言語，有幾分不悅：「你這般說話，是否在盤問我夫人？」

龍涯搖頭道：「不敢，只是出了人命，照理也該問上一句，雖說這裡是遼境，死的也是你們遼國的人，但大家同在此處，問清楚狀況也不是壞事。」

那蕭夫人原本神色驚惶，歇了許久，總算緩過氣來，伸手拉住自家夫郎：「大人，這人的言語也有些道理，且不用計較，我說便是。」聲音雖還有些發顫，但言語溫婉。

蕭肅聽得夫人言語，臉色稍稍平和，微微點頭。

蕭夫人接著言道：「適才本在安睡，只是有些口渴，便叫醒茗香斟來茶水，忽然間聽得一陣野獸嘶叫，接著一聲巨響，好像是什麼木頭破了，緊接著窗外黑影一閃而過。」

龍涯微微頷首，心想又是那怪聲，而後轉頭對茗香問道：「如此說來，開窗發現屍體的便是這位姑娘了？」

茗香點點頭：「我把窗戶推開一點，不料外面風大，竟然將窗扇捲得大開大合，我好不容易拉住窗扇，就聽得夫人一聲驚叫，頓時倒地昏厥。我朝窗外一看，就看到卓大人他……隔壁的大人聽得聲響闖了進來，見夫人倒在地上，忙上前探視。我實在忍不住，就衝到外面迴廊去吐了，然後耶律大人也自房裡出來相問。」

魚姬聞言開口言道：「也就是說，第一個發現屍體的應該是蕭夫人，而這位姑娘是第二個。」

耶律不魯顫聲道：「說這些有什麼用？那卓國棟死得這般蹊蹺，只怕不是人為。」

龍涯面有譏誚之色：「不是人為又是怎麼回事？如果我沒記錯的話，最後看到那卓國棟，可是提著食盒給你送飯去了。」

耶律不魯惱羞成怒道：「你這意思，是懷疑我殺了那廝？」

「我沒這麼說過，但這閣樓裡沒住幾個人，這位夫人和那侍女都是弱質女流，沒那個氣力殺人移屍山崖之上。那位蕭大人離席回房時，已是你離去個半時辰之後，況且還有妻房要照料，是以只會在他所住的南廂和夫人的西廂停留，姓卓的北廂門口靠近樓梯，離你住的東廂門口不過一步之遙，要是他自內廊去姓卓的房裡，你是習武之人，自會有所覺察。」龍涯言道，「所以我有理由相信你是最後一個見過死者的人。」

耶律不魯不由語塞，片刻後悻悻言道：「那廝的確送食盒來我房裡，不過我嫌他絮叨叨，打擾我用飯，恰好房裡沒熱茶了，便讓他出去叫那老曾送茶來。我聽得姓卓的在樓下喝罵，而後是個小廝送來的，姓卓的自回了北廂。」

那茗香此刻開口道：「這個我和夫人也聽到了，卓大人在隔壁房裡發脾氣摔東西。」

「他發什麼脾氣？」蕭肅問道。

茗香搖搖頭：「他說的漢人言語，速度快，我沒聽懂。」

蕭夫人悄聲道：「妾身聽得卓大人在抱怨什麼拍到馬蹄上了……。」

「是馬屁拍到馬蹄上了吧？」龍涯哈哈大笑，一干遼人均對他怒目而視，他也權當沒看見：「接著呢？」

「接著……隔壁就一直有響動，想是卓大人心情煩躁來回踱步。本想過去看看，哪知那時候夫人頭痛的病兒又發了，只好寸步不離地一旁侍候。」茗香怯生生地言道。「直到老曾進來請賞，夫人便吩咐我給了一兩紋銀打發他走，之後大概又過了半盞茶的樣子，卓大人房裡才安靜下來。而後大人便來探望夫人了……。」

蕭肅微微頷首：「不錯，我去西廂之時天色已晚，想來那時隔壁的卓國棟已然安歇，所以並沒有聽到什麼響動。」

「如此說來，有必要去北廂看看了。」魚姬道。

「適才我已然前去看過，只見滿地木屑碎片，窗洞大開，床榻附近有少量血跡，很明顯是有什麼自窗口闖入，將正在安寢的卓國棟自這窗口掠了出去。」蕭肅皺眉道，「但窗外是一片絕壁，離那山崖的距離比之西廂，更遠出一倍有餘，夫人見到的黑影必定是凶手擒了卓國棟，自西廂窗外而過，再至對面山崖棄屍。只是這十丈之寬，又無什麼橋梁通道，且外間更風雪大作，視線模糊，這等行徑也非人力所及。」

「是鬼狼……是鬼狼，我們一起上來的時候，那雪地裡一個腳印都沒有，而閣樓裡只有蕭大人夫婦、耶律大人和茗香姑娘四人，只有鬼狼才可以這般來無影去無蹤，將卓大人拖到對面的山壁之上！」老曾的聲音嘶啞而顫抖，雖然臉上蒙著布條，但想必神情甚是驚恐。

龍涯眉頭微皺：「你所說的鬼狼是誰？」

老曾顫聲道：「鬼狼不是誰，是怪物！」他的呼吸有些急促：「以前這裡是座寺廟，飯堂那尊如來佛像就是專門用來鎮住鬼狼的。當初改建之時，本打算遷走佛像，誰料剛一移開，鬼狼就出來了，人身狼頭，嗜血如命，一上來就將十餘個做工的伙夫撕咬成碎片！」說罷，他的左手緊緊抱住右肢，眼神甚是悲苦：「我的右臂也被牠一把撕了下來，要不是一個遊方僧人來得及時，只怕早進了那怪物的腸胃。那僧人將佛像移回原位，將鬼狼重新鎮住時，曾言道此非長遠之計，這寺廟的靈光日漸消逝，鬼狼遲早會再從佛像下出來傷人害命，不想果真一語成讖……。」

龍涯注視老曾，目光移到他的右臂上：「你說你的手是被鬼狼廢掉的，那為何你還要留在這是非之地？」

老曾哀歎一聲：「要是走得掉，小的早走了，只是接了官家的委任，豈可說走就走？小的家小俱在燕京近郊，委實走不得。」說罷，伸手揭開臉上的布條氈帽，拉開身上的皮裘，露出木質的假肢來，只見頭髮花白，臉上幾處長而深的爪痕橫跨整張臉，傷處皮肉捲曲參差，面部扭曲，早看不出本來面目，尤其是那右臂的斷口齊肩，傷處斑駁不規則撕裂，著實叫人不忍再看！

龍涯也不由暗自心驚，心想難道世間真有這等怪物不成？這樣一來，卓國棟之死似乎完全說得過去了。在場眾人皆是沉默不語，無不忐忑。

「事到如今，咱們最好還是多加防範，這閣樓獨處一隅，已然出了人命，自也住不得了。」蕭肅沉吟片刻，轉頭對耶律不魯道，「這半月愁才過數天，還有十天左右光景。且搬到後院與眾人同住，也可守望相助。」

那耶律不魯雖不捨這高床軟枕，但說到底還是性命要緊，連連點頭稱是。

而龍涯卻依舊眉頭深鎖，雖說行走江湖多時，也聽過不少怪力亂神之說，但從未親遇，且眼前之事太過匪夷所思，隱隱覺得此事並不簡單。轉眼見魚姬眼望老曾，頗有悲憫之色，不由心念一動，心想那許多平日裡耀武揚威的契丹漢子，遇得這等事尚且擔驚受怕自顧不暇，她這樣一個女兒家為何無半點懼色，反而另有所感？莫非她也不相信這鬼狼一說？

疑竇叢生

言語之間，一干侍從早已去蕭肅夫婦和耶律不魯房中取了隨身細軟，搬去眾人聚居的後院，耶律不魯在此間吃了驚嚇，自是走得比誰都快，而蕭肅扶了妻子，攜了茗香，緊跟其後。

老曾小心張羅一切，眾人也紛紛離了閣樓，轉眼見龍涯仍杵在那裡，於是上前言道：「這位客官，現在天還沒亮，形勢凶險，大家還是待在一起比較安全些。」

龍涯本就滿腹疑竇，聽得老曾言語，只是咧嘴一笑：「常言道最危險的地方就是最安全的地方，真有什麼鬼狼妖怪，自是奔那人多的地方去。何況我皮糙肉厚，不中吃。」他本就有心要留下調查一番，豈會這個時候離去？言罷轉頭對魚姬笑笑：「不知姑娘如何打算？」

魚姬笑道：「自是與龍捕頭一併留下，想來有什麼風吹草動，也可保周全。」

龍涯心頭一熱，心想萍水相逢，她居然將自身安危交托我手上，得她這般信賴，別說是一頭鬼狼，就算是竄出一群三頭六臂的羅刹惡鬼，橫豎也得一一打殺了。無論如何，也不容旁人傷她分毫。

老曾見兩人神情，也不多言，只是拱手一禮便退了出去，偌大的閣樓裡只剩龍涯、魚姬二人，外間風雪呼嘯，比先前更為猛烈。龍涯自花廳的簷下取了一個燈籠，與魚姬一起再至二樓西廂。

那西廂雖視窗大開，卻依舊甚是溫暖，原本燈光柔和，而今加上這個燈籠，更亮上許多，燈光過處可見窗外雪花紛飛，朔風漫捲，那被固定在對面山崖上的卓國棟屍身，此刻已大部分被席捲的雪花覆蓋，就像一個花花白白的破舊布偶，不似先前見到那般淒厲嚇人。

「這山間的雪下得太大了，從發現屍體到現在，也不過兩盞茶時間，就被包裹成這樣。只怕得等到來年開春，冰雪消融方能把他弄下來。」龍涯沉吟道，「如此看來，他遇害的時間應該是在被發現前不久，要不然以這等風雪，早就看不清面容了。只是將他從閣樓移到對面山崖之舉，確實頗為詭異。」

魚姬轉眼看看龍涯，開口問道：「難道龍捕頭真相信鬼狼之說？」

龍涯搖頭道：「自是不信，若是信了，此刻我早和那群遼人一道躲後院去了。只是此事的確過於匪夷所思，這山谷足有數十丈高，距離對面山崖也有十丈之遠，要在頃刻之間將姓卓的背下谷去，再攀上半高的懸崖，這天下只怕沒人做得到。除非是在閣樓與山壁之間架一座肉眼不能見的橋梁，只是那比鬼狼之說更為荒誕。」

魚姬笑笑道：「說不定真有這樣一座橋呢，聽過過河拆橋之說，過谷拆橋也不算如何誇張。」

龍涯將燈籠遞出窗外一照：「要真有拆橋這回事，那能支撐兩人體重的橋，拆起來動靜必定不小，下面山谷裡也該留有痕跡或殘骸。可是剛才一到此處，我便看過下面，只見白茫茫一片，不見半點雜色。」言語之間，外間朔風飛捲，那燈籠一歪，裡邊的燭火登時將燈籠紙皮點燃，龍涯惋惜地歎了口氣，一鬆手，那燒著的燈籠已然化作火球墜落窗下，撞到樓下窗外一個黑黝黝的物事，而後滾落山谷，霎時熄滅。

「那是什麼？」龍涯奇道，兩人一道出了房門轉去樓下，推開西廂下方正對的房間，只覺得一股熱浪襲來，放眼望去，只見房內數門關閉，卻是閒置的浴房，其中正對樓上臥榻的那間浴房門開著，雖不曾掌燈，但內有紅光，仔細一看，浴房正中的包銅浴池裡密密麻麻地排列著十餘個大火盆，裡面炭火旺盛，不時啪啪作響。

魚姬伸手在浴池的銅邊上一碰，隨即飛快地收回手來：「好生燙手，只怕是打個雞蛋，頃刻也煎得熟透了。」

龍涯笑道：「看來那老曾為討好姓蕭的遼人，倒是花了些本錢，有這樣一個巨大的火盆烤著，無怪西廂如此暖和。」說罷，走到窗邊，推開窗戶朝下一看，只見窗下是一個兩尺寬、三尺長的木雕龍頭，剛才燈籠撞上的正是此物，再左右看看，只見旁邊並排還有幾個，分別對應那幾間浴房，龍涯微微思索，豁然開朗，心想這裡既然有幾個浴池，必定也有各自的排水口，想必都設在龍頭裡。於是蹲身巡視浴池。果然在正對龍頭的一邊，發現杯口般大小的一個圓孔，再伸手一探，只覺同樣炙手，而圓孔內另有填充之物，想必是封水的塞子。

「這驛館雖不見得如何奢華，但這浴房的設施倒是比汴京最大的浴肆更為考究。」龍涯喃喃道，眼光放在窗外的龍頭上，而後看看對面山崖上正對此處的卓國棟屍身，只見白茫茫一片，早蓋住了那一幕血腥場面，唯有一個模糊的人形輪廓。

「此人雖投敵賣國，死不足惜，但落得這般下場，也甚是可憐。」龍涯歎了口氣，

「想必凶嫌對此人恨之入骨，要不然大可一刀了結，而不是開膛破肚，懸屍山崖之上。」

魚姬微微頷首：「確實如此。對了，樓上北廂應為案發之地，不如也去看看有沒有什麼蛛絲馬跡。」

龍涯笑道：「魚姬姑娘所言甚是，姑且上去看看。」說罷，兩人先後上了樓，進入北廂。

時至五更，外間天色漸明，是以房中未掌燈，也可勉強看清，只見床榻邊的窗戶大開，外面的寒風夾著飛雪正往屋裡灌，滿地的窗櫺碎片。而床榻之上被褥凌亂，離床不遠的兩個火盆倒扣於地，傾出不少炭渣灰燼。

「看來確如那姓蕭的所說，這卓國棟果真是被來人自窗口掠出去的。」龍涯走到床頭，伸手拎起被褥中夾著的外袍，只見邊幅上破損了四條長長的痕路，正如猛獸的爪痕一般。而裡襯的皮毛上早結了不少細碎的冰粒。

「此間的氣候果然惡劣，這袍子貼身穿過帶上點熱氣，被雪風一刮就成了這樣。」魚姬歎了口氣。

龍涯搖搖頭，將那袍子扔在一邊，順手將被褥一揭，忽然奇道：「怪哉，那袍子不過隔著中衣穿過，就凍成那般。這被窩被人睡過，按理也會有濕熱之氣，這等寒氣侵蝕，為何沒有結冰？」

魚姬會意一笑：「看來這位卓大人根本就沒有進這個被窩，一直窩在床邊烤火。」

龍涯笑道：「這等天寒地凍，哪有捨了高床、軟枕不睡，反而脫了袍子，守著火盆，熬更守夜的道理？如果不是姓卓的一直沒上床歇息，半夜自己偷偷溜了出去，就是這屋裡的一切，都是有人故意做出來的假象。只是真是有人布下此局，窗戶破損之時這麼大的動靜，自會將這樓裡所有人驚將起來，蕭肅和耶律不魯兩人都從各自房裡出來，豈有不撞見之理？」

「就算他自己偷偷溜了出去，也不可能光著腳，只著內衣就出門吧，外面天寒地凍，不用一盞茶時間，就可凍他個半死。」魚姬沉吟道：「想來應是有人故意做出假象，用了什麼法子讓窗子自行碎裂。」

龍涯微微頷首：「看來魚姬姑娘是不信那怪力亂神之事了。」

「不是不信，而是真有什麼鬼狼的話，之前可以連續捕殺十餘個伙夫，對付先前這樓裡的幾個人也不是什麼難事，方才我們和後院的侍衛一起上來之時，這樓裡早該沒活人了。」魚姬語氣甚是篤定。

「而今只發現這個疑點，看來還得去問問那幾個關鍵人物才成。」龍涯言道，有些遲疑地頓了頓，「魚姬姑娘，你信不信世上有人會自殘一臂，毀壞容顏，來編故事唬人？」

魚姬轉眼看看龍涯：「你是說老曾？」

龍涯微微皺眉：「不過這未免太匪夷所思。古有壯士斷臂一說，是為保存性命不得已而為之，為了唬人而自殘身體到這個地步，除非是不覺疼痛的瘋子。我看老曾心眼活絡，既貪財又苟且，市儈得再正常不過。」

魚姬歎了口氣：「這事確實有些摸不著頭腦。既然這樓裡都看過了，外面天色也亮了，咱們還是回去從長計議。我總覺得這事只是一個開始。」兩人心事重重，並肩離了閣樓，人去樓空，閣樓裡燈火已燼，在黎明的曙光中顯得有些陰森。

對後院的遼人而言，昨晚之事所產生的直接結果，就是防守得更為嚴謹，之前的三班輪換，直接重編成兩撥，各三十餘人，當值的固然是兢兢業業，就連不當值的也神情緊張，刀不離身。而以往都不露面的蕭夫人和茗香也和眾人一道，苦苦等待那長達半月的暴風雪過去，好早日逃離這等不祥的是非之地。驛站中人不僅多加提防，小廝們也是同出同入，從不放單，老曾更是弄來不少香燭紙錢在飯堂的佛像前焚燒禱告，誠惶誠恐地請求神靈庇佑。

自蕭肅等人搬離閣樓後，都不再如之前一般到前院飲食，一日三餐均由驛站中人送至後院，人人自危，也無什麼心思打理菜色，飲食比先前兩天自是簡樸不少，不外乎是些饅頭、燒雞之類，酒也沒人再有心情喝，都是胡亂果腹。唯有禦寒的火盆、木炭比先前供應得更足，只因守夜的人頗多，院裡迴廊上縱有瓦遮頭，但外間風雪肆虐，少了火盆自是不成。

龍涯、魚姬冷眼旁觀，注意得最多的還是那老曾，雖說那一連串思慮無根無據，但疑心一生便揮之不去。老曾的行為越符合常理，似乎也就越叫人起疑。

雖說人們警覺性很高，但第二天夜裡，還是出了事情！

三更天時候，侍衛們依例換班，不想後院守在迴廊裡的六名侍衛突然不見蹤影，只見遍地血痕，兵器、盔甲扔了一地！

第三天，又失蹤了六個。

就這樣，四天、五天、六天……。

到了第七天的時候，遼人包括耶律不魯、蕭肅夫婦在內，只剩下三十人，蕭肅常年帶兵，見過不少陣仗，損兵折將也只是尋常事，但無論如何慘烈的殺戮都不如這一回來得凶險。凶手是一頭傳說中的怪物，來無影去無蹤，殺戮之後只剩遍地血腥，無聲無息，就連屍首也不知去向，這般詭異之事，難免心中惶然。隨著時間一天天過去，己方的人越來越少，身邊還有個病弱嬌妻讓他牽掛，漸漸也心浮氣躁起來。

一干侍衛多是少見世面的少年，面對這樣詭異恐怖的事物，不免惶惶不可終日，一入夜便人人自危，不知那無妄之災會落在何人頭上。耶律不魯更如驚弓之鳥，多日難以入寐，以往都是優哉游哉地獨占一間上房，而今卻是每晚叫上五六個侍衛進房守衛，即便是得一刻安息，一閉眼也是惡夢不斷。幾天下來熬得兩眼通紅，形容枯槁，哪裡還是當初那飛揚跋扈的模樣。驛站中人也全都搬進飯堂，打上地鋪，一個個枕戈待旦，稍有風吹草低，便一同起身。

龍涯、魚姬自是不信那鬼狼之說，依舊回各自房安歇，除了每晚聽得風中傳來一陣怪叫，起身查看未果外，倒也無其他怪事。龍涯本對老曾起疑，然而這段時間從旁監視，老曾卻是再正常不過。每晚龍涯潛伏於飯堂之外，都只見得老曾焚香禱告，而後便與一干小廝睡在一處，一個個大被蒙頭，瑟瑟發抖。這也難怪，那飯堂裡除了老曾，全是十來歲的孩子，遇上這等凶險之事自然是怕得要命。見無異狀，外間天寒地凍、滴水成冰，龍涯也不可能通宵達旦地監視下去，回來將所見說與魚姬，依舊是不得要領。然而後院遼人每晚都在折損，任憑如何嚴加防範，都在一陣怪叫之後，無聲無息地消失，只留下一地的血跡。

這般人心惶惶，自是猜忌心起，口角鬥毆不斷。蕭肅雖一向治下甚嚴，但一干侍衛面臨此等來自未知事物的死亡威脅，平日裡奉行的軍法、軍令也早成過眼雲煙，尤其是再要分派人手守夜警戒，一個個都不肯接令。那耶律不魯更是驚懼到歇斯底里，搞得局勢越發混亂！

老曾循例往後院送木炭、飲食之物時，見得這般景象，於是上前向蕭肅進言道：「這些天來這後院的官爺如何堅守，都擋不住那鬼狼的侵襲，而小的們俱是手無縛雞之力的老弱，在飯堂暫住卻秋毫無犯，想來是因為那飯堂中有佛像庇護之故，大人若不嫌棄，不妨紆尊降貴與小的們暫留一處，只等躲過這幾天，風雪停了，大夥兒也可一道逃生去。」

蕭肅也覺言之有理，於是勒令一干侍衛將必需之物，俱搬去前院飯堂。

龍涯見得這等景象，心想這夥韃子不明不白地折損過半，卻對鬼狼之說深信不疑，可見腦筋糊塗之至，最初分批行動尚可分擔風險，而今全聚在一處，若有什麼閃失，只怕是要被人一鍋端了。

老曾一面張羅安頓一干遼人，一面點了幾個稍稍年長的小廝，一道去後院回收火盆，此時雖近黃昏但天色未黑，料想也沒什麼大礙。龍涯在一旁負手目送老曾等人離去，心想見他夜裡怕得要死，現在倒是自告奮勇，轉頭對身後的魚姬悄聲言道：「此人這等行徑，也不知道葫蘆裡賣的什麼藥。」

魚姬歎了口氣：「只怕是催命藥吧。」

龍涯聞言眉頭微皺，轉眼看看正在飯堂用膳的一干遼人，只見一個個不再是先前那般惶恐模樣，想來是信了佛像可保平安的說法，放下了心頭大石。

不多時，只聽得後院傳來幾聲淒厲的慘叫！

龍涯心裡一沉，人早已飛掠出去，蕭肅、耶律不魯領了手下侍衛緊跟其後。龍涯腳程頗快，幾起幾落已然進了後院，驀地迴廊轉角處撞出一個人來，神情驚懼，渾身是血，卻是先前隨老曾一道來這後院的幾個小廝中的一人！龍涯見狀，自是將其一把拉住：「老曾何在？」

那小廝驚魂未定，聽得龍涯喝問幾聲之後，方才顫聲道：「是鬼狼……是鬼狼……他們都被吃掉了！」

剛剛趕來的遼人們聽得此言，不由得人人色變，拔刀四顧，唯恐那吃人的怪物從左近撲將出來。蕭肅沉聲道：「在何處？速速帶我等前去！」

那小廝眼見這許多人帶刀而來，也壯了膽氣，領著眾人轉過迴廊，到了院中一處廂房前，只見門窗破損，朝裡一看，只見屋內地上、牆上赤紅雜亂，遍地家具的殘片，破損的窗櫺還有半截耷拉在窗下，上面留有幾個血紅的手印。就和以往的慘事一樣，這裡沒有一具屍體，除了地上、牆上殘留已被朔風凍結的血痕、冰渣之外，什麼也沒有！

「這是……這是……，」耶律不魯嘴角不斷抽搐，面色死灰，「這裡是本官先前的住處……。」

蕭肅自是明白他的意思，倘若不是老曾讓所有人搬去飯堂，只怕此時被鬼狼所害的便是他。蕭肅雖心有惴惴，但依舊沉聲道：「事已至此，而今天色已黑，這裡也不安全，還是先回飯堂再作打算。」

「回個屁回！老子不要留在這鬼地方等死！老子現在就走！」耶律不魯歇斯底里狂吼一聲，抓著手裡的鋼刀，頭也不回奔門外而去，眾人皆是不防，轉眼間，他鐵塔也似的身形已然轉出院去。

蕭肅神情凝重，揚聲招呼下屬前去將其追回，自己也快步跟了過去，院裡的人頃刻間走了個乾淨，只剩龍涯一人仍立於房中，滿腹疑竇。

那耶律不魯一路狂吼飛奔而去，眾人自是緊跟其後，穿過飯堂、前廳，只見大門半開，門外風雪肆虐，前門門廊上一串腳印蜿蜒而去，直至遠離門廊數丈之外處，腳印便已然終斷，就像是耶律不魯一出門廊，便飛天遁地了一番！

就在此時，風裡傳來一陣可怖的咆哮，蕭肅心知耶律不魯無幸，為了保全餘下之人的性命，便招呼眾人回來，緊閉大門，一干人撤回飯堂之中。約莫過了一盞茶時間，忽而聽得有人在拍打前門，聲音凌亂急促。

眾人不堪其擾，齊集門後，自門縫裡望出去，卻沒看到任何人，一個個手持兵刃嚴陣以待，小心開得前門，只見那門廊頂上懸著幾件裹雪的物事，再定眼一看，不由得齊聲驚呼，有些膽小的早癱倒在地，褲襠盡濕！

懸在梁上的自是先前失蹤的耶律不魯，只是此刻已然四肢分家，各自掛在梁上隨風搖擺，適才的敲門聲便是殘肢撞擊大門所發出的聲響！

一干遼人也是在戰場上摸爬滾打過來的人物，只是面對這等詭異恐怖的情形仍不由得心生怯意，這等懸屍門前自有警告之意，所有人都不敢造次，手忙腳亂地關閉前門，退回飯堂，一個個渾身沐雪，只是更為慘白的是一張張絕望的面孔！尤其是聽到四下傳來怪叫咆哮之後，更是慌張無措。

蕭肅雖心中也生懼意，但此時卻不得不強自鎮定，一面招呼手下自柴房取來柴禾，堆在飯堂前後門口，取來燈油澆潑其上，各自燃起一大堆火來。似乎這等驅趕野獸的老法子也頗為奏效，當火焰高漲的時候，那怪叫聲便在遠處徘徊，而火焰減小的時候，則聲聲在耳，教人心膽俱裂！於是遼人們只得不斷地在火裡添加燈油，在高揚的火焰後求得一時安寧。

抽絲剝繭

龍涯獨自留在後院，自是不知前院的變故，只是看著那滿是鮮血的房間，心中疑竇叢生。忽而聽得腳步細碎，一轉身卻見魚姬立於破窗之外：「龍捕頭，可是又出事了？」

龍涯點點頭，蹲下身去撿起一塊窗櫺的碎片，眉頭微皺：「看來又是那所謂的鬼狼撞窗而進，大肆屠戮，但是……。」

「難道有什麼不妥？」魚姬開口問道，順手將耷拉在屋內窗下的半截窗櫺扶了起來，露出背後牆面上的一片血痕。

龍涯見狀，驀然心念一動：「不錯，確是不妥，大大的不妥！倘若真有鬼狼破窗而入，這窗下的牆壁被耷拉的這半塊窗櫺所擋，斷無窗櫺上不濺血，只有血手印，而牆壁上卻有飛濺血痕的道理。你看這地上的窗櫺碎片雖在血泊之中，朝上的一面卻是乾乾淨淨。唯一可能造成這等情況的，就是窗是後來撞破的，而屋內的血卻是先前就有！而且……。」他仔細端詳手裡的碎片，隨後將斷口朝魚姬扶住的窗櫺上一印，只見斷口處紋絲相合。

「我想去一個地方，安全起見，魚姬姑娘還是不要離我身側為好。」說罷，龍涯起身快步出門，偕同魚姬一起奔院落後的閣樓而去。

一路行來，只覺風雪撲面、石階積雪，分外難行，抬腿攀登也比上次來時要艱難許多。龍涯走在前面，一路擋風雪，兩人好不容易上得石階盡頭，邁入閣樓，方才鬆了口氣。

龍涯伸手拂去兩肩積雪，順手自簷下取了個燈籠，在懷裡取出火摺子點上，有燈籠的光照亮，兩人便自樓梯而上，進了先前卓國棟所住的北廂。只見房裡一切如故，只是窗前地上又堆了許多雪屑。

龍涯扯過半幅羅帳，在手上包裹了幾圈，便在那雪屑中翻看，掃出不少木塊碎片來，埋頭拼了許久，歎了口氣：「我們果然被騙了。」

魚姬會意一笑：「看來這頭鬼狼果然聰明得緊。這裡的窗櫺碎片雖遍地都是，但根本就拼不回原形，斷口更是天差地遠，完全不契合。」

龍涯點點頭：「現在已然可以確定那姓卓的之死，果真是有人故意設計，想來那窗扇也不在裡面，而是在外面什麼地方。」說罷，探頭出去四下張望，卻也無果。「我們再去西廂看看。」

西廂的視窗依舊大開，由於此刻的風向，屋內窗下的積雪比北廂多出數倍，已然堆成一片雪丘，對面山崖上白茫茫一片，先前被釘於山崖之上的卓國棟屍身已然不知去向！

「屍體不見了？」龍涯吃了一驚，再仔細一看，卻見山崖上鼓出一塊，繼而鬆了口氣，「原來是被雪蓋住了。」

魚姬喃喃道：「這倒是方便，老天爺直接拿雪埋了，倒是免得曝屍現世了。」

龍涯若有所思，轉身下樓去樓下的浴房，那浴房銅池裡的火盆早已熄了數日。他把燈籠遞給魚姬，跳入池中將火盆一一挪開，伸手探了探那個杯口大小的排水孔，手指碰到孔內一個銅環，於是勾住一拉，只覺冷硬不動，似乎已然凍得嚴嚴實實。

他足下立了個一字馬，雙足抵住兩邊的池壁，運氣於指，一聲大喝，只聽「嘎嘎」數聲，那銅塞已然開始鬆動，而後勾住一扯，只見一支長約一丈的銅棍，被他自排水孔中抽了出來，但見另一頭與孔徑一般無二！

「倘若是尋常塞子，哪用做得如此長大？看來看去，倒是更像軍中火龍管的鏜塞。」龍涯沉吟道。

火龍管乃是大宋軍中所獨有之物，乃是以打通關節的長竹裝盛火油，以碩長鏜塞加壓將火油噴射而出，噴頭左近備有火點，啟用之時可將噴出的火油點燃，將射程之內的敵軍焚燒擊潰。然而竹筒到底禁不住多大的高壓，是以從十年前，工部兵部便設有專司管理改良。約七年前，龍涯便在皇城校場見過兵部演練，銅鑄的火龍管可將火油噴至十餘丈外，堪稱神兵利器。而這浴池之中備下此等機關，自是別有用意！

龍涯越發覺得接近事情真相，先前的種種疑惑，也如一層層揭開的簾幕一般，逐漸清明。於是推開窗戶，一翻身輕飄飄落在窗外龍頭之上，雙腿夾住龍頭倒翻下去，只見龍頭下的峭壁上懸著一片寬約一尺，甚是碩長的物事，大約十丈之長，另一端吊了五六個麻袋，早和峭壁凍成一體。

他伸手拂拭上面的雪屑，用力一按，卻覺得空了一塊，再用手掏挖清理，卻是一片銅絲織就的網眼，網眼寬足三寸，十分稀疏，銅網下是數根嬰孩小指般粗細銅絲，交錯於銅網覆蓋的冰下。龍涯借著對面山崖反射的雪光數了數，竟有八根之多，而頂部與龍頭底座相接，排布成三角形，卻是上面四根，中間正對上面縫隙的地方平列了三根，最下面一排只有一根，俱已彎曲變形。

「原來如此……。」龍涯心中豁然開朗，如此一來，一切謎底的關鍵已然成竹在胸，於是腰間一收，人回到龍頭之上，忽見房內光線微弱，而魚姬竟不知去向！

龍涯心中一驚，翻身落在房內，拔刀出鞘，卻見唯一的光源是立在門口的半截蠟燭。他為人謹慎，雖擔心魚姬安全，也只是徐步過去，轉出浴房門外，只見一長排蠟燭自浴房門口延伸至這浴場內廊盡頭那間浴房前。而沿路三間浴房都是門戶虛掩，隱在一片黑暗之中。他身後的窗戶不時有冷風灌入，將地上的蠟燭光吹得忽明忽暗，甚是詭異！

眼前景象擺明是對方要引他去盡頭的浴房，雖明知有圈套，卻避無可避。龍涯藝高膽大，自是多加小心，徐步走了過去，地上的蠟燭燃燒，帶起一陣羊脂的膻味，這等羊脂燭在塞外很是常見，光線比一般蠟燭更亮，也更耐燒。

龍涯一步一步移過，每經一間浴房，便以刀尖點開房門，只是房中都空無一人，直到他來到最後一間房門前。門內有燈光、隱隱熱氣，更有水聲潺潺，然後他聽到一個聲音。

「游閬兄，近來可好？」

游闐乃是龍涯授業恩師所賜的字，非至交好友，也沒多少人知道，更枉論以字相稱。龍涯聽得此人聲音頗為熟悉，於是伸手推開門，只見房間中間也是一個包銅的浴池，池中溫湯微蕩，白氣裊裊，魚姬仰浮池中神情安詳，瀑布也似的黑髮在溫水裡如墨暈一般暈染開來，看上去只是昏睡，並無大礙。龍涯頓時舒了口氣，卻見靠窗的榻上坐著一人，一身白袍，頭上帶著一隻碩大的狼頭面具，白毛叢生，看起來甚是猙獰！

「鬼狼？……或者叫你老曾更為恰當。」龍涯冷笑一聲，立在門口，為防有詐，也不急於進去，「為何你知道我的字？究竟是何許人？」

鬼狼輕輕一笑，伸手揭去頭上的狼頭面具，露出那張布滿傷痕，扭曲可怕的臉來，只是聲音頗為柔和，已非先前嘶啞的老者濁音：「游闐兄便是認不出我的樣貌，也應當記得七年前會仙樓一醉送別的故舊之情。」

「你是……阮墨翔，小阮？」龍涯大吃一驚，很難將眼前這個容貌可怖的冷血凶手和當年溫文爾雅且俊朗的少年小阮聯繫起來，只是那把柔柔的獨特嗓音卻是千真萬確！

「游闐兄好記性啊。」阮墨翔歎了口氣，甚是感慨。

「七年前你不是得罪了奸相蔡京，被遣返原籍了嗎？怎會流落在此地？」龍涯神情凝重，開口問道，「我問你，為何布下這迷局，殘殺這許多人命？」

阮墨翔搖了搖頭：「其實以游闐兄一向嫉惡如仇的秉性應該明白，契丹狗賊手裡無不沾滿了宋人的鮮血，小阮所做也只是為了『國仇家恨』四個字而已。」他頓了頓，繼續柔聲說道：「昔日在京師三載，頗受游闐兄看顧，本以為仕途通達，從此留在京師，不料因秉公辦理相府家奴仗勢當街傷人一事得罪奸相。幸得游闐兄上下奔走，未受重責，只是遣返原籍昌州，在昌州大營服役，從而得以再遇故交，並得其提拔晉升。」說到此處，他的聲音愈見溫和喜悅，似是回憶起前塵往事，甚是醉心。

龍涯心想能夠自昌州大營提拔人的，少說也是通判一職，於是接著問道：「不知你那位故友是何人？」

「他的名字我想游闐兄也聽過，他叫蘇念梅。」阮墨翔低聲道。

「蘇念梅？可是七年前在雁門關帶領軍民抗擊遼軍，最後被遼人虐殺至死的蘇念梅蘇大人？」龍涯驀然臉色一變，忽地明白了阮墨翔做這許多事的用意，而後歎道，「蘇大人以文儒之身抗遼殉國，高風亮節端的是可敬非常。可是你也不必為替他復仇，將自己傷殘成這般模樣。」

阮墨翔悵然一笑：「倘若如今小阮四肢健全，也不必故弄玄虛布局殺人，以一對一，那蕭肅、耶律不魯等軍旅武夫，小阮也可料理停當。七年前念梅獲得舉薦，榮升工部侍郎，小阮很是為他開心，所以當他受命來這雁門關督建防禦之時，小阮自是與他一同到來。念梅為加強關口的防禦，親自繪製加裝火龍管的詳圖，希望那官居要位的卓國棟配合上書，不料那狗官居然置之不理，還故意壓住念梅的上書，而後被小阮發現他私通遼國。你說，這等狗官該不該死？」

龍涯微微頷首：「的確該死！但蘇大人大可直接上書吏部彈劾於他，也不至於束手無策。」

阮墨翔眼神甚是悲涼：「游闐兄所言有理，念梅當日也確實如此，可是送信的驛馬半路被劫，卻是那姓卓的狗官做的好事，待到念梅知情之時，遼國已然發兵，那狗官也不知去向。」

龍涯默然，許久方才歎了口氣：「以你的功夫，就算是到了萬不得已的時候，也可將蘇大人救出重圍，為何會發展成那樣的慘況？」

阮墨翔眼角含淚：「在契丹狗一開始攻城之時，小阮就對念梅進言，想保他全身而退，可是念梅說此地已無坐鎮的官員，倘若他也苟且偷生，逃之夭夭，只怕軍心渙散，不堪一擊。且城樓上已有幾個新鑄好的火龍管，也絕非全無勝算。而之前收到念梅親妹棠兒的書信說要來邊城團聚，算算行程在那幾天內就會到。念梅父母早亡，只有這麼一個妹妹，邊城已是險地，無論如何不能讓她來這兵荒馬亂之地。於是念梅命我去截住她，我自認城中軍力應可支援幾日，也就放心前去，誰料這一走，再回來的時候，念梅已然被虐殺至死，屍身懸於城樓之上！」說道此處，阮墨翔手指關節啪啪作響，滿腹忿恨遺憾。

龍涯歎了口氣：「世事無常……。」

「小阮回到邊城，見到這等慘狀自是恨透了自己，一心只想取回念梅的遺體入土為安，不料城樓下早設了埋伏，為首的便是那耶律不魯，小阮苦戰半夜，殺傷四十餘遼兵，終於體力不支，被那耶律不魯斬下一臂，傷重昏厥。契丹狗見我一時沒了氣息，便以為已死，於是也將小阮懸在城樓之上。」阮墨翔聲音漸低，「我和念梅就像兩條風乾的鹹魚一樣懸在那裡，邊城風大，也就跟著隨風擺動。其實那時候，我完全感覺不到痛苦，只是偶爾睜開眼睛看看旁邊的念梅，覺得就這麼和他一起死了，也不是什麼痛苦的事……。」

龍涯越聽越驚，起初以為他與那蘇念梅只是故舊知交，不想卻是這般情愫：「你們是……？」

「我們是情人。」阮墨翔笑了笑，說得無比自然，「可能游闐兄會覺得很無稽，但這卻是千真萬確，我自小便是阮家堡少主，養尊處優，上面還有四個姊姊，一屋子都是女人，開始我還覺得沒什麼要緊，可是一天天長大，心裡就越憎惡自己這個鬚眉皮囊。直到十歲進得昌州棠香書院，結識了念梅。他品性純良，文思敏捷，與我引為知交。之後的七年便是我這一輩子最為開心的時光，每日與他朝夕相對習文論道。念梅常戲言要將棠兒許配給我，可他那時候並不知道我中意的是他。直到有一天我終於說了出來，他當時的表情就和游闐兄你現在一樣。」他溫柔地歎了口氣，「結果那次的秋試，他考得很糟，我的話想必給他帶來了很大的困擾，而我家裡也開始在為我物色妻房，母命難違，所以我藉口進京謀職，逃離了昌州，在外漂泊數年，又留在京師供職三載。然而一切冥冥之中似有主宰，過了那麼多年，我到底還是回去了，而他也還是孑然一身，之後的一切，你都知道了。」

龍涯一時語塞，半晌才開口問道：「你被吊在城樓之上，又是什麼人救了你？」

阮墨翔歎了口氣：「我吊在上面，看到遼人撤兵，那蕭肅、耶律不魯和換了遼人官服的卓國棟騎著馬領著軍隊自下面走過，直到所有遼人都已撤走，才有些百姓把我和念梅放下來。那時候我已然奄奄一息，更一心求死。直到棠兒尋來邊城，找到曾跟隨念梅拚死守城的傷殘老兵，我才知道原來兩軍對峙之時，全仗念梅登城督戰，那四個火龍管頗有奇效，使得遼人的騎兵無法衝過防線。然而在我離開的第二天晚上，那姓卓的狗賊便領了一群奸細混上城樓，暗算守軍，破壞火龍管，更打開城門將遼人放了進來！一路燒殺搶掠，念梅與剩餘軍民力抗不下，重傷被俘，終被遼人凌虐至死！等我撿回一條命後，就在心裡發誓，要讓那三個虎狼之輩不得好死！游闐兄，你應該會體諒我才是。」

「如此說來，你這個時候才出現，想必是有原因的了。」龍涯沉聲問道，「我且來問你，你可是事先以八根銅絲連接閣樓和山崖之間，然後以浴池裡的銅鐙塞將池裡的熱水壓將出去，噴在那三角形排列的銅絲之上凍結成橋？」

「游闐兄果然心思慎密。」阮墨翔拍手贊道，「這等冰天雪地，滴水成冰，更何況我用的還是比冷水更易結冰的熱水，不用多久，流掛的水流就結成整體的冰掛，再不斷噴射熱水加固，就形成一座連接閣樓和山崖的三角形冰橋，經過一天一夜的風雪，自是變得堅固非常。」

「果然精明，只是你也未免大膽了一點。」龍涯開口言道，「你便是算準了那蕭夫人體弱，不會開窗吹風，而這樓裡只有西廂面向山崖，旁人根本無法看到那要人命的冰橋。就算有人想開窗，那時窗戶早被冰雪凍住，也不可能開啟。所以你將卓國棟掠到山崖上殺掉後，便在冰橋上加了一張繫著重物的銅網。如果我沒有猜錯的話，你還在冰面上撒了大量的粗鹽粒，加速冰面融解。尤其是你以取暖為名，在西廂樓下的銅浴池裡備上大量火盆，一來那銅池必定與外面的銅絲、銅網相連，加速冰橋融化，二來這樣一烤，樓上的窗扇也解了凍，變得可以開啟。」

阮墨翔點點頭：「沒錯，冰面上的冰被逐漸溶解的鹽粒融化，混成不易結冰的鹽水，順著銅網滴落，這般不斷消融，銅網自然陷入冰層，勒在下面負責構架的銅絲之上。尤其對面山崖，本是事先鑽孔填塞羊脂固定，羊脂冷凍之時固然是硬如堅石，能拉緊銅絲，但外面的堅冰消融後，便無法承重。所以銅絲鬆脫只是遲早的事。在重物懸垂之下，那已然消融殆盡的冰橋勢必緩緩下墜，無聲無息地貼近閣樓之下的山壁，有上面的龍頭遮擋，自然無人知曉龍頭下的玄機。為了此舉，我已然試驗了數十次，所以時間、尺寸、力道、分量都控制得很精確。」

龍涯目光灼灼，看著眼前這張破碎扭曲的臉：「真是用心良苦。我剛才就注意到此時的風向是朝東，想來此處每到傍晚便是如此，只因對面的山崖高出閣樓許多，一旦風向朝東時，那山谷之中反倒無風無雪。就算卓國棟懸屍山崖之上幾個時辰，身上也不會積雪。待到屍身被發現時，風向剛轉不久，屍身上才開始有雪屑。最初我也是因此被誤導，以為姓卓的才遇害不久。如果我沒猜錯，卓國棟房裡的窗扇應該是事先弄鬆，固定在冰橋之上，你這橋一垮，自是將窗扇扯離閣樓。而你事先在卓國棟房裡布下的局，只是要讓我們以為卓國棟剛遇害，實際上早在耶律不魯打發他下樓要茶要水的時候，你就已經殺了他，然後裝得若無其事地上樓請賞，順便在北廂故布疑陣。蕭夫人和茗香聽到隔壁房裡的人聲，便下意識地認為是卓國棟，其實是正在做手腳的你。北廂地上的木屑便是那個時候布下，因為小廝挑的擔子不算大，若是放上大塊的窗櫺碎片必定太過顯眼，所以房裡的全是拼不起來的雜碎。我只是不明白，你離去後北廂還有響聲是怎麼回事？」

「是老鼠。」阮墨翔答得很誠懇，「我只是把一隻老鼠的尾巴固定在床腳下，然後用銅火盆將其抵住，火盆逐漸發熱，老鼠自然受不了，拚命掙扎，弄出動靜來，到後來為了逃生，扯斷自己的尾巴。我看過撐得最久的，也不過一盞茶時間，所以我得抓緊時間去討賞，然後讓茗香看到我何時離去。」

「那麼你可越過前院、後院自由出沒殺人，想必是這裡尚有暗道之類，可避人耳目之路了？」龍涯沉聲問道，「姓卓的被殺那晚，我就在疑惑，那後院之中尚有守夜的侍衛，閣樓出那麼大的動靜，那些人也渾然不覺，未免過於遲鈍，想來是你在飲食之中做了手腳，讓他們一個個渾渾噩噩。」

阮墨翔歎了口氣：「那班契丹狗防範甚嚴，分批進食，倘若直接在飲食中下毒，無法一次放翻所有人。我只不過在頭一天晚上烤羊肉的香料碎裡加了些安神的棘仁粉和夜交藤，而當晚的藥膳湯頭裡也添了合歡皮、遠志、柏子仁之類養血、安神的溫補藥材，那些契丹狗一個個體健如牛，血氣通順，如此溫補，加上外面天寒地凍，自然身感困倦嗜睡，不似平日一般警醒。」

龍涯微微點頭：「那麼後來那些遼人全聚在一處，飲食上已是簡單之極，你仍然可以每晚得手，想來是在別處做了手腳。」

「沒錯。」阮墨翔滿是傷痕的臉上露出幾分得色，「飲食上自是沒法再下手，然而這寒天之中，卻是有另一樣東西不可少。」

龍涯心念一動：「是火盆！」

阮墨翔微微點頭：「游闐兄果然是聰明得緊，當年和游闐兄同在京師之時，小阮若非早已心有所屬，少不得也對游闐兄甚是中意。」

龍涯聞言，不由得有幾分面容抽搐，言語甚是生硬：「謝過抬愛，我自是無福消受。」而後岔開話題：「你必是在火盆下面的木炭中，加入極其霸道、可致人麻痹的藥物，待到藥煙彌漫，將在外守衛的侍衛放倒，你便自藏身的暗道中出來殺人藏屍，而後製造怪叫，讓後院眾人發覺侍衛失蹤，一個個人心惶惶。只是我不明白，每晚我都見得你與一干小廝一道留宿飯堂之中，不見出去，究竟是怎麼離開，潛去後院的？」

阮墨翔淡淡一笑：「每晚游闐兄冒雪匍匐屋頂，小阮豈會不知，只不過游闐兄所見的只是瑟瑟發抖的老曾，而不是一心復仇的小阮。有了毛裘、布條、氈帽，你可以是老曾，我也可以是老曾，從屋頂看下去只能看一個大概而已，而後捂著被子，那麼多人擠在一處，就更無法分辨真偽了。」

龍涯微微點頭：「看來我也被那些黃毛小子瞞了過去。那麼每晚怪叫和那晚蕭夫人看到的黑影又是怎麼回事？為何你會選擇在此間守株待兔，你怎麼會知道這班遼人一定會在這個時候來到這裡？」

阮墨翔無可奈何地搖搖頭：「游闐兄，還是給小弟留一點餘地吧，要是什麼都被看透了，把戲也就不好玩了。對了，時間差不多了，我也該出去做事了，你且在此歇歇，小阮辦完事，再回來相陪兄長。」

龍涯笑道：「事已至此，你覺得我還會放你出去殺人麼？」話已出口，忽然覺得胸口一悶，頓時腳步虛浮，勉力穩住身形，咬牙道：「你……你也在地上的蠟燭裡下藥了？」

阮墨翔歎了口氣：「只是一些聞了就腳軟的藥煙而已，如果沒有這東西，憑我這廢人和一群孩子，怎麼能一晚放倒六個契丹狗。小阮故意在前院詐死的屋內留下線索，便是要引游闐兄來此，免得誤了小阮的復仇大計。」說罷，伸指徐徐點向龍涯胸前膻中穴：「游闐兄，你且先睡睡。」

「等一下！」龍涯勉力喝道，「最後一個問題，你把那些屍體都藏哪裡去了？」

阮墨翔的手指微微停頓，面上露出一個荒誕的微笑：「耶律不魯現在斷了四肢，掛在大門前，一個放乾了血，在後院耶律不魯房裡臥榻的暗格裡。其餘的……游闐兄，你和這位姑娘上來的時候，不是覺得臺階變得不好走了嗎？」

龍涯露出一個不可思議的表情，接著眼一黑，已然委頓在地。

阮墨翔目光溫和，伸臂將龍涯推進浴池的溫水之中。就如魚姬一般刻意墊高頭部，讓龍涯面部始終保持水面之上，便起身離去，步履過處將地上的蠟燭一一踏滅，整個閣樓又恢復了先前的死寂和陰森，只有池子裡溫潤的水還在汩汩地流淌。

復仇盛宴

相對於閣樓的死寂而言，飯堂裡的惶恐更為叫人絕望。

雖然門外的火堆烈焰熊熊，但黑夜甚是漫長，這等燒法，不到四更，驛站裡的油便全部用盡。即使外面火堆添有柴火，不至於熄滅，飯堂之中卻已然沒有照明之物。小廝們慌忙搬來許多羊脂蠟燭，在飯堂裡四處點上，雖說燃燒時的味道古怪，也好過漆黑夜裡的無邊恐懼。

眾人擠在一起彼此壯膽，手裡兵刃雖雪亮，但心裡都早已杯弓蛇影，期盼著天明的到來，可是越這般期盼，時間就過得越慢。與此同時，心神俱疲所帶來的種種困頓開始影響著遼人們，甚至有人開始握不住手裡的鋼刀。

蕭肅驚恐地發現，自己身體也開始酸軟無力，便是要在桌前坐穩身形，也覺得吃力非常，只有拚命握住桌上的刀，左手握住趴伏在桌面的妻子之手，轉眼見隨侍身邊的茗香蹌然倒地，心中暗叫不好！

就在此時，外間的火堆黯然熄滅，飯堂內若干蠟燭的微光照出門外一個雪白的身影，只見寬大的袍子隨風起舞，碩大的狼頭猙獰無比！

蕭肅咬牙與之對視良久，只見那雪白的身影正一步一步踱進門來，身後跟著幾個矮小的身影，一個個手持鋼刀逼上前來。然而這飯堂之中卻無半個人有力氣站起身。等到借著燭光看清楚那幾張帶著殺氣的少年臉時，蕭肅忽然覺得自己蠢得厲害，哪裡有什麼鬼狼，從一開始，他們所對付的，就只是一個殘疾以及一群孩子而已！

「你……夠狠……。」蕭肅恨恨言道，然後看著對方揭下那個碩大的狼頭面具，露出一張扭曲而布滿傷痕的臉來。他歎了口氣：「一開始你編出這鬼狼之說，便是要讓我們驚慌失措、打亂布局，再一個一個的謀害我等，先詐死驚走耶律不魯，使其落單將之屠戮。而今在這裡動了手腳，讓我等無法動彈……我早該想到是你在搞鬼。」

「沒錯，不過你現在才回過神來，卻是遲了。」阮墨翔冷笑一聲，將手裡的面具扔在一邊，自身後抽出一把鋒利的長刀來：「你還有什麼遺言？」

蕭肅歎了口氣，自知無幸：「我與你素不相識，為何設下這等迷局殘害我等？」

「因為三個字，蘇念梅。」阮墨翔答得簡明扼要。

蕭肅苦笑一聲，這個名字他並不陌生，隨後開口言道：「你是宋人？若是如此，死在你手裡也沒什麼好說的。只是希望你答應一件事情。」

「什麼事？」阮墨翔有些不耐煩。

「我夫人也是宋人，你等怨恨的只有我們這些遼人，我夫人一介女流，煩請閣下放她一條生路。蕭肅一生從不向人求懇，而今只有這個心願，煩請成全。」蕭肅的口吻很是低聲下氣，如今人為刀俎，我為魚肉，想要逃出生天，固然是不可能，若是哀聲求告可換來愛妻活命，便是天大的幸事。

阮墨翔聞言驀然一呆，忽而放聲大笑，笑聲未停，忽然眼中凶光一現，大喝一聲：「動手！」

只見幾道雪亮的刀光閃過，那幾名少年手裡的鋼刀已然如砍菜切瓜一般，朝地上橫七豎八倒著的遼人脖頸招呼過去，只聽得慘叫連連，鮮血橫飛，早結果了十餘條人命！

「小牛，十三歲，七年前雁門關一役痛失雙親，淪為孤兒。」阮墨翔柔柔的語調如同歎息一般，帶著壓抑的憤懣，「小文，十一歲，七年前雁門關破，全家上下俱被殘殺至死，唯有小文躲在水缸裡逃得一命；大蠻子，十四歲，七年前的戰亂中，抱著才三歲的妹妹燕兒，躲在草堆裡逃得性命，可是燕兒年幼體弱，幾天後感染風寒死去，在此之前，他們兄妹倆都出自殷實之家，全家和睦……。」他一面緩緩報著孤兒們的家門，清清楚楚無一遺漏，一面長刀拖地，慢慢朝蕭肅走去，刀尖在青石地面磕出點點火花。

蕭肅心知他們都是討債而來，只是憋住氣力大聲吼道：「我夫人是無辜的，你放了她吧！」

阮墨翔似是充耳不聞，兀自念叨著，當走到蕭肅面前之時，面帶譏誚之色：「蘇棠兒，二十五歲，本是大宋工部侍郎蘇念梅親妹，七年前於雁門關外痛失兄長，為報國仇家恨，委身仇敵蕭肅，營營七載……。」

他滿眼快意地看著眼前這個自身難保，還在拚死為妻子求懇的異族男人，既諷刺又悲憫，就連他自己都說不清這是一種什麼樣的復仇快感。而身後幾個復仇的孤兒也停下了殺戮，因為他們的仇人全都倒在血泊之中，就連那侍婢茗香也一刀斃命。接下來便將早已備好的解藥，塞在與遼人們一道被迷倒的孩子口中。孩子們一個個甦醒，紛紛站起身來，走到蕭肅身邊，將其團團圍住，一雙雙本應稚氣單純的雙眼，閃現的只有仇恨！

蕭肅雖還握著妻子的手，但一股難言的悲涼自心頭浮起，漸漸走遍全身，絕望的雙眼看著自己心愛的妻子在服食孩子手裡的解藥後悠悠醒轉。而後那雙令他無比眷念的憂鬱雙眸，卻帶上了他從未見過的決絕和複雜眼神。

「原來你是蘇念梅的妹子。」蕭肅苦笑一聲，聲音甚是苦澀，「報應，報應，早知今日……。」他言語哽咽，卻再也說不下去了，只是滿臉悲苦的笑意。

「既然你已明白，也就可以安心上路了。」阮墨翔將手中的長刀放在蕭肅面前的桌上，「棠兒，第一刀是你的。」

蘇棠兒伸手自桌面拿起長刀，眉頭微顰，幽幽地歎了一口氣：「想不到這一天終於到了。」

蕭肅臉上依舊帶笑，看著眼前這個與自己做了七年夫妻的女子。「雖然有些意外，不過這樣也好，至少我知道他們不會危害你的性命。」

「你以為這樣說，我就會放過你？」蘇棠兒的神情甚是無奈，手裡的長刀已然抵在蕭肅胸口。

「當然不會。」蕭肅歎了口氣，「一直以來，我只知你心中抑鬱難解，不想這源頭卻是我，既然是我欠你的，現在還給你也很公道。動手吧！」

蘇棠兒握刀的手有些微顫，緊咬的下唇閃過一抹胭脂紅：「難道到了這個時候，你就沒有什麼要問我的？」

「你希望我問你什麼？」蕭肅悵然一笑，「世上沒有那麼多如果，有些事情做下了，也就回不了頭。我倒是希望沒有七年前的那一戰，你我也就不會走到今天這個地步，不過細細一想，要是沒有那一戰，你也早已在故土尋得夫郎下嫁，自也沒有我倆天南地北這場姻緣。能有這七載之緣，我已死而無憾。只是沒想到讓你鬱鬱七載，難見歡顏的居然就是我自己。只能徒歎一聲天意弄人……。」

蘇棠兒眼圈驀地一紅，不由手一軟，長刀「啪」的落在了桌上，此時此刻，蕭肅也不知何處來的力氣，雙手扣住刀鋒朝自己胸膛一送，只覺得胸前一涼，那利刃已然穿胸而過！

蘇棠兒下意識地想要去奪，自是抓了個空，眼見蕭肅面露心滿意足之色，氣絕而亡，只覺得一切盡是惘然，兩行清淚早簌簌而下，腳下一軟，人已然直挺挺地朝後仰倒！

阮墨翔見狀，忙伸臂將她攬住，只見雙目緊閉，面容悲戚，早已昏厥過去。轉眼看看那蕭肅的屍身，心想原本是打算給他些零碎苦頭，而今既然蕭肅已亡，也算了了一樁心事，然而這七年來，為了報仇處心積慮，如今仇人俱已伏誅，似乎全然不知以後的路應如何去走。

就在這彷徨之時，忽然聽得一個聲音：「而今你也求仁得仁了，為何神情看來比報仇之前更為糟糕？」話音未落，龍涯高大的身形出現在門口，背後早已熄滅的火堆卻轟地復燃起來，就像有人在灰堆的殘餘火星中加了一大桶火油，火光搖曳，卻看不清楚他的面容。

堂內之人俱是一驚，阮墨翔更是不敢相信自己的眼睛：「你……怎麼……？」

先前下的迷藥分量自是加重了的，就算龍涯得以醒轉，全身盡濕，別說不可能穿越外面的冰天雪地來到此處，就算是離了溫泉，也會被門廊上的冷風吹得全身凍結，所以他才會將龍涯、魚姬二人放在浴池溫湯之中，誰料龍涯非但是來了，而且遍身衣衫乾爽，就算是用火烤，也不見得會乾得這麼快！

龍涯搖了搖頭，看著這飯堂中的遍地死屍和面前聚在一起的始作俑者，一個殘廢，一名弱女和十餘個稚嫩的孩童，哀歎一聲，沉聲言道：「魚姬姑娘，看來你說得很對，便是飛快趕來，也扭轉不了那些遼人的命運。」

魚姬自龍涯身後轉了出來，也歎了口氣：「正如那蕭肅所言，有些事情做下便是做下了，也就回不了頭，不然怎有果報一說。遼人征戰，屠戮宋人，致使這許多孩童孤苦無依，而今命斷這些孩童手上，也是應有此報。只可惜以暴制暴，仇恨無盡，將來這些遼人的親人，卻又去尋何人報仇？」

阮墨翔怔怔地聽著，微微抬頭看看堂中那尊破舊的佛像，慘然一笑：「那便來尋我便是，反正七年前念梅下葬之時，我這條命就算和他一起葬了，這般活著只為復仇，而今大仇得報，也沒什麼活下去的必要了。」

「當日我在你房中看到那副字畫，很明顯是出自女子手筆，而適才在閣樓之中，我就懷疑那蕭夫人在此案中究竟扮演何等角色。你在這邊境的驛站中守株待兔，怎知何年、何月、何時，仇家會落入圈套？你在山崖擊殺卓國棟後，布下一連串迷局，布網、懸物、撒鹽，在卓國棟房中布局，便是有小廝在耶律不魯房中幫你打掩護，這距離山崖最近的西廂，也應是最為危險之地。若不是這裡也有你的人，只怕那茗香要去卓國棟房裡查看時，就已然敗露，斷然不會如此順利。」龍涯低頭看看茗香倒臥在血泊之中的屍體，「這茗香不過是名普通侍女，並未參與屠戮宋人的戰事，只因為她是遼人，就稀裡糊塗地被你等殺死在這裡，還有那些枉死的遼人，一個個也不過十七八歲年紀，七年前也只是十歲左右的孩童，根本不可能參加當日的屠戮。你們胡亂砍殺一氣，這等所作所為，和當年進犯宋土的契丹惡賊何異？」他義正辭嚴，聲聲喝問，直教阮墨翔面有愧色，半晌做聲不得。

魚姬搖搖頭：「你口口聲聲為蘇念梅報仇，不想再苟活於世，可曾想過他的想法？當年他讓你離開邊城去攔截他妹妹，難道真的只是為了保自己妹子一條性命？昌州至邊城的道路何止一條，他又怎會知道妹子何時從何方進城？」聲音雖輕，但在阮墨翔聽來卻如晴天霹靂一般，心頭驀然一痛！誠然，一直以來他只是心心念念要為愛人報仇，為了掩人耳目，甚至不惜自毀容顏，潛伏此間七年之久，眼前這不相干的女子之言確是他從未想過的事。

「念梅……念梅他是為了……。」阮墨翔澀聲喃喃，只覺心中哀慟，難以言喻。

「我雖與蘇大人從未謀面，但也感覺得出他的用意。」龍涯沉聲言道，「他深知雁門關失守是遲早的事，早已起了殉國之心，所以故意調開你，便是希望你可以自那浩劫兵禍中倖存下來。而讓你去尋他的妹妹棠兒，也有托孤之意。只是沒想到你們兩人卻無視他的良苦用心，一心想著復仇之事。一個自殘身體，一個以身侍敵，所作所為雖得報大仇，但自身折損也這般慘烈，難道九泉之下的人，真能瞑目不成？」

阮墨翔身子微微發顫，低頭看看懷中神情悲苦、昏迷不醒的蘇棠兒，直覺腦海裡一片空白！

「適才蘇棠兒的神情舉動，分明已然對那蕭肅動情，卻為了一個仇字，眼睜睜見著自家夫君在眼前自盡而亡，以後的歲月，叫她一介弱女如何自處？」龍涯皺眉道，「蘇大人將妹子託付與你，可是要你為了替他復仇，斷送妹子的一生幸福？小阮，小阮，你究竟對得起何人？」

阮墨翔面色慘白，將臂彎裡的蘇棠兒緩緩放在地上，喃喃道：「不錯……不錯……是我害了棠兒一生，是我辜負念梅所托，失信不義，殺害無辜不仁……不仁不義之人留之無用！」說罷，轉手抽出依然插在蕭肅胸膛的長刀，朝自己的脖頸抹去！

說時遲，那時快，龍涯箭步而出，伸手扳住那把雪亮的刀鋒，運氣一奪，那刀便再也無法砍將下去，幾點飛濺的鮮血噴濺在阮墨翔滿是傷痕的臉上，如同炙人的火星一般，叫阮墨翔猛地一顫！

「游闐兒！」阮墨翔嘶聲吼道，淚眼朦朧之中見龍涯面容剛毅，毫無半點痛楚之色。

「鑄下大錯，就想一死了之？」龍涯面有譏誚之色，冷笑道，「看來你今生空長了副男兒皮囊，當真是連娘們也不如。你就此尋了短見，你叫蘇棠兒怎麼辦？蘇大人託付與你的事你還沒做到，試問你死了有什麼面目去見他？」說罷，手中勁力一發，早將那長刀劈手奪了去，「嗆」的一聲擲在那堂中的佛像蓮座之上，猶自微顫。而後重重一拳落在阮墨翔臉上，將他揍得跌摔出去。阮墨翔半晌才默默從地上爬起身來。

周圍的孩童見阮墨翔吃虧，一個個攔在龍涯前面，同仇敵愾，然而面對龍涯這般氣勢，卻不由得一個個膽戰心驚，手中刀刃微顫。

「你看看這群小鬼，幾歲便跟了你走這復仇之路，硬是長成這般殺人不眨眼的性子，以後還怎麼應對外面的世界，你若就這麼死了，留下他們無依無靠，難不成要用那練就的鐵石心腸，劫盜為生不成？你又對得起何人？」龍涯大聲喝問，聲音在風雪夜中迴響不絕。

阮墨翔垂首緩緩走上前來，分開圍在身前的孩童，走到龍涯面前，抬頭和龍涯對視片刻，抱拳言道：「游闐兄教訓得是，小弟知道該怎麼做了。」

龍涯露出一分欣慰之色：「如此甚好，你有什麼打算？」

阮墨翔沉默許久，眼神已不是先前的彷徨自責：「待『半月愁』一過，我便帶他們入關，回歸昌州，我想那片平靜樂土才是他們最好的歸宿。」

魚姬見狀，微微一笑，轉身出門，伸手在階上掬來一捧雪屑，雪屑入手不多時，便化為一攤雪水，只見她揚手一拋，那水滴直飛天際，片刻之間風雪驟然停止，反而淅淅瀝瀝地下起小雨來！

眾人見得外間的變化俱是一驚，只見魚姬靠在門邊輕聲道：「現在風雪已經停了，你們還等什麼？」言語之間，那細雨已然穿透積雪深深的屋頂，滴落在堂裡的眾人身上，卻不覺寒冷，反而透出幾分暖意。待到落在這片滿是血腥的地上，雨滴過處只見血跡消散，那滿地的屍身，似乎也如同被無形容器裝盛的清水一般，砰然散開化為烏有，青石地面上滿是水痕，唯有適才伏屍桌上的蕭肅仍在，血水依舊不斷地滴向地面，融入水痕之中，頃刻之間便渲染開去，不再那麼猩紅刺眼。眾人皆是一片愕然。

魚姬道：「三名元凶首惡業已伏誅，其餘的遼人也未必參與當初的戰事，害得你們家破人亡。現在他們都在後院，如果你改變主意，大可再去後院重施故技，我絕不攔你。是放下仇恨重回故土，還是帶著這些孩子繼續以牙還牙，滿手血腥？一切關鍵在你。」

阮墨翔神情驚詫非常，轉頭看看昏厥的蘇棠兒和一干孤兒，心中猶如天人交戰，紛紛繁繁，許久方才長長歎了口氣，俯身攙起昏迷的蘇棠兒，領著一群被血腥仇恨困惑的孩子，走向那片細雨潤澤。淅淅瀝瀝雨絲糾結中，遠遠的前方似有一個熟悉的身影，青衣油傘，嘴角含笑。那朝思暮想的容顏後面是那繁花盛開的海棠舊園！阮墨翔此刻眼前一片模糊，早已分不清是雨水還是淚水，只是亦步亦趨地向前而去。

龍涯在溫泉中被魚姬喚醒之時，便見過她操縱浸潤在衣物上的泉水離開衣衫的小把戲，知道眼前的女郎乃是一名異人，卻不料她還有這等神通，不由得有些目瞪口呆。看著他們的身影在雨中漸行漸遠，似乎雨幕的傾瀉打破了這園中圍牆的圍困，就這般一直走著走著，漸漸遙不可及，終於消逝不見。雖然他已經看不到他們身影，但心中明白他們所去的一定是有著馥郁芳香海棠花的昌州。

「他們走了，我也得走了，不然就來不及了。」魚姬抬眼望望天際，只聽得黑暗天際傳來隱隱雷聲，嘴角露出幾分譏諷的微笑，而後張口清嘯，只見一團黃色的光自堂中彈跳而出，落在她的臂彎之上，正是那頭名叫明顏的怪貓。

「魚姬姑娘，你到底是……？」龍涯本想開口相問，話到嘴邊卻欲言又止。

「神仙？妖怪？」魚姬淺淺一笑，微微搖頭，「都不是，只不過是個好管閒事的小女子，最多也就是會點障眼法之類的小把戲而已。龍捕頭，此時不走，難道真想與留在此間的那些遼人為伴麼？」說罷，抱著那頭黃貓，緩步走向雨幕之中。

龍涯知她將走，心中忽然湧出幾分不捨，揚聲對魚姬漸行漸遠的背影喊道：「魚姬姑娘，不知以後是否還會有機會見面？」

「我來此間，只不過是為了還龍捕頭一個人情，至於以後……但願後會有期。」魚姬背對著他揮揮手，身影漸漸隱入細雨之中，消逝不見，隱隱傳來一陣貓兒「咕咕咕」的笑聲。

龍涯心想之前從未與這姑娘有什麼淵源，不知人情之說從何說起，眼見魚姬離去，也顧不上許多，快步追將出去，只見一片微亮的雨線交織眼前，哪裡還有魚姬的蹤影？雨線之外不再是深夜中老舊驛站的積雪院落和高牆，而是一片開闊的荒野之地，近處一座城池聳立眼前，正是雁門關！

龍涯驚訝地立在雨中，感覺那雨水溫潤，乍然而收，眼前又是一片白雪皚皚的塞外之地，而後朔風漫捲，便如十天前一般，又下起雪來。而手裡卻不知何時多出一物來，卻是一條轡繩，身後立著那匹載過魚姬的馬匹。

忽而聽得一陣馬蹄聲聲，一轉頭，只見身後遠遠的一隊人馬絡繹北去，定眼一看，正是那隊本應死傷殆盡的遼人，一時間分不出究竟眼前的是現實還是幻想，直到那隊人馬遠遠消失，方才回過神來。眼前的景象與十天前和這般遼人偶遇之時一般無二，侍女茗香和一干侍衛一道步行，一個個失魂落魄，神情惶恐，唯獨少了蕭肅、耶律不魯、卓國棟三人和那輛載著仇恨的包繡馬車。若非掌心那道血跡未乾的刀痕還在隱隱作痛，這十天來的種種波詭雲譎，似乎都只是一場白日夢而已。

龍涯在風雪中矗立片刻，接著搖搖頭，長長地吐了一口氣，轉身大步流星地朝雁門關而去。雖然他還不太明白到底發生了什麼事，至少可以確定的是，阮墨翔、蘇棠兒以及那些孤兒們，都已然遠離了這一片浸潤著仇恨血腥的邊塞之地。

有的時候，放下仇恨並不等於遺忘，盲目地以血還血，只會將悲劇延續，能及時抽身也未嘗不是一件好事。

第二話
天盲山

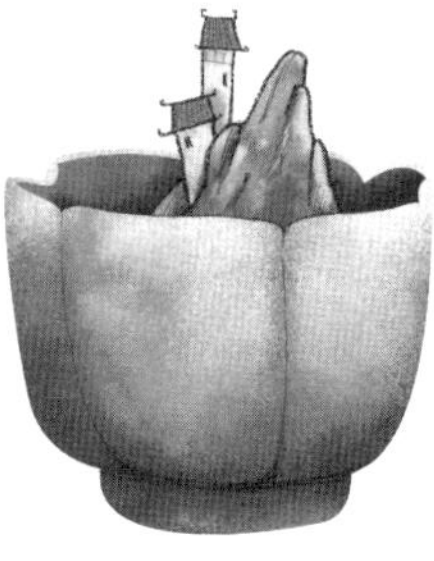

汴京街面依舊飛著細雪，傾城魚館大堂裡的火盆光線卻漸漸暗淡起來。

魚姬用火鉗撥亮爐火，便聽得腳步聲響，卻是狐狸三皮已經洗完了那堆碗碟，捧了盆木炭自後堂轉了進來放在爐邊，順便將被炭灰染得黑乎乎的爪子在背後蓬鬆的尾巴上擦了擦，一面誇張地抖著肩膀，一面口裡抽著冷氣絲絲作響：「冷、冷、冷，就我一人在幹活，你們倒是會享受……。」話沒說完，人早已擠到了火盆邊，順便拉長身子伸伸懶腰。

魚姬見他這般慵懶模樣，又是好氣又是好笑：「我拜託你把尾巴收起來好不好，雖說龍捕頭不是外人，但要是被別人看了去，咱們還能在汴京城混下去麼？」

三皮滿不在乎地翻翻白眼，只是扯過尾巴，坐在屁股下面：「都這會了，天又冷，外面別說人了，鬼影子都沒有一個，害怕被誰看了去？整天囉嗦個沒完，倚老賣老……。」

「你說誰倚老賣老？」魚姬的聲音高了八度，雖說面上依然帶著微笑，但雙目灼灼自帶幾分威嚇。

三皮嘴碎，倒也非不識時務之輩，見勢不對，忙陪笑道：「哪有此事？是三皮口齒不清，讓掌櫃的誤聽了，三皮是說掌櫃的整天忙個不停，太過操勞，辛苦，辛苦。」

龍涯見狀，哈哈大笑：「你小子倒是會見風使舵，這些年來越見精乖了。」

三皮細長而嫵媚的雙眼，斜斜地瞟了瞟龍涯，眉毛微微一揚，起身一扭，頃刻間化為一名手姿綽約的冶豔女子。眾人皆是愕然，三皮欺身貼了上去，順勢歪在龍涯懷裡，伸出纖纖玉指輕點龍涯的下巴，嬌聲嗔道：「豈止是精乖，更乖巧的都有……。」只可惜那纖巧的手指上全是煤灰，龍涯臉上頓時花了一片。

龍涯倒是不防三皮使出這一招，軟玉溫香抱滿懷，居然一時不知如何是好，大冷天的驀然出了一頭冷汗，抬眼見對面的魚姬垂首扶額，已然是看不下去的無奈神情，唯有乾咳兩聲：「魚姬姑娘，我可以揍他麼？」

「請便。」魚姬答得輕描淡寫，心想看來這段時間，那小狐狸確實過得太安逸了，居然想出這般荒唐的點子來耍樂。

「你……當真捨得？」三皮嬌笑連連，秋波頻傳，見龍涯避之唯恐不及，越發覺得好玩，卻不料一時間樂極生悲，只覺得頭頂一陣劇痛襲來，一抬頭，只見明顏扠腰立在眼前，一雙碧泠泠的眼睛幾乎要冒出火來，手裡的長柄酒勺正落在他頭上，然後聽得明顏一字一句地咬牙道：「我捨得！」

三皮突然出了身冷汗，將身一晃，恢復本來面目，陪笑道：「大夥兒這麼熟了，開開玩笑……不必當真……。」

「開玩笑？」明顏火冒三丈，「你這沒節操的死狐狸精！」說罷，掄勺便打，兩人在堂裡一追一逐，幾個回合下來三皮頭上已然挨了好幾記，只敲得他齜牙咧嘴，連連告饒。

魚姬連連搖頭，轉眼見龍涯張口結舌呆若木雞，也覺好笑：「龍捕頭不必和他們一般見識。這兩個冤家一天不鬧騰，便覺得日子難挨。」

龍涯擦擦冷汗，歎了口氣：「好在一物降一物，只是那明顏丫頭下手沒輕沒重，別出亂子才好。」

魚姬搖搖頭：「放心吧，三皮那小潑皮讓著她呢，要是真動起手來，明顏哪裡是他的對手。」言語之間目光落在那對正在打鬧的冤家身上，雖是在笑，但眉目之間卻帶幾分憂心。

龍涯見狀，只是微微一笑，沉聲寬慰道：「有些事情，急也急不來，不如放寬心，隨其自然的好。」繼而目光追逐著明顏、三皮兩人的身影，突然一笑：「話說回來，明顏妹子這脾氣，倒是一直都是如此。對了，當年魚姬姑娘離開鬼狼驛之時，不是說到還人情，這些年來我煞費思量，但始終不明白姑娘所指。」

魚姬莞爾一笑：「以後你自然就明白了。那時候本以為還了人情便了了心事，不料沒多久又兜兜轉轉地遇到了，之後更是來來往往，經過那麼多事，早算不清這許多。」

「你是說天盲山那一次。」龍涯歎了口氣，「感覺自打和你們認識以來，就好像是上了一條船。」

「賊船？」三皮一面躲避明顏的酒勺，一邊忙不迭地插嘴道。

「你才是賊，你全家都是賊。」明顏手裡忙著，口裡也不消停。

龍涯將手一攤，神情甚是無奈：「雖不是賊船，但驚奇詭異卻有過之而無不及。」

魚姬笑道：「現在下船還不晚。」

龍涯搖頭道：「既然都上了船了，說啥也是不下的了，在天盲山時如此，現在就更不用說了。」

三皮好奇道：「聽你說了許久，到底天盲山是個什麼地方？」

明顏停下了追打，歎了口氣：「是一個可怕的地方。」

魚姬點點頭，先前的嬉笑表情此刻也變得凝重起來了：「不錯，的確是個可怕的地方。」

五石散案

事情還是得由龍涯經歷鬼狼驛一役，返回京城說起。

一路行程安排雖然緊湊，但邊關離京城也要走大半個月，待他回到京城，已是上元將近，衙門裡沒有什麼要緊的事，於是也樂得清閒，時常在汴京街頭溜達閒逛。

上元又名元宵、春燈，相傳乃是上元天官賜福之辰。故而中土人士歷來便有燃燈相慶的俗例，在汴京城中更是隆重，自正月十三便開始點燈，直到正月十七方才落下，前後足有五天之長。

白晝為市，萬頭攢動，熱鬧非凡，夜間燃燈，種種精緻花燈爭奇鬥豔，蔚為壯觀。御街坊前，萬盞彩燈壘成燈山，花燈焰火，金碧相射，錦繡交輝。汴河之中也有浮燈無數，牽起兩岸青年男女的無聲情愫。更有京都少女載歌載舞，萬眾圍觀。遊人們集御街兩廊下，奇術異能，歌舞百戲，鱗鱗相切，樂音喧雜十餘里。大街小巷，茶坊酒肆燈燭齊燃，鑼鼓聲聲，鞭炮齊鳴，百里燈火不絕。

這等盛會，自有不少好事的同僚相邀，去那鶯歌燕舞的溫柔鄉中鬧酒耍樂。龍涯原本也非不解溫柔的木訥之輩，豈料這回夾在軟語溫柔的美貌姑娘中間，卻不知為何如坐針氈，四肢無措，好不容易才甩開嬉笑勸酒的同僚們，去外間的欄杆處透口氣。

欄杆邊夜風輕拂，頓時把身畔沾惹的脂粉香氣沖淡了不少。龍涯長長地吐了口氣，抬眼凝視遠處的瑰麗燈火，心頭卻浮起那張美玉般皎潔的容顏來。「但願後會有期……真能再見面嗎？」他喃喃念叨著，又自我解嘲一般晃了晃腦袋。自打鬼狼驛一別，就再沒有見過那位魚姬姑娘。雖然明知她興許也身處這汴京城中，卻不知伊人何在。他也曾套過戶部的關係，託人查訪她的下落，可惜戶部的汴京戶錄裡根本就沒有她的記錄。她很可能只是客居此地的過客，茫茫人海，想要找到這麼一個全無任何記錄的人，基本上就跟大海撈針一樣不切實際。

不一會兒醉醺醺的刑名知事查小乙，又端著酒杯跌跌撞撞地尋了過來勸酒。正在拉扯之間，只聽得一聲巨響，接著一個物事自欄杆外呼嘯而過，然後便是一聲沉悶的響動，樓下原本喧鬧無比的院子頓時靜了下來，而後便是一陣雜亂而驚懼的尖叫聲！

龍涯雖也吃了不少酒，頃刻之間也醒了幾分，探身一看，只見院子裡人群四散，而樓下正對此處的石板地上匍匐著一個赤條條的男子。只見脖頸扭曲，背心微聳，一片猩紅的液體正自其頭頸部位不斷蔓延開去，很明顯，此人已然頸骨折斷，多半回天乏術，但最為詭異的是那朝上的臉上還帶著滿足的笑容，雙目如著魔一般仰望夜空，似乎還在追尋什麼……龍涯倒抽一口涼氣，又聽得頭頂有物墜下，一時也顧不得許多，伸臂一攬，只覺得手裡一沉，果真又是一人自三樓墮下，只是這次掉下來的是一個年輕貌美的女子！

那女子髮髻散亂，雙目迷離，和那個墮樓的男子一樣，臉上也帶著那種古怪的笑容，口裡咿咿呀呀囈語不斷。雖說一臂被龍涯緊緊扣住，懸在欄杆外，但另外一隻手臂和雙足卻還在無意識地擺動著。當然，她身上的衣物也並不比地上那個赤條條的男子多多少，偏偏在這更深露重的寒夜之中，觸手滾燙，體溫驚人！

龍涯運氣於臂，大喝一聲，已然將那女子拉回欄杆處，攔腰將其抱了進來。一旁原本呆立的酒客和姑娘們方才回過神來上前幫忙，取過衣物暫且為其蔽體。

不料那女子忽而又拍打著雙臂跳將起來，一面吃吃笑著，一面口裡含糊喃呢著：「飛啊……飛啊……我也在飛啊，周公子……。」只見白兔也似的雙峰肆無忌憚地上下跳躍，而胸前膻中穴附近，卻和後背、臉龐一般泛出一片紅潮，在燈下映出一片亮光，竟然是遍體汗珠！眾人皆是一片愕然，繼而又上去想要制止她這般如癲似狂的舉止。只是那女子看似柔弱，此時卻力氣大得驚人，幾個人上去都按捺不住！

龍涯眉頭微皺，伸指在其腦後枕骨下一按，那女子便如斷了線的提線木偶一般頹然倒地，昏迷不醒。眾人總算鬆了口氣，取來衣服暫時蓋在那女子身上。一個陪酒的姑娘定眼一看，驚歎一聲：「這不是咱們飄香院的花魁胭脂嗎？怎生這般無狀，難道是被狐大仙上身了？」

龍涯蹲身檢視片刻，伸指在胭脂嘴角一擦，沾上些細微的紫色粉末，在鼻翼邊微嗅，驀然臉色一變：「是五石散！」

五石散乃是一種用石鐘乳、紫石英、石硫磺、白石英、赤石脂等五味石藥合成的中藥散劑，相傳乃是東漢醫聖張仲景所創。本是用以醫治傷寒病人所用的方子，不料卻被後人添加其他藥物，於魏晉時期在士大夫中蔚然成風，乃至唐朝也經久不衰。服食之後渾身燥熱，行為張狂，神智恍惚，飄飄欲仙，且常服成癮。是以，許久以前朝廷便將之列為禁品，不得流傳。

一旁醉得腳步虛浮的查小乙，聽得「五石散」三個字，酒意頓時去了八九分：「那可是禁藥！這天子腳下的汴京城，怎會有這等害人的物事？」

龍涯眉頭緊鎖，而後言道：「怎麼流進來的不知道，但鬧出人命，卻是明擺著的事了。」說罷，飛身一躍，自欄杆處翻了下去，穩穩當當地落在院中地面上。

那墮樓的男子還匍匐在那裡，在正月的寒夜中，口鼻之處已然看不到白氣，想來早已斃命。只是赤裸的身體也如樓上的胭脂一般發紅，且布滿汗珠。由於地面的傾斜，血水已經漫過了他的胸，順著腿淌向腳尖。張開的胯間除了血之外，便是一片白濁，昂長之物並沒完全隨它的主人一道死去，還在抽搐也似地隱隱彈跳。

龍涯心裡忽然泛起幾分不適之感，轉頭招來早已戰戰兢兢的飄香院老鴇，取來被單暫時覆蓋屍身羞處，而後蹲身檢查，觸碰之下只覺屍身如胭脂一般滾燙，而口鼻之處，也發現了同樣的紫色粉末。

查小乙也湊了上來，待到看清屍體的面容，不由得吃了一驚：「這不是禮部尚書周大人家的公子麼？」

「你確定？」龍涯心想這紈褲子無端端裸死在這飄香院裡，他老子的臉只怕得丟個精光。

「錯不了，臘月十八那天周大人替皇上接待交趾國使臣時候，這周公子還陪同前往，露了好大一臉。」查小乙搖頭歎道，「想不到，居然不到一個月，就折在這裡。」

「我敢打賭，明天外面流傳關於這周公子的死訊，定然是刻苦讀書，積勞成疾，英年早逝。」龍涯將手一攤，「絕對不會是多情公子與煙花女服散，飛天墮樓亡。」說罷，起身抬頭看看三樓的欄杆：「想來那屋裡應該還有不少線索。」

查小乙苦笑道：「看來游闐兄的老毛病又犯了。」

龍涯歎了口氣：「言下之意，小乙你是不打算去了咯。」說罷，將身一縱，如同一頭大鷹一般沖天而起，起落之間已然消逝在三樓的欄杆內。

查小乙咧嘴擠眉，轉頭見老鴇呆若木雞地愣在一旁，於是上去推了兩把：「醒醒。喂！醒醒，我跟你說啊，回頭有什麼人來問，你只需要記得沒見過我就成，別亂說話，否則……。」說罷，牙一齜，作出一副凶惡的神情，把三魂不見七魄的老鴇嚇得屁滾尿流，跌跌撞撞地奔門口去了。

卻說龍涯進了三樓的廂房，只見地上一片狼藉，什麼酒盞杯盤自不用說，遍地的衣物散落，自是那對赤條條的男女所有。房中除了胭脂水粉和酒的味道外，還彌漫著一股子難言的曖昧氣息，完全可以想像在他們雙雙飛天之前，這屋子裡發生過什麼樣的風流把戲。

而後，龍涯目光落在案几下的一個黃色皺紙團上。拾起來展開一看，只見紙質柔韌，裡邊還隱隱夾有些許細微的金色絲線一般的物事，褶皺裡還有不少紫色粉末。

龍涯端詳片刻，將那廢紙收好，轉身出門離去。也不理會院裡喳喳呼呼的眾人，逕自回住所倒頭就睡。

待到日上三竿，方才起來洗漱完畢，去御街東門外的藥鋪轉上一轉，便回刑部報到，不多時，刑部尚書差人前來傳喚，卻是去書房敘話。

龍涯心裡早明白了七八分，只是正正衣冠，不慌不忙地去了，進了書房見禮，刑部尚書只是擺擺手，示意他近前敘話，龍涯自是照辦，而後刑部尚書卻轉出門去，關上房門，順便遣開周圍的侍衛，自己也避了開去。

龍涯隱約猜出幾分，不多時書房屏風後又轉出一個人來，卻是布衣打扮，而眉目之間頗為威嚴。

「如果屬下沒有猜錯，這位應該是禮部尚書周世顯周大人。」龍涯懶得拐彎抹角，直接點破其中的關礙。

「京師第一名捕果然名不虛傳。」禮部尚書周世顯點頭言道，「既然龍捕頭猜到老夫的身分，也自當明白老夫的來意。」

龍涯也不多言，只是伸手自懷中掏出昨夜收好的那個廢紙團：「周大人乃禮部之首，自然見多識廣，理應認得此物。」

「這是……交趾國的貢品金絲紙。」周世顯聲音微顫。

「沒錯，重要的是裡面的東西，」龍涯將紙團在掌心敲了敲，抖出一些紫色粉末來：「適才我已經去藥鋪問過，這裡面的確含有五石散的成分，但還有其他的玩意在裡面。尋常五石散散發之時，少不得會有不小的痛楚，令公子尚可與花魁胭脂風流快活，說明添加的成分可以讓服散之人不覺痛楚，愈加亢奮，是遠比五石散更為霸道的物事。」

「那究竟是什麼？」禮部尚書痛失愛子，自然無法心平氣和。

龍涯搖頭到：「可能是曼陀羅，也可能是阿芙蓉，但也有可能是遠比那兩樣毒性更猛烈的事物。至於從何地流入京師，輾轉到了令公子手上，那還得從這紙團和最近令公子接觸的人身上查起。」

「你的意思是交趾國的使臣？」禮部尚書追問道。

「那倒不見得，但要說完全沒關係，估計也說不過去。」龍涯笑了笑，「交趾雖是藩屬小國，也不至於縱容使節做出那等勾當，再說了，每每有番邦納貢而來，侍衛隨從數量也不少，正是林子大了，什麼鳥都有，有人夾帶私貨，這一點也不奇怪。」

「你以為應當如何？」禮部尚書的忍耐力已然到了極限。

「其實向聖上進言，立案調查不失為一個好辦法，也可以此為藉口，讓交趾國一行人滯留京師方便調查……。」龍涯的話還沒說完，已然被周世顯打斷。

「這樣做不是不可，而是萬一查不出什麼來，豈不影響兩國邦交？」周世顯搖頭道。

龍涯暗笑一聲，心想什麼影響邦交只是幌子，不外乎是自己兒子死得不光彩，怕捅將出去失了顏面。於是將手一攤：「那就沒有別的辦法了，只得委屈令公子了。」

周世顯咬牙道：「犬兒雖不肖，但也不可白死！今日請龍捕頭來，便是希望龍捕頭暗中查訪，揪出真凶，然後……。」他臉上一片陰沉，伸手在喉嚨處做了一個喀嚓的手勢。

龍涯見狀歎了口氣：「周大人也知道屬下是公門中人，並非拿錢賣命的刺客殺手，此事萬萬不可，不如大人另請高明，自會有人替大人打點得乾淨俐落。」

周世顯聞言本大為震怒，而見龍涯神情剛毅堅決，自也不好相強。於是口氣也緩和下來：「適才是老夫激怒之下失言，龍捕頭不必當真。而今禁藥害人，只怕不止小兒一個，若是能偵破此案，揪出真凶，就算是拚著顏面不保，老夫也會向聖上進言，讓五石散一案大白天下，從嚴杜絕此物流毒無窮。」

龍涯心想，倘若當真如此，也不失為一件好事，於是開口言道：「既然如此，大人所言屬下記下了，只是私下調查此案，衙門中的事豈不……。」

周世顯見龍涯應承，不由暗自欣喜：「這點龍捕頭不必介懷，適才老夫已和貴部尚書大人打過招呼，衙門中事自有他人去做，龍捕頭只需盡心辦好小兒的案子便是。」

龍涯心想這老狐狸果然早已部署好了，難怪適才一進來，尚書大人便藉故避了開去，便是默許此事，而今這案子已然是騎虎難下，辦也得辦，不辦也得辦。所幸只應承查案之事，其餘的也不用理會，說什麼向聖上進言，什麼大白天下，也不過是說唱逗樂而已，這官場中的隱晦關礙當真是諱莫如深。而後龍涯告辭出門，轉身進了知事堂，招來查小乙問過交趾國使臣下榻哪家驛館，以及相應的情況，便快步出門，奔西門而去。

那驛館就在西門外，門前汴河緊挨著一個碩大的洗象池。雖說正月裡還是春寒料峭，但池邊仍立有兩頭黝黑的巨象，幾個交趾人打扮的小厮正以穀草沾水擦洗大象，引得許多閒人圍觀。

龍涯擠過人群，朝驛館大門張望，只見院落中有不少交趾人在打點行裝，還有不少精漆木箱，想來是當今天子的惠賜。

不多時，一個婦人自內堂轉出，約莫三十左右年紀，相貌本也不錯，只是兩條眉毛如吊死鬼一般地成八字形下墜，一眼望去，只覺得滿腹心事，說不出的愁苦。那婦人腰間本也懸著交趾人一般的彩色腰帶，只是一出驛館，便自己解了下來，一身打扮和尋常宋人一般無二。一路奔城門而去。

龍涯心想這婦人倒也奇怪，既然可在驛館中自由出入，想必是交趾國使臣隨行，為何一出門便把身分象徵的彩帶取下，不知這般鬼祟有何用意，於是便跟了過去。

那婦人一路穿街過巷，似乎對這汴京城甚是熟悉，且由西至東，一個時辰之後已然到了東市尾，駐足在一家名為「李記」的陶瓷鋪前，呆立片刻，神情黯然，隨後轉身進了一家名為「富貴」的客棧。

龍涯久在京城，自是知道這富貴客棧乃是京城中甚是有名的一家客棧，雖說飲食、住宿條件算不得最為考究，但唯獨這個「大」字做到淋漓盡致。那大堂甚是寬敞，以往不少商賈租下此處展示商品，待價而沽，乃是大行大市，商家寶地。而今，那大堂中卻設了十餘張繡檯，各自綳上一大塊白綢，繡檯邊針線一應俱全，也有不少看熱鬧的閒漢在交頭接耳，龍涯上去一問，才知是嶺南繡金坊的老闆木大娘，在重金招募繡娘赴嶺南做工，若是中選，每人每年可得百兩紋銀。

龍涯自是吃了一驚，心想三十兩紋銀就可養活尋常人家一家三口一整年，這汴京城中也有不少繡坊，但便是最熟練的繡娘也不過一年二十兩銀子，算算這番重金招募已然高出行價五倍。而身邊的閒漢們紛紛咂舌，一個個恨不得身為能繡善工的女子，也可賺這筆飛來橫財。

龍涯心有疑惑，正打算看看究竟，忽而聽得風響，於是將臉一側，伸手扣住一物，便聽得「咕咕咕」的一陣嬉笑，轉頭看去，只見一片鵝黃的衣角在人堆裡一鑽便沒了影子，雖未完全看清楚，但也見得是個身形嬌小的少女。

龍涯攤開手掌一看，只見一枚晶瑩剔透的水晶棗兒，酸甜甘香之氣四溢，只是蜜餞外有糖津，搞得手心黏呼呼，一看便知是姑娘家的惡作劇。龍涯丈二金剛摸不著頭腦，一時之間也想不明白何時何地招惹這等頑皮人物。

正在疑惑之間，忽而聽得鑼鼓聲響，所有人都拭目以待。只見先前尾隨的那個婦人走到堂中，對眾人道了個萬福，便開口言道：「各位，今日小婦人借貴寶地，重金招募繡娘，只要願意離家遠行務工的女子，都可前來一試。題目自選，以一炷香為限，若是中選，自有重金相酬。」言語之間，早有不少女子步入大堂，既有十三四歲的少女，也有四五十歲的半老徐娘，可謂形形色色。

龍涯負手立於一旁，心想，看來這個婦人便是閒漢們口裡的木大娘，若是招募一個繡女，便出價百兩，這裡十餘個繡檯，若是全中，豈不是有千餘兩之多，果真是好大的手筆。

正在思慮之間，忽然聽得身邊的閒漢們紛紛咂舌，眼前出現一個鵝黃的身影，龍涯定眼一看，只見一個年方十四的美貌少女，嘴角上翹甚是俏皮，眼見他注目觀望，忽然舌頭一吐，衝著他做了個鬼臉，而後轉身尋了一處繡臺端坐。

龍涯心念一動，心想適才拿棗兒扔自己的，想必便是這小祖宗，也不知何時結下的梁子，正在疑惑之間，周圍人群又是一陣聒噪，抬眼望去見得羅衣裙動，一個高挑的妙曼身影晃過眼前。只見髮髻堆鴉，芙蓉如面，龍涯心頭猛地一跳，面露欣喜之色，眼前的女子正是他夢縈魂牽的魚姬！

魚姬和龍涯打了個照面，卻如全不相識般一晃而過，徐步走到那黃衣少女身邊的繡檯坐定，只待鑼聲一響，便開始刺繡女紅之舉。

龍涯乍然見得魚姬，本想打個招呼，近前寒暄幾句，不料卻得這般冷遇，難免有些茫然，心想莫非上次什麼地方得罪了這姑娘不成，這廂煞費思量，那廂已然銅鑼聲響，眾女開始飛針走線，各顯其能。

女紅一事乃是女子必修之道，大多在幾歲時便由家中母輩悉心教導，是以裁衣、縫補、繡花之類，便如吃飯、喝水一般簡單。但要精於繡工卻也不是件容易之事，若非天資聰穎，便是經多年磨礪方才有成。然而短短一炷香時間要想繡出什麼花樣來，也確實不易。所以繡娘們無不神情嚴峻，盡力施為。

龍涯眼見那黃衣少女面露急躁之色，心想這丫頭行為無狀，想必是不擅此道。接下來果不其然，只見其下針魯莽，全然不得其道，白綢上沒繡上幾針，倒把自己扎得嗷嗷叫。龍涯不由得啞然失笑，心想怎生跑出這麼個寶貝來，分明是全然不懂女紅，也不知哪來這般自信，在這麼多人面前鬧這一齣。轉眼看看魚姬，只見舉手投足看似像模像樣，但白綢上也是針腳凌亂，鬆緊無度，看來也比那黃衣少女好不了多少。

龍涯暗自歎了口氣，心想這魚姬姑娘原來也是個銀樣蠟槍頭，便是他這粗手大腳的鬚眉漢子上去，只怕也比她繡得工整些。再轉眼其他人，既有女紅不濟的，也有有條不紊、飛針走線的，其中自是幾個年紀頗大的婦人手腳伶俐，繡樣精美，已俱雛形。

一炷香時間過去，鑼聲一響，眾女紛紛停下針來。

木大娘徐行檢視，在每個女子面前一一停留，說也奇怪，她目光所在只是在繡案上一晃而過，視線反而停留在女子們的腰肢胸腹和面容之上，每走過一個女子身側，便發給那女子一個小牌。

小牌有紅綠兩色，龍涯看得分明，除了那幾個上了年紀、技藝純熟的婦人得紅牌之外，其餘的青春少艾都是綠牌。一旁早有管事將一干女子引進後堂，堂裡又換了一批前來應徵的繡女。

龍涯見魚姬和那黃衣少女皆領了綠牌，跟隨管事奔後堂而去，心想此番她們定是落選，正好也有心一敘，於是擠出人群，偷偷跟了進去。遠遠見得眾女分成兩組，綠牌的一律進了東廂等候，而紅牌的卻由管事帶進西廂。龍涯一時好奇，便跟去西廂，只見管事自懷裡掏出幾個紅包，分別打賞給獲得紅牌的繡娘們，而後便一一打發她們自後門離去。起初繡娘們技高落選頗為憤慨，但見紅包中也有十兩銀子，平白落得好處，也就不再糾纏，紛紛各自離去。

龍涯心頭疑慮更重，尋思那木大娘倘若真是開辦繡坊的商人，斷無捨熟就生之理，而今重金集結這許多年少女子，卻不知道葫蘆裡買的什麼藥。尤其是魚姬也在其中，說不得更有一番緣由。那木大娘出手如此闊綽，只是橫看豎看，也不似那般富得流油的殷商巨賈。也不知那一大筆錢從何而來，既然和交趾國使臣有淵源，又這般行為古怪，說不得和五石散之事有牽連。疑慮既生，自然要一探究竟，於是將身一縱上了屋頂，潛伏此間靜觀其變。

年輕女子聚在一處，少不得嘰嘰喳喳說鬧不休，唯獨魚姬和那黃衣少女一言不發，坐在角落邊裡。約莫過了一炷香功夫，又有管事領來得到綠牌的繡娘，而紅牌的依舊是拿紅包打發了去。約莫過了一個時辰，東廂已有五十來名繡女，正是熙熙攘攘，後來的也沒了座位，唯有站在那裡，議論紛紛。不多時木大娘領著幾個管事進來，一一記下眾女的籍貫和家中詳情，再一一發放紋銀，皆是先付五十兩安家費，其餘的五十兩約定來年年終結清。而後便讓眾女各自回家安排行裝，只等明天傍晚在這東市尾的汴河渡頭上船，自揚州出海，南下嶺南。

眾女一一散去，魚姬和那黃衣少女看似一路，也一併離去，龍涯雖有心上前打個招呼，又怕太過顯眼教人起疑，好不容易等到眾女各自分路而行，誰料魚姬和那少女拐進了路邊一條深巷，待到他快步跟了進去，只見深巷空空，竟無半點人影！

龍涯自是知道魚姬懂些法術，想來是有意避開自己，然而越是如此，他便越想問個究竟，既然知道繡女們明天會在這裡登船，魚姬也自然會再來，於是便轉身離去，回到自己的住所收拾停當。

次日傍晚，龍涯於渡頭附近觀望，果然見得一艘大船停在渡口，於是趁人不備，便潛了進去，那船艙寬大，被劃分為若干小間，備有床位、座椅和一應用具，想來是為長途航行所備。龍涯閃身上了桅杆，藏身桅杆頂上的望臺之中。

過不多時，繡女們姍姍而來，在渡口齊集，龍涯看得分明，魚姬和那黃衣少女又是連袂而來，恰巧是自昨日他跟丟的那條巷子裡出來。不多時，木大娘和幾個跟班也走了過來，點齊人數便讓一干人等陸續登船，而後各自安排房間住宿，接著吩咐開船啟航，風帆放下，順風順水而去。

順藤摸瓜

入夜之後，甲板上也無幾人守夜，龍涯悄沒聲息地自桅杆上滑了下來，潛到那幾名守衛身後，伸指在其昏睡穴上一按，那幾人自然癱倒昏睡。沒了守衛，侵入船艙也不是什麼難事，龍涯一間一間悄悄搜尋過去，只見繡女們皆是安睡，渾然不覺有異，終於在船尾的一間隔間裡找到魚姬和那黃衣少女，見兩人均未歇息，於是伸手敲敲木質的船艙壁，便掀開門簾走了進去，低喚一聲：「魚姬姑娘。」

房裡兩人對他的到來倒是毫不意外，那黃衣少女嘻嘻一笑，指著龍涯對魚姬說道：「我說他三更前會來吧，掌櫃的，我有什麼好處？」

「一頓黃金棍如何？」魚姬佯裝發怒，瞪了那少女一眼，少女伸伸舌頭，也不言語，只是瞅著龍涯偷笑。

龍涯頓時覺得頭有些大了起來：「魚姬姑娘既然早知道我會來，昨日為何裝不認識，莫非我什麼地方開罪了姑娘？」

魚姬歎了口氣：「龍捕頭言重了，魚姬絕無此意，只是此行風險極大，龍捕頭本不該上這條船的。」

龍涯低笑一聲：「那有什麼打緊，即便這是條賊船，魚姬姑娘已經上了，我也只有巴巴地跟了來，就是拿掃帚趕，也是死賴活賴不下去了。」倒不是他言語輕浮，只是這心思已然在心頭轉了許久，話到嘴邊也就自然而然地說了出來。待到反應過來，難免有些尷尬，只盼眼前的姑娘別真當他是個無行浪子才好。想到此處，抬眼見魚姬唇角微揚，似笑非笑，顯然是看透了他的心思，不由得耳後滾燙，窘迫之間卻聽得那黃衣少女咕咕笑道：「啊喲……還成了貓兒抓黏糕，死黏上了。」

龍涯看了她一眼，忽而咧嘴一笑：「這位妹子倒是從沒見過，也不知如何稱呼，莫不是十指連心的連小妹？」

那黃衣少女當然明白龍涯是在取笑昨日刺繡比試時，針扎十指的糗事，臉皮上掛不住，腮幫頓時鼓了起來，一張俏臉漲得通紅：「臭捕快，皮癢了不是？」話沒說完，已然快如閃電地欺上前來，右手成爪，朝龍涯臉上抓了下來！

龍涯眼明手快，早一手扣住那少女脈門，只覺對方勁力奇大，頃刻間寒氣撲面，立即將頭一偏，只見被他封住的那隻纖巧手掌指甲暴長尺許，如五把尖銳的小鉤，若非他閃得及時，此刻只怕已經破了相。

龍涯暗自心驚，臉上卻依舊嬉皮笑臉：「妹子，你這指甲得修一修了。」

「逢人便叫妹子，也不知哪來這麼厚的臉皮，也好，正好拿來磨指甲。」黃衣少女瞇縫著眼睛道，作勢要出另一隻手，卻被魚姬一聲喝止：「別鬧了。」

那少女頗為聽話，抽手閃在一邊，口裡嘟囔道：「不鬧便不鬧。」說罷，那尖銳得驚人的指甲已然恢復如常，只見十指纖纖，異常嬌嫩。

「這倒是方便。」龍涯負手笑道，「趕明兒也過我幾招，想來大有裨益。」說罷，轉頭對魚姬說道：「姑娘還沒回答我的問題，為何這船上不得。」

魚姬無可奈何地搖搖頭：「此去凶險異常，你又何必去蹚這趟渾水？」

龍涯將手一攤：「既然姑娘明知凶險也要去，這渾水我自然是非蹚不可的了。」說罷微微一笑：「如此說來，姑娘對那木大娘的底細頗為清楚了？」

那黃衣少女嗔道：「掌櫃的，別理他，知道咱也不說，憋死他。」

「你便是不說，我也猜到了八九分。那木大娘重金招募繡女，卻不選技藝高超的年長者，而只選青春少艾，想來要的不是女紅高手，而是青春年少的妙齡女子。加上出手闊綽，就連落選的人也有可觀的打賞，很明顯是不希望節外生枝，用錢封口。這麼滿滿一船離鄉別井的弱女子，若是到了他人的地界，那還不是任人宰割的羔羊。」龍涯歎了口氣，「魚姬姑娘不是那見錢眼開的膚淺女子，混跡其中想必是另有所圖。上次姑娘的障眼法已然騙過我等多人，想來也不會真讓那些姑娘們前去冒險了。」

「看來到底是瞞不住龍捕頭。」魚姬微微一笑，「那些姑娘都已被我留在渡頭那裡了。現在船艙裡的繡女，也不過是我用水做的替身而已，所以龍捕頭也不必強要留下，還是趁現在船離汴京不遠，快些上岸去吧。」

「實不相瞞，我正在調查的一件案子與這木大娘恐怕有莫大的關聯，何況魚姬姑娘和這位連妹子還在此地，我絕無退縮之理。」龍涯正色道。

那黃衣少女怒道：「連連連，連你個腿兒啊？本姑娘有名有姓，明顏是也！」

此話一出，屋子裡頓時靜了下來，三人你看看我，我看看你，終於龍涯歎了口氣，打破了僵局：「如果我沒有記錯，明顏是魚姬姑娘養的那隻黃毛貓。」

魚姬拍拍腦門，長長地吐了一口氣：「沒錯。」事已至此，她也懶得再隱瞞什麼。

龍涯睜大眼睛，就如同一口吞下了一個帶殼的雞蛋，伸手對著明顏比畫了幾下：「天啊，魚姬姑娘你都拿什麼給貓兒吃了，不到一個月就長成這樣。」

明顏手指啪啪作響，咬牙道：「你小子見好就收吧，再敢東拉西扯，小心我活吃了你！」

「要吃人？」龍涯倒是沒有半點懼意，圍著明顏轉了一圈後，哈哈笑道，「我皮糙肉厚也不中吃。」忽而神情一變，臉色愁苦，猶如天崩地潰般望著魚姬：「既然貓可以變成人，魚姬姑娘你不會是……。」

「不是。」魚姬越發覺得對話走向，已然從正事開始跑題到莫名其妙的問題上，生生兒變得滑稽起來。

「那還好。」龍涯如釋重負，自我解嘲道，「真是庸人自擾，怎麼想貓和魚也不會要好到這等地步。」

一場鬧劇總算落幕，三人對視也自覺好笑。

魚姬歎了口氣：「既然現在該知道和不該知道的，都被龍捕頭知道了，還希望龍捕頭可以三緘其口。」

龍涯低笑一聲道：「這個自然沒問題，但是魚姬姑娘也別再提下船之事，且讓我陪你們走上這一遭，是刀山也罷，火海也罷，皆是等閒。」

明顏翻了個白眼：「這臭捕快說的比唱的好聽，也不知道安的是什麼心。且不說別的，就他這般模樣只怕是沒多久便露了痕跡，到時候別連累咱們才是……。」話未說完，忽然一聲低喝：「有人來了！」

這江上遊船遠離岸邊，此時能來的自然是木大娘一夥，而這小小船艙中卻無任何藏身之處，龍涯正要伸手推開窗戶翻將出去，便聽得魚姬道聲得罪，而後頭上一涼，卻是魚姬順手端起手邊的茶水潑在他頭上！

茶水早已涼透，驀然上頭自是一個激靈，而後龍涯驚奇地發現，眼前的一切居然飛速變得巨大起來，就連魚姬、明顏兩人也是如此。雖說一切並不符合常理，但很快龍涯便反應過來，不是魚姬她們變大，而是自己頃刻之間變小了！就在此時，腳步聲已到門外，魚姬朝前跨了一步，拖曳的裙擺已然恰到好處地擋住了此時僅有一寸高低的龍涯，抬眼望去，只見門簾一開，木大娘領著四五個跟班走了進來。

「剛才這裡好像有男人的聲音。」木大娘面露狐疑之色，在船艙裡四下打量未果，目光又落在立於船艙中央的魚姬身上。

魚姬只是陪笑道：「木大娘真是愛說笑，這小小的船艙容納我姊妹二人尚可，哪裡還可多出一個人來？適才不過是我這妹子來了興致，扮了兩句戲文而已。」

明顏自是伶俐非常，故意壓著嗓子唱到：「俺騎白馬，俺戴桃花，俺手持鋼鞭將你打……。」

木大娘自是大不耐煩，開口斥道：「什麼亂七八糟的？旁人都已安寢，偏生你二人還在耍鬧！」

魚姬只想木大娘等人早些離去，於是開口言道：「如此便要安歇，大娘莫要動氣。」木大娘也不好發作，念叨幾句，便帶人退了出去，聽得腳步聲響，已然去得遠了。魚姬、明顏皆舒了口氣，龍涯也自魚姬裙擺之後轉了出來，搖頭歎道：「好險，好險。」

魚姬彎腰將縮小為一寸高低的龍涯輕輕拈起，小心翼翼地放在那個空出的茶杯裡，而後伸手推開窗子，將杯子遞了出去。

龍涯見狀一驚：「魚姬姑娘，你這是作甚？」

魚姬面有歉意：「龍捕頭勿怪，委實是我們要去的地方，絕非尋常人可涉及之地，這茶杯可將龍捕頭安全送上岸去。我等就此別過。」說罷，手一鬆，茶杯已然朝船艙外烏壓壓的江水中墜去！

茶杯一入水，便懸浮於水面，猶如被一隻看不見的手掌托負其上，飛快朝岸邊移去，不過須臾之間，已然撞上岸邊的石塊，龍涯只覺得身子一輕，頓時被拋上岸去，本以為會摔得七葷八素，不料人一沾地，便身形復原。待得一個鯉魚打挺，跳起身來，只見一片暗黑的江面上幾點燈光映襯，已在十餘丈外。

魚姬在那開啟的窗扇後對他微微一笑，而後便關上了那扇木窗。雖說船速並不快，但也不可能憑空再潛入那艘大船，只得眼睜睜看著那船緩緩隨水而去。

龍涯心頭頗為懊惱，雖明知魚姬此舉乃是不希望自己牽涉其中，只是堂堂鬚眉男兒卻被閨中女兒這般看輕，自是心有不甘。雖說那魚姬和明顏兩人都非比尋常，但到底也只是兩個姑娘家，而今已知木大娘一行人均是虎狼之輩，又怎可任由她們深陷虎口而置之不理？既然打定主意，也就顧不得其他，於是提氣快步飛縱，想這水道雖寬闊，但也非城中運河一般整齊，自有寬窄之分，說不定前方也可尋到瓶頸之處，再上得船去。就這般跟出五里地，忽然，龍涯停住了腳步。因為，他聽到了一個聲音。

馬蹄聲。

此時月朗星稀，他轉過身來四下環顧，只見旁邊的林中影影綽綽，似有動靜，於是手按腰間長刀，沉聲喝道：「什麼人？出來！」

林間枝葉作響，不多時走出一個人來，手裡握著韁繩，後面還有兩匹健馬。淡淡月光照在那人的臉上，約莫三十七八年紀，長相頗為俊朗，只是滿面風塵，眼下泛青，眉鎖愁雲，似乎心神俱疲，而雙目炯炯，卻自有一番氣度。腰間懸有兩把短刀，刀柄烏黑發亮，卻是燕頭形狀。

「回燕刀燕北辰？」龍涯心中已然確定了幾分，目光落在來人所牽的兩匹馬上，「一個人騎不了兩匹馬。」

「因為有一匹是給你準備的。」來人答得輕描淡寫。

「能請到回燕刀給我備馬，禮部尚書周大人想必是出了個相當不錯的價位。」龍涯微微一笑，「只是不知道會做到怎麼乾淨俐落的地步。」

燕北辰的臉上露出一絲笑意：「飄香院中閒雜人等太多，時隔兩天，想要一一料理乾淨也不實際。花錢請我的人能爬到那個位置上，也不會在天子腳下做那等欲蓋彌彰的事。何況太扎手的點子，鄙人也會權衡一二，龍捕頭不必過慮。」

龍涯開口一笑言道：「言下之意，就是說我只是嗅出獵物的犬隻，而你便是那把獵叉了。」

「你這麼說，倒也貼切。」燕北辰鬆開一根韁繩，伸手在馬臀上一拍，那馬自然慢吞吞地朝龍涯走了過去。

龍涯伸手挽住韁繩，目光仍在燕北辰身上：「據我所知，回燕刀只接斬人頭顱的快單，這一刻出刀，下一刻收錢，怎會忽然間接下這等麻煩買賣。須知千里追凶也不見得可以完成任務，豈不是壞了你一貫的規矩。」

燕北辰神色冷然：「然則，龍捕頭是想要一個理由，才會讓我同往了。」

龍涯笑道：「沒錯，我很是好奇。」

燕北辰目光落在遠遠江面的那幾星船火上：「因為我女兒。」

龍涯眉間微動：「據我所知，你聲名一向不太好，更孤家寡人一個，何來的女兒？」

「聲名？」燕北辰嗤笑一聲，「也無怪，世事本就如此。昔日年少輕狂，少不得欠下些風流孽債，聲名狼藉也是自作自受，怨不得旁人。」

「你真有個女兒？」龍涯見他這般神情不似作假。

燕北辰默然，半晌才沉聲說道：「千真萬確。夜來之母乃是當年汴京城中最當紅的占臘國歌姬，因膚色微黑發亮，雙眼幽碧，又相貌美豔，能歌善舞，故有黑珍珠之稱。我費盡心思終獲她垂青，卻因為當年年少風流用情不專，而激得她一怒之下下嫁商賈為妾，從此再不相見，我也是兩年前才得知她早珠胎暗結……。」

龍涯笑笑：「我沒興趣聽你的風流韻事，就算是真的，你也可以打道回府了，據我所知，應該不在船上。」

「我女兒夜來，自是不在那船上。但拐走夜來的就是那群人。」燕北辰看著星點船火，目光森然，「兩年前夜來意外得知自己身世，便揣著當年我送與她母親的定情信物回燕鏢出走尋我，接著便失了音訊。黑珍珠百般無奈方才修書與我，道破此情。我知道自己還有一個從沒見過的女兒，於是四下打探，發現就在夜來失蹤同時，應天府方圓百里一共走失了三十幾名年輕女子，最大的二十六歲，最小的……便是當時只有十一歲的夜來。而在同一時間，應天府也出現過有人服食紫色五石散致死之事。起初我還未將兩件事聯想在一起，直到這兩年我行走江湖四處打探，才知每年這個時候，宋境之內總會有紫色五石散流入，同時也有年少女子失蹤，少則二、三十人，多的就好似這一遭一般，五十餘人之多。是以我相信，跟著這一干人等，一定可以尋回我女兒夜來。」

龍涯眉頭微皺看著眼前這個傳說中浪蕩不羈的男人，而後翻身上馬，沉聲道：「走吧。」燕北辰一言不發，翻身上馬。兩騎沿江岸緊隨那江中的大船而去。就這般一路跟隨，日夜兼程，待到裝載繡女的大船至揚州埠頭，已然是七日之後。出海航行非內陸江河行舟可比，所需物資更是缺一不可，木大娘一行人於此處停泊了兩天，外出採辦了不少貨物，卻多是些布匹、瓷器之類的物事，更有罐裝的火油若干罈，待到貨物運上船去，船身吃水線又上移了兩尺有餘。

龍涯與燕北辰見得此等情形，也不由得暗自稱奇，心想倘若航程頗長，理應多備些糧食、飲水，斷無一味採辦與航海無關物事的道理，然而一旦船隻出海，便不可再在陸上跟蹤下去，然而貿貿然上得船去，兩個人目標太大，也怕打草驚蛇。於是就近雇了一條漁船，遠遠地尾隨在三里之外。船隻一路南下，也算風平浪靜，直到五日之後的傍晚，大船的航向忽然轉向內陸，在一片暮色之中徐徐靠岸。龍涯與燕北辰的小船自是不敢靠得太近，只得遠遠地泊在岸邊的礁石之後，而後雙雙離船登岸，隱在岸邊的茂密樹叢中靜觀其變。

此處乃是一片被叢林、山崖圍合的海灘，密林中蜿蜒出一條道來，也不知通向何處。只見那木大娘走上船頭，就著船上的燈籠，點燃一根細棍，遙指蒼穹，便聽得一聲尖利的呼嘯聲，一點明亮的火星拖著一道亮痕直沖天際，而後「啪」地分散開來，但見火樹銀花，在暮色漸沉的天空中甚是醒目！

「穿雲箭。」龍涯低聲道：「想必是在找幫手了。」

燕北辰點點頭，繼續觀望。不多時，果然見那道上來了二十餘輛驢車，駕車的都是黑衣蒙面的漢子，驢車旁還有不少同等打扮，手執兵刃之人，前前後後竟然有四五十人之多。所有人都是不言不語，只是將驢車趕至海灘之上，井然有序。這廂船頭也放下了甲板，不多時，連同魚姬、明顏在內的五十餘名繡女，在木大娘一行人的威逼之下下了船，一個個神情驚恐無措。

龍涯心想幸好真的繡女都不在此間，否則真有什麼異動，動起手來，難免投鼠忌器。抬眼見魚姬也在打量那些黑衣蒙面人，不知她心中有何打算。

魚姬拉了明顏隱在繡女中間，被拿刀的黑衣人圍在一邊，一面假作驚恐，嚶嚶悲泣，一面偷眼觀察周圍，只見其餘黑衣人在船與海灘間來回奔走，將船艙中一箱箱貨物運上岸去，裝載至驢車之上，一車裝滿，自有一人駕車自原路而去，這般往復幾次，將貨物全部運走，海灘上還剩十輛驢車。

黑衣人一陣喝斥，將繡女們紛紛趕上驢車，魚姬、明顏自是假意順從。那木大娘仔細清點過人數，自己上了一輛驢車，揚聲呼喊上路。那些黑衣人護住驢車，步行相隨，一行人浩浩蕩蕩而去，這片海灘又安靜了下來。

一路上道路崎嶇，驢車顛簸，夜色昏暗，全靠燈籠、火把照明。

魚姬偷偷揭開窗簾，只見車外隨行的黑衣蒙面人一個個不言不語，火光搖曳過處，照見後面那輛驢車駕位上的木大娘。

木大娘此刻神情木然，猶如風乾苦瓜般愁苦的眉眼，露出幾絲凌亂髮絲的鬢角，在驢車的搖晃間，更顯得慘澹。忽然間，木大娘面露痛楚之色，手腳顫亂地在自己懷中摸索，翻出一個紙包便面露欣喜之色，拆開卻是一小包紫色的粉末。她眼中盡是急不可耐的企盼，一仰頭，將粉末抖入口中，片刻之間，滿臉的痛楚已然煙消雲散，人乏力地緩緩靠在旁邊駕車的那個黑衣蒙面人肩上，只見眼神迷亂，滿臉紅潮，大大小小的汗珠密布，甚至匯成細流，順著臉龐蜿蜒，濕了雲鬢，滴落在脖頸之處。

那駕車的黑衣人身軀發顫，想來甚是驚恐，卻不敢動彈，只是勉力繼續駕馭驢車。約莫過了一盞茶時間，木大娘方才如夢初醒，睜大了眼睛，緩緩舒了口氣，正要坐直身子，卻見自己靠著的那個黑衣人神情慌亂，驀然惡向膽邊生，伸手摘下頭上的長釵，用力扎向那黑衣人的咽喉！

事出突然，那黑衣人自是沒防備，還未呼叫出聲，便已然穿喉斃命！

此變一生，眾人皆是愕然，不過很快，一旁早有另一個黑衣人將屍身拖下驢車扔在路邊，而後撿起趕驢的長杆，坐在剛才斃命的黑衣人位置上，繼續駕馭驢車。而其他人也權當什麼事都未發生過一般，繼續趕路。木大娘在袖子上擦擦帶血的釵子，而後將釵子插回髮髻之上，順手攏攏耳際的髮絲，神情又恢復了先前的漠然。

魚姬神色凝重，緩緩放下簾子，對明顏說道：「看來咱們要去的地方，遠比設想的更為凶險。」

明顏微微動容：「何以見得？只不過是死了一個惡人跟班而已。」

魚姬搖頭道：「你不見那些黑衣人對那木大娘心有畏懼，噤若寒蟬。區區一個弱女子，何來如此的震懾力？說穿了，他們也是畏懼木大娘背後的東西。」

明顏道：「不如掌櫃的掐指一算，便可知一二。」

「適才上車之時，我便已經算過，可是……一無所得。」魚姬歎了口氣，「看來這裡離異域很近了。」

「異域？」明顏奇道，「咱們不是來尋土靈玦的麼？」

魚姬眉頭微鎖：「那木大娘的紫色五石散裡，的確是隱隱帶有土靈玦的靈力，但是而今看來，土靈玦在異域的可能性很大。這或許就是咱們一直以來都感應不到土靈玦的原因。」

「掌櫃的，你還沒跟我說，異域究竟是什麼？」明顏追問道，「這個難道也和兩千年前的那場六道浩劫有關？」

魚姬點點頭：「沒錯，浩劫席捲天下之前，天地萬物都因循六道而時序輪轉。只因輪迴驟然而止，而六道中的順序變遷，卻沒有同時停止，所以有不少地方都出現了混淆和撕裂，形成了全然不同於正常世界的古怪區域，裡面的事物更是發生了難以設想的變異，非常理能解釋，所以稱之為異域。因此我們將要去的地方委實是難以預料，還是得多加小心才是。」

明顏點頭稱是：「難怪掌櫃的硬將那臭捕快扔下船。」

魚姬聞言一呆，眼前似乎浮現龍涯的面容來，繼而淡淡一笑：「以他那任俠好義的性子，見了這群人的勾當，少不得要管上一管，只是這事不比尋常，也非凡夫俗子能插手。況且此事原本就與他無關，又何必累及無辜。上次去北地接你之時，中途遇到已然還清人情，以後自然不會有什麼糾葛了。」

「如此說來，掌櫃的與那傻子原有淵源，我還以為上回在鬼狼驛是初識呢！」明顏將手一攤，「那人時精時傻，若非凡夫俗子一個，倒也覺得幾分有趣，只可惜以後沒機會拿他戲耍……。」

魚姬搖了搖頭：「你啊，你啊，只知尋人戲耍，何嘗記得雙肩重任？」而後幽幽言道：「其實你以前也見過他的，只是現在全不記得而已……。」話到此處，卻沒再繼續說下去，只是歎了口氣。

歎息之間忽然覺得車身平穩了許多，不再似先前一般顛簸，想來已然上了一條平坦的道路，於是撥開簾子一看，只見前面一處高聳的青石牌坊，上寫「溯源鎮」三個大字，字跡龍飛鳳舞，卻是早已不被沿用的大篆，石面斑駁，少說也歷經千年風雨消磨。大道貫穿牌坊之下，連接著背後的民居城鎮，看房屋外觀，卻不盡然是宋土風格，尤其是遠離街道之處，多是竹樓，隱在群山環繞之中。此時孤月獨照，更是說不出的蕭條。

盲山絕域

魚姬心想，這溯源鎮地處大宋與交趾國交界之處，是以兩國風俗皆有。只是此時也不過一更天，不知為何這看似繁盛的城鎮卻空無一人，家家閉戶，就連燈火也沒半個。

正在思慮之間，驢車又繼續前進，在一干黑衣蒙面人的簇擁下緩緩駛向鎮內。邊城人家自是家家養狗，聽得腳步響動，紛紛狂吠不已，而黑衣人們也是置若罔聞，不緊不慢地驅車前行。越深入城鎮，犬吠之聲越多，卻無一戶主人出聲喝止。

明顏生性怕狗，聽得吠聲此起彼伏，也不由得心中不定，心慌意亂言道：「該死的破地方，難道人都死光了？偏偏這麼多死狗吠個沒完。」

魚姬神情越發凝重：「這裡的人聽得這般大的動靜，卻無人出來查看，多半是對這等狀況早有默契。」直到驢車不緊不慢地穿過城鎮，漸漸遠離，犬吠聲方才漸漸消停。大約又走了三里地，驢車終於停了下來，早有黑衣人拉開簾子，低聲招呼眾繡女下車。魚姬下車站定，只見眼前是一片平坦之地，周邊立有不少火把、木樁，把這暗夜照得透亮。之前運來的器物木箱已然整齊擺放在那廣場中央，廣場盡頭乃是一道長約百丈的懸橋，橋下漆黑一片，也不知道有多深，只是隱隱聽到嘩嘩水聲，想必是山間水澗奔流不息。

懸橋的對岸隱在濃密的夜色之中，似乎被山中的水霧縈繞著，顯出些許茂密的山林輪廓，莽莽蒼蒼，甚是險峻，也不知道是不是火光映襯的關係，似乎還泛著一片詭異的紫色光芒。而廣場連接懸橋的位置，立了一塊高大的石碑，上書「天盲山」三個大字。

黑衣人將繡女們趕到廣場中央，便紛紛垂首退了開去，奔向來時路，不到半炷香光景，就已然走得無影無蹤。

木大娘轉過身，對一眾繡女緩緩言道：「等會無論看到什麼，都不要哭叫吵鬧，否則沒有人能保得住你們。有精神便好好看清進山的路……。」

眾女鴉雀無聲，魚姬和明顏對望一眼，心想這婦人所言如此怪誕，似乎另有深意。就在此時，忽然聽得一陣雜亂蹄聲自懸橋那邊而來，魚姬心念一動，心想難不成還有人可以縱馬過這隨風而動的懸橋不成？

「掌櫃的！」明顏忽然低呼一聲，她本是貓妖之身，暗夜視力自是遠勝魚姬，是以一望可知，那懸於深澗的橋上已然多出數十人，一個個身形高大異於常人，上身赤膊肌肉糾結，下身穿著甚是誇張的燈籠褲，行走之間雙腿詭異的膝蓋外翻，好似侏儒常見的羅圈腿，但偏偏腿腳強健，而褲腳開口處露出的卻非人腳，而是如同牛、馬之類的圓蹄。更為恐怖的是這些人的眼睛，在暗夜之中目光灼灼發出暗紅之光，讓人一望便不寒而慄。

魚姬看清了來人，也不由得吃了一驚，聽得明顏低聲問道：「那些……是牛怪麼？」魚姬定定神，仔細觀望，卻不見這些人身上有半點妖氣，低聲言道：「不是……那是人，不是妖怪。」

明顏張口結舌，半晌才低聲應道：「難道這天盲山便是掌櫃所說的異域？居然會有這麼不像人的半牛人。」

言語之間，那些半牛人已經到了廣場之上，見得這許多如花似玉的年輕姑娘，自是欣喜若狂，上得前來便不由分說各自逮住兩個，扛上肩頭，與高采烈地奔懸橋另一頭而去，口裡自是呼呼吼吼，得意非常。

明顏見得一個半牛人探手來攬自己，心頭自是不悅，本想亮出鋼爪給他點苦頭，卻聽得魚姬在耳邊低聲喝道：「暫且忍耐，休誤大事！」言語之間，便見魚姬被那半牛人扛上肩頭，稍一遲疑，那半牛人已然將她夾在腋下，朝懸橋而去。

明顏聞得半牛人身上惡臭難當，差點被熏得背過氣去，好在上了懸橋，山風一吹，總算沒那麼濃烈的臭味侵襲。忽然間她抽抽鼻子，面露驚訝之色，抬眼看看半牛人肩頭上的魚姬，悄聲道：「他來了。」

魚姬「咦」了一聲，驀然心念一動，低頭一看，只見適才半牛人蹄子經過的橋板縫隙下露出一雙眼睛來，不是當日被她扔下船的龍涯是誰？此刻魚姬心頭滿是詫異，卻又浮起幾絲說不清道不明的思緒來，心想當日已然讓他遠離這場凶險，不知怎地，竟然讓他尋到此處。想來從那晚開始，他便一直尾隨著那艘大船順流而下，一刻不曾停歇。

此刻龍涯一身黑衣，正攀在橋板之下隱住身形，燕北辰也懸身其後。卻是先前在海灘之時趁那些黑衣人不備，偷偷放翻兩人，剝下穿戴換上，混在人群之中假裝押送驢車。適才黑衣人一併退去之時，他二人便偷偷潛回，藏身在這懸橋之下。初見那些半牛人時，他二人也是大吃一驚，直到眼見半牛人擄劫繡女，才發覺大事不妙！

龍涯見得那半牛人扛起魚姬，挾著明顏，特別是那惡臭難當的爪子環在魚姬腰間，就不由得血往上衝，若非魚姬搖頭示意他切勿出手，早躍身而出，一刀斬下那怪物的臂膀。龍涯見魚姬這般舉動，自是心領神會，縱然心有不甘，也唯有按兵不動。

剩下幾個半牛人將廣場上的貨物抗上肩頭，也快步跟了上去，偌大的廣場上只剩木大娘一人。她遙望橋上的半牛人背影，眼神既是憤懣又是怨毒，而後又恢復了先前的木然，長長吸了口氣，好像沒有那一口氣息，便沒辦法再動彈一般，緩緩跟在半牛人後面，朝那片泛著紫色光芒的山嶺而去。

龍涯與燕北辰見人都去得遠了，方才翻身上橋面，彼此交換一下眼色，而後快步跟了上去。

天盲山山高林茂，野草叢生，龍涯與燕北辰不敢跟得太近，加上夜色深沉，林間更是昏暗，一丈之外皆是不可見，不多時，已然失去了那些半牛人和木大娘的蹤跡。

龍涯雖知魚姬和明顏是故意讓半牛人擄去，但此時卻不由得憂心起來。正在尋覓之間，忽而聽得一陣窸窸窣窣，似乎前面的樹叢中有什麼東西正朝這邊來，於是停下腳步，對身後的燕北辰悄聲道：「有人來了，小心。」

話語未落，前面的樹叢一分，撞出一個瘦小的人影來！

龍涯看得分明，眼前的孩子只有十二、三歲。一身衣衫襤褸，披頭散髮，小小的身軀出奇單薄，乍然見得他二人，自是吃了驚嚇，面容扭曲，而後轉身飛快逃走。

燕北辰下意識地上前一步，一把抓住那孩子的右臂，正想問個究竟，不料那孩子只是死命掙扎，卻全不吭聲，就如同一隻落入陷阱的絕望小獸！忽然間，那孩子左手裡白光一閃，已經抓住一支尖銳物事，朝燕北辰胸口插了下來！

燕北辰是何等人，怎會畏懼這樣一個驚恐的孩子？他只是用手一扣，已將孩子纖細的手腕握住，待到他看清那孩子拿來襲擊自己的武器，驀然一呆，只覺一股血氣直衝腦門！

沒有人比他更熟悉那件武器，因為那是一支帶著燕頭的飛鏢。

他的回燕鏢！

就在此時，忽然覺得右腕劇痛襲來，燕北辰下意識地將手一鬆，那孩子已然如脫兔一般飛快地鑽進了矮樹叢中！

龍涯見孩子咬傷燕北辰手臂脫困出逃，連忙快步追了上去，奈何他身形高大，不可能和那孩子一樣在樹叢、盤根之間的縫隙來去自如，只得提氣在樹幹之間飛縱。尾隨樹叢枝葉搖曳的動向，緊跟其後。

燕北辰雖心神激盪，倒也不曾落下，兩人在林間快速穿行，大約追了半個時辰，面前再無矮樹叢，卻是已然到了山頂。

雖然被高大的樹冠所覆蓋，但空中的一輪寒月仍透過枝葉縫隙，將慘白的月光投射在樹林圍合的那一片空地上，而空地正中有個圓形的一尺高石臺，石臺的正中立著一個古怪的石樁，形狀好似一支巨大的箭，箭頭深插石臺之內，只餘半人高的箭尾和箭身在外面，顯得分外突兀。周圍擺了一圈土陶的碗盞，裡面全都空空如也。

龍涯四下巡視，卻不見剛才那個孩子，而後將目光落在那石臺石箭上，沉聲道：「這裡似乎是一個祭祀用的場所。」

燕北辰對龍涯的言語似乎充耳不聞，只是來回走動，四處張望，失魂落魄地喃喃念叨：「夜來……夜來……。」

龍涯見得他這般情狀，暗自歎了口氣，而後問道：「剛剛的小鬼拚死掙扎，都未發一聲，似乎是個啞巴，且蓬頭垢面，男女難辨，你又如何能確定那就是你女兒夜來？」

燕北辰回過頭來，神情緊張：「我看到她手裡的回燕鏢。兩年前夜來離家便揣著此物。」

龍涯微微點頭，也四下搜尋，忽然揚聲道：「那裡好像有一個洞！」說罷，已然快步走到圓形祭壇所對應的那面山壁處，伸手拂開山壁上垂下的山藤，果然見到一個狹長的黑洞，就像在這山壁上開了一條口子。洞寬一丈五，高三尺，成年人想要進去，非得彎腰不可。

燕北辰乍然見得山洞，不由面露喜色，早顧不得許多，便要彎身進去，卻被龍涯一把抓住：「且慢！」

「為何？」燕北辰一心只想快點找出那個孩子，以證實心中猜想，不免有些心浮氣躁。

龍涯沉聲道：「人都說回燕刀行事小心，生性多疑，不想今日卻少了考量。那孩子未必真在洞中，更何況情況不明，怎可貿貿然進去？」說罷，自地上拾起一個小石子，順手扔進洞中，只聽得一段沉寂之後，便是「啵」的一聲，卻是石子入水所發出的聲音。

「看來那下面有個水潭，而且地勢很低。」龍涯自懷中掏出火摺子一搖，在洞口一照，也只可看清前面兩丈左右的地方。

燕北辰驀然出了身冷汗，只見洞口朝內不到一丈的地方，已然是一個斷崖，剛才倘若冒冒失失撞了進去，只怕已一腳踏空，摔了下去！

龍涯皺眉審視那斷崖，將手裡的火摺子盡力拋向前方，那一點火光成拋物線，在面前的黑暗山腹中劃出一道亮痕，最後「啪嗒」一聲落在斷崖對面的地上，雖然光線微弱，但也可勉強看清斷崖下的事物。

只見腳下的斷崖高約十丈，下面是一個甚是寬大的山洞，洞頂懸垂無數鐘乳石，大大小小不一。洞的底部有一個方圓八丈的水潭，剛才那小石子便是掉進了這水潭之中。而水潭邊皆是層層相疊的岩石，岩石上散落了些凌亂的灰白事物，被火光一照，居然發出幽綠的淺光！

龍涯與燕北辰驀然臉色都是一變，因為他們所見到的是一堆又一堆骨頭，人的骨頭！很快他們還發現，不只是枯骨，還有屍體！

匍匐的、仰躺的，甚至還有攀在岩壁，保持攀岩姿勢的。

有的已經半腐見骨、有的腫脹如鼓，甚至有很多骨盆破裂，如同九月裡爛熟炸裂的西瓜。

唯一可以確定的是，那些屍體都是女人，而且均不著寸縷！

雖然龍涯與燕北辰身處高聳的斷崖之上，聞不到下面的屍臭，但眼前的情形，卻讓這兩個久見陣仗的大男人感到一陣惡寒！

這山洞中屍體數量之多，實在難以估計，而屍體的狀態，很明顯有些人是還未斷氣，就被扔進這洞中。便是一時沒有摔死，這陡峭的岩壁，沒有人相助，單憑手無縛雞之力的弱女子，根本不可能再爬出去，於是也只能留在這屍洞之中等死。這些姑娘死狀淒慘，就連半點遮羞之物都沒有。兩人想起先前在懸橋那裡見到那些野蠻的半牛人如何擄掠那些女子，便知這些慘死的姑娘生前曾遭遇過何等非人的折磨！

「禽獸！」龍涯皺眉罵道，再轉眼看看洞內，而後對燕北辰道，「看來那些女子便是歷年來各地失蹤的姑娘們。這斷崖太高，一個如此瘦弱的孩子，根本不可能徒手爬下去，應該不在此處。」

燕北辰渾身發顫，手指咯咯作響，一想到自己的女兒可能也和那些可憐的姑娘一樣下場，就不由得血往上衝，俯身出洞之後，面帶殺機，手按回燕刀，眼光朝那密林之中望去，只見三里之外的山坳中隱隱有火光，恨恨咬牙道：「在那裡！」

龍涯自也看到那片火光：「看來那裡便是那些怪物的棲身之地，說不定你女兒還在那裡。」

燕北辰強壓心頭激怒，點點頭。兩人辨明方向，奔火光而去，離開此間之時，龍涯忍不住又看了看那個可怕的山洞，心想那裡便如一張血盆大口，生生兒毀掉這許多條性命。好個天盲山，真真兒是那天不開眼之處。這天盲山處處透著詭異，莫非真是人間煉獄不成。那供奉在圓石祭壇上的石箭不知道又是什麼玩意。

遠處看來只是一點火光，到了近處一看，卻是個兩丈高的篝火架，縱橫交錯，足有十餘層高，此刻烈焰熊熊，不時發散些零星火星出來，燃燒得劈劈啪啪。篝火架在一片光禿禿山崖圍合的空地上，山崖上有不少大大的孔洞，有的裡面還透出燈火來，想必是那些半牛人棲身的巢穴。篝火旁有一個巨大的木籠子，全由碗口粗的樹幹綁紮而成，木欄之間的縫隙很密，僅可探入手臂，便是再瘦小的人，也無法擠將出來。木籠子中密密麻麻全是人，放眼看去，正是剛才被半牛人擄掠進來的一干繡女。龍涯早知那都是魚姬用法術做出的傀儡，倒也不如何擔心，只是細細看來，其中卻無魚姬和明顏的身影！此事當真非同小可，但不知是她二人自動脫身，還是被關押他處。

而此刻，那些半牛人一個個跪坐在篝火邊喝酒、吃肉，高聲笑談，興高采烈。周圍也有幾個婦人在一旁伺候，一個個都如木大娘一般，神情木然，只是機械地自動為半牛人添酒。席上多是一些土陶碗碟，就和龍涯先前在山頂祭壇看到的一樣。碗碟裡不外乎就是些煮熟的肉食，碗口般大小，色澤泛白，應該沒加什麼調料烹飪。還有一些碟子裡盛著鹽碎，顆粒大小不勻，應該不是自外面買來的成鹽，而是這些半牛人自己在山裡開採而得。半牛人直接抓起白肉，蘸上粗鹽進食，吃得滿面油光，口沫橫飛。

龍涯與燕北辰潛伏在灌木叢中窺視片刻，皺眉數了數在場的人數，發覺光席上進食的半牛人就有五、六十人，打雜的婦人約莫十來個，也不知道那些透出燈光的山洞中還有多少。先前在進天盲山之前，便見過這些半牛人運送貨物，偌大的貨櫃也可隨手舉起，想來一個個必定力大如牛，若是貿貿然上去，敵眾我寡，只怕是討不了好處。再加上魚姬、明顏下落不明，而今最為重要之事，便是先行與魚姬二人會面，再作籌謀。

轉眼見右邊的山壁前也有兩尺來高的灌木，於是龍涯對燕北辰打了個手勢，示意先去那裡看看。兩人頗有默契，於是借著灌木的遮擋，一路匍匐前進，他們一身黑衣，加上動作輕快，外面的半牛人自是不知有人潛入，還在各自嬉笑鬧酒。

龍涯見得最近的一個洞穴光線遠比其他洞穴昏暗，心想那裡想必是沒有多少守衛，於是就地一滾，已然神不知鬼不覺到了洞口，一閃身避入洞內，只見洞內整齊放了不少瓦罐，卻是之前木大娘採購之物，稍稍近點，就可聞到一些刺鼻的火油味。一排不甚規則的石階蜿蜒而下，而燈光則是從盡頭的石壁後面折射而出。

龍涯探手在洞外做了個手勢，燕北辰自然心領神會，如法炮製，進了那山洞。兩人一前一後，悄無聲息地慢慢順著石階而下，越朝下走，便越明顯地感到洞內的溫度遠比外面高出許多。到了轉角處，燕北辰撿起一粒石子扔到石壁之後，側耳傾聽片刻，毫無半點動靜，想來那裡並無人在，於是兩人鬆了口氣，自石壁後轉了出來，然而眼前的一切，卻讓人心驚膽戰！

這個洞穴也不算很大，大概三丈見方，沿牆留有一圈內凹的細溝，裡面燃著一尺來高的火焰，應是以火油做燃物，長久的炙烤使得洞壁漆黑，而洞穴的中間卻密密麻麻羅列了不少微微傾斜的床板，大約有二十餘張之多。

其中有十張上面躺有人。

那是十個蓬頭垢面、披頭散髮的女人。一個個都神情呆滯，就算見得龍涯、燕北辰進來，也只是呆呆看著，空氣中彌漫著混雜著血腥和糞便、尿液的臭味。

她們的手、腳都被繩索綁在床板之上，手腕、腳腕處一片血汙，把粗糙的麻繩染得烏黑。頭部被夾在兩塊木板中間固定，張大的嘴裡填有木質的厚環，撐開上下顎。腮邊凸顯的腫脹痕跡，表明下顎已是長時間脫臼，不斷流淌的唾液沖刷著早已變色、帶上血痕、咬痕的木環。腰腹部位高高隆起，和瘦削失色的臉龐極不相稱，似乎是已有七、八個月以上的身孕。即使是覆蓋在一床床灰敗、骯髒的棉被下面，裸露的肩膀、脖、頸，都表明棉被下的身體，也都不著寸縷。

龍涯皺眉順著那些空置的床板看去，只見床板所帶麻繩都一樣烏黑帶血，尤其是床板中下部的汙痕更是深深侵入木紋，那陳舊血跡塊面之大，幾乎沾染了整張床板，斑斑塊塊，觸目驚心！被綁住的女人披頭散髮，滿臉汙痕，有些身形似乎也未完全長成，但這等非人的凌虐早已抹殺了她們應有的青春活力，要不是還在呼吸喘息，幾乎和死人沒有什麼區別！

龍涯不敢想像曾有多少青春年少的女子，被這樣屈辱地囚禁在這山洞之中，受盡非人的折磨和蹂躪。

燕北辰身軀微顫，快步奔走於床板之間，口裡低喚女兒的名字，小心撥開覆蓋在姑娘們臉上的雜亂髮絲，仔細端詳那些可憐姑娘們的憔悴面龐。然而待到看清，臉上的期盼之情便化作幾分失落，又轉向其他人，繼續尋尋覓覓。從這頭一直走到那頭，又從那頭一直走回石階旁，最後臉上盡是失望神色。

這裡的姑娘大多是十八九歲，即便是最小的一個，也應該有十五歲年紀，很明顯，他那年方十三的幼女夜來並不在此處。一次次滿懷希望，卻又一次次失望，原本已然心亂如麻的燕北辰有些失控地在床板間踱步，不時拿拳頭捶著自己的腦袋。

龍涯暗自歎了口氣，心想關心則亂，便是燕北辰也不例外。難怪起初見到他之時，便是滿面困乏，眼下發青，想來得知女兒失蹤，跑遍江湖四處尋覓，這兩年已然教他心神俱疲。倘若再這般下去，只怕精神再難維繫，崩潰只是遲早的事情。眼前這個焦慮、頹喪，有些神經質的父親，哪裡還是那傳說中殺人不眨眼的冷血殺手回燕刀？

「外面還有不少洞穴，說不定……。」龍涯本想寬慰於他，卻突然臉色一變，悄聲喝道：「有人來了！」

萬劫不復

燕北辰聞言一驚，果真聽得一陣踢踢踏踏之聲從石階傳來，自是將身一縱，貼近洞頂，龍涯也將躍身而起，雙臂扣住洞頂，隱身在垂掛的鐘乳石之間，屏息靜氣以待。

不多時，果然見得一個身材高大的半牛人走了進來，右手抓了一支長長的狼牙棒，另一手提了個火油罐子，逕自走到燕北辰藏身處下方的角落裡，拍開泥封，將罐子裡的火油緩緩傾入岩壁的石沿裡，燃油充足，火焰自是高了起來，將整個洞穴烘得更熱、更亮。

隨著這一亮，龍涯發現床板上姑娘們原本呆滯的面容忽而變得扭曲起來，眼中盡是難言的恐懼，甚至隨著半牛人的蹄聲，身子微微聳動，似乎想要躲避，但四肢、頭、頸，俱被牢牢固定，自然是避無可避。

那半牛人口裡哼著小調，搖搖晃晃走到鄰近一張床板邊，忽而嘿嘿怪笑兩聲，伸手揭去那姑娘身上的破棉被，露出一副赤裸的身體來。瘦削的身體上多處瘀青傷痕，和單薄身軀極不協調的是那高高隆起的圓滾滾肚子，慘白的肚子上依稀可見突出呈青色的血管和橫向分布的斑紋。兩隻廢口袋也似的乳房攤在胸膛上，垂向兩腋……只有經歷多次生育，才會在青春年少的身體上，造成這等不堪的現狀。

龍涯別過臉去，不忍再看，心裡開始明白這夥半牛人千方百計弄來這許多女子的用意。從進天盲山到現在，所見的只有雄性半牛人，而這裡的女子，都是正常人的形態。很明顯，這裡沒有雌性的半牛人，之所以將這麼多年輕女子擄掠來此，就是為了繁衍後代。外面做雜役的婦人，包括那木大娘在內，說不定都是和這些可憐的女子一樣，被拐騙或強擄而來。待到有孕，便綁縛在床板之上囚禁於此，木板固定脖頸，是為了防止女子撞擊後腦尋死，而填塞口裡的木環，則是為了防止女子不堪其辱，咬舌自盡！清白人家的女兒無端受此惡劫，當真是求生不得、求死不能。

就在此時，只聽得那半牛人又是幾聲怪笑，咧開嘴，伸出肥大且帶著黏稠黏液的舌頭，緩緩舔過那女子驚恐交加的臉龐、脖頸、乳房……而後停留在女子隆起的腹部。

龍涯只覺得胃部一陣不適，心中怒火中燒，手裡的鋼刀一緊，正想一刀結果這頭下作的淫獸，就見得眼前黑影一閃，帶起兩道雪亮的刀光！

燕北辰的刀向來又快又狠，只聽得「呲呲呲」數聲，那半牛人壯實的脖子上已然裂開幾道又細又長的口子，鮮血噴射而出，帶起一片血霧！半牛人龐大的身軀朝著床板上的姑娘倒去之時，額頭上又吃了燕北辰一腳，倒飛出去撞上石階旁邊的岩壁，發出沉悶的一聲「砰」。

燕北辰面帶煞氣，正想收刀回鞘，彎身拾起地上那張破棉被，蓋住床板上那可憐姑娘飽受凌虐、傷痕累累的身子時，忽而心裡咯噔一聲，浮出幾絲不祥之感，驀然回頭，只見那脖間傷口還在飆血的半牛人，晃蕩著異常壯實的身子，居然又站了起來！以往他出手，通常只需要一刀就能了結，而今居然有人脖頸受了他四記回燕刀，急劇失血還能站得起來？

燕北辰沒有時間驚詫，因為那半牛人手裡那根碩大的狼牙棒，已經挾著凌厲的風聲，朝他的天靈蓋砸了下來！燕北辰也不能退開，因為他的身後便是那女子躺著的床板，倘若他閃開，那可憐的姑娘必定成為棒下亡魂！既然不能閃避退讓，唯有雙刀一架，將那重逾百斤的狼牙棒截住，刀棒相撞，燕北辰只覺得雙臂發麻，雙刀幾乎脫手而去！

燕北辰的成名武器回燕刀，以輕巧、犀利見稱，自是打造得短小精悍，而今驟然對上這等沉重粗蠻的狼牙棒，自是討不了好處，加上那半牛人力大如牛，與之鬥硬自是吃虧。燕北辰驚詫之餘，反應甚是靈敏，刀身一斜，自狼牙棒下滑出，隨即腳下弓步飛縱，連人帶刀直撞入那半牛人懷中！

正所謂一寸短一寸險，那半牛人身體龐大，難以靈活應對，狼牙棒還未收回，便覺得胸腹一涼，那袒露在外、肌肉糾結的腹部，已然在頃刻之間被燕北辰剜上了十餘刀，立時腸穿肚爛，支離破碎，鮮血噴湧而出！

先前半牛人喉嚨被襲，血往上衝，阻塞聲門，是以無法發聲，而今腹部重創，血往下走，驀然喉頭一清，劇痛之下正要張口呼救，忽而喉頭一辣，卻是一柄長刀自口中插入，刀鋒飛旋，早捲得半牛人口中一片血肉模糊！

只見一片雪亮的刀光閃過，半牛人的頭顱已然飛旋而出，撞向岩壁，而後跌落於地，張大的嘴裡甩出半條破抹布也似的肥大舌頭。而那無頭的身體也轟然倒在地上，血水自腔子裡汩汩流出，唯有那一雙牛蹄也似的腳還在微微抽搐。

龍涯「啐」了一口，收刀還鞘，看看渾身浴血，面露激憤的燕北辰：「看來這些怪物不太容易死，把頭砍下來比較穩當一些。」

燕北辰目光死盯著地上身首異處的半牛人，呆愣片刻便快步朝床板而去，手裡的回燕刀靈活旋動，已然將床板上那姑娘手腕、腳腕處的繩索切斷、揭下。不料那繩索勒在那姑娘的手腕、腳腕上太久，早和手腕、腳腕上被勒出的傷處血肉凝成一體，這般一扯，居然撕裂創口，又漫出血來！而那姑娘依舊是一動不動，眼神呆滯，除了適才在半牛人淫威之下表現出的本能畏懼之外，似乎已然沒有別的反應，更不覺疼痛，與行屍走肉無異。

燕北辰一呆，額頭青筋爆出，面容更是扭曲，咬牙顫聲道：「這些……畜生……！」

龍涯默默無語，只是撿起地上的破棉被，蓋在那姑娘赤裸的身軀之上：「我知道你想救這些女子，可是剛才你也看到了，那些怪物何等長命，加上數量眾多。而今只有你我二人，根本不可能把這麼多身懷六甲的弱女子全部帶出這人間地獄。我猜那些怪物囚禁這些女子，也是為了傳宗接代，一時半會兒也不會危害到她們的性命。而今之計，唯有去外面多帶人馬來剿滅這些怪物，才可讓她們安然離去。」

燕北辰雖知龍涯言之有理，但一想到自己的女兒也可能和這些女子一樣遭受非人的凌虐，只覺得五內如焚，一腔怨氣無處可發，跳起身來對著地上的半牛人屍體一頓狂毆，就連那被龍涯斬下的頭顱，也被他踩得雙眼爆出，頭骨塌陷。就在此時，龍涯一把拉住發狂的燕北辰，低聲道：「上面又有人下來了！」

燕北辰聞言，強收心神，見龍涯彎腰去搬那半牛人的屍體，也快步上前搭手，將屍體抬到居中的幾張床板下面，由於遠離岩壁的火光，是以不易被看出端倪，隨後一腳將那個殘破的頭顱踢到遠處的角落裡，地上只剩一地的血跡，混在原有的血跡汙垢之中，倒也不大明顯，而後兩人各自躍上洞頂，隱身鐘乳石後靜觀其變。來人腳步比較輕，不是半牛人的蹄腳所能發出的聲音，龍涯與燕北辰交換了一下眼色，便見得那石壁後的石階上下來一個人，只見雲鬢微亂，神情木然，正是木大娘。

木大娘手裡抱著三匹麻布，逕自走了下來，很明顯，洞裡熏人的臭味、血腥味，她早已見怪不怪，對滿地的血腥更是視而不見。下了臺階，左右張望，確認除了那十個被綁縛在床板之上的姑娘之外，並無其他人，便逕自走到石壁角落裡，將布匹斜靠在石壁上後，轉身又上了石階。不多時，吃力地抱著一罈火油下來，放在角落裡。如此往復多次，一共搬了四罈下來。木大娘解開泥封，將一個罈子裡的火油傾在那幾匹麻布之上，一一浸透，而後索性將布匹直接插在剩下的三罈火油之中。木大娘自懷裡摸出一張手帕，細心擦淨手後，走到那些姑娘的床板邊，從袖子裡取出一把木梳子，開始梳理姑娘們散亂的髮絲。

雖然龍涯和燕北辰藏身洞頂，由於角度的關係，無法看清楚木大娘的表情，但見她動作輕柔，甚是體貼。每每梳理好一個女子的頭髮，都不忘伸手自她們口中取出那木質的厚環，細心用袖子擦淨女子的臉。

龍涯與燕北辰曾在路上見過木大娘以長釵刺死黑衣人的心狠手辣，對其眼前的舉動大惑不解。只覺得這女人時而冷血，時而這等細膩，委實弄不明白她心中所想。待到木大娘將那十個姑娘都收拾停當，站起身來，走回角落裡，自油罈子裡取出那早已浸滿火油的布匹朝地上一拋，扯著布匹在洞內的床板間遊走，將浸滿火油的麻布纏繞在女子們身上，連微微傾斜的床板和女子們身上的破棉被一起纏得嚴嚴實實。龍涯見得她這般行徑，驀然臉色一變，心想這婦人是想活活燒死這些可憐的姑娘不成？

正在思慮之間，木大娘已然放下油布，彎腰抱起油罈，開始將罈子裡剩餘的火油傾向洞中各處，一時間刺鼻的火油味已然蓋過了血腥味和臭味！眼見木大娘神情黯然地自懷裡摸出火摺子，龍涯自是無法再坐視，一個翻身落在地上，鐵夾也似的手已然將木大娘拿火摺子的右手牢牢扣住，厲聲喝道：「好個毒婦人，當真是心狠手辣！」

燕北辰也躍身而下，立在龍涯身後，怒目而視，手按腰間雙刀。

木大娘乍然見得龍涯與燕北辰二人，自是吃了驚嚇，下意識地張口驚呼，聲音未出，已然被龍涯一把捂住了口，只發出幾聲沉悶的哼哼。木大娘只覺得右手手腕劇痛，早已捏不住那火摺子，手一鬆，火摺子便朝地上掉去，卻被龍涯順勢一腳，踢到幾步石階之上，遠離這遍是火油、血汙的地面。

木大娘又驚又痛，哪裡還站得穩，雙腳一軟，已然跌摔地。當她見得兩丈開外的床板下，橫著半牛人的無頭屍體，片刻驚嚇過後，眼中驀然帶上幾分近乎瘋狂的快意。

龍涯留心注意外面的動靜，聽得那些半牛人還在呼喝鬧酒，方才鬆了口氣，轉眼見得她這般神色，心頭一驚，將她提起來，掐著她的咽喉，抵在岩壁上靠定，低聲喝道：

「我有話問你，得如實作答，倘若你敢高聲，那怪物便是你的下場！」

木大娘的眼睛依舊是死死盯著那半牛人的屍體，欣喜若狂地喃喃道：「死了……死了……死得好……死得好……。」對於龍涯的問話聽而不聞，直到龍涯一連喝問幾次之後，方才緩緩抬起眼來，看看龍涯與燕北辰，點了點頭。

龍涯見其首肯，微微鬆開手，沉聲道：「你究竟和這些女子有什麼深仇大恨？居然想燒死她們！」

木大娘慘然一笑：「你覺得我是恨她們，才打算讓她們去死麼？你們也看到了，在這個地獄一樣的鬼地方，死是解脫，活著才是活受罪。」她目光森然發直，看得龍涯與燕北辰一陣惡寒，卻叫人不得不相信。

木大娘的眼光直愣愣落在龍涯臉上：「我見過你，在汴京的富貴客棧。」

龍涯點頭道：「沒錯。我是一路跟著你來的。只是沒想到和你狼狽為奸的，居然是那樣一群人不人、牛不牛的怪物。你這樣泯滅天良，誘拐這許多無辜的女子來任由那些怪物蹧踐，究竟圖什麼？」

「泯滅天良？……哈哈！」木大娘慘然一笑，「什麼叫天良？你以為我當真願意為那些畜生做那些汙穢勾當，要不是逼不得已，我也……。」她說到此處，聲音微顫，而後長長吸了口氣，「我只是投下餌食，願者上鉤。至少不會強擄殺伐，更沒有讓一個姑娘死在路上，比之前做這些事的人，已算是心慈手軟。」

「逼不得已？」龍涯聞言冷笑道，「你怎麼不說是你自己對紫色五石散上癮，所以才為那些怪物做下這等惡事。別想否認，之前半路上你癮頭上來時的模樣，咱們可是全部看在眼裡。如果我沒猜錯的話，那種要人命的紫色五石散，就是你從這裡帶出去，轉賣給那些喜好這一口的官家子弟，然後再拿賣五石散所得的錢來誘拐那些姑娘。」

木大娘也不否認此事，只是面帶譏諷之色：「好個正義凜然的大俠。若是換成你每天被人掰開嘴，硬灌五石散，足足灌了兩個月，從此便離不開那害人的鬼東西，每隔三個時辰就渾身癢痛如萬蟻蝕骨，不知那時又會是何等豬狗行徑？」

龍涯聞言一驚，繼而沉聲問道：「究竟是誰這般待你？你究竟是什麼人？」

「我是什麼人？……早不記得了……。」她面容悲憤，但嘴角卻滿是譏笑，彷彿說的是和自己不相干的事情，「我只記得十三年前，我被人強擄來的時候，也和她們一樣，不過十八歲而已。和我一起被運到這裡來的姊妹有三十幾個，但活著進這人間煉獄的，卻只有十來個，其他的都在運送途中，被活活悶死在木箱裡了。這十三年來，這些女子遭過的罪，我全都遭過，只不過我命苦，到現在還活著。」

龍涯越聽越驚，雖說先前也曾猜測過這木大娘是被誘拐進山的女子之一，不料聽到她用稀鬆平常的語調，說著那等慘絕人寰的舊事，心中不免浮起幾絲難言的悲慟惻然，原本按在木大娘咽喉的手，慢慢鬆了下來。

木大娘看看龍涯：「你這是可憐我麼？你要真可憐我，不如一把掐死我，也免了在這鬼地方繼續受折磨。」

「你要尋死，是你自己的事情，為什麼你要放火燒死那些可憐的姑娘？」龍涯轉眼看看覆蓋在油布下的女子們一張張憔悴臉龐，「螻蟻尚且貪生，何況是人。你憑什麼決定她們的生死？」

「貪生？有得生，才貪得了。」木大娘面容慘澹，「她們已經懷孕九個月，沒有多少時間了。這裡的怪物全是公的，只有靠強擄外面的女子進山，才可傳宗接代，這千百年來，不知道糟蹋了多少好人家的女兒。一旦懷孕了，就像她們一樣捆縛起來，直到生產。倘若一舉得男，便和那些怪物一般形狀，羊水一破，體型便會暴漲，往往還未完全出生，就撐破女人的肚子出來。這樣一來，女人自然是肚破腸流，活不成了。那些怪物得子之後，便把女人抬到後山，扔進屍洞裡面，就算是氣息未絕，也不例外，因為那個時候，肚子上一個大窟窿的女人已經沒用了……。」

燕北辰打了個冷顫，心想難怪那屍洞之中有那麼多腹腔破裂的女屍，而後聽到木大娘繼續說道：「要是僥倖生下的是女孩，則是和正常人一樣的囡囡……。」她說到囡囡的時候，語氣卻輕柔起來，兩眼發直，嘴邊的笑容滿是期盼，就像真有個粉嫩的女嬰在她眼前一般，神情恍惚地喃喃念叨：「囡囡……囡囡……。」

龍涯見得她這般情狀，心想這女人在這人間煉獄中呆了十三年，想必是有些失心瘋了，細細想來，也甚是可憐，本不願再追問下去，但一切的來龍去脈，又不得不向她求證，於是開口問道：「若是生了女孩，女人就不會死是不是？」

木大娘恍惚的眼神落在龍涯臉上，而後兩行淚水滾滾而下：「女人暫時不用死了，可是囡囡……囡囡活不了……那些畜生把我可憐的囡囡，活生生扔進屍洞的水潭裡……囡囡……。」她單薄的身軀順著岩壁緩緩滑落，雙手掩面而泣，泣不成聲，「然後那些怪物會繼續糟蹋我們，直到再度懷孕，生出怪胎為止……。」

龍涯與燕北辰聽得木大娘言語，只覺得如墮冰窟，全身一陣惡寒。雖說強擄女子傳宗接代，在其他遊牧部族古來有之，但如此殘害搶來女子的，卻少有聽聞，更別說這等荼毒親生血脈的獸行。一想到千百年來，有無數花樣年華的少女落入這等煉獄，飽受摧殘，至死方休，便不由得憤懣滿胸。

木大娘的淚水自指縫間流淌而出，繼續顫聲道：「我在十年時間裡連續生了七個囡囡，但是沒有一個可以存活下來，全部被那些畜生活生生扔進屍洞的水潭裡，那都是……那都是我的心肝肉兒……終於有一天，那些畜生發現再怎麼蹧蹋我，我都不會再懷孕了。我本以為他們會放我一條生路，誰知道，他們居然用那鬼藥粉來灌我，讓我上癮，讓我一輩子都離不開他們，一輩子都為奴為僕，聽他們使喚……就是要我昧著良心，去拐騙那些無辜的姑娘……。」

龍涯眉頭緊鎖，手指咯咯作響，心中怒火中燒，而後開口問道：「你既然有機會出去，為什麼不報官求救？適才進嶺之時，那最近的溯源鎮上也設有衙門，就算衙門人手不夠，也可發放公文手令，去附近的駐邊大營抽調守軍來剿滅這些滅絕天良的怪物？」

「你以為那溯源鎮上都是些什麼人？」木大娘鬆開捂著臉的雙手，抬起眼來，神情激憤，「那些押送驢車的黑衣人，就是那個溯源鎮上的捕快！」

「你說什麼！」龍涯露出一個不可思議的驚訝表情，「這怎麼可能？」

「那些半人半牛的怪物生性畏懼陽光，一旦被光晒到，就會非常痛苦，所以只能棲身在這樹林茂密，不見天日的天盲山中，只在晚上出來活動。我曾聽得以前的老嬷嬷說過，那溯源鎮和這天盲山緊緊相連，近千年來之所以相安無事，就是因為溯源鎮的人承諾幫那些怪物去外面搜羅年輕女人傳宗接代，以換取自己鎮上的女人不被禍害。」木大娘擦擦臉上的淚水繼續說道，「每年這裡流出去的紫色五石散，賺回的銀錢有一半便是犒賞給了鎮上的衙門。這樣既有進帳，又可保一方安寧，那溯源鎮上的人又何樂不為？我們這些外鄉女子的死活，他們自然也不會放在心上！」

龍涯聽得木大娘一席話，只覺遍體惡寒。想那些半牛半人的怪物行事狠毒也就罷了，沒想到那些人竟也是如此寡廉鮮恥，昧著良心助紂為虐。如此這般，那些被擄掠而來的女子當真是叫天不應、叫地不靈，全無半點生機！

想到此處，龍涯心頭豁然一亮，低頭對木大娘言道：「那一日，我自驛館跟著你到富貴客棧之前，見得你在那家李記陶瓷鋪外停留了很久。事後我也去了解過李記的背景，知道開店的老李本有一子一女，老李過世後，現在當家的是老李的兒子，而女兒據說是死了好些年。你一口汴京口音，更對汴京的街道巷路瞭若指掌，如果我沒猜錯，你不是姓木，而是姓李，你就是老李『死了』的女兒！」

木大娘聞言只是發呆，許久方才哽咽道：「你猜得沒錯，我本名李巧珠，的確是李家的女兒。」

「你既然有機會出這天盲山，為什麼不乘機逃回家去？五石散的癮頭雖大，但延名醫診治調理，假以時日也不見得全無希望。」龍涯沉聲問道，「總勝過你留在這鬼地方繼續受折磨。」

「我何嘗不想回家，但是已經回不去了。」木大娘神情悲苦地悵然一笑，「這些年來一直忍辱偷生，便是想著有朝一日可以回爹娘身邊，終於三年前那些怪物讓我出去辦事，我便冒死偷跑回家。可是回去才知道我爹娘俱已過世，而我弟弟唯恐我留下，玷汙門風，分薄家產，一口咬定我是蒙混亂闖，冒名頂替，口口聲聲李巧珠早已亡故，還將我打出家門。我上告開封府衙，結果做官的得了好處，也說我招搖撞騙，胡說八道，拒不受理……沒過多久，我出天盲山時帶出的紫色五石散已然耗盡，全身痛楚難耐，那時候我才知道，天地之大，除了這片黑壓壓的深山老林，世上再無我的容身之處，也只有像狗一樣地回來，在那些怪物腳下搖尾乞憐，換取那紫色五石散苟且度日……。」

燕北辰聽得這些言語，心中更是驚惶，蹲下身來一把扣住木大娘的手腕，顫聲問道：「你既然在這裡待了那麼久，可曾記得一個叫夜來的女娃兒？她是兩年前被抓來的，那時候只有十一歲！」

他心神激盪之下，自是沒了輕重，木大娘吃痛微微掙扎，袖子一滑，露出一截手腕來，只見手腕上滿是傷痕，雖早已癒合，但一條條蚯蚓般的肉突分明是利器切割造成！

「你……！」燕北辰下意識地手一鬆，木大娘已然扯過袖子掩蓋住傷痕累累的手腕，沉聲說道：「你覺得像我這樣的女人尋死覓活，很奇怪嗎？只可惜，沒有一次成的了，還沒死透，那該死的癮頭就發了，只得像狗一樣的爬到那些怪物面前告饒。」

龍涯心中一痛：「你既然有膽量尋死，為什麼不想辦法在那些怪物的飲食裡做些手腳？」

「不是我不想。」木大娘慘然一笑，「那些鬼東西，連砒霜吃下去也可以一點事都沒有，我還能怎樣？」

龍涯暗自驚心，心想那些怪物果真是非同凡響，倘若當真只有把頭砍下來才可致命，要對付外面的一大群怪物，只怕是難上加難。正在思慮之間，卻聽得燕北辰繼續追問道：「你還沒回答我，兩年前有沒有見過一個十一歲的女娃兒？」

「十一歲？」木大娘努力思索，而後言道，「因為前一年我曾經偷跑過，所以那一年不是我出去搜羅年輕姑娘，但是也確實在這裡見過幾個十一、二歲的小女娃。不知道你所指的是哪一個。」

燕北辰聞言驚喜交加，連聲追問道：「那些孩子現在什麼地方？」

木大娘搖搖頭：「當時這些怪物的首領叫奎多，最是淫逸凶殘，尤其喜歡對十來歲的小女娃下手，那天將幾個孩子一併拉進洞去，先是聽得孩子哭叫連連，後來就沒了動靜，其他人再去看，便見奎多赤條條伏在那裡死去多時，耳後一個兩指寬的狹長口子在汩汩淌血。身子下還壓著一個孩子的屍體，卻是活生生被掐斷喉嚨……。」

龍涯心中激怒，咬牙道：「好一個豬狗不如的畜生，連十一、二歲的孩子也不放過，這般死掉太過便宜！」而後心念一動：「看來這些怪物的罩門便是耳後，難怪剛才中了許多刀也不見斷氣。」

燕北辰猶如充耳不聞，只是抓住木大娘的手腕追問道：「那些孩子呢？我女兒夜來是不是也在裡面？」

木大娘繼續說道：「其餘幾個孩子都不見蹤跡，應該是逃進了山林裡。那些怪物入夜後進山搜索，回來的時候只帶回一具孩子的殘肢，想來應該還有孩子倖存下來……這天盲山和外界相連的只有那座懸橋，若非今夜有慶功宴，平日橋頭邊的石洞裡都有放哨的怪物，活下的孩子也不可能逃得出去，只有藏身在這山林之中。我也時常在林中和後山的祭壇處留下食物，過幾日去看便全部不見，若不是餵了林中的野獸，便應該是被倖存的孩子吃了。只是不知道活下來的孩子是不是你要找的人。」

「那……那一定是夜來。」燕北辰轉頭看看龍涯，面有期盼欣喜之色，「你也看到的，那個孩子手裡拿著我的回燕鏢，那一定是夜來！夜來還活著……！」

龍涯微微點頭，伸臂把木大娘攙扶起來：「現在既然知道夜來還活著，咱們去後山把她找到便是。何況現在知道了那些怪物的罩門，要滅掉他們也不是不可能。只是不知道這天盲山中到底有多少頭怪物，又還有多少被擄掠而來的女子？」

木大娘搖頭言道：「你們能夠殺掉一頭怪物，但要是一大群一起擁上來，只怕沒人可以抵擋。之前被擄掠而來的，除了和我一樣在外面做雜役的十餘人，和才進來的五十餘人之外，便只剩下這裡的十個女子。可是那半牛半人的怪物卻有近百人，外面的只是幾十個，其餘的雖說都是還未長大的小怪物，但一個個也生得異常壯實，便是碗口粗的樹也可以徒手拔將起來，現在都留在下邊的洞穴裡開鑿石礦，配置五石散，要是驚動了大大小小的所有怪物，只怕你們也是插翅難飛。」

「小怪物在開礦配五石散？」燕北辰倒抽一口涼氣，咬牙切齒道，「我算明白了，這群怪物辛辛苦苦在暗無天日的地底開礦，再拿配出的五石散換錢買女人，生出小怪物來繼續開礦，配藥換錢，再買女人，再生小怪物……周而復始，也不知道禍害了多少女人！一個個都死不足惜！」言語之間，目露凶光。

龍涯轉眼看看燕北辰，而後對木大娘問道：「年年被擄掠而來的女子人數眾多，怎生只剩下你們這二十來個？難道其他的姑娘都已經……。」

木大娘含淚點點頭：「那些姊妹都故去了，全被扔進了後山的屍洞。而這裡的十個妹子，遲早也會被那些怪物害了性命，她們寧願帶著沒出世的孩子一起死，也不要為那些怪物留下孽種再丟性命，或是眼睜睜看著自己的孩子被殺掉，所以在我出天盲山之前，才託我想辦法，只是沒想到不過兩個月光景，她們都被折磨成這般模樣……。」

「所以你才把心一橫……。」龍涯搖頭道，「既然我們已經進來了，自會很快再帶人來救你們，到時候再想辦法也不遲，何必非得走這條路？」

木大娘搖搖頭：「晚了，晚了，要是你們早來兩三個月，還可以用藥將她們腹中的孽種打下來，現在已近臨盆，再行打胎，只怕也斷送了她們的性命。你們也看到了，她們的身體已是何等孱弱，不可能還禁得住這般折騰……。」言語之間神情甚是黯然。

龍涯聞言皺眉道：「依你所言，便是任她們自生自滅？」話一出口，忽然想起魚姬、明顏二人，於是繼續問道：「此番進山的姑娘中，原有兩個女子，一個叫魚姬，一個叫明顏，為何不見在那籠子裡？」

木大娘聞言一呆：「所有人都在，怎麼她二人不在籠子裡麼？」

龍涯聞言心中一喜，心想魚姬、明顏必定已然自行脫身，樊籠之中留下的不過是法術做出的傀儡，心頭的顧慮便打消了許多。

木大娘神情肅然，接著自懷中摸出一把鑰匙來：「這是外面樊籠的鑰匙，本是我趁這次出去辦事，用黏土作模，請人打造的。本打算等會兒火起，趁亂開了籠子，放她們各自逃命，你既然有心要救，還不如去救外面那些才來的姑娘……至於她們……。」她的目光落在被綁於床板的姑娘身上，卻是再也說不下去。

燕北辰默然，心知木大娘之言並非全無道理，但就這般眼睜睜看著這些姑娘們死去，也是萬萬不可，心中千頭萬緒，一時間也理不出個究竟來。

忽然之間聽得龍涯斥道：「說什麼鬼話！人都是求生，何人會求死？再難、再險，也是救得一個算一個，外面多的是名醫聖手，只要救得她們出去，總有一線生機！」言語之間，龍涯手裡的長刀已然飛旋而出，呲呲數聲劃斷附近幾個姑娘手腕、腳腕上的繩索，收刀回鞘，俯身扯開一個姑娘身上纏定的麻布，將那姑娘連人帶棉被一同攬在懷中扶了起來。那姑娘依舊是一動不動，任由龍涯抱在懷中，就像一個破舊的木偶。

龍涯見狀，心頭一痛，抬頭對燕北辰言道：「我知道你惦記著藏身後山的夜來，但事有輕重緩急，夜來可以在這天盲山中藏身兩載，必定也有她的生存之道，一時半會兒應該沒有危險。而這些姑娘，卻是命懸一線。若是合你我二人之力，必定能多帶幾個姑娘出去。」

燕北辰聞言看看龍涯，而後道：「你這算不算明知不可而為之？原來京師第一名捕也不過是個蠢蛋。」

「是蠢蛋，而且是蠢到家的那種。」龍涯目光灼灼，卻微微一笑，「你呢？」

燕北辰坦然一笑：「我也不聰明。」說罷，也上前扶起一個姑娘，轉眼對木大娘道：「你是和我們一起，還是繼續留下？」

木大娘慘然一笑，只是靠在岩壁之上默不作聲，神情落寞。

龍涯見得她這般情狀，心知這女子飽受折磨，更身染藥癮，早無脫身之念，而今事態緊急，也只好暫時不加理會，先把這些姑娘帶出去再說，於是一手摟定懷中的姑娘，一手握緊長刀，快步自石階而上。燕北辰也扶住身邊的姑娘，緊隨其後。

外面的半牛人依舊圍在篝火邊吃喝鬧酒，不曾覺察這邊的動靜。龍涯與燕北辰自是挾定各自臂彎之中的姑娘，隱在樹木的陰影之中，緩緩退去，一旦遠離了那片喧囂之地，便發足狂奔，依循山勢，朝來時的懸橋方向而去。他們俱是輕功絕佳之人，步履穩健，便是挾著一個人，也不覺如何吃力，大約快速奔跑了兩炷香時間，那座懸橋已然近在眼前。

龍涯與燕北辰快步過橋，到了天盲山對面的廣場之上，便在廣場附近的灌木叢中將兩個姑娘放下，彼此對望一眼。龍涯扯過一些樹枝，將兩個女子藏好，而後對燕北辰說道：「這般一來一回，少不得三炷香時間，看來咱們還得多跑幾趟，才可把剩下的八個姑娘全部帶出來。」

燕北辰點頭稱是，繼而言道：「倘若趕在天亮前，把那些姑娘都帶出來，咱們便不怕那些怪物會追出來，也有時間安排車馬，把姑娘們送走。」

龍涯心念一動，忽而歎了口氣：「那些怪物怕見天光，想必在天亮之前便會結束飲宴，若是不快點，只怕會露了痕跡，反而不好辦了。」

兩人對望一眼，看看天色，只覺一片濃黑難辨，心知此時夜色已然到了最深沉的時候，之後便會不斷轉向黎明，很明顯，他們的時間不多了！龍涯與燕北辰心知形勢兇險，自也不再此間逗留，提氣飛縱而去，身形快如閃電，那林間道路走了幾回，也熟悉起來，沒過多久，便回到了那些怪物聚居之地，只聽得一陣囈語呼喝，一個個都醉得東倒西歪，還在牛飲不止。

龍涯和燕北辰又和上次一樣，小心翼翼地潛進洞去，只見木大娘還靠在岩壁旁，坐在臺階上一動不動，就和剛才他們離去時候一模一樣。

龍涯走過她的身旁，又從床板上解下一個姑娘摟在懷中，轉眼看看木大娘低垂的面龐，沉聲道：「那兩個姑娘我們已經平安送出天盲山，你不必顧慮許多，和我們一起走，出去便有生路。」

木大娘抬起頭來，淡淡一笑，伸手拾起臺階上的火摺子：「我答應過她們，結束她們的痛苦，現在她們還沒有全部脫險，這個時候如何走得？」

龍涯心想這女子倒是個重信義、輕生死的人物，既然早有決定，也自然不便相強，於是對她點點頭，便越過她的身邊，順石階而上。

燕北辰扶定一個姑娘，緊隨其後。

眼看快要到洞口，龍涯忽然神色一凜，停住了腳步，因為他發覺外面居然靜了下來，先前的喧鬧聲絲毫不聞，只剩木材在火堆裡炸裂的細碎劈啪聲！

「小心！」龍涯抽出長刀來，悄聲對身後的燕北辰說道，話剛出口，便聽得一聲巨吼，一根黑黝黝的狼牙棒已然朝他面門砸了下來！龍涯橫刀一隔，只覺得對方力大無比，然而身在臺階之上，且左手抱著一個人，根本避無可避，唯有運氣於臂，大喝一聲！

只見刀刃與狼牙棒相撞，激起幾點火花，雪亮的刀光飛旋如花，將那沉重的狼牙棒撥到一邊，龍涯縱身飛躍而起，只聽得「砰」的一聲，一隻肌肉糾結猶自緊握狼牙棒的臂膀撞向洞壁，帶起一片血霧，噴得龍涯和他懷抱裡的姑娘一臉一身！

堵在洞口伏擊龍涯的半牛人高大異常，面露不可思議的神情，看著自己的右臂飛離肩膀，片刻之後才覺得劇痛襲來，發出一聲異常淒慘的嚎叫，聲震群山，卻中途戛然而止，因為頭已在頃刻之間被龍涯的長刀削了下來，砸在地上翻滾連連，碩大的殘軀仰面而倒，噴湧而出的鮮血灑遍了周圍一丈之內的土地！

龍涯自洞口衝了出來，正好落在那沒了頭、少了一條臂膀的半牛人屍體上，舉目望去，只見前方裡裡外外圍著數十個半牛人，一個個眼露凶光！而那十來個打雜的婦人全都窩在火堆旁的樊籠後，瑟瑟發抖。

燕北辰自龍涯身後轉了出來，也亮出了手裡的回燕刀，面帶殺氣。

那些半牛人一向橫行無忌，從未想過會被尋常人在這須臾之間格斃。在初時的驚訝之後，自是怒火中燒，紛紛呼喝咆哮，以壯聲威。

龍涯雖於兩刀之內將那半牛人格斃當場，但自知先前硬接那一棍不容小覷，此刻手臂關節處仍微微發顫，看似無恙，然眼前尚有數十個一般驍勇的半牛人，加上懷裡還帶著一個身懷六甲的弱女子，想要全身而退，只怕是難上加難。聽得那些半牛人嚎叫作勢，卻也不願示弱，提氣一聲長嘯，嘯聲雄渾，在山谷中來回激盪，而後將刀一橫，揚眉喝道：

「哪個不想活的，上前領死！」

那些半牛人見得這等情狀，不免一陣騷動，只是人多勢眾，自是不把龍涯與燕北辰兩人放在眼中，紛紛躍躍欲試。

燕北辰靠近龍涯身側，低聲言道：「那些怪物數量太多，等會兒全湧過來，只怕難以抵擋。我使的兵器短小，不利於硬碰，不如把你懷裡那姑娘交給我。」

龍涯自是心領神會：「不錯，且讓我與你開道！」言語之間，已將懷裡的姑娘交與燕北辰，而後長刀舞得虎虎生風，朝著半牛人中排布相對稀疏的方向衝了過去。

燕北辰一手挾定一個姑娘，緊跟龍涯身後。一路只見棍影刀光，不時響起幾聲嘶聲慘叫，卻是躲閃不及的半牛人撞在龍涯的刀口之上，非死即傷！然而半牛人到底是人數眾多，且不畏死傷，將龍涯與燕北辰圍定不放，尤其是見燕北辰挾著兩女，行動相對較慢，手中又無兵器，便一個個都朝燕北辰招呼過去。

龍涯來回衝殺阻擋，鋼刀過處只見血肉橫飛，但這般時間一長，體力消耗過大，也不是長久之計，倘若燕北辰放下那兩個姑娘，和龍涯一道並肩作戰，自可殺出一條血路，但在這裡把那兩個姑娘放下，便是將她們留給那些禽獸一般的半牛人，這卻是他們無論如何也做不出來的事。

就這麼苦苦支撐，在眾多半牛人的凶悍圍攻中掙扎求存，兩人俱是全身浴血，疲憊不堪，有好幾次險象環生，都是憑著身手矯健，僥倖脫身，好不容易才闖出十餘丈遠，接近來時的密林。一干半牛人也知若是讓他們逃進林去，便抓捕不易，於是攻勢越加強悍，滴水不漏！

就在此時，只聽得一陣女人的尖叫聲，聲音淒厲異常，所有人下意識地轉過頭去，只見剛才龍涯與燕北辰出來的洞口噴出烈焰熊熊！龍涯心頭一沉，心知是那洞內的木大娘點燃了火油，放火燒洞。

那些半牛人原本對龍涯與燕北辰緊咬不放，但見得洞內起火，聽得洞內的慘叫呼喊，自是不甘讓即將出世的子嗣一道被火焰吞噬，於是有一大半都折了回去，想要救火。就在此時，烈焰之中猛然撲出一個渾身是火的身影，一面慘叫嘶吼，一面朝著那聚到洞口的半牛人撲去，正是木大娘！

木大娘全身淋滿了火油，衣衫、髮絲、肌膚俱為烈焰所吞噬，左衝右撞，帶起一道熊熊火焰，那些半牛人碰上木大娘的身體，便被她身上的火油沾染，帶焰的火油沾上半牛人的肌膚，自也燃燒起來，那些半牛人驚懼交加，加上身被火燒，紛紛四下逃避，一時間慘嚎聲四起，幾個一時沒反應過來的，倒被同類撞翻在地，被一眾半牛人的蹄子踐踏之後，少不得腸穿肚爛，倒在地上卻一時不得死，只是哀叫呻吟不已。

木大娘被烈焰所炙，幾番掙扎之後無法再攻擊那些逃開的半牛人，僅剩一口氣在，便撲到倒地的半牛人身上，緊緊抱住不放，只見火勢凶猛，不多時已然化為焦屍！那半牛人被烈焰炙烤，胸腹肚腸俱已和木大娘一道燒為焦炭，但仍有氣在，只是慘叫連連，異常淒慘！

周圍的半牛人紛紛色變，想這女子已在這天盲山甘為奴僕這麼多年，縱有心氣，也早該磨滅，應如行屍走肉一般任憑差遣才是，不料卻依舊如此剛烈。

龍涯與燕北辰見得木大娘拚死撞散半牛人集結的包圍，心知她之所以如此，除了要和那些畜生一般的怪物同歸於盡之外，也是有心助他二人將那兩個姑娘救出天盲山去，感念之餘，也知形勢緊急，於是強打精神，趁一眾半牛人分心之際，殺出一條血路，衝進那片蒼茫密林！

那些半牛人眼見關押孕婦的山洞被木大娘付之一炬，那些沒有走脫的女子的生死，固然是不放在心上，但連女子肚裡的孩子也一併被燒死，卻難以作罷，而今又見龍涯與燕北辰兩人帶走兩個活著的孕婦，自是不肯放過，一個個手執狼牙棒，緊追龍涯與燕北辰兩人不放。

林中一片昏暗，龍涯與燕北辰心知後有追兵，不敢以火摺子照明，唯有撇開那破舊的被褥，一人背負一個姑娘，在林中摸索前進，遠遠傳來人聲、蹄聲，為了避開半牛人的圍捕，唯有左拐右拐，慌不擇路，早已偏離了出天盲山的道路，只覺得山勢漸陡，應該是正往山頂而去。回望來時路，只見大片的火把在林間晃蕩，想是那些半牛人逐漸收攏的包圍圈。雖說山頂不是什麼逃生之所，但而今形勢所迫，也只得繼續朝山頂攀登。

大約過了大半個時辰，眼前豁然一亮，卻是冷月獨照。他們經過這大半夜的驚險之旅，又回到了山頂的祭壇。只是和先前他們追蹤那孩子到這裡時不同，這裡不再空無一人，至少，他們看見了兩個。

魚姬和明顏。

魚姬立在祭壇之下，正看著明顏發力搖撼那深深插在祭壇中央的巨大石箭，忽然間回過頭來見得龍涯和燕北辰各自背著一個姑娘，渾身浴血地立在林子裡，也不由得吃了一驚：「你們……！」

龍涯先前與半牛人相搏，本已耗掉不少體力，一路背負那姑娘攀山越嶺，全憑一腔義憤，此刻雖在險地，但一見魚姬、明顏兩人，頓時鬆了口氣，百骸之中再無力氣，身子晃了晃，方才勉強站定。身旁的燕北辰也是身心俱疲，小心放下背上的姑娘，方才癱倒在地，大口大口地喘著粗氣。

明顏也停下手裡的動作，從祭壇上躍了下來，走到龍涯面前，搭了把手把龍涯背上的姑娘扶了下來，口裡言道：「你這兩個傻瓜倒是有膽色，居然從那幫子半牛半人的東西手裡搶了兩個人出來。」

龍涯歎了口氣：「可惜，也只搶出這兩個。就在剛才，已經死了七個姑娘。」順手剝下自己身上的黑色外袍，搭在那神志不清的姑娘身上，而後跌坐於地，神情黯然。

「你們已經盡力了……。」魚姬歎了口氣，眼光落在那個仰躺於燕北辰身側的女子高高隆起的慘白肚子上，「只可惜……。」而後面帶不忍之色，別過臉去。

龍涯聽得魚姬話中有話，抬頭看看魚姬，心裡驀然一沉，眼光轉向那個早已沉默無語如行屍走肉一般的可憐女子。

此時此刻，那張原本全無表情的臉上卻全是痛苦的神情，那滾圓、慘白且青筋畢露的肚子上出現了一個微微顫動的凸起！

「那是……？」旁邊的燕北辰驚呼一聲，下意識地想要伸手按住那一塊蠢蠢欲動的凸起，但是一切都已經遲了。

那姑娘原本已然滾圓的肚子在瞬間開始膨脹起來，一眨眼功夫已是先前的一倍大，只聽「砰」的一聲，夾著姑娘的痛苦呻吟嘶叫，已然猛地爆裂開來，一時間血肉飛濺，噴得近處的燕北辰一身！

燕北辰驚恐地看著那姑娘破裂的肚子裡，探出一隻茶盅般大小的蹄子，不多時，一個兩歲孩童般大小的東西顫顫巍巍地自那片血肉模糊之中爬了出來，初時尚且衰弱無力，連滾帶爬，待到兩眼一張，泛起兩點紅光，那兩條彎曲外翻的牛腿變得有力，身子晃了晃，便人立起來！而倒在地上，腰腹破碎的女子，此刻血已流乾，早沒了生氣，只是手腳還在反射性地抽搐。

燕北辰眼見自己費盡千辛萬苦，方才自半牛人重圍裡救出的女子，就這般活生生地死在眼前，心中激憤難當，大吼一聲抽出腰間的回燕刀劈向那個出生便害死自己親娘的小怪物。

那小怪物動作甚是敏捷，一面嘎嘎怪叫，一面撒開兩條腿朝叢林裡竄。燕北辰自是不肯放過，手中回燕刀飛旋而出，只聽得一聲慘叫，回燕刀已然釘進那小怪物耳後，小怪物應聲而倒，不再動彈！燕北辰勉力邁步走了過去，自屍身上拔下回燕刀，而後狠狠啐了一口，順便一腳將那屍身踢進灌木叢中，隨後剝下自己身上的衣衫，走回死去的姑娘身邊，小心蓋住那支離破碎的身體，之後便一直神情抑鬱，默不作聲。

龍涯看著眼前的一切，不由得睚眥俱裂，驀然心念一動，轉眼看看身邊這個姑娘，只見雙目半開半合，還是如初時一般懵懵懂懂，方才鬆了口氣，轉眼見魚姬蹲下身來，伸手搭住那姑娘脈門，便開口問道：「她沒事吧？」

魚姬微微點頭：「放心，她暫時沒事。」言畢，轉頭對明顏道：「時間不多了，你得快一點才成。」

明顏聞言點點頭，起身回到祭壇之上，雙手撐住那巨大的石箭，發力搖撼。

龍涯站起身來，走到祭壇旁邊，看著那紋絲不動的石箭，而後轉過頭來對魚姬問道：「你們這是在做什麼？莫非這石箭有什麼作用？」

魚姬沉聲言道：「這石箭名叫穿山石，是用來定住晃動不定的山脈。」

「晃動不定的山脈？」龍涯吃了一驚，「地動乃是天災，何人可以用這區區一支石箭就將之定住？」

魚姬聞言默不作聲，似是心有顧慮，龍涯見狀，也無勉強之意，於是開口說道：「若是魚姬姑娘有難言之隱，我不問便是，不必為難。」

魚姬歎了口氣：「先前已然和龍捕頭打過幾次交道，知道龍捕頭不是那口舌招搖之輩，說與龍捕頭知曉也是無妨，只是此事說來話長，一時間也不知道從何說起。不知龍捕頭可曾聽過六道輪迴一說？」

龍涯神情茫然，而後言道：「我曾在大相國寺聽高僧說法，聽過關於天道、阿修羅道、人道、畜生道、餓鬼道及地獄道的說法，不知跟魚姬姑娘所說可是同一回事？」

魚姬搖搖頭：「可以說是，也可以說不是。簡單來說，天地就好比一個裝了六種穀物、乾果的大圓盤，一直在有序地朝同一個方向旋轉，忽然有一天，盤子乍然停了下來，而裡面的東西還沒有停，你說結果會如何？」

龍涯想想答道：「想必是穀子裡摻上了高粱，粟米裡混上了麥子，亂得一塌糊塗。」

「沒錯，的確是亂得一塌糊塗，」魚姬的眼神落在明顏正在用力搖撼的那支巨大石箭上，「原本世間萬物都由這六道輪迴而生，也由此而滅，不斷迴圈交替，直到大約兩千年前的一天，一直有序運轉的輪迴突然停了下來。天地之間也因為這件事情而發生了天翻地覆的異變，為了將這種毀滅性的異變減到最小，守護神將風靈提桓便用他的玄天弓射出了許多枚這樣的穿山石，將產生紊亂覆滅的區域鎮住。碰巧這天盲山就是眾多異域中的一個。」

龍涯聞言沉吟道：「如此說來，莫非這裡的半人半牛怪物，也是因為這個原因才出現的？」

魚姬搖搖頭：「這我不敢確定。那些半牛人雖模樣怪異，但到底也只是人。六道眾生之中，人的肢體最為脆弱，只怕是異域產生的那一刻，便已全丟了性命。據我猜測，這些人應該是後來遷入這天盲山中繁衍而出的一脈，再受了異域的影響而變得形貌異常。」

「這些人？」龍涯啐了一口，「看那些怪物的行徑，比畜生還不如，還真沒敢當他們是人。魚姬姑娘，你既然說這穿山石是定住異域的神器，那為何你還要叫明顏妹子把它拔出來，難道就不怕再出紕漏？」

「用穿山石定住異域只是權宜之計，何況過了那麼久了，天地中一切早已靜止下來，也就不再需要這個了。」魚姬歎了口氣，「何況只有把這個拔出來，才可以解開對天盲山的封印，讓外界的天地靈氣進到這天盲山中，或許可以使這片土地恢復正常。但是有一點，我始終百思不得其解。」

龍涯奇道：「究竟何事？」

魚姬繞著祭壇走了一圈：「據我所知，穿山石這樣的神器性本屬土，遇土之後便會逐漸沉入土中，每經百年便會入土一尺，倘若已經兩千年，則理當長埋黃土，不見蹤跡才是。然而眼前這穿山石，卻還有一半露在外面，感覺也才不過千年左右……。」

龍涯看看魚姬，心想這姑娘說得頭頭是道，卻全是些怪力亂神之事，聞之荒誕，但一切卻又煞有其事，也不知這姑娘到底是何來頭。正在思慮之間，聽得明顏嗔道：「你這兩個傻瓜，看著本姑娘這般勞碌，居然也好意思袖手旁觀。」

「這天盲山恢復正常又如何？是不是那些畜生一樣的怪物就會全部死光？」燕北辰站起身來，咬牙切齒道，「是不是那些枉死的姑娘和孩子就可以活過來？」

魚姬轉眼看看燕北辰，搖搖頭：「不會，只不過一旦這片天盲山恢復正常，也就表示這片林子不再是那些半牛人的藏身之地。哪怕樹林再密，陽光也可以照得進來，而那些畏懼陽光的半牛人只能躲進地底下。長遠來說，至少在白天，這片天盲山將不再危險，那些想要逃出去的女人們，也可以逃得更順利一些。拿眼前來說，只要咱們在這裡撐到天亮，便不怕追兵了。不用東躲西藏，疲於奔命，你們費勁心機保住的這個姑娘，才算真的保住了。」

燕北辰也不言語，只是一步縱上祭壇，伸手撐住那碩長的穿山石，與明顏一道發力搖撼，合兩人之力，那石箭與祭壇相交之處也開始微微鬆動。

龍涯見狀，自是不會袖手旁觀，快步上前搭手，集三人之力，搖撼之下，只見得鬆動之處的縫隙裡冒出道道白氣，就如同揭開蒸籠時乍現的蒸汽一般。

明顏雙臂緊扣住那穿山石，不停左右旋轉，使得那穿山石與石祭壇接縫處越加鬆動，隨著鬆動加大，地下冒出的白氣也漸漸減少，似乎是被放光了一般，取而代之的是隱隱乍現的紫光，在這冷月之下，反倒不怎麼明顯。

暗箭殺機

「等等！」魚姬忽然出了一聲，而後滿面狐疑，「這穿山石下似乎還有什麼東西。」

「難道是我們要找的土靈玦？」明顏面露欣喜之色，心中急切難耐，正要發力上拔，卻被魚姬一步上前，按住肩膀：「先別動。」

「怎麼了？」明顏不解道，「不是拔掉這鬼東西，就可以讓這天盲山恢復正常麼？說不定還可以找回土靈玦。掌櫃的怎生這個時候反而猶豫起來。」

「不是，」魚姬神情甚是躊躇，「穿山石也好，土靈玦也罷，都屬土，其氣應為黃色。那隱隱乍現的紫光甚是怪異……我也拿不準那是什麼，只覺得莫名的心慌。」

明顏搖搖頭：「掌櫃的何時變得這般膽小起來，既然你也說過在異域之中，算不出什麼端倪來，不如直截了當打開看看，趁這會兒那些半牛半人的玩意兒還沒上來凝手凝腳，此時不開還等何時？」

魚姬也知明顏言之有理，思索片刻方才點點頭，而後對一旁的燕北辰和龍涯說道：「你們二位還是退遠一些，免得等會兒有什麼閃失就不好了。」

龍涯見她說得鄭重，心想如此顧慮必然事關重大，於是轉眼看看燕北辰，雙雙朝後退了幾步，下了祭壇一旁站定。

魚姬低聲對明顏叮囑道：「你也小心一點，等會兒有什麼風吹草動，便速速閃開。」說罷，也向後退開幾步，神情甚是緊張。

明顏點頭答道：「我自理會得。」說罷，氣運雙臂，抱住那穿山石，大喝一聲：「起！」只見地面微顫，隱隱轟鳴之聲，塵灰細石暴起四濺，偌大一支石箭竟然被那身形嬌小的少女連根拔起！然而，除了穿山石離開祭壇那一刻的地顫和轟鳴聲外，似乎一切如常，並沒有像魚姬所顧慮的一樣，有什麼古怪的事情發生。明顏將穿山石猛地一推，那石箭自朝一旁倒了下去，「轟」的一聲巨響，將祭壇的一角砸得粉碎。明顏探頭一看，只見先前穿山石所在的位置有一深約一丈的坑洞。探頭一看，只見下方果然有嬰孩巴掌般大小的一物，黝黑發亮，卻是一塊巧奪天工的玉佩！

「果然是土靈玦！」明顏喜上眉梢，也不再忌憚，將身一抖，一條纖細柔韌的尾巴自裙下探了出來，勾住那坑洞之中的玉佩一甩，那玉佩已然自坑底拋上半空，下一秒穩穩當當地落在明顏手掌之上。玉佩入手，明顏自是欣喜若狂，來回把玩，愛不釋手，就連那條纖細的尾巴，也不自覺地彎曲上揚，好不得意。

龍涯早知明顏是貓妖化身，見到這等景象倒不覺驚詫，倒是燕北辰揉揉眼睛，張大嘴巴撟舌難下。

魚姬細細觀察左右，見無異狀，方才鬆了口氣：「看來是我多慮了。」而後眼光投向山下，卻見密林之中隱隱可見點點火光：「糟了，方才動靜太大，把在山裡搜尋的那些半牛人招來了！」

龍涯心中一凜，轉身快步入林觀測片刻，又快步奔了回來：「那些傢伙已經跟得很近了，估計用不了一炷香時間，就會到這裡。」

燕北辰聞言一驚，俯身將躺在地上神志不清的姑娘抱了起來：「怎麼辦？咱們一起再殺出去？」

明顏「哼哼」笑了兩聲，躊躇滿志的神情盡在臉上：「有土靈玦在手，哪用咱們去費力拚殺，待本姑娘招來幾頭猛獸開路！」

「你還有這本事？」龍涯奇道，卻見明顏衝著自己翻翻白眼，甩出一個鄙夷的表情，而後神情肅然，雙手緊合，夾住那黝黑發亮的土靈玦，口裡念念有詞：「天地六道，一脈旁生。聞我所命，為我驅使！」

只見冷月的寒光照在她纖巧指縫之間，卻乍然變得暗淡起來，有如幾道自她手心所發出的黑色光束！不多時，只聽得一陣細碎的響聲由遠及近，自四面八方而來，龍涯看到周圍的密林中亮起數點綠芒，不多時，幾十隻肥碩的山鼠晃悠著沉甸甸的肚子爬到了祭壇周圍，其中一隻還懵懵懂懂地撞到燕北辰的腳背，翻倒在地，四下劃拉爪子，死活也翻不過身來。

燕北辰面露不忍之色，探足幫牠翻過身來，那山鼠方才繼續奔祭壇而去。燕北辰看看那幾十隻山鼠，又看看立於祭壇之上神情尷尬的明顏，終於忍不住問了一句：「這些……就是你說的……猛獸？」

明顏眼見只招來這些不濟事的山鼠，也覺顏面無光，但好勝心起，自是不肯作罷，開口言道：「而今才開春不久，想來那些熊啊、虎啊都還在冬眠未醒，且讓我再喚一次，必定領命而來。」說罷，借那土靈玦的靈力，捏著法訣繼續召喚。只是任憑她如何催動法訣，也不見有什麼東西靠近，就連先前到的那幾十隻山鼠也如夢遊一般，顫顫巍巍在原地打轉，唯獨那滿地的沙土騰騰飛揚，顯出些細碎的坑洞來。坑洞中爬出不少大大小小的蟲豸，什麼甲蟲、蜈蚣之類，密密麻麻鋪了一地，猶自爬動微顫，一眼望去，直教人頭皮發麻。

魚姬見狀歎了口氣：「算了，這土靈玦雖說是你的近身神物，但以你今時今日的法力，委實不能駕馭。咱們還是找地方先避避，別和那些半牛半人的傢伙正面衝突……。」話未說完，忽然驚叫一聲，跳起身來！

龍涯只覺得一個溫軟的身軀撲到背上，也不由得吃了一驚，轉過臉去，魚姬早已驚得煞白的臉近在咫尺！

龍涯與魚姬雖說只打過幾次交道，但早習慣她平日裡的淡定自若，何嘗見過她被嚇成這等模樣，不由得心中一凜，右手扶住魚姬勾在自己脖子上的臂膀，足下生風，飛步躍開兩丈，再回頭審視剛才站過的那片土地，本以為有何等凶險恐怖的怪物，然而一眼望去也和其他地方一樣，只是遍布微微蠕動的各種蟲豸而已。

「怎麼了？」龍涯也有些緊張，開口問道。

魚姬心有餘悸，指著那片土地顫聲道：「蜘……蜘蛛！」

龍涯定睛一看，只見那些蟲豸之中，的確混了一隻巴掌般大小的狼蛛，也和那些被明顏召喚而來的山鼠一般，看似渾渾噩噩，顫顫巍巍，原地打轉，倒不似有什麼危險。

「不過是隻普通的蜘蛛而已。」龍涯輕笑一聲，足尖在地上一點，帶起一枚石子，挾著勁風激射出去，頓時將那伏在地上的蜘蛛撞得飛摔出去，落在兩丈開外處，正巧是背部著地，翻身不得，只得憑空揮舞著八條細長的毛腿。

哪知魚姬見得那狼蛛這等模樣，反倒更加驚懼起來，頭皮發麻，雙臂緊扣龍涯脖頸，就連指甲掐進龍涯肩膀也不自知。

龍涯肩上吃痛，只聽得魚姬心跳如雷，心想這姑娘向來淡定，不想卻怕那八腳之物，倒是出乎意料之外。思慮之下，越發覺得好笑，只是脖頸受制，時間一長，便呼吸困難起來，一張臉憋得通紅。

明顏見狀，驚呼道：「掌櫃的快縮手，這個傻瓜快被你扼死了！」

魚姬聞言，方才鬆了鬆手，但心中一片惶然，四下顧盼，見周圍遍地蟲豸，也不知道其中是否還有八腳之物，一時也不敢下地，只是攀住龍涯肩膀不放。

龍涯喉頭一鬆，猛地喘了口氣，冷冷山風之中，只覺背後輕軟如棉，幾絲秀髮隨風拂過耳際，帶起一陣難言的酥癢，一時間面紅耳赤，心猿意馬，如墮雲裡霧裡。

明顏見得兩道細細的血線，毫無徵兆地自龍涯鼻子裡蜿蜒而下，更是驚惶，拉開嗓子喊道：「這傻瓜活不成了！七竅流血了！」

魚姬吃了一驚，轉頭一看，卻見龍涯神情尷尬地別過頭去，沉聲說道：「我看過了，地上沒有蜘蛛。魚姬姑娘你……你可以下來了。」

魚姬神情窘迫，連忙鬆開雙手，落在地上，只見龍涯背過身去，捂著鼻子，也不由面紅耳赤，轉眼見明顏還在嗤嗤呼呼，不由得惱羞成怒地喝道：「你還敢說，要不是你這死丫頭召喚什麼猛獸，哪至於搞成這樣？還不快收了法術，打發這些玩意兒回去！」

明顏伸伸舌頭，連忙撤了法訣，地上的蟲豸鼠輩，便一個個自行散去，頃刻之間走得一乾二淨。

燕北辰不由得歎了口氣：「都什麼時候了，你們居然還有心思鬧這一齣。那些怪物快追上來了！」

龍涯狼狽地用袖子擦去臉上血漬，只覺兩隻耳朵如火燒一般。

魚姬神情尷尬，悄聲對龍涯道了聲：「對不住……。」

龍涯乾咳一聲，低聲說道：「魚姬姑娘不必在意，權當……俺是棵樹罷了。」而後自腰間抽出刀來，揚聲道：「事到如今，看來是少不得一場惡戰了。」

燕北辰神色肅然，看看懷裡抱著的那個姑娘，心想此番無論如何也得將她保住，否則便對不住那自焚而亡的木大娘。思慮之間抬起頭來，目光落在立於祭壇之上的明顏身後，忽然臉色一變，大喝一聲：「小心！」

龍涯看得分明，只見明顏腳下的石祭壇中央，裂開的坑洞裡蜿蜒出一條扭曲斑駁的深藍色物事，猶如出洞的蝮蛇一般直立而起，足有三丈之高，下一刻，那物事已然朝著近處的明顏俯衝而下！

明顏乍然驚覺，卻已來不及避讓，只是覺得脖頸一緊，一股巨力襲來，人已經被扯得倒摔在祭壇之上，驚惶之間只見一片深藍色的根鬚網絡，無數纖細的觸鬚已然順著她的身體、四肢環繞包裹下來，所到之處，肢體頓時感覺沉重乏力，動彈不得！

龍涯自是無法坐視，長刀一揮，便朝著那東西招呼過去，不料那物事如同一大片彈力十足的肥膏，刀鋒不侵，反倒被彈了開去。說來奇怪，那物事只雄踞祭壇之上，攻擊明顏一人，對近在咫尺的魚姬、龍涯二人絲毫不理會，只是一圈接一圈地在明顏身上纏繞，越來越緊。

「掌櫃的……救我……！」明顏開口求救，話沒說完，已然被那物事捲到了半空中，左右搖晃之下，哪裡還抓得住手裡的土靈玦，只見一道黑光被拋甩而出！

魚姬初見明顏遇襲，本甚是緊張，待到看清楚那深藍色的物事，反倒鬆了口氣，又見土靈玦被甩上半空，自是不會坐視，將身一縱，人已在半空，追逐著土靈玦下落的方位而去。

魚姬左手一把將土靈玦接住，忽而眉頭一皺，立即鬆開手來，反而用袖子一兜，那土靈玦已然變了方向，朝龍涯彈射而去：「接住！」

龍涯聞言自是伸手將那土靈玦扣在手中，只覺玉器異常光滑溫潤，非比尋常。轉眼間，只見魚姬飄然落在祭壇旁邊，左手緊握成拳，背在身後，右手皓腕一翻，纖巧手掌之中多出一個青玉小瓶來。

魚姬指頭微動，頃刻之間那青玉小瓶的瓶塞已然被彈到地上。下一刻，魚姬將小瓶朝天一傾，只見一汪清水甩上半空，驟然發散開來，化作傾盆大雨，盡數澆潑在那祭壇之上。那扭曲斑駁的深藍色物事一遇上雨水，便蜿蜒膨脹起來，更長出許多根系，隨著膨脹加劇，顏色也變得淺淡許多。

魚姬嘴角露出一絲冷笑，手一抬，那青玉小瓶已然懸浮在半空，窄小的瓶口對準那變得異常龐大的物事，手裡捏了一個法訣，清叱一聲：「收！」只聽得一陣「嘶嘶」聲響，一道淡藍色的水流自那龐大的異物身上拋甩而出，朝那小巧玲瓏的青玉小瓶瓶口湧去！與此同時，那龐大的異物卻變得乾枯起來，原本斑駁的表面更產生了無數龜裂，顏色也由剛才的淺藍逐漸變成暗黃枯槁，早沒了剛才的強悍姿態，如同一大團曝晒烈日之下，失水乾枯的樹根，再也無力動彈。

那大量的淺藍色水流不斷匯入青玉小瓶，卻絲毫不見滿溢，似乎那小小瓶口就是一個無底深坑，再多的水，也無法裝滿一般。直到最後一滴藍色液體被收入青玉小瓶，魚姬方才將手一招，那青玉小瓶便輕飄飄地回到魚姬手掌之中。

龍涯拍手贊道：「好手段！」回頭對懷抱著身懷六甲姑娘的燕北辰說道：「看好那個姑娘，先別過來。」

燕北辰被眼前發生的一切震懾住，此刻方才回過神來，回應一聲，原地不動。

龍涯將身一縱，落在祭壇之上，伸手去扯層層包裹在明顏身上的乾枯樹根。那樹根失水之後，已然變得異常鬆脆，觸手即裂，是以不多時，已然被龍涯徒手扒開，露出被緊緊包裹在裡面的明顏來。

明顏早已纏得氣若游絲，渾身無力，望眼周圍俱是一片幽暗，對外界一切均不知曉。乍然間見得眼前裂開一個口子，接著慘白月光中，一雙大手將眼前的桎梏扯得粉碎，心中不由一喜，心想此番命不該絕。待到借著月色看清面前的人是龍涯時，倒是頗為意外：「怎麼是你這傻瓜，掌櫃的呢？」

龍涯歎了口氣：「這是對幫你的人應有的態度嗎？」說罷，收手站起身來：「現在我不犯傻了，你自己起來吧。」

明顏此刻還是渾身無力，聞言也不由得有些恍神，只是哼哼唧唧拉長聲音叫喚：「唉唉唉，我沒力氣啊……掌櫃的……掌櫃的……要出人命了……！」

魚姬的臉出現在明顏面前，面帶無可奈何之色：「別嚎了，你不過是遇上與你相剋的木靈根，全身癱軟只是暫時的，死不了的。」

明顏聞言，心裡一寬，但口裡依舊是哼唧個沒完：「唉唉，好難受……。」

魚姬歎了口氣：「你這傢伙還真沒完沒了。」說罷，俯下身來清理明顏身上纏繞的枯樹根，一面言道：「剛才你要不是把土靈玦扔了，也不至於弄得這等狼狽。那木靈根以土之靈力為敵，你性本屬土，汲取你的體力自是常理，若是你抓緊土靈玦，就算無法脫身，至少也可保自身。你要想好過一點，就拜託龍捕頭把土靈玦還給你吧。」

「難怪那破樹根只追著我纏……。」明顏一聽土靈玦在龍涯那裡，自是不依不饒，拉長了嗓子吼道，「喂喂，傻瓜，快把寶貝還我！」言語之間甚是無理。

龍涯臉上閃過一絲戲謔的笑意，自懷中掏出那枚土靈玦，在明顏面前拋起來又接住，來回戲耍了好幾遍，看到明顏臉上的神情時喜時憂，來回變換，越發覺得有趣：「誰叫喂喂喂，傻瓜你叫誰啊？」

「傻瓜我叫你啊！」明顏沒好氣地應了一聲，話一出口，忽而猛醒，這回可是被人忽悠得把自己罵進去了，這廂怒火中燒，然而身體卻無能為力，眼睛轉了轉，又開始哼哼唧唧：「掌櫃的……好難受……唉唉……。」

魚姬忍俊不已，早已笑出聲來：「哪有人耍賴耍成這樣的？」說罷，抬頭對龍涯微微一笑：「龍捕頭你大人有大量，別和這小破孩兒一般見識，看她怪可憐的，就還給她好了。」

龍涯聽得魚姬軟語求懇，自是無法再戲耍下去，低頭看看明顏，咧嘴笑道：「全看魚姬姑娘面子，不與你計較，喏，還給你。」說罷，從懷裡摸出那枚土靈玦，拋給明顏。

明顏一手接住，只覺周身舒爽通泰，似乎丟失的氣力又回來了，洋洋得意大笑三聲，眼光瞟向不遠處拄刀而立的龍涯，露出兩隻白森森的尖牙道：「乘人之危是吧，此番定叫你好看！」說罷，大喝一聲，跳起身來，原本箍在她身上的枯槁樹根哪裡還困得住她，只聽得一陣碎響，紛紛散為木片，就連一直連接在祭壇之下的主根，也剎那崩裂開來！

龍涯倒是不怕她來尋晦氣，只是朝旁邊移了一步，免得陷在堆積的碎木片之中，就在此時，突然見得眼前紅光一閃，一支長約三尺，通體火紅的長箭自那主根的斷口呼嘯而出，挾著一道凜冽的勁風，帶出一道耀眼的火焰，卻是不偏不倚，射向身在咫尺，正站起身來的魚姬！

此變一生，眾人均是一呆，龍涯來不及出聲示警，唯有長刀一揮，朝那快若閃電的飛箭撩去！他的刀向來很快，這次也不例外，只是他遇上的是一支超乎他認知的箭！眼看長刀已然觸及那個帶火的飛箭，不料卻如同碰上無形之物一般，那個拖著耀眼火光的飛箭從刀身一晃而過，完全貫穿不留半點痕跡，去勢也未減半點！

魚姬覺察時，那飛箭已在眼前，倉皇之際連忙將頭一偏，飛箭自她脖頸處呼嘯而過，帶起的焰火瞬間漫過她耳際的一縷髮絲，頓時化為飛灰！就在同時已然擦身而過的飛箭，卻在魚姬身後又調了個頭，直取她背心而來，彷彿是生生兒開了眼，懷著十仇九怨，不將魚姬置之死地，便無法善罷甘休一般。

魚姬神色一變，人已經合身撲出，飛揚的衣裙在月下劃過一道白色光暈，就像一隻倉皇躲避飛鷹捕食的雀鳥，只是無論她如何躲避，那挾著耀眼火光的飛箭都如影隨形。眼見就要被那飛箭追上，驀然下方探出一隻手來扣住魚姬的手腕，卻是龍涯施以援手。魚姬在他的拖拽之下，脫離了先前向上滑翔的軌跡，改為斜斜俯衝而下，在離地兩尺之處飛旋而過。

那飛箭頓時失去了準心，在空中迂迴一圈，待到它再度追上魚姬的身影時，魚姬空出的那隻手掌已經取出了那個青玉小瓶，圓圓的瓶口撞上緊追而至的飛箭，正好將箭頭套入瓶口之中。

只聽得一陣「嗤嗤」之聲，猶如在滾燙發熱的鐵板傾下冰水一般。隨著聲響，那青玉小瓶表面產生了無數裂痕，終於一聲碎響，裂了開來，一汪淺藍色的水在月色下劃過一道藍色光暈，撞上那支拖著熊熊烈焰的飛箭，頓時將火焰瞬間澆熄，殘存的藍色水流潑灑下來，澆得祭壇附近一片水跡。但是那支箭並沒有就此停下，縱使箭身被魚姬一把扣住，卻依舊無法阻止它扎進魚姬的左肩！

魚姬悶哼一聲，箭頭扎進肌膚，頓時冒出一陣白氣，將那支要命的飛箭噴個正著。那飛箭如同活物一般，發出一聲類似尖叫的鳴響，瞬間化為烏有，而受創的魚姬卻如斷線的風箏一般，朝地面俯衝而去！

眼看就要撞上那石祭壇，旁邊忽然伸出兩隻手臂將她牢牢架住，才不至於在這樣的驟然撞擊中再受重創。魚姬抬眼看去，接住自己的竟是龍涯，只見他眉宇緊鎖，神情緊張，眼中盡是關切之意。雖然此刻她身受箭傷，半邊身子都麻木僵直，但對上這樣一雙眼睛，也不由得心念一動，怔怔地無法言語。

明顏本要接住魚姬，卻不料龍涯搶先一步，也不由得一驚，尋思這凡夫俗子的身手倒是快得有些出乎意料。眼見龍涯抱著魚姬不放，不由得又是好氣又是好笑，正想開口搶白他兩句，卻見魚姬神情委頓，面色蒼白，想是大傷元氣。意識到這一點，明顏自是慌了神：「掌櫃的……你……你怎麼樣？」

屍洞餘生

魚姬費力喘息兩聲，沉聲道：「你放心……我暫時沒事，快找個地方躲起來，瓶子破了……木靈根遇上那些水還會復活的……快……！」話沒說完，已然昏厥過去。

燕北辰抱著那姑娘奔上前來：「沒時間了，你們聽！」

龍涯心中一凜，隱隱聽得一片雜亂的蹄聲由遠而近，環顧四周的密林中，都隱約可見火光，知道半牛人正從四面八方圍合上來，須臾之間就會來到這裡。而轉眼看看滿地的木屑，不少枯木沾染了剛才傾下的藍色水跡，都開始微微抖動，心知魚姬所言不虛，轉眼見遠處屍洞一片幽暗，心念一動：「前無去路、後有追兵，只有先去那裡避一避。」言畢，彎腰抱起魚姬，快步奔屍洞而去，燕北辰自是緊跟其後。

明顏甚是躊躇，見得龍涯與燕北辰都已進洞，心中也無其他主意，只得跟了過去，剛剛彎腰進去，就聽得身後風響，一物撞上洞口外的石沿。回頭一看，卻是一大段扭曲蠕動的木靈根，想是追擊自己而來，說也奇怪，那物事只在洞外扭動，卻不進洞一步，晃蕩一陣之後，便伸展開來，「啪嗒」一聲撲向洞口，就如同生了根似地在洞口蜿蜒。而後陸陸續續又有殘根填補上來，頃刻之間織就一張密密實實的根網，將洞口層層封閉，不露一絲縫隙！

「雖然不知道什麼原因，這裡他們好像進不來。」龍涯小心將魚姬放下，摸索著到了斷崖邊：「燕兄，你的火摺子還在不在？」

燕北辰將懷裡的姑娘輕輕放下，騰出手來從懷裡摸出火摺子，看看前面近在咫尺的斷崖，歎了口氣：「洞口已經被那什麼木靈根封得嚴嚴實實，好在這山洞夠大，一時半會兒也悶不死咱們。那些半牛半人的畜生從四面八方圍上來，想是這嶺裡的地都被搜了個遍……。」

「你擔心夜來？」龍涯自是明白他話中之意，「我倒覺得她應該可以避過去。孩子家身子小，可以躲進一些比較狹窄、隱祕的地方，那些怪物一個個牛高馬大，很多地方根本就鞭長莫及……。」話未說完，他突然低低噓了一聲，悄聲道，「別出聲，這裡好像還有人在。」

明顏聞言屏息靜氣，以她的靈通，便是幾里之外的飛鳥展翅也可聽得清楚明白，更何況是這不過方圓幾里，全然封閉的山洞。一片死寂之中，她發現除了自己、魚姬、龍涯、燕北辰和那個神志不清如行屍走肉一般的姑娘外，還有一個人的心跳聲，而且，這顆心跳得很快，想來此人定是驚懼交加。

「的確是還有一個人，就在我們腳下不到三丈的地方。」明顏肯定地言道。

「我們腳下……不是這堅實的土地麼？」燕北辰困惑地舉起火摺子，借著昏暗的光線小心審視那參差不齊的斷崖，忽然間言道，「你們看，那靠邊的岩壁上好像有一個平臺！」

龍涯聞言上前一步，果真見得腳下約兩丈的位置，確實有一個露出一角的平臺，只因斷崖的邊沿出挑約一尺之遠，若非刻意搜尋，根本就不容易覺察。平臺大部分隱在岩壁的陰影裡，漆黑一片，也不知道裡面究竟有多寬、多深，就像這斷崖之下豁然開了一個碩長的大口子。

而平臺邊的岩壁上有不少貌似人工開鑿的孔洞，猶如一段石梯，可供上下攀爬。

「我先下去看看。」燕北辰見得此景，心中莫名焦躁起來，轉身將火摺子遞給明顏，便順著那垂直的岩壁攀援而下。

待到燕北辰的雙足踏上那隱匿在一片幽暗中的平臺，他才發現眼前的平臺遠比他想像的寬敞。隨著手執火摺子照明，隨後攀爬而下的明顏到來，微弱的光線四下發散，終於使得眼前的一切，從幽暗之中漸漸明晰起來。

平臺寬約四丈見方，離上方的岩壁最高之處不到一丈，而越靠裡的則越見狹窄，雖說貌似天然生就這等地貌，但局部也可見人工開鑿的刀斧痕跡。而在最貼近岩壁的角落裡，卻蜷縮著一個小小的身影，正是先前燕北辰與龍涯一路追蹤的那個衣衫襤褸的孩子！

那孩子滿臉驚懼，身子抖得像秋風中枯葉一般，還不時帶起一下類似抽搐的顫動。成縷的亂髮彼此糾結，沾滿泥灰，兩隻眼睛睜得渾圓，死盯著燕北辰和明顏兩人，身子還在下意識地朝後擠，雖然早已貼緊岩壁，全無半點退路。那一雙瘦小的手掌還緊緊握著那支短小，卻異常犀利的回燕鏢，因為那是她唯一的武器。

「夜來……夜來……。」燕北辰心中又喜又痛，哽咽難言地喃喃呼喚著。他彎腰靠了過去，想擁抱這個從未謀面，卻已然牽掛兩載的女兒，不料還未觸碰到那孩子孱弱的身體，就見得寒光一閃，那孩子手裡的回燕鏢便朝他刺了過來！

燕北辰早有防備，兩個指頭緊緊夾住孩子手裡的回燕鏢，運氣一扯，將回燕鏢奪了過來，而後伸臂握住孩子瘦小的胳膊，低聲寬慰道：「孩子……別怕，別怕，是爹來了……。」

那孩子早已驚得面無人色，瘋狂地掙扎，想要逃開他的懷抱，依舊是不發半點聲音，只是張大嘴重重地抽氣，直到精疲力竭。臉上盡是絕望與恐懼，待到發現自己再也無法掙脫，便伸直了脖頸，將頭顱重重磕向身後岩壁，一下、兩下……。

燕北辰心如刀絞，慌忙用手掌護住孩子的後腦勺，將孩子小小的身體攬入懷中，輕輕撫慰，柔聲言道：「孩子……孩子……是爹，爹來救你了，別怕，以後沒有任何人可以傷害你，有爹在……。」言雖如此，卻不由得悲從中來，兩行熱淚滾滾而下。

明顏遠遠立在岩壁外沿，看著眼前這個抱著孩子抽泣的中年男人，也不由得心有戚戚。

那孩子僵直的身軀漸漸軟化下來，一動不動地任由燕北辰抱著，就像是一頭受傷的小貓。她驚恐的表情雖留在眼角眉梢，但原本直愣愣瞪圓的雙眼終於漸漸緩和，不至於睚眥俱裂。淚水流淌而出，在滿是塵灰的小臉上沖出兩道溝渠，最後沾濕了燕北辰胸前的衣襟。

就在此時，忽然聽得一陣砰砰作響，卻是洞口的木靈根被洞外的半牛人用棍棒敲擊而發出的響聲。那孩子頓時又緊張起來，只是這一次，兩隻瘦小的胳膊緊緊摟住了燕北辰，既是無助，也是驚恐。

明顏心想，如此看來，這對可憐的父女總算真正團圓，彼此接納了，就在此時，便聽得衣袂聲響，轉頭卻見龍涯攬著那個身懷六甲的姑娘，飛身躍了下來。

龍涯站穩身形，將手裡的姑娘輕輕放下，轉眼看看燕北辰，面露欣慰之色：「夜來找到了？甚好，甚好。只是那些怪物已然開始在外面敲打鼓噪，也不知道那些古怪的樹根可以抵擋多久，相比而言，這裡還是安全一點。」說罷，又要縱身再上斷崖。

明顏奇道：「你都下來了，還上去作甚？」

龍涯看看明顏，皺眉道：「你家掌櫃的還在上面，難道可以置之不理不成？」

明顏伸伸舌頭，心想一直覺得掌櫃的神通廣大，少有讓人擔心的時候，剛剛看到燕北辰尋回孩子，心裡一高興，倒把掌櫃的受傷的事給忘了，也不知道究竟傷勢如何？口裡卻言道：「掌櫃的交給我，不勞你這傻瓜費心。」

龍涯微微一笑：「你還是看好你自己吧，剛才那怪樹根已經夠你喝一壺的了。」說罷，將身一縱，已然翻上了斷崖，不多時，也將魚姬帶了下來，扶到靠裡的岩壁邊坐下，順手一搭魚姬脈門，觸碰之處，只覺魚姬肌膚滾燙，忽而倒抽一口冷氣：「好生奇怪，為何魚姬姑娘全無脈象？」

明顏白了他一眼，伸手拂開魚姬肩頭的髮絲，將手指按在魚姬顱後凹陷之處片刻，而後歎了口氣：「人嚇人，嚇死人。掌櫃的怎麼就沒脈象了？不會看就不要瞎嗐呼。」

龍涯見她還有心思拌嘴，心想魚姬定然無事，也不由得鬆了口氣：「如此也算不幸中的大幸。」而後轉眼看看明顏，心想今晚之事狀況頻發，一環扣一環，卻偏偏匪夷所思，全然超乎常理。先前在鬼狼驛之時，這魚姬姑娘明明早看出種種端倪，也不明言，而是旁敲側擊地引導自己去揭開層層迷霧，不似這貓丫頭般心直口快，藏不住事，看來此許因由還得從她口裡套話才成。

思慮至此，龍涯眼睛一轉，計上心頭：「現在魚姬姑娘昏迷不醒，咱們也都被困在這屍洞之中，外面還有那麼多怪物在囉唣。虧你還這般大大咧咧，也不知道大禍臨頭。」

「什麼大禍臨頭啊？」明顏滿不在乎地翻翻白眼，「天大的事有掌櫃的在，等她醒了自然有辦法。」

「是嗎？」龍涯歎了口氣，「如果我是你，就放不下心來。剛才外面那些土靈根什麼人都不滋擾，唯獨纏著某人不放，難道是因為好這一口貓肉？追擊魚姬姑娘的那個帶火飛箭也是獨沽一味，就算我拿刀去劈它，也不曾調轉箭頭對付我，如此專注莫非也是巧合？那土靈根和你的那塊寶貝玉佩，一道被那石箭鎮住何止千百年歲月，都相安無事，為何你一拿到玉佩，就接二連三地出問題？還有那該死的箭，為何早不射晚不射，偏偏等到魚姬姑娘收服那破樹根，過來救你的時候，才射將出來……？」

明顏越聽越驚，轉眼看看魚姬昏迷失神的面龐，忽而面露遲疑驚恐之色，喃喃道：「莫非……這是一個圈套！難道他知道我們會來取這土靈玦，所以一早就部署好了，要取我二人的性命！」

「你口裡的他是何人？」龍涯心裡一凜，心想這貓丫頭已然異於常人，魚姬更是來頭不小，能這般算計於她們的，自然也不是什麼好相與的角色。此時此刻此地，諸多的問題全纏繞在一起，既然那木靈根不是偶然，刺殺魚姬的火箭不是偶然，那在此地盤踞禍害千年的那些半牛半人畜生，不知道在此事中究竟扮演什麼樣的角色。倘若半牛人的存在也不是偶然，那麼這千百年來被蹂躪戕害冤死的無數無辜女子，豈不更是蒙上了一層不白之冤？

明顏心如亂麻，神情不定，躊躇道：「是天……。」

「明顏！」一聲喝斥打斷了明顏的言語，卻是靠在岩壁的魚姬，不知什麼時候睜開眼來。

明顏見得魚姬甦醒，自是心裡一喜，早把先前的不安、躊躇拋諸腦後：「掌櫃的，你沒事了？」

魚姬咳嗽兩聲，勉力點點頭，對龍涯笑笑：「看來龍捕頭也有食言而肥的時候，你說過不會問的，為何變著方兒套明顏的話？」

龍涯無可奈何地攤攤手：「我不問便是，免得魚姬姑娘不快。」

魚姬搖搖頭：「此事干係太大，凶險異常，若是把旁人牽連進來，絕非魚姬所願，所以龍捕頭還是不要打聽為好。」

龍涯心想她越是如此隱瞞，背後的事情恐怕越是嚴重，但也只好歎了口氣，岔開話題：「而今咱們被困在此地，總得想個辦法出去才是。」

魚姬點點頭，勉力扶著岩壁站起身來，借著微光看看周圍環境，尤其是眼光落在崖下之時，不由得皺起眉頭轉開目光。雖說洞中昏暗，但崖下屍橫遍地的慘狀卻是觸目驚心，叫人不忍卒睹。魚姬沉默片刻而後言道：「奇怪，奇怪，那斷崖下遍地屍骸，為何洞裡會感應不到半點陰氣、怨氣，也未免乾淨得太不正常了。」

明顏走到魚姬身邊，眼光四下流轉，忽然指著崖下對面的洞壁說道：「那裡好像畫著些奇怪的圖案。」她的視力出眾，在黑暗之中也可看得一清二楚。

龍涯順著明顏所指的方位看去，只見一片尚算光潔的石壁，在地上屍骸的磷火映照下，隱隱泛著綠光，至於上面畫著什麼，委實難以看清楚。他借著火摺子的光亮，埋頭在腳下的岩壁巡視，尋找可以下腳之處，只見微弱光線之中，靠邊的岩壁上果然還有一些人工開鑿的坑洞，只是這些坑洞比之先前他們從洞口攀到這個平臺的那些落腳處，更為粗糙、稀疏。想來下邊沒有類似他們腳下這樣的平臺可供暫時休憩，要在這幾十丈高的絕壁上開洞也確實不易。

「我先下去看看。」龍涯正要行動，卻聽得明顏笑道：「哪用那麼麻煩，又不是猴子，老在這山崖上爬上爬下。」

魚姬笑笑，袖子一翻，纖巧手掌之上已然多出一條筷子般粗細的細繩來，那細繩貌似只有一尺來長，光滑細緻如緞面，微微泛著銀白色光芒，軟軟地垂在魚姬手指之間。

龍涯笑道：「這般細小的繩子，用來紮紮緞花，給姑娘們戴頭上還可以，此刻只怕是不大管用。」

明顏白了他一眼：「沒見識的傻瓜，自是不識得我家掌櫃的寶貝。這寶貝名喚捆龍索，乃是蛋鬚煉就，就算是條真龍，也能綁成毛毛蟲，更枉論其他。」說罷，自魚姬手裡接過那段細繩，抬頭在高處的洞頂看了看，選中一根碩長結實的鐘乳石，便嘻嘻笑道：「就是它。」言畢，一手扯住繩尾，一手在繩頭上挽了個活結，便將繩索迴圈甩弄起來。

說也奇怪，那細繩看似只有一尺來長，隨著明顏的飛甩旋動，居然晃晃悠悠地越變越長，隨著明顏一聲清斥，那活結結成的圈套已然脫手而出，朝高高的洞頂飛去。一觸碰到那選中的鐘乳石，便一下子收緊起來，將之緊緊縛住，而繩尾尚在明顏手中，原本只有一尺來長的繩子，憑空變成十餘丈長！

明顏衝著龍涯不無顯擺意味地扮了個鬼臉，扯著手裡的長繩，朝崖下飛縱而去，輕靈的身姿甩出一道下滑的拋物線，奔對面的洞壁而去。那可長可短的細繩此刻卻又延長起來，只見明顏輕巧劃過洞底水潭的上方，而後輕輕落在水潭邊的石地上，驀然回頭，滿是得意的笑容，而後手一鬆，那繩索又「倏」的一聲彈了回去。

龍涯眼明手快，一把抓住繩尾，轉眼看看身後抱著孩子的燕北辰，心想他好不容易尋到女兒，此刻定是不會離開她再去崖下。再轉眼看看魚姬，見她神情委頓，卻伸手來接繩尾，於是微微一笑：「魚姬姑娘有傷在身，看來此番須得在下代勞。」說罷，不由分說右手挽緊繩子，左臂搭在魚姬腰間，將身一縱，兩人已然順著繩索拋甩出去，俯衝而下！

龍涯突然這番舉動，讓魚姬猝不及防，她驚覺腳下懸空，連忙低呼一聲環緊龍涯脖頸，低頭只見自己白色衣裙倒影，自下方烏黑水潭上一晃而過，而後只聽得一聲輕響，已然穩穩當當地踏上了崖下水潭邊的石地。

魚姬鬆了口氣，轉頭看看剛才一晃而過的那個烏黑水潭，只覺得那裡甚是怪異。通常山洞之中的水源都是直通地下，理應寒涼侵人才是，而今眼前這個全然看不到底的水潭，卻無半點寒氣外露，就這麼濃黑死寂一片。然而最為詭異的是，岸邊遍地屍骸貌似腐敗，卻不聞半點惡臭，只是到處閃現著幽綠的磷光。

「這個洞，真的有古怪。」魚姬喃喃言道，正要邁步去明顏身邊審視那洞壁上的圖案，卻發現龍涯的手臂依舊挽在自己腰間，一抬頭，只見龍涯仰首望天，一手扯著細繩，一臉暈陶陶的失神笑臉，不由得又是好氣，又是好笑，探出指甲在龍涯手臂上重重掐了一把。

龍涯吃痛驀然驚覺，慌忙把手一縮，一面揉著痛處，一面訕訕笑道：「對不住，剛剛光顧著看周圍……。」話沒說完，又一把捂著鼻子轉過身去。手上一空，一直牽扯著的細繩便脫手而出，眼看就要彈回洞頂，卻被明顏眼明手快一把扣住。

明顏看看滿地的屍骸，再看看神情尷尬的龍涯，悠悠歎了口氣：「這都什麼境地了，還可以滿肚子花花腸子胡思亂想，你這傻瓜……其實很好色，是吧？」

龍涯神情窘然，早伸手擦去鼻下的血漬，咧嘴笑道：「明顏妹子說到哪裡去了，只不過是天乾物燥，上火而已。」說罷，連忙岔開話題，「看壁畫，看壁畫……正事要緊，玩笑閒話什麼的留著咱們出去再說。」

魚姬乾咳一聲，走到明顏身邊，抬眼審視岩壁上的畫，神情甚是專注，而後歎了口氣：「看來這裡就是外面那些半人半牛傢伙的發源地。」

龍涯聞言心念一轉，早把先前的尷尬拋在九霄雲外，上前一步抬眼望去，只見在一片幽綠磷光之中的石壁上刻著一組圖畫，從右到左長逾三丈，足有一人高，刻痕頗重，約有半指深，裡面塗上一層丹砂，只是年代太過久遠，早已斑駁脫落，即便如此，也和外面的石壁顏色大不相同。

最右邊的圖上畫了一群人被另一群貌似軍隊的人追趕，追兵旗幟昭彰，上書一個古體篆字，雖局部風化剝離，仍依稀可辨是一個「秦」字。而一路逃亡的那些人中有男有女、有老有少，一個個倉皇而逃，地上散亂著一些殘破的旗幟，上面的字跡卻甚是古怪，不可識別。

明顏指著那怪字，奇道：「這是什麼字啊，倒像是龜紋一般。」

魚姬伸手摸摸那凹陷的刻字，而後言道：「這是個『蜀』字。」

龍涯奇道：「難道是昔日三國鼎立之時，劉備建立的蜀國？不對啊，那時怎還會有秦國？」

魚姬搖搖頭：「是蜀國，但不是三國時候的蜀國，而是更早以前的蜀山氏族人所建立。相傳被先秦所滅，族人分散逃亡，有些跑到了現在的交趾國界。我想，這副圖便是記載那個時候的景象。」

龍涯點點頭，目光移到緊挨著的那一副圖上，只見那群逃亡的人穿過一個狹窄的洞口，藏進了一個巨大的山洞，而秦國的軍隊圍在洞外，許多軍士在搬運石頭，封閉那個洞口，不遠處還有人架起爐灶，在熬煮什麼東西。

明顏歪頭看了看：「這秦國的軍士倒是些吃貨，什麼時候都不忘埋鍋造飯。」

龍涯皺眉搖頭道：「那不是在做飯，那是銅汁，用來澆鑄石縫的。」

明顏一驚：「好生狠毒，拿石頭堵住洞口，便是困住那些逃亡之人。用銅汁澆鑄，豈不是不露半點氣息，想活生生悶死他們？」

魚姬點點頭，歎了口氣：「這就叫斬草除根了，石縫被銅汁填補，既不漏氣息，冷卻之後更使得洞口的石堆結為一體，牢不可分。縱然悶不死裡面的人，時間一長，只怕也活生生困斃他們。想來這畫裡的山洞便是現在咱們身處之地了。」言罷，指著旁邊一處凹凸不平的石壁道：「這裡估計就是被封閉的洞口了。」

明顏伸手一探，果然在石壁之上摸到些許格外冰涼的痕跡，定眼一看，只見泛起青色銅鏽紋路，而後心頭一沉：「如此說來，那些蜀人便是生生兒被困在這個巨大的山洞裡了。想來，剛剛我們看到的岩壁上那些鑿痕，便是他們為了爬上峭壁，從上面的洞口出去，而開鑿出來的。」

魚姬歎了口氣：「恐怕那個時候，還沒有上面的洞口，否則要趕盡殺絕的秦軍，怎麼可能不堵起來？」她抬頭看看鐘乳石密布懸垂的高高洞頂，而後指著那幾處比較亮的區域說道：「那裡應該有一些細小的洞口通向外面，雖然被山體上的樹枝、灌木掩蓋了，月光無法直射下來，但氣息流通不成問題。那些人被困在這個巨大的山洞裡，悶死倒是不會，只不過會遇上更可怕的事情。」

龍涯神情凝重，目光轉到了旁邊的第三幅畫上。只見一群人聚在洞裡的水潭邊，有的伏在潭邊喝水充飢，有的倚在洞壁奄奄一息。

龍涯見狀歎了口：「被圍在這山洞裡，遲早也有糧食耗盡的時候，看畫上這些人以潭水充飢，也支持不了多久……。」而後他「咦」了一聲，指著壁畫的下部說道：「真是奇怪，先前的壁畫都是用刀斧雕琢而就，從這裡開始卻全是淺淺的劃痕，若有若無，筆畫單調，且位置比之先前的圖案低很多，似乎是後來添上去的。」言語之間細細端詳，一望之下，只覺得一股子瘆人的感覺自背心爬上頭頂，頭皮發麻。只見近處一個女人趴在地上哭號，她的面前有幾個身體強健的男人，手握刀斧在切割一個幼小的孩童，其中一個已急不可耐地咬住了孩童的臂膀！

明顏看到此處，不由驚叫一聲：「他們吃人！他們居然開始吃人了！」

龍涯強忍著作嘔的感覺繼續看下去，眼光落在了第四幅畫上，只見山壁頂上出現了一個狹長的洞口，而山壁邊圍著許多精壯的男人，正用刀斧在岩壁上開鑿。遠處的水潭邊散落著少量的枯骨，另一邊的角落裡，一群女人們抱成一團，哀哀哭號，旁邊還有一個男人抓住一個女人的頭髮，揮舞手裡的斧頭朝那女人的脖子砍了下去！

「頂上的狹長洞口是在這個時候出現的。」魚姬面露不忍之色，轉過眼去，「弱肉強食……落到那等山窮水盡生死攸關的境地，人和畜生也就沒多大區別了。最先遭殃的是孩子，接著是老人和傷者，最後……就是女人。」

明顏的目光落在最後一幅畫上，只見那些男人正沿著岩壁的鑿痕朝上攀援，而水潭邊的枯骨堆積成山，只剩兩個女人，一個無力地探出手，指向洞頂一角驟然洞開的狹長山洞，而背上卻插著一把利刃，很明顯即將斃命。另一個雖奄奄一息，卻支起身體，怒目而視，披散的亂髮上還立著一支長長的雀羽，一手指天，大張的口裡似乎是在怒罵斥責，或是在詛咒。

「很明顯，後來淺顯的壁畫不是出自最初的人之手，而是出自殘存的這個女人。」魚姬肩膀微微起伏，面有怒色，「那些爬出洞口的男人，就是我們在外面見過的半牛人先祖。在沒有食物充飢之後，他們憑著過人的體魄，以族中的老幼弱者為食，苟延殘喘，在這山洞中挨了不少時日。終於有一天，洞壁上不知道什麼原因打開了一個洞口。於是他們便開始開鑿山壁，並以族裡的女人為食。到他們終於完成這段通往生路的石梯之後，整個族裡只剩下兩個女人了。然後他們殺掉了其中的一個，把最後這個女人扔在這屍洞之中，不顧而去！」

明顏不由得打了個冷顫：「好生狠毒的畜生！圖上這個頭戴雀羽的女人，似乎身分非比尋常。」

魚姬伸出手覆蓋在那壁畫上的女人之上，閉目沉默片刻，而後言道：「獸行天譴，難見耀日，永墮旁生，禍延萬世，餘等怨靈，轉生再世，誓將雪恨，滅彼族群。」

龍涯聽得魚姬唸出這段話來，不由吃了一驚：「魚姬姑娘所唸的，莫非是這個族裡最後一個女人所立下的詛咒？」

魚姬點點頭，摩挲著岩壁上的淺淺劃痕，低聲言道：「如果我猜得沒錯，這個女人是族裡的祭司，所以那些男人一直不敢加害於她，而只對其他的女人下手。一旦重獲生機，他們卻又害怕起來，難以面對這個目睹他們野獸般戕害同族的女人，於是選擇扔下她在這洞裡等死。這個女祭司挾著憤怒怨恨，以族裡所有亡故女人的靈魂，對那些男人發出了甚是惡毒的詛咒，讓他們墮入畜生道，禍延子孫，世世代代都不成人形。倘若族中再有女子出世，便是亡靈們為復仇而來，直到全族滅絕，方才休止！」

「這也就是為什麼那些半人半牛的畜生，一生下女嬰，便扔進這個屍洞溺斃的原因了。」龍涯咬牙切齒道，「簡直是畜生不如，早就應該滅絕。那個女祭師應該直接詛咒他們死去，也就不會禍延千年。」

魚姬搖搖頭：「雖說一族的祭司或多或少都有些靈力，但區區凡人，憑空詛咒就滅掉這許多性命，也是不可能的事。禍延子孫等語，只不過是咒罵洩憤而已。那些男人之所以會在走出洞後，變成那般模樣，是因為在這一片早已成為異域的天盲山中，做出了令人髮指、禽獸不如的行為，才會陷入旁生道。」說罷，她指著水潭上方的洞壁說道：「如果我沒有猜錯，那裡應該還懸著一枚穿山石，那才是最初六道停轉，天君提桓用來穩定六道的那枚穿山石。之前外面那一枚被明顏拔掉的，是後來才被射到這裡的，所以才會殘留一半在地面之上。或許就是這第二枚穿山石造成了洞頂的塌陷，產生了那個狹長的洞口。那些男人爬出去後，看到那地上插著的穿山石，便以為是搭救他們的神跡，於是修造了那個圓形祭壇來祭祀。而第一枚穿山石在兩千年前便已懸垂在這山洞之上，用以鎮住因六道紊亂而混淆的一方異域。神物之靈氣涵蓋這個山洞，所以外面蠢蠢欲動的木靈根半點也進不來，只能封鎖洞口。而同樣的，在穿山石靈氣籠罩之下，這裡的亡靈別說是出去轉世復仇，只怕是想要存留下來也是不易，故而這個山洞堆積了如此之多的屍骸，仍然沒有半點陰氣、怨氣。」

明顏聞言，不由得義憤填膺：「也就是說，這裡被殺害、吃掉之人的怨靈，包括後來這千年來不斷被那些畜生害死、扔下來的女人元神，全都被頂上那枚穿山石給驅散了不成？那樣豈不是魂飛魄散，太殘忍了！」

「等一下……！」龍涯突然心念一轉，「既然洞頂那枚穿山石還在，那麼這片天盲山還是那個什麼異域。我們被困在這裡，會不會也和那些半牛人一般，變得怪模怪樣？」

魚姬歎了口氣：「異域非常理能揣度，困在這裡時間長了，會發生什麼樣的事情也不得而知。咱們還是得想辦法拔掉洞頂的穿山石，讓這片天盲山恢復正常才是。」

明顏聞言，摩拳擦掌躍躍欲試：「既然如此，還等什麼？我再去拔了就是。」

魚姬看看明顏：「嗯，你可以再去拔，但是外面的木靈根與你相剋，只要你一出去，便會像剛才一樣纏定你不放，就算你有土靈玦護身，也一樣奈何不得。」

龍涯長歎一聲：「最可惜就是魚姬姑娘那個寶貝瓶子被那支箭射碎了，不然也可以再收服那玩意。」

魚姬笑笑道：「那個瓶子倒不是什麼寶貝，只不過裝了我從外面帶進來的淨水，本是護身之用。那木靈根本為綠色，只因被鎮在這異域之中太久，早已被異域所汙染，才會變異成那般顏色。汲取了木靈根中的水分，瓶子裡的水也不可用了。」

明顏跺腳道：「早知如此，我就背上一大壺進來。」忽而她面露喜色，指著那一潭烏黑的潭水言道：「那不是水麼？」

魚姬皺皺眉道：「這潭死水處於異域之中兩千年，連顏色都變得這等濃黑古怪，是否能駕馭也未可知，而今只好試試看。」隨後走到水潭邊凝神靜氣，右手捏了個法訣，只見她纖巧的指尖亮起一點銀色光芒，宛若流螢一晃而過，飛向那一片死寂的黑色水潭中央。

對龍涯而言，自進得這天盲山來，所見所聞均超乎認知之外，見得這等離奇景象，自是不由自主地朝前走了幾步。只見那點銀色光芒移到水潭正中央，在離水面不到一尺的地方，開始滴溜溜地旋轉起來，越轉越快，到後來形成一個直徑三尺寬的纖細銀色光環！

隨著光環旋轉加快，岸邊的水平線明顯減退下去，露出早被浸染成墨色的水底石地，而水潭中央的水卻迅速提升起來，就像被什麼無形之物牽扯著，穿過那纖細的光環，便如同有了生命一般，晃晃悠悠地朝上升起！

那股水流越升越高，形成一根不斷攀升的水柱。

一丈……兩丈……。

不知不覺已有數十丈高，直到漸漸接近燕北辰和那孩子所在的岩壁平臺高度，便突然停了下來，雖不斷洶湧，卻是無法逾越！

龍涯轉頭看看魚姬，只見她神情緊張，面孔發白布滿汗珠，似乎是力有不逮，正要開口相問，便見得那高高的水柱驟然崩塌開來，大量黑水重重撞回水潭之中，頓時激起三丈高的浪花，從四面八方飛速撲上岸來！

龍涯反應極快，一手拉住魚姬朝後退去，那黑色的浪花撞上岸邊的石地，頓時飛濺開來，細小的水花四下濺開，委實防不勝防。眼看即將退到岩壁，而那黑色水花依舊勢頭不減，龍涯正覺懊惱，突然手裡一空，已不見了魚姬、明顏的蹤影，背後卻被一雙手掌死死抵住，無法再退，眼見一片黑雨撲面而來，唯有雙掌護住頭面，只覺一陣淅瀝潮濕，腥氣撲面，已然被澆了個正著！

那黑雨本是浪花飛濺所致，只此一波，立時落地消散，唯有龍涯身上衣物還在滴水，被染得如落湯雞一般。最要命的是那黑色水漬還帶著黏稠感，散發著一股子難言的腥氣，直教人聞了頓時五內翻騰，幾欲作嘔。

龍涯僵直呆立在那裡，一瞬間幾乎連思維都凍結了，躲在他身後的魚姬和明顏身上一點也沒濺上。那一陣腥臭的黑雨全濺在龍涯身上，躲在他身後的魚姬、明顏自是避了開去。

明顏捏著鼻子自龍涯身後轉了出來，看到龍涯臉上的表情，忍不住好笑：「乖乖，好大一隻墨猴……。」

龍涯一時間，五味交雜，難以言喻。唯有僵硬地扯開嘴角乾笑一聲：「罷了。罷了，臭了我一個，沒臭到兩位姑娘便好……。」

魚姬面帶歉意，在背後輕聲言道：「對不住……剛才也是不小心，才……。」

龍涯歎了口氣，感覺魚姬的雙手還抵在自己背後，可見拿他當擋箭牌，算是毫不含糊，心想要怎麼不小心，才能不小心成這樣，那貓丫頭也就罷了，只是順勢躲在後面，不似這魚姬姑娘，分明是把他拉來當擋箭牌，看平日裡溫婉明理，結果也是一肚子壞水。

龍涯心中氣苦，但也不好和姑娘家認真，心想所謂為女生，為女狂，此番是為女醃臢潑臉膛，也算是不枉了。唏嘘之餘唯有暗自解嘲：「俗話說臭男人、臭男人，因為護花臭成這樣，自也是男人中的男人，得此虛名自也不枉了。只是不知這些髒東西是否有害，若是有什麼山高水低，那才冤得慌。」

魚姬極力忍住笑，仔細看看龍涯身上的黑色黏液：「龍捕頭不必擔心，這些只是水底沉積的油蠟……臭是臭些，沒毒沒害，放心，放心。」

「油蠟？」龍涯喃喃道，「水下哪來的油蠟……？」忽而猛然清醒，只覺得胃中翻騰，轉過身去彎腰大嘔，直把昨日吃的東西也統統吐了個精光！水底當然有油蠟，千百年來，那麼多屍體被投入這水潭之中，腐朽分崩，屍油沉積水底也是常事，想明白了這一節，怎不叫他五內翻騰？

魚姬自是明白，見得他這般辛苦，也覺得有些內疚：「委實對不住，我起初也未想到有這些東西沉浸水底……適才本想施展御水術對付木靈根，只因先前中了一箭，元氣大傷，力有不逮，所以中途便失了控制……。」

龍涯好不容易止住嘔吐，喘息兩聲，直起身來，轉頭見魚姬滿臉歉意，心中釋然：「即是無心之失，我豈敢怪罪姑娘？」而後伸手探入懷中，摸出一枚貝殼來遞給魚姬：「這裡面是大內御醫研製的金創藥，不知魚姬姑娘是否合用？」

明顏在一旁捏著鼻子，翻翻白眼：「區區凡夫俗子的藥物，哪有什麼用處？」

魚姬瞪了明顏一眼，對龍涯微微一笑：「貓丫頭一向口無遮攔，望龍捕頭勿怪。我的傷非藥石可治，只需要天盲山外的淨水便可。」

龍涯晃晃腦袋：「問題轉了一大圈，又回到水上了……。」轉眼看看明顏，再看看魚姬，忽而歎了口氣：「看來只有我這個臭烘烘的凡夫俗子出去跑一趟了。」

明顏聞言，上上下下打量了龍涯一番，而後言道：「你這傻瓜就不怕那群半牛半人的玩意，把你剁吧剁吧當臘鴨啃了？」

龍涯咧嘴一笑：「我這人沒什麼優點，就是骨頭比較硬，就憑那幫子畜生，只怕還啃不動。只不過洞口被那勞什子的破樹根給堵了，刀槍不入，怎麼才可闖出去，倒是煞費苦心。」

魚姬聞言，心念一轉，看到龍涯身上浸潤的黑色油臘，忽而面露喜色：「木靈根屬木，火剋木，普通的火焰雖不可剋木靈根，但讓它暫時退讓，也非全無可能。你可趁此機會衝出去，只是這樣一來，外面的半牛人也會趁洞口大開的時候攻進來。」

明顏摩拳擦掌道：「掌櫃的請放心，一隻兩隻的，我還料理得過來。倒是這傢伙，說不得便成了打狗的肉包子，一出去就折在外面。縱然是真闖出去了，也指不定做了那一去不回頭的黃鶴，溜之大吉了。」

龍涯歎了口氣道：「明顏妹子當我是何等人？棄朋友於不顧的事，豈是龍某所為？」說罷，將身前浸滿屍油的袍子脫了下來，但見虎背狼腰，異常矯健。

明顏臉上一紅，別過臉去：「你這傢伙又作怪，好端端地打什麼赤膊，也不害臊！」

龍涯見狀，心中暗笑，心想這貓丫頭也有害臊的時候，一邊將脫下的衣物挽在長刀刀鋒之上，一面調侃道：「我不捨出這衣物來引火，難道靠明顏妹子你拿那小小的火摺子去開路不成？何況現在被人看光的又不是你，何必如此扭捏？」

明顏漲紅臉，斥道：「不要臉，誰要看你，我還怕長針眼！」

「得了，還真沒完沒了。」魚姬乾咳一聲，伸手在龍涯長刀之上虛撫而過，只見無數細小水珠自龍涯長刀上包裹的濕衣服裡分離出來，在她手掌之上彙集成一個大碗公大的通透水珠，飄落水潭之中。而那些衣服上的屍油卻變得乾瀝起來。

龍涯在鬼狼膵之時，已然見過這等小把戲，自是不覺驚訝，魚姬自懷裡掏出火摺子一搖，將纏在長刀上的衣物點燃，只見火光閃耀，瞬間爬滿了刀鋒。

魚姬手裡捏了個法訣，將繫在頂上的那條白繩子招來，遞給龍涯：「這捆龍索可將你送上去，只是出了洞口便得多加小心了。」

龍涯點頭稱是，手握帶火長刀，牽扯著捆龍索，朝岩壁走去，而後轉身飛奔借勢而上。幽暗洞中只見一團火焰拖著長長尾巴彈跳而起，落在幾十丈高的斷崖之上。他落在洞口旁站穩身形，刀上的火光照亮前方洞口密布的扭曲根莖，而外間的半牛人早已停止敲打，想來應該與洞口有一定的距離。就在此時，突然聽得身後一聲輕響，明顏已然輕飄飄地落在他身後，手腕翻處纖纖指尖，亮出長長鋼爪。

龍涯知道她是為善後而來，只是轉眼看看她鋒利如小刀一般的爪子，而後言道：「半牛人的死穴在耳後，要麼是連頭一起砍下，要麼就是衝著死穴下手。」

明顏心想連掌櫃的都不知道，這傻瓜不知如何得知，既然找到那些怪物的死穴，自是不必再冒險與之硬碰了，心裡雖感激，口裡卻依舊是絲毫不客氣：「看好你自己的腦袋吧，別一出去就讓怪物給宰了！」

龍涯笑道：「之前是帶著救出來的姑娘，所以投鼠忌器，東躲西藏，此番只怕是那些怪物要倒楣了。」說罷，聚氣於臂，雙手持刀，將那帶著熊熊火焰的長刀，朝那深藍色的木靈根劈去！

生死一線

長刀本已甚是鋒利，此刻更挾著一股火焰，還未碰到那彼此糾結的木靈根，便見得那片樹根嘶嘶作響，猶如一窩子彼此糾結的蛇，突然間發散開去，露出一片狹長的空洞來。龍涯早已將身一矮，順勢滑將出去，身形快如閃電！

頃刻之間，眼前大亮，人已然到了洞外，沐浴在一片慘白月光之中。就在此時，四周突然勁風呼嘯，龍涯看得分明，幾根巨大的狼牙棒已然朝他招呼過來！

龍涯身勢未減，快步迎上前去，長刀一震，包裹其上的燃燒布片已然被甩離刀鋒，露出一道犀利非常的刀光來，在狼牙棒的縫隙中游走，矯若游龍。忽而聽得幾聲慘呼，血光飛濺之中只見斷肢四飛，龍涯早已闖出十餘丈遠，所過之處，但凡撞上的半牛人，無不被他卸下一條臂膀來。

那一干半牛人原本一直圍住洞口，好不容易見得龍涯自己出來，自是緊追不放，不料一對上手，卻是如此強悍難擋，轉眼間折損了五、六人，不由得又驚又怕。然而又見只有龍涯一人，豈有放過之理，紛紛發喊，揮舞手裡的狼牙棒緊追而去！

而靠近洞口的幾個半牛人見得洞口大開，自是想要攻進去，只是那洞口偏矮狹長，而半牛人身形高大，彎腰侵入動作不比一般人迅捷，最先探頭進去的那個半牛人被明顏兜頭一腳，頓時倒摔出去，好不容易爬起身來，只見口鼻破裂，鮮血長流。

就在這期間，另一個半牛人半身侵入洞內，手裡的狼牙棒左右急揮，朝洞內的明顏掃去。明顏身手靈便，早已飛身而起，趁著那半牛人匍匐而入時，一聲清斥，便重重落在那半牛人厚實的脊背上，將之壓在地上。那半牛人自是不肯就範，左右掙扎，豈料那洞外的木靈根反彈回來覆蓋洞口，竟然將其硬生生地卡在中間。洞內沒有外面的光線，又變得幽暗起來，唯有半牛人那一雙血紅的眼睛發出瘆人的光來，凶狠的咆哮聲在偌大的山洞之中迴響。

明顏也不由得暗自心驚，雖死死壓住那半牛人頭頸，右手五指併攏，尖利如刀的指甲寒光四溢。然而見得那半牛人雙手在地上亂抓，卻不知為何遲遲下不了殺手。就在此時，只見幽暗之中一道銀光閃過，沒入那半牛人的耳後，正如龍涯對她說的一樣，那半牛人吼聲驟然而止，趴伏在地不再動彈。

明顏看得分明，殺死半牛人的是那把短小犀利的回燕鏢！而後聽得燕北辰冷聲言道：「對付這樣一出生就背上人命，無惡不作的畜生，哪用心慈手軟？」

龍涯在外與眾多半牛人相搏，偷眼見得洞口再度被木靈根閉合，夾在中間的那個半牛人一陣掙扎之後，露在洞外的畸形牛蹄也不再動彈，方才放下心來，手中長刀舞得虎虎生風，朝一干半牛人招呼過去，如同一股凶猛飓風，硬是在半牛人重重圍困下殺出一條血路來！一旦衝出半牛人的包圍圈，便提氣飛縱，在林間的樹冠之間彈跳遠去。那些半牛人雖力大無窮，體力充沛，但身體龐大沉實，在樹木林立的密林之中更是束手束腳，哪裡追得上龍涯的腳程？是以不到一炷香功夫，龍涯已然將追兵遠遠拋在腦後，辨明方向，就奔那條唯一可以進出天盲山的吊橋方向而去。

一路上只覺天色然不似先前一般黑暗，估計要不了多久，天邊就會泛起魚白。天亮了，那些半牛人自會躲進陽光照不到的密林或地下，只是在這之前，恐怕會更加瘋狂地攻打屍洞。洞口有木靈根覆蓋倒是不必害怕，只是適才自己借火勢闖出來時，那些半牛人都看在眼裡，倘若是醒過神來，也借火勢闖洞可是大大不妙！適才晃眼看去，半牛人人數近百，而洞內雖有明顏和燕北辰在，但魚姬帶傷，那個小女孩和那身懷六甲的女子更是派不上用場，只怕時間一長，也難以抵擋。一想到這一節，眼看那長長的吊橋近在眼前，龍涯自是加快了腳程，一路飛縱而過，待到踏上對面的土地，就朝著來時的方向，奔溯源鎮而去。

溯源鎮中依舊是一片死寂，除了間或有雞鳴犬吠之聲外，無半點人聲，看看天色，理當已到五更天。龍涯進得鎮來，便就近挑了戶人家，縱身越進籬笆牆內。剛一落地，就聽得一陣咆哮，一條大狗猛撲而來，被龍涯一掌拍暈過去，不再動彈。

龍涯四下看看，見得一處水井，又見那屋舍窗戶邊懸著幾個葫蘆，便隨便抓起一個，扯開蓋子嗅嗅，隱約有些酒氣，想是主人家常用飲食之物，於是摘下葫蘆奔到井邊，用吊桶汲起一桶井水，先將葫蘆涮涮，再滿滿呈上一葫蘆井水，封好口子，牢牢繫在腰間，正要越牆而出，便見得那屋舍露出一條細縫，接著「啪嗒」一聲，又關了個嚴實。龍涯心知必定是驚動了屋主，尋常人家見得有賊進院，哪有不趕反避的道理？而後忽然想起已死木大娘所說的話來，心想這裡的人一直和那些怪物有勾結，足見天性涼薄，也不是什麼善類，還是速速離去，免生事端。於是縱身越牆而出，再朝天盲山而去。

溯源鎮離吊橋處的廣場也有三里之遙，龍涯急於趕回天盲山，腳程太快牽動真氣，反而有些吃力起來，本想停下稍作休息，卻又心懸魚姬等人的安危，自是半點不敢耽擱。到了廣場處，突然想起先前被他與燕北辰兩人送出天盲山的兩個姑娘，轉眼瞟瞟藏人的灌木叢，只見一切如舊，沒有什麼變故，心想幸虧天可憐見，事先撈出這兩人來，不然這一趟天盲山之行，也是枉然。而今還是困在屍洞中的那些人比較要緊，這兩個姑娘只得繼續藏在這裡，等屍洞裡的人們脫困，再來接她們。

龍涯心思急轉，腳下不曾停歇，穿過廣場，眼見吊橋就在前方幾丈之外，卻驟然停止了腳步，因為他聽到一陣細碎的腳步聲！轉頭看去，只見幾十條黑影自身後欺了上來，行動之處刀光閃閃，殺氣騰騰。龍涯揮刀撩開已然劈到眼前的鋼刀，一個翻身落在橋頭，定睛一看，只見來人都是尋常人身材，黑衣蒙面，自然不是那天盲山中半人半牛的怪物。忽而心念一轉，已然知曉其中的關節，長刀遙指眼前的人群，厲聲喝道：「爾等身為捕快，本應克盡職守，保一方太平，何人借爾等狗膽，與那天盲山中的怪物為伍，助紂為虐？」

那些黑衣人原本殺氣騰騰，乍然被龍涯喝破身分，自是一驚，一個個面面相覷，一時間也不知如何作為。領頭的一個終於開口問道：「你究竟是何人？」

龍涯雖不畏這群人上來圍攻，卻也不願在此浪費時間，於是揚聲言道：「我乃是京師第一名捕龍涯，你們以往的勾當，我早知曉，知道你們也是逼於無奈。待到天明之後，那群半牛半人的怪物自會被料理乾淨，不會再威脅到你們的身家性命。倘若你們就此懸崖勒馬，放我過去，我自會既往不咎，如何？」

那些黑衣人竊竊私語，手裡的刀倒是一一垂了下去。

龍涯心想這幫軟蛋若是畏懼刑責，倒還罷了，要真一擁而上，纏鬥起來只怕脫身不易。而今見得對方殺氣驟減，心想此時不走，更待何時，於是邁步踏上吊橋，卻聽得領頭的黑衣人一聲呼喊：「且慢！不知龍捕頭此番帶了多少人馬來剿滅那些怪物？」

龍涯心想，若是讓這等人知曉只有區區幾人，只怕現在就會發難，於是便隨口答道：「嶺中內應五十人，且已派人去駐邊大營抽調守軍，天亮便到！」

那首領微微沉吟，而後厲聲喝道：「你說謊！子時我等便點過人數，只少了兩人，搜尋許久，方才在海邊尋到。分明只有兩人混進天盲山去，由海灘到這裡的路，乃是去駐邊大營的必經之路，我等一路尋來，何嘗見過半點人影？」

龍涯心想你倒是精乖，口裡卻言道：「你們在此地土生土長，自然知曉那些怪物畏懼天光。而今已到五更，很快天就亮了，那些怪物躲都躲不及，你們又何必在此囉唕？」

那首領咬牙道：「天是快亮了，但是終究會再黑，我等豈可拿全鎮人的身家性命來和你瘋？對不住也得做一次了！」說罷，揮刀劈向吊橋上下綳緊橋板的鐵鍊！

那吊橋長約百丈，全憑四根兒臂粗的鐵鍊拉結，那黑衣人首領的刀剁在鐵鍊之上，只見火花四濺，鏘鏘有聲！雖一刀未曾將之斬斷，但在龍涯看來，卻甚是凶險，尤其是看到一干黑衣人都跟隨首領揮刀劈向那根鐵鍊的時候，他深知，這吊橋根本撐不了多久！

這想法一旦進入腦中，龍涯哪裡還顧得上許多，轉頭邁步朝天盲山奔去！剛跑出十餘丈遠，便聽得「嗆啷」一聲，腳下的橋板驀然傾斜下去，卻是右邊拉結橋板的那根鐵鍊被斬斷了！

鐵鍊一斷，便朝著下邊的深淵墮去，原本平鋪的橋板頓時被拉得分崩離析，支離破碎！而斷掉的鐵鍊重重撞上對面天盲山山崖，發出一聲沉重的「嗆啷」聲，暗黑之中蹦出一排火星，而後歸於沉寂。

龍涯慌忙用左手攬住作為扶手的鐵鍊，在另一根鐵鍊上站定腳跟，右手飛快把長刀收回鞘中，而後握住鐵鍊，沿著腳下那鐵鍊快速前行。好不容易行程過半，驀然腳下一空，人已經緊緊攥住手裡的鐵鍊，懸在那不知道有多深的深淵上空！

但是這一狀態並沒有持續多久，因為第三根被斬斷的就是他牢牢抓住的這一根鐵鍊！龍涯只覺得疾風撲面而來，知道自己正隨著那斷掉的鐵鍊下墜，急速撞向天盲山下的山崖！倉皇之間雙足在鐵鍊上一點，人飛縱而起，雙臂牢牢扣住那一根碩果僅存、連繫兩地的鐵鍊，而後雙臂交替，身軀沿著鐵鍊拋捽前行！龍涯一邊奮力前進，一邊心裡嘀咕，起初那殺千刀的貓丫頭說什麼臘鴨，今個倒還真成了掛臘鴨了，倘若不快點，待這最後一根鐵索一斷，這麼遠晃蕩過去撞上對面的山崖，只怕是連臘鴨也做不成，非成肉餅不可！

那一干黑衣人本以為龍涯不是身體失衡摔下深淵，就是抓著斷掉的鐵鍊撞死在對面山崖上，卻不料他露上這樣一手功夫，呆愣片刻，方才紛紛揮刀斬向那條最後的鐵鍊，一時間人聲雜沓，許多人的刀鋒反倒撞在一起，彼此糾纏制約，紛亂之中龍涯離天盲山已然不到十丈遠。

就在此時，鐵鍊終於斷裂開來，龍涯隨著鐵鍊拋摔至山崖處，由於離山崖頗近，是以撞擊並不猛烈，只需屈膝以腳尖點上山崖，便輕易卸開那股無情力。

龍涯攀住鐵鍊，垂掛山崖之上，此時才知自己早已遍體冷汗，回望對岸的景象，再看看腳下的深淵，心想此番真是險過剃頭，就在那橋上的短短時間之內，已然在閻王殿上幾進幾出！伸手摸摸腰間的葫蘆，見無損傷，方才鬆了口氣，而後攀著鐵鍊順著山崖爬了上去，待到踏上天盲山的土地，只覺得渾身酸軟，癱倒在地上，心想真是運氣，要是這個時候再竄出來兩個半牛人，只怕也沒力氣抵擋了。喘息兩聲之後忽然猛醒，心想鐵鍊撞擊山崖鬧出四聲巨響，卻不曾引來半個半牛人，也就是說他們此刻正專注於一件更為重要的事，換句話說，只怕是屍洞那邊又起了變故！

想到這一節，龍涯哪裡還有心思再歇息，連忙爬起身來，辨明方向，奔後山而去，一路上就算是內息不調，氣喘如牛也顧不上許多。漸漸接近山頂，遠遠看到一片火光，怪影幢幢，呼喝陣陣，到此刻，龍涯心頭方才一寬，心想那裡如此喧鬧嘈雜，想必那些怪物還沒有攻進洞去。於是他深深呼吸幾下，漸漸調勻氣息，而後便悄悄潛了過去，隱在樹叢之中細細觀望，只見那一夥半牛人正拿火把烤炙那附在洞口的木靈根。

木靈根畏懼火焰，早已退到了洞口上方一丈處，雖不時蠢蠢欲動想要回到洞口，卻礙於下面的烈焰熊熊，哪裡靠得過去？而狹長的洞口外半蹲著幾個異常壯實的半牛人，手裡的狼牙棒探進洞中一陣亂揮，不時聽到有兵器相撞的鏘鏘聲，想來是明顏與燕北辰死守洞口，萬夫莫敵。

龍涯深知那洞內可立人之地並不寬，這麼多狼牙棒一陣亂掃，只怕早把裡面的人逼到崖邊，處境自是凶險異常。然而洞口圍有近百個半牛人，全都凶悍驍勇，要想再闖回去，根本是不可能的事，只怕還未到洞口，已然喪生在半牛人的圍截阻擊之下了。而今費盡艱險終於把水帶了進來，卻無法衝過重重圍困，送到魚姬手上，這一連串搏命冒險，豈不是成了枉然？

龍涯看著眼前的景象，不由得心急如焚，忽然間心念一轉，想起之前魚姬指出洞頂的幾處氣口來，心想若是能尋到那氣口，便是人鑽不進去，也可把盛水的葫蘆送進洞中。思慮至此，便悄悄轉身退了開去，繞過那些半牛人背後，朝山腹中那些氣口的大致位置而去。

山林中灌木林立，黑壓壓的一片，要想找出被掩蓋在枝葉下的小洞談何容易？龍涯一路尋來，卻一無所獲，漸漸地，人也焦躁起來，拔出長刀，一路披荊斬棘。忽然間，龍涯停住了腳步，因為他看到一段彎曲的銀色光芒在密林之中扭動，這個光芒他見過，是魚姬的捆龍索！

龍涯面露喜色，奔上前去，一把拉住捆龍索，順著捆龍索尋去，只見捆龍索的一頭扎進一片枯枝敗葉之中，龍涯心知必是魚姬故意讓捆龍索自洞頂的氣口鑽出來，為自己引路，於是蹲下身去刨開那堆枝葉，果然見得一個直徑一尺寬的洞口，洞中一片幽深，只見捆龍索的白光在洞內閃現拖曳。

龍涯摘下腰間的葫蘆，用捆龍索牢牢繫住，將葫蘆自洞口塞了進去，拉拉捆龍索，而後鬆開手來，便見捆龍索的銀光挾著裝滿淨水的葫蘆在洞中一晃而過。龍涯心想，總算是達成此事，也不知道魚姬等人打算如何對付圍困在洞外的半牛人，於是想循原路返回洞口，準備接應。不料剛走出幾十步，地下突然一陣顫動，倉皇之際居然差點站立不穩，而後聽得一聲巨響，只見身後的一大片土地瞬間塌陷下去，露出一個直徑兩丈的大洞來，接著又是叩叩幾聲悶響，似乎是什麼東西在猛烈撞擊山壁！

洞口邊幾棵被扯裂的粗壯大樹僅憑著些許根莖相連，倒垂在洞口，無數泥土、枝葉簌簌而下，撲通撲通落入下方水潭之中。沒了樹木的掩蓋，慘白的月光照進下方屍洞，將洞中的一切照得明晰起來。與此同時，龍涯乍然感到一股龐大的氣流，正快速自那大洞湧入下方的屍洞，若非他及時拔刀插入地下穩住身形，差點被連帶捲進洞中！而後龍涯看到原本應守在那狹長洞口邊的明顏與燕北辰，此刻卻到了洞口下方的平臺上，燕北辰抱住那個孩子緊貼在平臺內側，而明顏護住那個神智不清的姑娘，雙手扣住岩壁，衣衫、髮絲被勁風捲得亂飛！而那條銀白色的捆龍索卻繃得筆直，懸在斷崖之上，一端被扯出洞外，想是被外面的那群半牛人緊緊攥住，使勁拖拽。而捆龍索的另一頭卻懸著洞內一支巨大的碩長石箭！龍涯所聽到的叩叩聲，正是這石箭不斷搖擺撞擊洞壁所發出來的響聲！

「這些傢伙，」龍涯喃喃道，「居然把懸在洞頂的那枚穿山石拉下去了。」起初明顏拔出洞外那枚穿山石，也是合三人之力才可勉強施為，而今居然利用外面那群孔武有力的怪物，難怪會將洞頂拉塌，弄出如此之大的動靜來！想通了這一節，龍涯突然覺得周圍一切不知何時開始明朗起來，抬頭一看，只見天色已漸漸轉亮。

此地面向東方，是以可見天光，而被半牛人圍困的洞口卻在山的另一面，是以那些半牛人還懵然不覺，還在死命拖拽懸著穿山石的捆龍索，眼見那懸著的穿山石漸漸爬升上斷崖，卻因為洞口過於狹長而卡在斷崖之上，任憑外邊的半牛人如何拖拽，都一動不動。

龍涯見魚白天際翻出一絲紅霞，心想這個時候五更已過，要不了多久，太陽便會升起在這天盲山上，而今洞口被堵，想來魚姬他們也只能從剛開的這個大洞出來了。於是探身對洞內喊道：「魚姬姑娘，收回捆龍索拋甩上來，我在此接應！」

話未說完，龍涯忽然驚奇地睜大了眼睛，他看到魚姬的身影正從洞中慢慢浮起來，就好像是全無重量的一團柳絮，唯有白色的衣裙和黑色的髮絲在隨風飛舞。

不久，魚姬已然輕飄飄地落在他的身邊，轉頭俯瞰洞口下方的黑色水潭，只見勁風激盪之中，那水潭裡濃黑如墨一般的水面在不安分地晃蕩著，流轉著，不知不覺形成一個巨大的黑色漩渦。急轉的水流中不時上拔，冒起一雙雙褐色如同流掛爛泥一樣的手，又一次次地被水流平復下去，漩渦之中隱隱傳出一片低沉而嘈雜的嘶吼呻吟，直教人心驚膽戰！

「拔下那穿山石，我才發現，那水底，原來還有東西。」魚姬看著那黑色的漩渦喃喃道，「好重的怨氣，托庇於那一潭黑水之下，已然積累了上千年。而今穿山石已去，自是蠢蠢欲動，想要衝出水面，去尋那仇家報仇雪恨。」

「是那些冤死的無辜女子？」龍涯的目光也落在那不斷旋轉的水面上。

魚姬點頭歎了口氣：「我本以為拔出穿山石就可以終結這片天盲山的劫數，看來有些事情，始終得算個清楚明白才成。」

龍涯看看魚姬：「常言道冤有頭、債有主，那些怪物惡事作盡，不值得半分憐憫，不知道魚姬姑娘還在躊躇些什麼？」

魚姬搖搖頭：「不是憐憫，只是在想，一個讓男女彼此對立仇視，靠著欺壓盤剝而無恥延續千年的種族，是否還有延續下去的必要……。」

行屍走肉

龍涯見魚姬臉上的神情，由糾結漸漸變得冷峻起來，而後言道：「看來魚姬姑娘你已經想到答案了？」

魚姬望著下方激盪的一潭黑水，沉聲言道：「是的，答案是沒有。」說罷，手裡捏了個法訣，清斥一聲：「破！」

只見那激盪的水面驀然撕裂開來，那一聲聲原本低沉的嘶吼聲，乍然間變得清晰起來，淒厲得叫人心膽俱裂！那撕裂的水面下湧動著無數深褐色且不斷扭曲的肢體，就好像一大鍋不斷沸騰的泥漿，一面痛苦呻吟著，悲慟哭泣著，一面卻又憤怒掙扎著，從那水潭之中，一個接一個地爬上岸來！泥漿也似的身體如同混上墨汁的油蠟，或完整或殘缺，有的只是嬰兒般大小，有的卻是大腹便便，隆起腹部破開的洞口裡，還在流淌著黑色的屍油，拖曳著早已蠟化的肚腸，順著那洞中高高的斷崖絕壁，一步一步朝上爬。

身在平臺之上的明顏與燕北辰等人見得這等情形，也不由得驚恐異常，然而身處那等境地，卻也全無退路，眼看蠟屍成群地攀上山崖，越來越近，一時間也不知如何應對。

那些蠟屍爬行的速度很快，就像一隻隻巨大的壁虎。指尖露出的骨頭早已染成泥土一般的顏色，偏偏如同磨尖的爪子一般，扣住堅硬的岩壁拉劃，露出一道道深深的雪白痕跡來。無數石粉揮揮灑灑，籠罩在那些黏糊糊的肢體上，和表面流掛的屍油、屍蠟相混合。

眼看著最前面的幾個已經爬到了明顏等人的身邊。明顏甚至可以看清楚那一張張深褐色，流掛著屍蠟、模糊不清的面孔上露出猙獰表情！明顏護住身後的那個姑娘，一顆心幾乎要從腔子裡跳出來一般，雖說平日裡喳喳呼呼，但做為一隻妖怪而言，她的膽子並不大。

那些蠟屍爬過她們的身邊，絲毫不曾停留，便飛快朝旁邊的燕北辰爬去，指骨刮過石面，發出尖利刺耳的聲音，應和著蠟屍們的呻吟嘶吼，說不出的瘮人！爬在最前面的蠟屍已然到了燕北辰身邊，那渾濁得猶如發爛橄欖也似的眼睛，死死地盯住燕北辰，張口嘶吼一聲，便揮舞著尖利如刀的指爪朝燕北辰抓了下去！那指爪連堅硬的石壁都可挖出條痕來，更何況是血肉之軀？

燕北辰心頭一沉，心想莫不是要把命送在這裡，也罷，只要夜來無事。思慮之間，索性調轉身子，將孩子護在胸前，藏在自己身軀和石壁之間，反而將整個後背亮了出來。

眼看那蠟屍的利爪就要觸到燕北辰的脊背，忽然間又停了下來！蠟屍爛橄欖也似的眼睛，看看燕北辰脖頸上環繞著的孩子稚嫩小手，慢慢地收回鋒利的指爪，轉頭繼續朝岩壁上攀去，身後的蠟屍只是前呼後擁，延綿不絕。

燕北辰背心早已汗濕，僥倖逃得性命，哪裡還敢回頭看，緊緊抱住懷裡的孩子，耳中盡是那些蠟屍爬行所帶起的抓撓聲，咯吱作響，就連耳膜也幾乎被刺破一般！

身處洞頂的龍涯，眼見蠟屍放過燕北辰，也不由得鬆了一口氣道：「還好這些蠟屍還有幾分人性，不然可又要多傷人命了。」

魚姬微微點頭：「適才龍捕頭不是說冤有頭、債有主嗎？她們只是要向戕害過她們的人報復，自然不會傷害不相干的人。」

龍涯歎了口氣：「話雖如此，魚姬姑娘為何不等明顏妹子他們出來之後，再放那些蠟屍出水？萬一有什麼閃失，豈不……。」

魚姬搖搖頭，遙指山頂：「外面還有那玩意，明顏一出來，只怕還會遭殃。」言語之間，只見一片深藍色從山頂蔓延而下，奔龍涯與魚姬所立的大洞而來！

「是木靈根！」龍涯猛醒，心想那穿山石一被拔下，此物便沒了顧忌，狹長洞口外有半牛人的火把，自是不可自那裡鑽進這屍洞來追擊明顏，而今倒是自山頂上翻將下來，想從屍洞上方的洞口侵入。

「來得好！」魚姬手掌一翻，已將先前龍涯取水的那個葫蘆祭了出來，只見葫蘆口中噴出一片水霧，急速迎上那席捲而來的木靈根。木靈根還未到洞口，已然嘶嘶作響，朝回縮去，但已然遲了，只見無數藍色的液體剝離而出，匯向魚姬手裡那個普普通通的葫蘆之中，偌大的根系鬚網也迅速枯萎下去，啪啪折損之聲不斷！

眼見那掩蓋山頭的一大片木靈根都枯萎下去，失了生氣，龍涯不由得鬆了口氣，心想這樣一來，總算是安枕無憂：「看不出這破樹根倒是執著，只是現在抽乾水分，萬一遇上下雨，豈不又會死灰復燃？」

魚姬笑笑，塞上葫蘆的口子，而後言道：「除非是這葫蘆裡的水再澆回去，不過，已經沒機會了。」說罷，手一鬆，葫蘆已然朝那敞開的大洞墜了下去，撲通一聲落在屍洞下方的黑水潭裡，頃刻之間便沉了下去。

龍涯心想那黑水潭下可容納如此之多的蠟屍，只怕是深不見底，這葫蘆沉下去，自是永世不得再見天日了，思慮之間只見魚姬捏了個法訣，清斥一聲：「收！」便見得一道白光自那狹長的洞口鑽了進來，卻是那條可長可短、泛著銀光的捆龍索。

魚姬伸手一招，那捆龍索已然竄了上來，晃晃悠悠地搭上魚姬腳下的土地，而另一端卻探到明顏等人所在的平臺之上，轉眼間，就如同被擀麵杖攤開的麵團一般，變成寬約三尺，薄薄一長條輕紗也似的玩意。起初還在隨風飄蕩，漸漸現出一排排類似梯部的褶皺，凝結在半空中，形成一道微微彎曲，連通洞口和平臺的懸空樓梯！

明顏與燕北辰見得這等景象，明白是魚姬放下這懸梯接應他們，於是各自站起身來。燕北辰一手抱住孩子，一手搭在那大腹便便的女子脅下，和明顏一道小心攙扶，避開那些還在不停向上攀爬的蠟屍，一步步踏上那薄如蟬翼的懸梯。

洞中勁風激盪，行走也有些不便，對燕北辰而言，這樣隻身空懸在數十丈的高空，唯一的依憑便是腳下那看似無比脆弱的懸梯，尤其是俯視腳下，清晰可見數十丈之下猶如沸騰大鍋一般的水潭，倘若是膽子稍稍小一點，只怕是寸步難行。幾人這般緩緩上爬，行程還未過半，已然見得那些蠟屍先後擠上那斷崖。

那斷崖上翻倒的穿山石一旦拔下，便失了神力，與普通石塊無異，只是填塞洞口之後留下的縫隙頗小，根本無法通過。蠟屍們稍稍停頓，只見無數個嬰屍發出「嘎嘎」的笑聲，飛快自那縫隙朝外爬去，動作遠比其他蠟屍迅捷，片刻之間，洞外已然傳來那些半牛人驚恐的嚎叫聲，想來早已亂作一團！

「惡貫滿盈，應有此報！」龍涯啐了一口，心想那些一出生便被扔進這屍洞的嬰孩，說不得便是外面那些畜生的親骨肉，而外面那些半牛人畜生的生母，卻全在這屍洞之中，女兒、母親、兒子、父親，本應是血脈相連，卻因為一味的仇視戕害，造成這等勢不兩立的局面，而今招來這等報復，也是罪有應得。

就在此時，那些女子的蠟屍開始一一順著穿山石與狹長洞口之間的縫隙朝外擠去，便是擠掉了肩膀、手臂，甚至半個腦袋，也無所畏懼，因為她們的仇人就在外面，只要可以爬出這屍洞，就可以食其肉、寢其皮，討還以往遭受的屈辱與血債！山頭另一邊傳來的慘叫聲響徹山嶺，完全可以想見發生了何等恐怖的事情。

魚姬、龍涯在洞口接應燕北辰和明顏等人，待到所有人都出了那屍洞，魚姬方才撚指收回那條化作懸梯的捆龍索，逕自朝山頂而去。龍涯等人自是緊跟其後，爬上十餘丈高的坡頂俯瞰下去，只見那屍洞外的祭壇附近一片血肉模糊，橫七豎八地倒著些個健碩的半牛人，此刻無不是胸腹大開，支離破碎，被一群黏糊糊的蠟屍圍住，不斷撕扯。只是一個個生命力旺盛，未斷頭顱不得死，在群屍的圍攻之中發出淒厲的慘叫！

有的未遭重創，尚且有力掙扎，但是甩開一具蠟屍，又有幾具飛快纏上身去，尖利指爪在那赤裸的身軀上死命抓撓，一時間，血肉模糊……也有許多跑得快的，趁著同伴被蠟屍纏上，便邁開牛蹄也似的雙腿狂奔而去，便是碗口粗的樹，也被撞得反折過去，手臂、脊背在林間的灌木中，被劃得滿是血痕也顧不上。縱然是一時逃開，身後依舊是尾隨著無數怨氣深重的蠟屍，一面嗚咽嘶吼，一面緊追不放！

明顏見得眼前的境況，不由得打了個寒顫：「已經出來了這麼多蠟屍，那洞裡還在源源不斷地爬出來，也不知道究竟有多少無辜的女子和嬰孩被扔進那屍洞中……？」

魚姬皺眉，沉聲道：「那幫半牛半人的怪物已在這天盲山中繁衍上千年，每年都有許多年輕女子被擄掠進山，最後都命殞這天盲山中，加上那些一出生就被溺死的嬰孩，這世上也沒有人可以計算出這天盲山中究竟有多少飽含怨氣的亡靈。那些蠟屍都是正好被扔進水潭，方可以借著那水的庇護，逃過被穿山石的神力驅散魂魄的厄運，此刻還有機會出來向仇敵討回血債。而被扔在水潭邊的，都已經灰飛煙滅，除了腐朽崩離，歸於塵土的些許遺骸，已無其他曾經存在過的證明。」

燕北辰心中一緊，擁抱孩子的手臂又緊了幾分，心想天可憐見，幸好夜來福緣深厚，逃過劫難，否則也如那些不知名的可憐姑娘一般。眼前無數怨氣深重的蠟屍，背後也不知道有多少父母、親人為她們而哭斷肝腸。比之那些失去孩子的父母，夜來能夠失而復得，也算是上天垂憐。

想到此處，低頭看看懷中的孩子，卻驀然心頭一涼。此刻天色明朗，他懷中的小女孩雖塵垢滿面，但那一雙依舊驚恐莫名的眼睛卻黑得異常純粹。一個讓燕北辰心膽俱裂的可能性浮上心頭，他顫抖著雙手，扯過衣袖在孩子髒兮兮的小臉上擦拭，待到看清泥垢下的白皙肌膚，燕北辰只覺百骸之中再無力氣，額頭上青筋畢露，緩緩蹲在地上雙手抱頭，爆發出撕心裂肺的慘痛嘶吼！吼聲驚起天盲山中成群的山鳥，在這片罪惡的山林之上往來盤旋。

龍涯見到這般情狀，先是一驚，繼而將目光落在那哆哆嗦嗦的可憐孩子臉上，在山洞之中光線黑暗，難以辨識，而今天色明亮，可以很明顯看出孩子五官清秀，眼黑膚白，燕夜來的母親黑珍珠乃是膚黑眼碧的占臘國歌姬，無論如何都不可能生出純正宋人血統的孩子來。燕北辰甘冒生命危險救出的，並不是他的親生女兒，這也意味著真正的夜來，早在兩年前就已喪生在這煉獄一般的天盲山中！這最殘忍的事實，足以將這個四處奔波尋女，飽受憂慮自責煎熬的父親澈底擊垮！

魚姬、龍涯皆連連搖頭不忍再看，卻聽得燕北辰撕心裂肺的狂吼戛然而止，再轉眼看去，只見那瘦削的孩子伸出雙臂環住了燕北辰的脖子。燕北辰如癲似狂的神情瞬間凝固在那已然哭號無淚的面龐上。孩子依舊是一聲不吭，只是小小的身軀偎在燕北辰身側，就像一隻尋求庇護的柔弱小貓。或許是這一舉動拯救了已然崩潰的燕北辰，這個鐵打的漢子摟著劫後餘生的孩子，背心顫動，早已泣不成聲。

而明顏架住的那個大腹便便的姑娘，這一路上艱險不斷，何等恐怖離奇之事，似乎都無法驚醒她迷失的神智，只怕是出得這天盲山，後半生也是如行屍走肉一般。好好一個年輕姑娘搞成這般模樣，那些半牛人畜生造下的冤孽，卻是死上一萬次，也無法彌補的。

龍涯心中沉痛，忽而心念一轉，對魚姬問道：「而今穿山石已被拔去，那麼這天盲山亦應該恢復正常，不知這姑娘肚子裡的孩子會如何？會不會再長成半牛半人的怪物，害了她的性命？」

「你放心，這裡不會再有什麼半牛半人的怪物了。」魚姬抬頭看看天際，一輪紅日已然自東方升起，萬丈光芒照耀在山頂之上，將他們幾人的影子拉得長長的，映在下方的祭壇上。而陽光漸漸移動，映照在下方平地上彼此糾纏、垂死的半牛人和蠟屍身上，陽光過處帶起陣陣黑煙。蠟屍猶如軟化的蠟燭一般，漸漸癱軟下去，露出一具具腐骨，不再動彈。而還在掙扎求存的半牛人，卻爆發出比剛才更為淒厲的嘶叫聲，便是被扒開胸腹，拽斷肝腸，也不比沐浴朝陽之下所帶來的灼痛。

陽光點燃了遍地的屍蠟，燃起熊熊火焰，也順帶點燃了那些癱倒在地的半牛人全身，火光搖曳之中，只見那畸形的腿開始伸展開來，漸漸變回正常人的腿腳，不再是堅硬的牛蹄，而是展開的，有著五根腳趾的腳掌！毫無疑問，那些半牛半人的怪物在朝陽的照射下，已然開始漸漸恢復人形，這個過程無疑是異常痛苦的。但就算是恢復了人形，也掩蓋不了他們曾經做下的獸行，只得扭曲著支離破碎的身體，在那些冤死姑娘殘骸化成的屍蠟所引起的熊熊烈火中苦苦掙扎，直到化為焦炭！

而那些已然跑進密林的半牛人，卻不得不為逃避那些無處不在，向他們追魂索命的蠟屍而疲於奔命。他們畏懼陽光，害怕被陽光所灼燒，但隱入林中，也難逃在密林陰暗角落被蠟屍圍追堵截的命運。

魚姬的眼光落在那一片蒼翠的密林上，喃喃言道：「正所謂風水輪流轉，曾經不見天日蒼蒼茫茫的天盲山，終於從他們的庇護所，變成了他們的煉獄。被他們欺凌戕害的弱女、嬰孩，而今卻成了他們一生的惡夢……咱們走吧。」

龍涯遙指遠處山下半牛人的村落道：「那裡還有十來個被當做奴役的婦人，咱們總得把她們也帶出去。」

魚姬歎了口氣，搖搖頭：「那裡我們已經不用去了，現在這天盲山中，還平安的，也只有我們幾個了。」

龍涯一驚：「你的意思是，她們都已經……。」隨後心念一動，心想之前木大娘與那些怪物以死相搏，早讓那些怪物膽戰心驚，這等凶殘成性的怪物，怎會還留著那十來個可能隨時和他們同歸於盡的冤家對頭在身邊？如此一來，這天盲山中無論男女人獸，也都是難逃盡滅的厄運。

魚姬一行人順著山路走下山去，到了早已斷掉的懸橋邊。此時太陽已然高懸當空，四野皆是一片光亮。身後的天盲山中不時傳來一兩聲瀕臨死亡的慘叫，但很快就被懸橋下的潺潺水聲所掩蓋。捆龍索已然搭好了薄如蟬翼的懸橋，將魚姬等六人接引至對岸。龍涯與燕北辰自灌木中將先前救出的兩個女子攙扶起來，明顏、魚姬上前搭手，一行人朝著遠離天盲山的方向而去。這個煉獄一般的地方，無論是誰都不會願意再多停留片刻，而斷掉的懸橋也切斷了一切通往這人間煉獄的道路，不會再有人無意間闖入這裡，也不會再有人，可以走出這片充滿絕望的天盲山。

轉過溯源鎮，但見滿目瘡痍，房屋焚毀，地上也有不少血跡，可是卻不再有人。經歷千年風雨的鎮前石牌坊下，填上了大片大片的新土，浸潤著血漬。無論是躲在自己家裡瑟瑟發抖的平民也好，是在暗夜中揮舞著鋼刀，助紂為虐的捕快也罷，都如同晨間山中的水汽一般，消失無蹤，只餘下滿地狼藉，一溜整齊的馬蹄印和人的足跡遠遠指向捕快們運送被拐姑娘們來的方向。

忽然聽得一陣蹄聲，卻是明顏自旁邊的密林後駕出一輛驢車來，想是之前運送繡女所用，藏在林中未被屠村之人發現。待明顏將驢車趕到近處，魚姬已然搭手，和明顏一道，將那三個身懷六甲的苦命女子扶上驢車，正要轉頭呼喚龍涯與燕北辰，卻見龍涯蹲在那一大片馬蹄人跡邊眉頭緊鎖。而後他轉頭看看正抱著孩子的燕北辰，開口說道：「看來花錢請你的人，還另外做了手腳，屠村的應該是駐邊的守軍。」

燕北辰轉眼看看龍涯：「我只是知道為人父母者，無論有多窮凶惡極都好，舐犢之情都一般無二。只不過我的能耐，只可以殺掉戕害我孩子的怪物，而有錢有權的，則可以遷怒於其他相關的人，是使銀子雇我這刺客也好，以權謀私調動守軍屠村也罷，一無證據，二無活口，已然不是你可以管的了。」

龍涯歎了口氣：「你說得沒錯，這個的確不是我可以管得了的了。更何況這溯源鎮的人落得如此下場，也並非無辜受累。真要清算起來，他們對那些被送進人間煉獄的姑娘們所做的事，也一樣是罄竹難書，不可原諒！」而後慘然一笑，神情激憤：「那些可憐的姑娘客死他鄉，難道只因不似那不知自愛、自尋死路的紈褲子弟一樣，有一個位高權重、呼風喚雨的父親？不然早就可抽調守軍，屠山救人。同是人命，怎會如此天差地別？這一路奔波，幾番歷險，當真是無味之至。」言語之間，不由得流露幾分抑鬱難舒。

魚姬搖頭歎息一聲：「龍捕頭此言差矣，這驢車上的三位姑娘何嘗有什麼位高權重的大靠山？而今不是一樣脫離那人間煉獄麼。若非你與這位燕兄一再堅持，只怕也和那些苦命的姊妹一般殞命天盲山中。關鍵不在是否有權有勢，而在於肯不肯做。正如那陰翳千年的天盲山之所以可以藏汙納垢，成為那些滅絕人性的怪物棲身之地，也只是因為外面的陽光從頭到尾都沒有照進去過。或者，他們嘗試著走出來，走到陽光下，經歷一番灼痛之後，也一樣可以恢復人形，了斷那活該被人詛咒的宿命。可是他們怕痛、怕陽光，所以繼續危害人世，招來這等全族覆滅的厄運，也是與人無尤。龍捕頭又何必為這等事而自尋煩惱？」

龍涯聞言苦笑一聲，咀嚼著魚姬所說的話語，心想這三個姑娘雖活著出了那天盲山，但以後的路，卻不知應如何去走，外間的風雨凌厲，世途艱險，要坦然面對以往的不堪，只怕也是千難萬難吧。隨後轉眼看看燕北辰：「燕兄不知有什麼打算？」

燕北辰摟著那個一直用小手環住自己脖頸一刻也不放開的孩子，沉默許久，也是慘然一笑：「既然找到了孩子，日後自然是好好陪伴她、保護她，盡一個父親的責任，以後江湖上，自是沒有我這一號人物了。」說罷，抱著懷裡的孩子，轉身朝另一個方向走去。

「我想，他會是個好父親。」龍涯看著這對毫無血緣關係的父女，相互依靠的身影越來越遠，不由得心有戚戚。真正的燕夜來殞命天盲山中，而這個無依無靠的啞孩子，已然成了拯救燕北辰不至於瘋癲崩潰的唯一一根救命稻草。天盲山造就的悲劇不可避免地延續到將來，所幸他們可以彼此羈絆相互拯救，總算是不幸中的大幸。想到此處，他彎腰拾起駕駛驢車的長杆，坐在駕位上，看看車上的魚姬和明顏：「回汴京麼？」

魚姬微微頷首：「這是自然。快走吧，什麼地方都比這裡來得乾淨。」

龍涯轉眼回望遠處蒼蒼茫茫的天盲山，長長吐了口悶氣，忽而心情輕鬆了許多，或許魚姬說得沒錯，世事難以強求，別人的路如何走，沒有人可以操控，唯一可控制的，也只有自己而已。即便只是一場權勢或力量的角逐，但做與不做卻是至關重要的一環。雖然他的作為僅此而已，但比之那些身處高位卻尸位素餐的人來說，已然是俯仰不愧於天地，這也就足夠了。

車輪滾滾絕塵而去，早把那充滿罪惡的天盲山遠遠拋在後面，這片延續千年罪惡的土地，總算是靜了下來，永遠湮沒於大片大片的崇山峻嶺之中。

第三話

桃隱刀

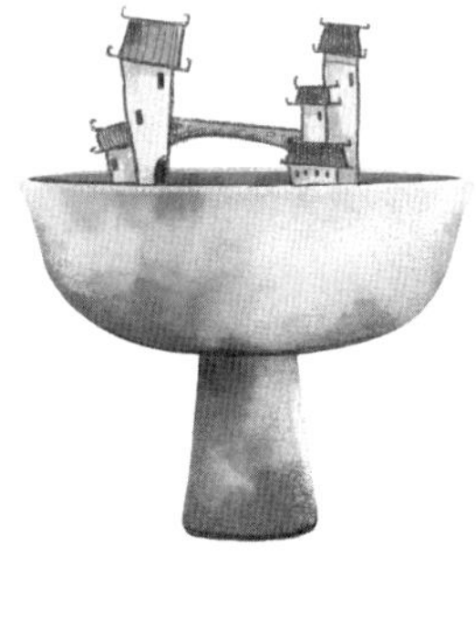

銅盆裡的火依舊很旺，紅泥小爐上溫的酒水盡了又添，添了又盡，已然換了好幾回。

三皮聽得魚姬、龍涯說完天盲山的舊事，也不由得唏噓不已，只是這傢伙忽而眼珠一轉，露出幾分壞笑，一時間得意起來，兩肩不斷聳動。

明顏見狀，在他頭上重重敲了一記：「你這傢伙，又在尋思啥呢？」

三皮晃晃悠悠地站起身來，扠著腰一臉陰翳地咬牙笑道：「嘿嘿，這些年來也受了你不少閒氣，此番還不有仇報仇，有怨報怨！」說罷，手掌一攤，只見掌心上一堆花花斑斑的蜘蛛，八條長腿，細毛密布，顫顫巍巍好不怕人！

魚姬驀然睜大雙眼，還沒反應過來，三皮手一揚，已將掌心裡的蜘蛛，朝魚姬劈頭蓋臉擲將過去！

龍涯心想這小潑皮故意撩撥魚姬，可不是找死麼？於是下意識地翻袖一兜，將那些蜘蛛截下一大半，盡拋甩在地，唯獨幾隻漏網之魚，已然奔魚姬面門而去！

魚姬尖叫一聲，驚惶之間朝後退去，抓起身後的酒瓶猛地一甩，拋出一道雪亮的水線，一時間「呼」的一下迸裂開去，形成一大片水霧！

三皮甩出的蜘蛛，一碰上水霧便紛紛掉落在地，叩叩有聲，再一眼看去，卻是些花生、栗子之類的乾果。

魚姬發現上當，正要收回水霧，但到底是慢了一步，只見打橫坐在左右的明顏和龍涯已然被澆了個透心涼，渾身上下都濕漉漉，如同才從河裡撈起來一般。

明顏與龍涯轉眼看看立在一丈之外的三皮，同時吐出澆在口裡的酒水，緩緩站起身來，摩拳擦掌一言不發。

三皮本想惡作劇一番，不想卻殃及明顏、龍涯兩人，見得這般情狀，也覺得有些不妙，一面訕訕賠笑道：「我也是看太沉悶了，所以開開玩笑……。」

明顏咧嘴乾笑兩聲：「哈──哈──，真是好好笑。」說罷，瞟了龍涯一眼：「你覺得好笑麼？」

龍涯歎了口氣，手指捏得啪啪作響：「我覺得其實還可以更好笑一點。」

三皮頓時冷汗淋漓，正要轉身逃跑，卻覺著腳下一軟，一物已然飛速纏上身來，卻是魚姬放出捆龍索。捆龍索就像一條異常靈活的長蛇，眨眼間將三皮五花大綁，猶如端午節的大粽子一般，下一刻已然懸在橫梁之上來回晃蕩。

三皮不是第一次吃捆龍索的虧，自是知曉越是掙扎，越是難以脫身，也只好哀哀告饒：「各位大哥、大姐，小孩子不懂事，何必這麼認真呢？」

龍涯將手一攤：「小孩子？幾百歲的狐狸精是小孩子，我情何以堪？」

三皮見狀，忙賠笑對明顏道：「顏妹，顏妹，我可一向待你甚好，打不還手，罵不還手，任勞任怨。這當兒，好歹也幫我說說好話……。」

明顏伸手在三皮肩膀上掐了一把：「給我閉嘴，說什麼任勞任怨，哪次不是偷懶耍滑，撂一大攤爛攤子給我收拾。」

三皮拖著哭腔嚎了起來：「你們……你們不要這麼過分啊……你們怎麼可以這樣子聯起手來欺負我？」

龍涯嘖嘖咂舌，伸手拍拍三皮的肩膀，不無同情地說道：「我想你一開始就搞錯了。我們絕對沒有聯手欺負你的意思，只不過……。」

「只不過每次都碰巧做了一路，」明顏一臉幸災樂禍，把龍涯的話接了下去，「其實我們是分別欺負你的……至於為什麼，那就要問問究竟是誰吃嘛嘛不剩，做嘛嘛不成，整天無事生非，討人嫌了，你倒是捫心自問，這些年來到底做過什麼有用的事，哪怕只有一件，咱們這次就放過你。」

魚姬搖頭歎了口氣：「貓丫頭，你也太難為他了。還是改餐牌吧，明天店裡供應清蒸狐狸，好歹也讓這廢材狐狸派上點用場。」

三皮聽得這話，不由得嚎得更加慘烈起來：「我好歹也是受命於天的天狐後裔，你們居然……。」

此言一出，魚館裡頓時靜了下來。魚姬盯著三皮看了許久，一臉糾結地說道：「虧得你也好意思報家門，這副不成器的模樣，可別說你是炎刀天狐白隱娘的兒子。」

三皮的臉瞬間漲得通紅，就如同被烙鐵烙了一記似的，將身子猛地一竄，尖聲吼道：「那個女人何足道？不過只是利慾薰心之輩。狠心拋下幼子，自己倒飛升天界，做了勞什子的上仙，這算哪門子的母親？」

原本一直拿筷子戳三皮脊梁的明顏不由得一驚，平日裡無論自己如何欺壓三皮，他都不曾如此氣惱，不想魚姬不輕不重的一句話就使得三皮如此激動。從當年她闖鹿臺崗的密林盜取雙生花結識三皮以來，便一直是敲敲打打胡鬧過來的，雖然大家相聚傾城魚館也有數年，但卻從沒聽三皮說過母親的事，加上尋常時候這小潑皮耍潑耍賴，混到了極處，就好似石頭裡蹦出來一般全無教養，也壓根沒想過他還有母親在世。而今聽他所言，他母親白隱娘已然飛升天界，且是棄當時尚且年幼的他於不顧，細細想來這潑皮狐狸倒甚是可憐。想到此處，明顏默默放下手裡的筷子，走到魚姬身邊低聲問道：「掌櫃的，這究竟是怎麼回事？」

魚姬皺著眉頭和三皮對視一陣，一字一頓地說道：「沒想到你一直在為此事耿耿於懷。我與你母親早年有一面之緣，雖然飛升之事我並未親見，但至少有一點我是知道的：如果有得選擇，她是絕對不會離開你，去當那位無上尊神的奴僕。」

三皮心中氣惱，哪裡聽得進去，只是扯開嗓子嚷道：「做上仙何等逍遙自在，又有什麼難抉擇的？一去數百年杳無音信，只顧著享樂，自然不記得還有個兒子，在下界顛沛流離……唔……。」

話沒說完，一張抹布已經準確無誤地塞進三皮嘴裡。一直在一旁沉默不語的龍涯，歎了口氣：「還渾上癮了你？一把年紀，奈何還跟個幾歲大的娃娃一樣胡攪蠻纏。先安靜一點，魚姬姑娘一定會把她知道的真相告訴你……是吧？」這最後二字倒是對著魚姬說的。

魚姬見龍涯眼露些許狡黠之色，如何不知他在幫三皮套話，於是搖頭低笑一聲：「好了，別裝模作樣了，誰不知道你們哥倆好，也不用把你問供審犯的招數耍到我頭上吧？」

龍涯哈哈大笑：「不敢，不敢。只是凡事都有因果，如果白隱娘並非拋棄孩兒，而是另有苦衷，三皮這小子豈不是平白無故錯怨了自個兒老娘幾百年？不妨當做一個故事說說，幫三皮解開心結也算是一件好事。」

魚姬看看龍涯，又看看三皮，轉身坐回桌邊：「並非是白隱娘棄你不顧，事實上每個受天君冊封且飛升天界的人都會斬斷塵緣，前事盡忘。好吧，這故事得從五百多年前白隱娘還未得到妖刀桃隱，成為威震狐界的炎刀天狐之前說起。」

鑄師斬魄

隋大業六年，東都洛陽。

從正月十五夜開始，街頭便開設了盛大的百戲場。

有在離地數丈的繩索上表演走索的，有舉著數十斤重銅鼎上下拋甩練打鼎把式的，有扮成猴兒在場中倒立、翻滾，沿竿攀爬的，更有舞刀弄槍、耍劍飛刀的。有的索性圍起場子蹴鞠為樂，把皮球耍得如同黏在腳上滴溜溜旋轉。或是在偌大幾個並立的火圈中來回穿越，險象環生卻毫髮無損。踩高蹺的優伶聲色俱佳，身披彩衣的侏儒怪誕而詼諧，乃至吞刀吐火，懸繩登天等等奇人異術，可謂千奇百怪，超乎尋常。

戲場周圍五千步，有一萬八千餘人奏樂，聲聞數里，燈光照耀如同白晝。舉行如此歎為觀止的慶典，原因很簡單，只為大隋國君的一道聖旨。為了向西域的使者商賈炫耀大隋帝國的富足，在街頭上演百戲之餘，煬帝還勒令洛陽點綴市容，把城內外樹木用帛纏飾，市人穿上華麗服裝，甚至賣菜也用龍鬚席鋪地。倘若有西域的商人走到飯館門前，主人便請他入座，醉飽出門，不取分文。若是問起原因，幾乎都是清一色拍著胸口道，我大隋富擁天下，飯店酒食照例不要錢云云，口徑一致，唱腔標準。天下當然沒有白吃的午餐，不過是拿著國庫的銀兩裝著大隋的門面。同樣的謊話重複多次，有人信，也有人不信，不過能白吃白喝，誰請的客又有什麼關係，也自然不會有人去捅破那層亮堂堂的窗戶紙。

如歸酒坊之內一干胡商的讚歎聲不絕於耳，一旁卻傳來一聲冷笑：「這數九寒天，大隋也有不少衣不蔽體的窮人，為何不將纏樹的繒帛做衣給他們穿？」

人聲戛然而止，眾人都齊刷刷地朝說話之人看去，只見一個身材魁梧的青年男子立在酒坊門口的櫃檯邊，身披一件黑油發亮的熊羆大氅，內裡卻是赤膊穿了件黝黑的鋼甲兩襠鎧，肌肉糾結的手臂將一個碩大的葫蘆放在櫃檯上，沉聲喝道：「店家，打酒！」

正如他所言，此時天寒地凍，尋常人多是捂上厚棉袍，還得借酒驅寒，唯獨此人赤膊著甲，反倒無半點寒冷之感，古銅色的肌膚儼然騰著一抹白氣。他沒有綰髮髻，一頭粗韌黑亮的散髮只是隨意用一條獸皮帶束在腦後，一身裝扮胡不胡、漢不漢，但相貌卻是極其周正，劍眉入鬢，一雙虎目在洛陽城瑰麗的燈光映照下，反而顯得出奇地冷清銳利，如同刀鋒。看到眾人呆若木雞的神情，他眉峰微皺，不耐煩地重複了一句：「店家，打酒！」

老闆回過神來，忙上前接過葫蘆，交給店小二前去打酒，不多時灌滿葫蘆送回來遞到那人的手上。那人從腰間的褡褳裡摸出一錠銀子扔在櫃檯上，拎了葫蘆轉身走出門外，彎腰自地上單手抱起一大塊暗青色石頭也似的物事，逕自朝人流擁擠的街道而去。

眾人看得分明，他手裡的是一大塊銅錠，少說也是上百斤重，居然如此輕鬆地單手攜走，可見臂力驚人。那一群胡商也是走南闖北見過不少世面，而今在洛陽街頭見得此景也不由得撟舌難下。

「鈴鈴鈴」幾聲細碎的銀鈴聲響起，一個婀娜的身影出現在酒坊門口，石榴裙動露出一小段纖細而白皙的腳踝，一縷紅色絲帶繫著三個小巧鈴鐺。但很快，酒坊裡的人們再度異口同聲地爆發出驚歎之語，因為接下來映入他們眼簾的，遠比剛才那個男人更不尋常。

那是一個極其美豔的少女，很奇怪，通常太年輕的女子長得再漂亮，充其量也只能稱為精緻，很少有那種奪魄勾魂的狐媚感覺，可她是個例外。一雙微微上挑的美目眼波流轉。微微泛出些碧泠泠的光澤，雖只是不經意地從酒坊裡的眾人臉上掃了一眼，卻使得這裡的人一個個如同被人下了迷藥一般癡癡傻傻，似乎魂兒瞬間被勾走了一大半。

那少女娥眉微顰，左顧右盼，似乎是在找人，直到眼光落在已經匯入人海的那個青年男子背影上，方才鬆了口氣似的，輕巧地邁步緊跟而去。

細碎的鈴聲漸遠，酒坊裡的人們才如夢初醒，再眨眨眼，剛才的種種早已消失不見，相互對視良久，竟一句話也說不出來。人間沒有這般尤物，聽說在這樣熱鬧繁華的夜裡，會有一些媚人的妖精出沒，想來這回是碰巧瞥見了。

男子一手攜著銅錠，一手拎著葫蘆，一路慢行，離了洛陽城，將那一城的喧囂繁華盡拋身後。他從來都不是好熱鬧的人，這個時候來洛陽，一是因為酒喝完了，二是因為鑄兵器的銅耗盡，不得不來這花花世界補充材料。

他是一個專門鑄煉兵器的匠人，跟其他匠人不一樣的是，他所鑄的並不是尋常的兵器，因為他的每一個顧客都不是凡人，而是地界的妖魔。這項絕技已然讓他在充斥著凶魔惡妖的地界裡，微妙地立足了一千年。無論多凶惡的魔頭在聽到鑄師斬魄的名頭時，總會有意無意地賣上幾分人情，畢竟身在地界摸爬滾打，說不得就有有求於他的時候。當然，他也不是每一件生意都接，而得到他淬煉兵器的妖魔，無疑都能成為稱霸一方的頑主。不過關於斬魄，卻無幾人清楚他的來頭，眾所周知的僅僅是他以桃夭鄉為家，結廬鑄刀。

可關於桃夭鄉的一切也只是個謎，自打斬魄記事以來，桃夭鄉就籠罩在無形的結界之中，除非得到他的允許，否則即便知道該地的具體位置，也無人能擅自進入。真要細數起來，也只有那幾個有幸得到他鑄造兵器的妖魔進去過。不過對所有和他打過交道的妖魔而言，這個陰翳而傲慢的鑄師是個異數，因為他的模樣不露半點妖形，舉動、習性太像凡人。或者應該說，他原本就有一半凡人的血統。

自從一千五百年前天地浩劫初定，至高無上的天君便立下金科玉律：三界上下，等級森嚴，不容逾越。於是為數不多的跨種族生靈，被視為一出生便背負原罪，成了三界之中最低賤的孽物。像斬魄這樣身處地界，卻有凡人血統的孽物，被稱作妖族凡裔，處處低人一等。幸運的是憑著那一手出色技藝，斬魄不至於像其他的妖族凡裔一般無立錐之地。

斬魄離了有人煙之地，腳程很明顯快了很多，縮地成寸的法術雖只是些微末把戲，不過也挺有用。他獨居的桃夭鄉遠在洛陽以南，千里之遙，但來回只需要一盞茶時間。待到進入那一大片位於深山之中，一年四季都桃花盛開的山谷，就可以看到他的草廬和草廬後面鑄坊高高的風箱與煙囪。

桃夭鄉曾是他父母相守之處，四季盛開的桃樹全是他們當年種下，距今已然一千五百年。而桃夭正是給予他一半凡人血統的母親名字。他是遺腹子，父親在那場六道浩劫中殞命後，母親在這片桃林獨自撫養他，直到百歲壽終，便葬在這片林子裡。所以，這裡既是家，也是塚，對於一個為三界所不容的妖族凡裔而言，並沒多大分別。

斬魄從緋色的桃林中走過，不時踏中散落在林間草地上光澤璀璨的珠寶玉器，那些是前來拜求兵器的妖魔們送上的禮物，不過對他而言，都是些死物，就跟地上的碎石沙礫沒多大區別。熊羆大氅帶起的風，捲下枝頭的桃花瓣，在皎潔的冷月下四處飄散，美得不可思議，只是他沒心情看，誠然，再美的風景，一連看上一千五百年，也難免習以為常。他沒有進草廬，只是脫下身上的熊羆大氅，扔在草廬前的竹躺椅上，就從草廬前繞過，直接去了後面的鑄兵坊。

鑄兵坊裡的氣溫遠比外面高很多，因為爐裡的銅汁已經汩汩沸騰了三個月，映照得棚頂也是一片金黃。新弄回來的青銅錠，被他放進了沸騰的銅液中，斬魄看著發亮的熔液，吞沒那塊碩大的銅錠，發出細微的吱吱聲，而後騰起一團黃白之氣，那是雜質被高溫煉化的必然現象，很快就消失不見，取而代之的是淡淡清白之氣。這說明他此番帶回來的，也算是一塊純度很高的銅材。

斬魄伸手解開身上的甲胄，赤膊走到風箱前，伸出肌肉糾結的手臂開始拉扯那高度比他高出三倍的巨大風箱，隨著他不緊不慢，卻強而有力的拉扯，爐火明顯快速升高，爐裡銅汁沸騰的聲音更盛，三個時辰後清白之氣漸轉為純青色，就像是一片浮動的青光，將周圍一切都映得一片幽碧。斬魄赤裸的脊背上已經密密覆蓋一層汗珠，卻依舊有條不紊地拉著風箱，似乎半點也不知疲累。而這個時候，原本喧囂的爐子已經漸漸靜了下來。他停下了手裡的動作，走到爐邊凝視片刻，便伸手絞動爐邊的絞盤，巨大的熔爐緩緩傾斜，一道浮動著青碧之色的液體從爐口傾倒而出，緩緩注入早已準備好的陶模中，只待它緩緩凝固冷卻，一把新鑄的青銅劍便初見雛形。

一切很順利，斬魄長長吐了口氣，伸手抹了一把臉上的汗水，將目光投向鑄坊外隱現晨曦的桃花林，而後沉聲喝道：「出來！」

先是一陣短暫的沉默，接著一陣細碎的鈴聲響起，不速之客慢慢從交錯而茂密的桃林中走了出來，一雙纖細的素手不由自主地拽著那幅豔麗的石榴裙，那精緻面容上的神情尷尬而緊張。她張了張嘴，卻又糾結了一陣，似乎沒想好要說什麼，最後還是沒有出聲。

斬魄看看站在自己眼前的美麗少女，眼中閃現一絲驚豔後，又恢復了平靜，低頭繼續觀察陶模中正在冷卻的劍胚，冷冷言道：「我這桃夭鄉向來少有人來，你是專門來看我的，還是特地來讓我看你的？」

雖然他的問話有些無理，也有一些繞口令似的好笑，但總算是讓那少女稍稍定神：

「你就是鑄師斬魄？」

斬魄嘴角露出一絲不易察覺的譏諷笑意：「如果我不是，你又何必從洛陽城，跟了我千多里地到這裡。我不喜歡拐彎抹角，你找我有何事？」放她進入結界，也因為這份好奇，這麼多年來，在喧囂鬧市中被人認出，並尾隨回桃夭鄉，這還是第一次。他有必要弄清楚究竟是什麼地方出了紕漏：「還有，你是怎麼認出我的？」

「還記得羈雲灘的慕茶嗎？」那少女低聲言道：「他告訴我在洛陽的集市上，可以找到你，只要有上好的鑄材在市面流通……。」

「慕茶？」斬魄想了想，歎了口氣，「原來是那隻蛤蟆，幾百年前倒是受過他的恩惠，所以免費為他鑄煉過一把長鞭。看來你跟他很熟，不然他不會把我的事透露給你。」慕茶的為人，斬魄倒是有幾分心折，也自然對那少女稍稍放下一些戒備。

「慕茶與我本是世交。」那少女開口說道，「他說若這世上有人能幫我解開眼前的困局，那個人一定是你，鑄師斬魄。」

斬魄笑了笑：「那隻蛤蟆也太看得起我了……說吧，你找我究竟有什麼事？」

那少女微微躊躇，而後像是下了很大決心似地深深吸了口氣：「我想你替我鑄一把刀，一把可以斬殺北疆狐王赤饕的妖刀。」

赤饕是北疆狐界的王，雖是自封，但從立國到如今營營數千年，實力日漸壯大，終在近千年間，可與昔日受命於天，而統領狐界的天狐一脈分庭抗禮。天狐一脈本是昔日守護六道的神將木靈敷和的近衛軍之一。六道浩劫之後，木靈隕滅，地處南方的天狐一脈也開始日漸衰弱，此消彼長之下，反倒是北疆狐國更為興盛。雖然同屬狐界，但與提倡自我修持、性情祥和的天狐不同的是，赤饕和他統領的北疆狐國崇尚暴力，放任欲望，就算在地界的一干妖魔之中，也算是聲名狼藉。那樣的混世魔王，沒有相當的斤兩，也沒人願意去沾惹半分。可眼前的少女卻有除之而後快之心，未免太過不自量力。

斬魄歪著頭專注地看了她一眼，冷冷地蹦出三個字：「憑什麼？」

那少女咬咬下唇：「你開個價吧，無論你要什麼奇珍異寶，我都可以找來給你。」

斬魄冷笑一聲：「那些死物於我有何用處？外面的林子裡已經扔了不少，不稀罕。」

那少女默然，沉默一陣開口言道：「那你有沒有什麼仇敵，我可以幫你解決掉。」

斬魄哈哈大笑：「你要有能耐解決我的仇敵，又何必倚仗我鑄造的妖刀？我發覺你是來說笑的。」

那少女眉心微皺，既是氣惱又是無奈：「那你究竟想要什麼？我說了，只要你能為我打造一把妖刀，我什麼都可以給你。」

「包括你自己？」斬魄走到那少女面前，伸手托住她那精緻的下巴，微微瞇縫雙眼喃喃言道，「在我看來，你倒是比那些珠寶更迷人。」

對於斬魄的孟浪舉動，那少女並沒有多大的意外：「這不奇怪，我本來就是隻狐狸，迷人是必然的。」說罷，微微側身，纖細的手指勾住胸前絲帶一拉，那襲紅裙已然飄然落地，一副妙曼而雪白的胴體裹在一件素色紗衣裡，玲瓏浮凸若隱若現。她的雙眼冷冷迎上斬魄雙眼，眼中滿是了悟。很明顯，她已經豁出去了。

少女的舉動遠遠超乎斬魄的想像，眼前的景象來得太突然，反倒讓他有些不知所措。那隻該死的蛤蟆到底給他指了個什麼樣的人來啊？他心裡嘀咕著，下意識轉過臉去，裝作專注於劍胚，踱了幾步，乘機按捺住心頭蠢蠢欲動的滿腔綺念，依舊冷冰冰地說道：「狐狸果然是狐狸，你經常拿自己的身體，去換你想要的東西嗎？」

那少女又一次緊緊咬住下唇，唇邊浮起一絲刺眼的殷紅，眼神屈辱而憤怒，但語調卻是極力地保持著平靜：「不是，我只是打算拿自己的身體換取一絲希望，如果可以得到你鑄造的妖刀，我的勝算或許會大很多，甚至可以掙脫束縛獲取自由。」

斬魄漫不經心地笑笑，開口問道：「你現在不自由嗎？」

那少女嗤笑一聲：「自由？如果換成你，因為所謂的天意，就必須嫁給一隻行將就木的老妖狐，還要連帶賠上一族人受人奴役，低人一等。你會覺得自由嗎？」

斬魄轉過身來看著眼前少女的倔強眼神，喃喃言道：「我想我知道你是誰了。你是白隱娘，天狐一脈現今的當家。據傳天君下詔將你配予北疆狐王赤饕，大婚之日就在下個月初五。這事在地界已經傳得沸沸揚揚。不少妖魔閒來無事，紛紛開了賭局，賭你嫁過去多久就會守寡。」他向來沒有為別人著想的習慣，所以這話說得分外難聽。

那少女的臉瞬間變得慘白，許久才緩緩言道：「沒錯，我是白隱娘。但是我絕對不會順從所謂的天意嫁給赤饕，我命由我不由天，憑什麼要讓一個不相干的人，高高在上地支配我命運？」

這話雖輕，卻如洪鐘大呂一般撞向斬魄心頭，尤其那句「我命由我不由天」更是道盡他心中所想。妖魔們來求兵器時，固然是畢恭畢敬，讓他得以在桃夭鄉安身立命。但他妖族凡裔的出身，使得他不為任何部族所接納。種種緣由只因那個高高在上、掌控三界眾生的天君一句話而起。天君視混種為孽，而他這樣的妖族凡裔，也就成了三界之中最低賤的生物，如他一般有安身立命時運的並不多，更多的是被驅逐、被欺凌，甚至連性命都無法保存的可憐蟲。如果說這就是至高無上的天意，這非但不公平，簡直混蛋到了極點！

斬魄深深吸了口氣，暫時平復心頭的激憤，繼續問道：「據傳天狐後裔專職看守鹿臺崗內的雙生妖花，每一任看守者功德圓滿，都可飛升天界成為上仙，你的父親白琚也早已得證仙道，怎麼可能就這麼看著自己的女兒終生盡毀？」

白隱娘悲嗆一笑：「什麼得證仙道羽化成仙，那不過是一個天大的騙局。前來傳旨的就是白琚，但這個白琚卻並不是從前那個疼愛我的父親，我不知道在天界發生了什麼，不過除了長相一樣外，他的言行舉止完全變了一個人，不對，不是一個人，而是一個傀儡。儘管他比以前強大，卻已經沒有了自己的主張，甚至是記憶。就為了替天君收編北疆狐國的勢力，他居然可以眼睛都不眨一下，讓自己的獨生女兒嫁給赤饕那個可惡的糟老頭，甚至能默許赤饕，以我族族人的安危，要脅我就範。」

斬魄搖頭歎了口氣：「很遺憾，不過就算你有我鑄的妖刀，也不可能跟天君抗衡。」

白隱娘咬牙道：「我不用跟天君抗衡，只需要在成婚當日，斬殺赤饕即可。他膝下子嗣不少，無一不是心懷鬼胎之輩，若是走到那一步上，少不得爭權奪利各自為政。赤饕一死，北疆狐國必亂，天君收編北疆狐國的如意算盤必然打不響，此後要號令地界為數不少的狐精、狐怪、狐妖，依舊得依仗我天狐一脈。有這一層關係，我才能在自保之餘，維持天狐一脈不至於就此覆滅。」

斬魄專注地看看白隱娘，而後歎了口氣：「勇氣可嘉，不過我也不會因為你的幾句話就改變我的立場。穿上你的衣服離開吧！在我看來，一個女人為了把刀，吃虧給我也不是什麼明智的決定。」

白隱娘錯愕地看著斬魄：「你這是什麼意思？莫非就因為我是女人，所以無論我付出什麼，你都不肯為我鑄刀？」

斬魄笑了笑：「自我鑄造第一把兵器到現在，每隔幾年都會有人來求我幫他們鑄造兵器，不過在千餘年間，我總共只替七個人打造過兵器。這七個人無一例外，都是修行千年的強悍角色，而他們的兵器之所以威力驚人，大多數是因為鑄兵器的主料都是來自他們自己的身體，所以可與自身法力相輔相成，發揮最大的威力。比如說五百年前修羅澤一戰成名的新妖王鼉刖，他所持的斷山鐗，就是以他自身鼉尾鑄煉而成。即使是給你指路的那隻蛤蟆也非泛泛之輩，那把金鞭可是他宰掉潛伏哀牢山數千年的金剛虯，再以虯骨加上自身鮮血煉就。而你……狐狸始終只是柔弱的妖精，一開始就不具備鑄造妖刀的利爪尖齒，而以你這數百年道行，也不可能走那隻蛤蟆的路子。退一萬步，這等世道，就算是比你更強的妖怪，面對不可逆轉的『天意』，都只有低頭的分兒，我勸你還是彎腰俯就，何必行那螳臂擋車之事？」

白隱娘聽斬魄一番言語，不由得心頭一片晦暗，呆呆立在當場。

斬魄無意看她眼中湧動的悲涼與失落，只是轉身回到爐前，陶模中的青銅劍胚已然冷卻，他將成形的劍胚取出，握在手中端詳片刻後，惋惜地搖搖頭：「到底只是塊普通的銅料，再怎麼鑄就也成不了大殺器。」說罷，兩手握住劍胚兩端勁力猛吐，只聽「鏗」一聲，那上好劍胚已被他生生折成兩段，碎裂崩開的銅屑四散，有些吸附在他的髮叢，有些飄落於地，斬魄也顧不上這些，只是把手裡兩塊廢銅看也不看地重新拋回熔爐之中。

白隱娘驀然爆發出一聲尖銳的長嘶：「不！就算只是一塊普通的銅料，我也會想辦法讓它成為銳不可當的利刃。」她猛地衝到熔爐邊，伸手去撈那沾滿沸騰銅汁的劍胚，完全無懼熔爐的烈焰高溫，即使一旁的斬魄及時將她拉開，但那隻嬌嫩的玉手已然被熔爐的高溫炙傷了一大片！

「你不要命了？」斬魄有些氣急敗壞，他從來沒見過這麼瘋狂的女人，「就算你整個人跳進去，也一樣不可能鑄出你想要的兵器來，又何必如此執著？」

手心的劇烈疼痛，雖然使得白隱娘繃緊了每一寸肌膚，但卻無法改變她心中所想，她只是一邊企圖擺脫斬魄一雙鐵臂的束縛，一邊用盡全力大聲吼道：「我是堂堂天狐後裔，豈能出賣自己的尊嚴任人擺布？既然我沒有可供煉兵器的利爪尖齒，我可以像慕茶一樣去獵取更強悍的妖怪，就算是死，也在所不惜！」

斬魄沉吟片刻後，沉聲道：「有意思，你既然已有如此覺悟，我倒是可以陪你瘋上一回。」

白隱娘停止了掙扎，抬起眼來迎上斬魄低垂的面龐，由於他背對著烘爐的烈焰，她根本看不清他臉上的表情，只是聽到他緩緩說道：「如果你能取來終南山神虎玄君祕密保存的炙天骨，我可以考慮為你打造一把能夠斬殺赤饕的妖刀。」

「炙天骨？」白隱娘雖早聽過終南山神虎玄君的威名，知道那是一頭修行數千年的雌虎所化，歷來盤踞在終南山一帶，統帥十萬妖魔，可謂威名遠播。自受了天界誥封之後，便脫離妖籍，獲得神格，卻不似天狐一脈一般飛升天界斬斷塵緣，而是繼續留守終南山，聲勢更勝從前。但關於炙天骨，卻是從未聽聞。

斬魄繼續說道：「此事知曉的人並不多，其實那炙天骨只是一具骸骨，但經年有天火縈繞，因為那是昔日天道六部之一赤鄴皇族中某人的遺體，至於是如何機緣巧合落在虎玄君手中，就沒人知道了。天道六部也和你們天狐一脈一樣，乃是昔日六靈輪流執掌天道所留下的六支近衛，只是所擁有的法力更為強大，尤其是火靈近衛的赤鄴皇族更是六部之中戰力最強的，以至於雖亡故許久，靈力仍然殘留骨殖之中。若是可以借助這股靈力，哪怕只有指甲般大小的一小塊，也能與青銅相融，打造出合用的妖刀來，只是虎玄君對這副骸骨萬般珍重，想從她手裡盜取炙天骨，完全是癡人說夢。」

白隱娘的雙眼頓時有了幾分神采，這是她唯一的希望：「那好，我立刻去終南山，無論如何，我一定會把炙天骨帶回來。」說罷，她轉身拾起地上那件紅豔似火的石榴裙，將足一頓，地面浮土激揚，很快便隱去了她的身影。

斬魄知道她早已憑藉土遁之術去得遠了，於是搖搖頭，緩緩走出鑄兵坊，外面桃林暗香浮動，花影交疊，原本已是豔到了極致，不知為何此刻卻顯得黯淡無比。她的離去就跟她的到來一樣突然。柔弱的身軀，偏偏有著那樣倔強激烈的個性，在現在這個所有人都卑躬屈膝的時代，不得不說是個異類。他所說的炙天骨的確可以用來打造神兵利器，只是以她的能耐根本就不可能從虎玄君那裡得到炙天骨，所以他的承諾實際上也是有意讓她知難而退，沒想到她卻說去就去，一點也不考慮自己與虎玄君之間的絕對差距。如果說挑戰北疆狐國，悖逆天君意願，是螳臂擋車的話，那麼對抗強大的終南山神，又何嘗不是以卵擊石……不過，無所謂了，現實會教她低頭的。

禁忌之器

就在他腦海中浮現那些想法的時候，卻聽到一陣「啪嗒啪嗒」的細碎聲音。他猛地一抬頭，卻見幾丈開外的桃林中，一個小而單薄的身影正朝這裡而來！

那是一個十一、二歲的女童，頭頂雙髻，一身白衫，發出「啪嗒啪嗒」聲音的是她一雙鞋頭上綴著的白色絨球，隨著她腳步邁動而上下甩動摩擦褲腳所發。

這桃夭鄉本是斬魄的住地，一直以來都籠罩在一道無形的強大結界中，如非得他允許，外人不太可能隨意自出自入。可眼前這個女童卻是個例外。不僅悄沒聲息地進來了，而且看著她越走越近，給他的那種感覺就越發奇怪，似乎完全感知不到她的存在。她不是妖怪，也不是鬼魂，更不是靈光籠罩、祥雲繚繞的神或仙，儘管她看起來很像一個人畜無傷的凡間孩童，但凡人根本就不可能穿過桃夭鄉的結界，這麼優哉游哉地走到他面前。

女童抬起臉來，白皙面龐上的五官頗為精緻，只是眉目之間的神情卻是恬靜如水，全無半點孩童氣息。她抬頭看著神情錯愕的斬魄，開門見山地說道：「我想鑄一件東西。」

斬魄遲疑地蹲下身來，想要近距離看清眼前的女童，但四目相交卻不由自主打了個寒顫，本能地朝後退了三步：「你究竟是個什麼東西？」

那女童忽然笑了起來：「你也太沒禮貌了，橫豎不是在罵人嗎？」

斬魄定定神，很快恢復了平時的冷漠：「問題是，你是人嗎？」這是他的地盤，何況他對不速之客向來沒什麼好感。

那女童做了個無所謂的表情：「我是什麼無關緊要，只要你給我把東西鑄好就可以了。」說罷，從衣袖裡摸出一個玉軸來遞給斬魄：「這圖紙很是詳盡，我想對大名鼎鼎的鑄師斬魄而言，應該不難才是。」

斬魄冷笑一聲：「你憑什麼覺得我非得接你這單生意不可？」

那女童依舊是笑了笑：「這個問題可不可以等你看了圖紙再回答？」

斬魄從她手裡接過玉軸展開一看，只見上面鐫刻著一個類似圓環的物事，一共分為大小均勻的六塊扇形小件相互緊貼，每一塊上還起伏著一些大小不一的塊面，就好像是微縮的地圖一樣，一眼看去密密麻麻，仔細一看卻又顯得清清楚楚鉅細靡遺。唯獨是最外的輪廓上以上古篆書鏤刻著一些小字，再仔細看來，竟是天道、修羅道、人道、獸道、餓鬼道及地獄道！

斬魄倒抽一口涼氣，以他多年的經驗看來，圖上所刻的絕對不是一般的物事，忽然，一個名稱浮現在他腦海之中，繼而不由自主地喃喃道：「大輪迴盤？」

那女童笑著搖搖頭：「那種天地生就的龐然大物，你這裡也不可能鑄造得出來，這不過只是一件小玩意，運轉輪迴什麼的做不到，興許可以用來找個人什麼的。」

「找人？」斬魄遲疑地重複了一句，「找什麼人？」

那女童抬眼看著斬魄，而後緩緩言道：「比如說拋下妻子、兒子一千五百年的火靈炎啻，你的父親。」

斬魄心頭一顫，四肢再無力氣，緩緩跪坐於地：「你……你到底是誰？」他的身世一直是個祕密，除了已經故去的母親，知道的也只有他自己。幼時母親便囑咐他，寧可被當成妖族凡裔，也不可對人洩露自己的身世，以免引火焚身，可又不肯告訴他前因後果。而今卻被眼前的小丫頭說破，自不免驚詫非常。

女童嘴角微微上揚，低聲言道：「以前我是誰已經不再重要，現在我的名字叫魚姬。好了，自我介紹完了，繼續說回咱們這單生意上來。你幫我造出這個小玩意，如果運氣好的話，我幫你找到那個據傳已經遇害的父親，我想這筆買賣咱們都有好處，你應該不會拒絕我才是。」

斬魄握著玉軸的手微微發抖，眼前的女童很清楚他的底細，甚至有可能比他知道的還多。他沒見過自己的父親，只是從母親那裡得知一些不多的訊息。知道他的死拉開一千五百年前六道浩劫的序幕，變相地造就三界劃分、尊卑有別的新秩序。地界眾生有靈者皆成為妖魔鬼怪。而身處地界的他，也因為繼承了一半凡人的血統，被劃為最卑賤的妖族凡裔，往昔承受的無數不公待遇皆是由此而起。而今眼前之人卻說父親仍然在世，這如何不使他心神激盪難平？他極力穩定情緒，開口問道：「你憑什麼說他還活著？」

魚姬平視斬魄的雙眼緩緩說道：「我沒說他還活著，只是說可能找得到他而已。自古天地萬物皆得輪迴，而六靈為六氣各自聚合而生，卻在六道眾生之外，只有聚散而無輪迴。比如昔日木靈敷和為修補殘缺的六道，自願散去自身靈氣歸於六道，以維繫六道生機，而今可謂無處不在，雖不得聚合人形，但依舊存在。遠的且不說，你這周圍的桃林便有他殘餘靈氣微聚，是以四季花開不滅。而你的父親雖然蒙難，但沒人能真正將他徹底抹殺掉。縱然如木靈敷和一般形滅神散重歸天地，也必然會有跡可循，而不是憑空消失。所以我揣測他一定受困某處。而今正好借你出神入化的技藝求證一二。」

斬魄聽得魚姬所言，不由得血往上衝：「你既然知道得這麼清楚，想來當年六道大劫的前因後果，你必定也瞭若指掌。」被人當做妖族凡裔的滋味並不好受，雖說現在人人敬他，那僅是因為有求於他，可幼時的記憶卻極度不愉快。自幼無父，而母親因是肉體凡胎無法與時間抗衡而撒手塵寰，成年之前那段漫長的孤寂生活就跟其他的妖族凡裔一樣，終日惶惶不安，擔驚受怕。若一切皆因六道大劫而起，如何不讓他耿耿於懷？

魚姬搖了搖頭：「其實我知道的並不多，有很大一部分都是揣測，尚待求證。不過看而今三界的形勢，想來跟我猜的也沒多大分別。如果真能順利找到你父親的下落，才能算是真相大白。所以，你一定要接下這筆買賣，幫我鑄造輪迴盤。」

斬魄默然，魚姬的理由很充分，他完全沒有回絕的餘地。他轉身走向熔爐，見那兩段劍胚仍斜斜插在滾燙的銅液之中，忽然心念一動，探出鐵夾將兩端作廢的青銅劍胚夾出來放在一邊，而後起身轉向那碩大的風箱，伸出那一雙強健有力的臂膀開始拉扯，風喉帶起數丈高的火焰，色澤幽碧，偌大一個熔爐淹沒烈焰之中，就只剩一片青中帶白的光團。

魚姬緩緩走到斬魄身後，將目光落在斬魄專注的側臉上，微微歎了口氣：「雖然你跟你父親長得不太像，不過認真做事時的神情倒是一模一樣。」

斬魄轉眼看看魚姬：「聽起來你似乎跟他很熟悉。」眼前雖然只是個黃毛丫頭，但說話的感覺倒是有幾分老氣橫秋。

「算吧，不過……那麼久的事，記不清楚了……。」魚姬笑笑，伸手自懷中摸出一顆指肚大小的晶瑩明珠來，只見色澤黃褐，珠光流轉。還沒等斬魄看清楚，她已經手一揚，將那顆明珠拋進了那一團青白之色的火焰中，一瞬間，那火焰改變了顏色，化為一片刺眼的金色，強烈的光芒讓人無法逼視。毫無疑問，魚姬剛才在材料裡加了些不得了的物事。

「那是什麼？」斬魄下意識地轉開目光，卻驟然覺得有些腳步虛浮，但很快他發現並非是自己站立不穩，而是整個大地都在劇烈震動！他也算是見慣世面，但這樣突如其來的變故，還是讓他有些慌亂，再轉眼看去，卻見魚姬在一旁尋了塊石頭坐下，雙手托腮一點也不迴避那刺眼的光芒，幽幽言道：「只是很久以前一個傻子捨出的一件物事，要讓普通的青銅器成為輪迴盤，可不是光靠出色的鑄工就可以的。」言語之間，烘爐裡發出一聲巨響，而後大地停止了震動。

斬魄見她這般滴水不漏，心知再問下去也是沒結果，唯有將目光轉向那展開的圖卷。雖然這是頭一回鑄造兵器之外的精密活計，但對斬魄而言，一切都是駕輕就熟，只是製模比較花費時間。三日之後，熔爐所發的光已然恢復成先前的青色，當他將沸騰的青銅汁注入那不足巴掌大的陶模時，一縷青光乍現，引起一陣類似龍鳴的嘶叫，強大的無形之氣呼嘯而出，那碩大的風箱已被瞬間刮倒在地。

就連斬魄自己都不由得嚇了一跳，這是以往所鑄造的殺器都不具備的霸氣，很明顯，正如魚姬所說，這次按圖鑄造的絕對不是一件普通的器物，他不由自主開始相信魚姬的說辭，說不定這個小玩意真能幫他找到父親的下落。

當溫度冷卻，器物定型之後，陶模也隨之碎裂開來，只剩一片幽碧青光縈繞著直徑兩寸的小圓盤，雖然上面浮凸的文字紋路與圖上一般無二，但整個圓盤卻遠比他當初燒製的陶模要袖珍許多。魚姬小手微微招，那圓盤已然骨碌碌地盤旋而起，穩穩懸浮於魚姬攤開的手掌上方，幽碧之光彷若琉璃。

「你要的東西我已經鑄出來了，可是我要的答案呢？」斬魄沉聲問道，跟魚姬相處得越久，就越覺得這個小丫頭不簡單。

「你怕我搶了輪迴盤就跑嗎？」魚姬微微一笑，將懸著輪迴盤的手遞向斬魄，「你要的答案，也是我想知道的，不過還得要你幫個忙。想要查炎帝的下落，需要和他有血緣之親的人一滴血。」

斬魄看看魚姬，見她不似說笑，於是言道：「這有何難？」說罷，咬破食指，一滴殷紅的鮮血順著指頭蜿蜒而下。

「可不能在這裡，除非你不怕將來會有人尋來，毀了你的安樂窩。要啟動輪迴盤，咱們還是走遠一點的好。」魚姬從懷裡摸出一個小小的白玉瓶，彈開瓶塞傾倒過來，頓時一股清流順著瓶口傾注而下，瞬間在地面上匯就一個方圓一丈的水窪，正好將她自己與斬魄二人環在中央。

斬魄正覺得奇怪，周圍的景致已經發生了變化，只見腳下是一片平如鏡又無邊無垠的水域，只見煙波浩渺，隱約顯出遠處的些許島嶼，最奇怪的是，雖然立於水中，卻也只是懸浮於水面，並不曾沾濕半點。

「這是什麼地方？」斬魄不免有些緊張。

魚姬笑笑：「太湖。這裡離你家比較遠，在這裡使用輪迴盤就算被發現，也不至於讓人查到你那裡去。」說罷，探出手裡的輪迴盤，在斬魄鮮血淋漓的手指上一抹，那一片幽碧之中乍現一抹刺眼的殷紅，隨著魚姬嘴角翕動默念咒語，原本懸浮在魚姬掌心的輪迴盤開始緩緩轉動，似乎有一根無形的軸心在控制一般，越轉越快，一時間青光大盛，而那一抹血色開始隨著輪迴盤的轉動而聚集匯攏，形成一小顆米粒大的血珠，順著輪迴盤上的紋理緩緩移動！

斬魄睜大了眼睛，看著血珠在輪迴盤上鏤刻的字樣旁依次停留，而後繼續緩緩移動，從天道到修羅道，又從修羅道到人道，再從人道轉向餓鬼道，最後停在地獄道的位置上，他再定眼看去，只見血珠就地浸染開來，現出螞蟻般大小的四個字來：阿鼻大城。

「地獄道……阿鼻大城？」魚姬眉頭微皺，喃喃言道，「怎麼會在那個地方？這可麻煩了。」

斬魄想要再看清楚一點，卻見魚姬手中的輪迴盤驟然放出金光，只覺眼前寒氣逼人，忙大叫一聲：「不好！」順勢閃開時，只覺得眼前一花，一片黑髮已然完全遮住了他的視線，閃身之際，束髮的獸皮及一大段髮叢，竟不知被什麼東西瞬間削下！

魚姬眼明手快早將手一鬆，那輪迴盤頓時落入水中，金光到處，竟然乍現無數細長扁平猶如劍鋒的銅刺！

銅刺異常鋒利，但一旦入水，也就立刻停止了變化。只是魚姬與斬魄的身體也頓時失去平衡，同時沉入水中，跟那滿是銅刺一般的輪迴盤一起沉向湖底。

斬魄冷不防嗆了口水，連忙划動手足穩住身形，只覺水寒如冰，尤其是一頭濕髮緊緊貼附在後頸更是難受非常。再一眼望去，卻見魚姬好似一條靈動的游魚，緊緊尾隨正在下沉的輪迴盤而去，一雙纖細的小手探向那滿是鋒利銅刺的物事，指縫之間泛起銀白色的微光。那些銅刺一碰上銀光，立刻倒縮回去，迅速變回原來的形狀。

斬魄大吃一驚，心想那玩意是自己一手鑄造，怎不知還有這等機關？此時魚姬也已經浮出水面，那小小的圓盤已經回到了她的手掌上，只是濕漉漉地不斷滴水，她歪頭端詳手裡的輪迴盤，嘖嘖歎息道：「好險好險，差點著了別人的道兒。」言語之間，將食指探到輪迴盤中央的圓孔中順勢轉了轉，那一指寬的孔徑居然順著她的旋動而漸漸放大，轉眼間化為一個顏色幽碧的手鐲。她將輪迴盤化作的手鐲套在腕上，轉眼看看斬魄：「這裡不安全了，咱們走吧。」言語之間，他們腳下的水域開始出現動盪的漩渦。

斬魄眼前的一切，再次驟然更改，從煙波浩渺的湖泊再度回到桃花繁盛的桃夭鄉。要不是還能明晰地覺察全身濕透寒徹骨髓的不適感，剛才的一切幾乎被他當成幻覺。他呆立一陣，沉聲問道：「剛才究竟是怎麼回事？」

魚姬歎了口氣：「咱們這個贗品一驅動，那已經停了一千五百年的大輪迴盤便有了感應。會這麼快施法阻止，說明人家也巴巴地守著那早已廢棄的大輪迴盤，生怕有人追查炎啻的下落，未免太用心良苦了。」話一出口，她卻突然愣了愣，又喃喃地言道：「奇怪，剛才那個明明是金靈師曠的御金之術，為什麼會通過大輪迴盤施展？若是師曠安在，且一直鎮守大輪迴盤，大可堂而皇之地行事，萬不可能傳出失蹤訊息。而今提桓一統三界，一家獨大，豈不是落人口實？還是他也發現了六靈可相生相融的祕密，為了獲取御金之術，把師曠給吞了……。」想到這個可能，魚姬臉上憂懼參半，愣在當場。

「六靈相生相融？」斬魄聽得魚姬言語，也不由得心頭一凜，眼前的小鬼來頭絕對不簡單。金靈師曠本是六靈之一，即便是在六道殘缺，重立三界之後，也是權傾三界，僅次於天君提桓。兩百年前突然失蹤，已經是三界之中的一件懸案，雖然很多人都曾懷疑這跟執掌三界的天君有關，但卻沒人敢提此事，唯有眼前的小鬼毫不避忌。如此看來，當年的六道浩劫絕對不是傳說中的如此簡單。

魚姬歎了口氣，眉宇之間憂慮重重，抬眼看了看斬魄，忽然問道：「你落東西在太湖了？」

斬魄心念一動，伸手擼了一把緊緊貼附頭頸的濕髮，方才想起剛才被輪迴盤襲擊之時，的確被削掉了一些頭髮。若是平日也並非什麼大不了的事，可真如魚姬所顧慮的一般，自己打造的贗品觸發了大輪迴盤，又偏偏在事發之地留下了蛛絲馬跡，以天君的無上神力，要查出他來簡直是易如反掌！

魚姬見到斬魄臉上的神情，自是明白了幾分：「你也不用自己嚇自己，一直以來知道你的人不少，可認得你的人卻不多，加上桃夭鄉的結界乃是昔日炎啻布下，絕非泛泛。除非天君親自來，不然其他的貨色也不可能追蹤到這裡來。況且，天君要真吞了師曠，現在恐怕也很頭疼，不可能有空來管你。只需要留在這裡一年半載的，別出去招搖過市，等你斷髮上的靈氣自然消磨殆盡，就算是天君，也沒能耐確定你跟輪迴盤有關。」

「我為什麼要相信你？」斬魄眉頭微皺，他不喜歡這種被人牽著鼻子走的感覺，不幸的是和這個小丫頭打交道，就一直處於那樣的狀態。

魚姬笑笑：「不為什麼，反正我不會害你，而且你不是一開始就選擇相信嗎？一年半載不出去，也不是什麼大不了的事，或許那個時候我已想到辦法進入阿鼻大城，可以帶你去見你父親也不一定。」

斬魄心念一動：「難道你現在不能去嗎？」

「談何容易。」魚姬喃喃言道，「阿鼻大城乃是地獄道中最為殘酷的業報之城，僅在人間出現莫大浩劫的時候，才會比較接近人間。但即便如此，要避過環繞阿鼻大城的萬丈地心烈焰也是個大問題。天時、地利、人和，缺一不可。」隨後微微一笑，「既然應承了你，無論多久也是會做到的。這次你幫了我，或許會為你帶來不小的麻煩，這裡有顆水遁珠，如果遇上危險，它可以保你一命。就此別過，各自珍重吧。」說罷，將一顆晶瑩剔透閃現著白光的珠子放到斬魄手上，轉過身去，地上水窪發出一道淺淺淡淡的白光，白光散去後，原本立在水中的魚姬已經消失無蹤。

斬魄緩緩走到屋前的竹椅上坐下，把玩著魚姬的珠子，心頭卻難免心緒不寧。不過只是三天時間，那個叫魚姬的小丫頭，已經把他心中的疑問放大了百倍。幼時母親的欲言又止，在今天看來已經異常合理。或許他真應該考慮一下魚姬的建議，暫時留在桃夭鄉。

鑄刀之約

山居的歲月寧靜卻又不免枯燥，轉眼又是三天過去，就在夜晚再度來臨的時候，桃夭鄉的結界再度被人觸動。當斬魄來到結界邊緣的時候，看到一個熟悉的身影倒在桃林之中，竟是那晚上曾前來求他鑄刀的天狐白隱娘。不同的是，那精緻的面容已然慘白，全無半點血色，遍體鱗傷，尤其是身後露出半條雪白的尾巴，殷紅的血液從整齊的斷口朝外蔓延，已然浸透那身絢麗的石榴裙。

斬魄倒抽一口冷氣，上前確認白隱娘尚有一口氣在，方才稍稍放心。正在尋思她為何會傷成這樣，一轉頭便發現白隱娘右手成拳，緊握著一個暗紅色的管子，指縫間隱隱透出紅光。很明顯，她很在意手裡攥著的東西，以至於人已昏迷，卻依舊緊緊扣住不放。斬魄費了好大力氣，才掰開她的手指，待到看清她掌心裡的物事，卻不由得一呆。那是一個暗紅色的玉石管子，由兩部分鉚接。

他下意識地將管子旋開，只聽「呼啦」一聲，一道刺眼的血色火焰猛地飛撲而出，一旦觸及林子裡的花樹，頓時順著枝條呼嘯而上，之前繁花似錦的桃樹瞬間變成一支碩大的火炬，將這山野夜幕照得亮如白晝！

「炙天骨！」斬魄大吃一驚，幾乎不敢相信眼前的景象，那大開的管口露出一小段人的指骨，色澤暗紅，不停騰著火焰。他沒想到白隱娘當真取來了終南山神虎玄君的寶物，不過細細想來，若非如此，白隱娘也不會弄成這般奄奄一息的地步。

而今形勢緊急，斬魄也顧不得多想，依舊塞上玉管揣入懷中，彎腰抱起早已不省人事的白隱娘飛奔回草廬，將她放在榻上，便轉身奔向角落的五斗櫃，手忙腳亂地翻出些金創藥回到白隱娘身邊，正要一一料理白隱娘身上的傷口，冷不防手臂一緊，轉頭看去，只見面無人色的白隱娘居然張開了雙眼，手掌緊緊地抓著他的手臂，氣若游絲地言道：

「……刀……炙天骨……。」

斬魄心頭驀然浮起一絲莫名的愧疚，倘若不是他一句言語，也不至於讓她傷成這樣，他真的低估了這個女人的倔強。

「刀……你答應我的……。」白隱娘此刻已然精疲力竭，再也無力抓緊斬魄的手臂，只是努力張開雙眼，盯著眼前的鑄師斬魄，卻聽得眼前的男人開口說道：「傷成這樣還惦記著刀，還是先好好保住你的小命，再考慮後面的事吧。」

「你怎能……不講信用……。」白隱娘心中焦急，話沒說完，就發現口裡被塞進一顆小指頭大的丸子，說也奇怪，丸子入口即化，頓時滿口苦澀的藥材味道，下一刻已然眼前一黑，失了神智，軟倒在斬魄懷中。

斬魄歎了口氣，將白隱娘輕輕放下，轉身去屋後打來一盆淨水，而後取來一把剪刀，小心避開傷口，剪開白隱娘身上的衣衫，替她清洗創口，敷上止血生肌的草藥，再尋來些乾淨布條，小心裹好她身上的傷口。等到一切收拾停當，斬魄方才就著榻邊坐下，轉眼看看沉睡的白隱娘，只見她眉頭微顰，原本冶豔的容貌此刻卻顯得楚楚可憐，幾絲亂髮貼附在額頭，隨著呼吸而微微顫動。

斬魄呆呆看著這精緻的容顏，情不自禁地伸出手指輕輕拂過白隱娘微顰的眉峰。在斬魄的眼中，面前雖然只是隻柔弱的狐妖，但這副弱不禁風的身體裡，卻住著一個了不起的靈魂。起碼比起一直蟄伏桃夭鄉的他要來得勇敢。可是在面對那至高無上的尊神時，這種勇敢卻無疑會招來毀滅。

當白隱娘再度醒來的時候，眼前的事物由迷糊逐漸變得清晰。這是一個陌生而簡單的房間，彌漫著一股難聞的藥材味道。窗外露出一株怒放的桃花，有清風拂過，將花瓣帶進窗內，輕輕落在榻上。她下意識地動了動手指，卻覺得遍體疼痛如同刀割，疼痛提醒了她之前發生的事情，這裡是鑄師斬魄的家，在她九死一生從虎玄君那裡盜取了一小塊炙天骨之後，負傷逃回了這裡，然後⋯⋯。

「炙天骨！」白隱娘突然反應過來，低呼一聲，從榻上坐了起來，但很快又縮作一團，被牽動的傷口就像被撕裂一般。在她勉強適應了現在的身體之後，卻意外發現自己那身衣衫已經不在身上，就連一直繫在腳腕上的銀鈴也不知去向，赤裸的身體上倒是纏了不少雪白的繃帶，一件黑黝黝的熊皮大氅堆在榻邊地上，應該是她坐起來的時候滑下去的。榻邊地上還有一堆帶血的繃帶，想來是有人幫她換下。這裡是桃夭鄉，能在這裡救治她這一身傷的，也只有那一個人——鑄師斬魄。白隱娘低頭看看自己身上的繃帶，忽而臉上一紅，除了那些纏得很小心妥帖的繃帶，她就跟一個才出生的嬰兒沒有分別。雖然上次她動過色誘那個男人的念頭，可這樣被他看得一清二楚，倒有些難為情。

白隱娘抓過那件碩大的熊皮大氅，小心地避開傷口，勉強裹住身體，吃力地站起身來，赤腳踩在青石地面上，扶著牆慢慢挪到門口，卻聽得細碎的銀鈴聲中，一個熟悉卻微帶調侃的聲音：「要換成是我，就躺著不動，免得一不小心送掉剩下的半條命。」

白隱娘抬眼看去，只見斬魄枕著右臂，仰臥在草廬前的竹躺椅上，左手將她的銀鈴塞進了腰間的褡褳。躺椅邊架著一堆柴火，火焰緩慢地舔懸在火堆上的一個黑乎乎砂鍋，一縷白煙帶出一股分外濃烈的藥材氣味，就跟一直彌漫在屋子裡的氣味一模一樣。

「炙天骨呢？」白隱娘顧不上討還自己的腳鏈，只是開門見山地追問自己拚死盜來的炙天骨下落。

斬魄坐起身來用插在砂鍋裡的木筷子，稍稍攪動裡面正在熬煮的藥材，漫不經心地說道：「我已將那炙天骨放進熔爐，冶煉了七天七夜，就快煉化了。」

「七天七夜？」白隱娘吃了一驚：「我居然昏睡了那麼久……所以今天已是月底？」

「不是，今天是二月初四。你已經昏睡了十一天。」斬魄將砂鍋微微傾斜，把滾燙的藥湯斟進一個粗陶碗，「只不過我考慮要不要真的鑄造這把刀，足足用了四天的時間。」

白隱娘臉色微變：「明天就是二月初五？」

斬魄笑了笑：「沒錯，明天就是你出嫁的日子，不過你其實還有另一種選擇，那就是留在這裡避過大劫，並不是非得出去面對赤饕那隻老狐狸不可。」

白隱娘微微皺眉：「避？是避一天還是避一世？堂堂天狐後裔豈可如此苟且。」

斬魄歎了口氣：「為了區區虛名，就選擇雞蛋碰石頭，堂堂天狐後裔又豈會如此不智？」

白隱娘面色有些難看：「你倒是孤家寡人，了無牽掛，可我還有眾多族人，若是我自個兒躲了，他們勢必受北疆狐國的傾軋，苦不堪言。」

斬魄搖了搖頭：「如此看來，你明日勢必要去了斷此事了？可惜，可惜，以你目前的傷勢，我很懷疑你能否駕馭我用炙天骨打造的妖刀，與那老妖赤饕一決高下。」

白隱娘心頭一沉，斬魄所言並非危言聳聽，但她很快將心一橫：「能與不能是我的事，你只要遵守約定把刀給我就成。」

斬魄端著裝滿湯藥的粗陶碗走到白隱娘面前，笑道：「好吧，既然你一意孤行，也唯有悉聽尊便。先喝了這碗藥，至少明天你不至於像現在一樣，扶著牆跟赤饕一決高下。」

白隱娘看看斬魄手裡的藥湯，只見色如墨汁，也不知加了些什麼藥物，熱氣一騰，就越發難聞：「這是什麼藥？」

斬魄微微一笑：「放心，絕對不是毒藥。」

白隱娘遲疑地看看斬魄：「我怎麼知道你加了些什麼進去？」

「你這隻狐狸還真是多疑。」斬魄歎了口氣，「是啊，我確實加了些東西，等放翻了你，就可以為所欲為……你有膽喝嗎？」

白隱娘聞言，白了他一眼，伸手接過藥碗，硬憋著一口氣將湯藥一飲而盡：「什麼時候可以拿到刀？」她知道他是故意戲謔，倘若他真有什麼不規矩的，之前昏迷那麼久，也早就為所欲為了。

斬魄歪著頭，打量白隱娘片刻，緩緩言道：「我救了你，你沒一句感激，反而三句話不離刀，是不是不近人情了一些。」

白隱娘笑了笑：「我並沒有求你救我，一開始你開出的條件是要我取來炙天骨，就為我鑄刀，而今我做到了，要求你把刀給我，才是理所應當。」

斬魄微微瞇起雙眼，慢悠悠地欺上前來：「你好像聽得不是很清楚，我說的是可以考慮……決定權依舊在我。」

白隱娘心頭一涼，繼而冷笑一聲：「我早該知道你是個出爾反爾的無賴！」

斬魄哈哈大笑：「好啊，那我便就出爾反爾了，你又奈我何？現在咱們的交易得加價了，這是我說的。」

白隱娘咬咬牙：「你想怎麼樣？」

斬魄湊到她耳邊低聲道：「我要你。但不是一夕之歡，我要你一輩子都留在桃夭鄉陪我。」

白隱娘心頭一顫，她沒想到他會說出這句話來，但很快她輕蔑一笑：「你這樣跟赤饕有什麼分別？」

斬魄摸摸下巴，像是很認真地思考了一會兒：「當然有，至少我不是又老又醜，也不會拿你的族人來要脅你就範。」

白隱娘冷笑道：「明日便是二月初五，若是我不能除掉赤饕，我的族人要麼會被北疆狐國奴役，要麼會性命不保，生死存亡之際你還出爾反爾，用刀來跟我談條件，難道就不是在拿他們來要脅我？」

斬魄歎了口氣：「你非要這麼想，我也沒辦法。答不答應在你，鑄不鑄刀在我。」

白隱娘恨恨瞪了他一眼：「我白隱娘乃是堂堂天狐傳人，從不受人威脅，赤饕如是，你也一樣！而今就算我白來一趟！」說罷，咬緊牙關，強忍疼痛，邁步朝桃夭鄉外走去。

「白隱娘！」斬魄揚聲言道，「你就這麼出去，憑什麼跟赤饕一決高下？」

白隱娘腳步微微遲疑，繼而沉聲道：「若是不敵，大不了一死，與你這無恥之徒有何相干？」說罷，加快步伐，身形踉蹌地奔桃夭鄉外而去。

斬魄目送她離去，不由得苦笑一聲，喃喃言道：「明明知道死路一條還要一頭撞上去，為何你這般固執？」隨後他轉身走進屋後的鑄兵坊，熔爐裡的液體已然閃耀著赤色的光華。他摘下身上的甲冑，赤膊走到熔爐之前，自陶模中取出兩段斷口參差不齊的青銅劍胚，低語道：「沒想到你這塊普通的銅料，也有機會成為絕世妖刀，感激那個倔強的女人吧。」說罷，將劍胚橫在左臂上一拉，頓時血流如注，順著劍胚的刃口一直蜿蜒，接著他將手一揚，把沾有他鮮血的青銅劍胚，拋入沸騰著紅色液體的熔爐中，頓時爐內揚起一陣赤色的火焰，將鑄兵坊映得通紅。

北疆狐國的駐地在長白山頭，一汪清冽的天池水不僅映出四野白茫茫的雪山冰峰，還倒映出天池中央偌大一片懸浮水面的赤色城寨。城寨裡張燈結綵，鼓樂喧天。綁滿了喜慶紅綢的高臺下已經大擺筵席，化為人形的狐狸們在這裡齊聚，只是有悲有喜，心態不一。

北疆狐國的屬民無一例外地身著赤色甲冑，厚厚皮毛撐起極其彪悍的體格。相對而言，來自南方的天狐一脈族人就顯得頗為文弱，一個個苦哈哈地拉長著臉。當然，沒有任何客人是讓刀抵在後背還能笑得出來的。很顯然，他們都不是心甘情願來參加這場上天賜下的婚禮，也完全可以想見這門親事會帶來的不良後果，可是沒有辦法，尤其是看到端坐於高臺之上，面無表情等待婚禮進行的昔日老主人，現今的天君特使白琚時，每個人都不免浮起幾分前途未卜的不安與憋屈。還有許多來自各個山頭洞府的妖魔，皆是懷著看熱鬧的好事心態各居其位，一面鬧酒一面竊竊私語，談論著這門極不相配的親事，或歎息、或幸災樂禍，當然，說得最多的是鮮花與牛糞的典故。

悠長的號角聲響起，喧囂的城寨頓時靜了下來，而後漫天花雨飄搖，一乘八抬花轎在百餘喜客的簇擁下，吹吹打打而來。尤其是身披嫁衣的白隱娘，由喜婆攙扶走下花轎，低垂娥首，沿著鋪上紅色地毯的開闊喜道，走向那高臺之時，絕世姿容早已使得群妖動容。

白隱娘微微抬眼，看到前方高臺之上的父親白琚，熟悉的面龐上卻是陌生的神情。對此她並不意外，當初他降臨地界宣布這件婚事的時候就是這個表情。沒有任何感情波動，沒人知道他心裡在想什麼，或者，根本就沒想什麼。他只是在幫高高在上的尊神傳達旨意，不會有多餘的廢話。

「啊哈……啊哈……。」一陣帶著咳嗽般雜音的喘息聲傳入白隱娘耳中，她轉眼望去，只見一頂綴滿緞帶、珠寶的喜榻，被一群身形魁梧的武士抬了出來，榻上盤踞著一個異常肥碩的老者，身披大紅喜服，臉上垂掛的肥肉形成了若干層可以夾死蒼蠅的褶皺，塗滿雪白脂粉的臉稍稍動彈就見到白色的粉末簌簌而下，掩蓋不住那張老臉上經歷數千年風雨洗刷的褐色斑紋。如果說有什麼不是透露著腐朽老邁氣息的，只有那一雙紅色的小眼睛，在鬆垮垮的眼袋中不時閃現著貪婪而凶悍的眼光。毫無疑問，這就是尊神為她安排的夫婿，北疆狐國的大王赤饕。

白隱娘有幾分作嘔的感覺，轉眼間已被喜婆抬上那張安放在高臺之下的喜榻，與赤饕相對而坐。近在咫尺，那股難聞的腐朽氣息更是縈繞不去，便是漫天花雨香風，也無法掩蓋。

白隱娘暗自握緊了藏在袖籠中的匕首，偷偷瞄了瞄身旁的赤饕，卻聽得赤饕那破鑼嗓子裡滾出一陣渾濁痰音：「聽說尊神降旨那天，你很不合作，本王很不高興。而今既然嫁與本王，此後便要安分守己，若是再有不識大體之事，休怪本王不留情面。」

白隱娘冷冷一笑，不置可否，只是左手偷偷探向地面，心頭默念口訣。天狐一脈本是木靈近衛，一向有操縱樹木、花草、萍藻的靈力，這裡雖是天池中央，但既有浮土，她最擅長的機關草也同樣種得。

此時一直端坐高臺之上的白琚放下手裡的茶盞站起身來，舉頭望天張開雙臂一聲清嘯，周圍頓時靜了下來，只聽得白琚拖長了聲音如同禱告一般唸道：「無上天君賜福下界，玉成小女隱娘與北疆狐王赤饕的錦繡良緣，自此南北狐界合為一家，共沐天恩。茲狐王赤饕，仁愛英明，感天之兆，順天之德……。」云云，雖只是些溢美之詞，但字字句句都等於宣告日後的狐界皆以赤饕為尊。一干天狐族人無不流淚涕零，可又無能為力。

白隱娘偷偷打量身旁的赤饕，很明顯，他對那番祝文很是受用，肥碩的腦袋情不自禁地微微晃動，露出同樣褶皺密布的脖子來，可以很明顯看到浮凸在肥膏之中的絳紫色粗大血管。看起來，只需要在那個部位重重扎上一匕首，勢必能讓這老妖血濺五步。不過，她只有一次機會。赤饕絕非尋常貨色，若是一擊不中，送掉的就是自己和族人的性命。所以，她必須很小心，抓住那個赤饕防範心最弱的時機。

白琚已經念完了那一大篇祝文，拖長聲音高聲喚道：「特賜封通靈狐王，禮成，叩謝天恩浩蕩！」黑壓壓一片妖魔皆拜倒叩首，唯獨赤饕面有得色抬起頭來，一方稱王多年，雖到了垂暮之年才得上天冊封，但從此以後可統領狐界，可謂權傾天下，如何不讓他自鳴得意？

就在赤饕再度露出那段醜陋的脖頸時，喜榻周圍的地面驟然激起一陣三丈高的塵土，無數草木的根鬚瞬間蜿蜒而出，朝著那方喜榻壓了下來，瞬間將赤饕肥碩的身軀緊緊纏住。就在同時，一旁的白隱娘已然將身一躍，藏在袖籠之中的匕首，化為一道白光直取赤饕頸項，快如閃電！

此變一生，周圍的妖魔們不約而同地爆發出驚呼聲。這一擊白隱娘早已算好了角度和力道，有那麼多機關草的圍困，以赤饕這等龐大遲鈍的體型根本不可能躲得掉。可是很快，白隱娘吃驚地發現，手中的匕首如同陷進一大桶黏糊又韌性十足的生膠一樣，非但無法深入，就連拔出來也是千難萬難！

赤饕歪著脖子夾著白隱娘的匕首，桀桀怪笑道：「你以為本王這數千年壽元是白活的麼？」而後將脖子一扭，只聽得「嘎啦」一聲，白隱娘手裡的匕首已然被折為數段！

白隱娘心知不好，忙縱身想要逃開，不料卻覺得腳腕猶如陷入了一個碩大的鐵夾一般，繼而整個人被重重摜在喜榻之上，勁道之大早將喜榻砸得粉碎！

白隱娘已被摔得頭昏腦脹，那一大片原本緊緊勒住赤饕的機關草也瞬間散了開去，她心頭暗叫不好，勉強抬眼看去，只見偌大一段赤色的狐尾正呼嘯而來，想要就地滾開，卻還是慢了一步，那段狐尾就像一條擇人而噬的赤色巨蟒，「呼啦」一聲纏上身來。白隱娘只覺得渾身骨骼咯咯作響，就連喘息也是不能，更枉論動彈一絲一毫。

客席之上的天狐族人見狀，也顧不上畏懼，紛紛撲上前來，卻被赤饕隨意一掃，就一個個被拋甩出去，還未爬起身，便被赤饕的部下以鋼刀架住，半點無還手之力。

高臺之上的白琚，對於眼前的景象全然視若無睹，只是慢條斯理地言道：「吉時已到，還不速速完婚？」

赤饕哈哈大笑，探出肥碩的指爪扯過白隱娘，按住她的肩膀朝著高臺拜了三拜，而後扣住白隱娘的脖子，將那張令人作嘔的臉湊到白隱娘面前，怪笑道：「本王早就有言在先，你既如此不識時務，那就休怪本王無情。」說罷，對著正以刀壓著一干天狐族人的部下，做了個喀嚓的手勢。

只聽得兩聲慘呼，兩具無頭的屍首頹然倒地，鮮血蔓延而出，將地面染得一片血紅！

「不！」白隱娘勉力尖叫一聲，想要掙脫赤饕的束縛，阻止他殘殺自己的族人，可是卻徒勞無功。她猛地抬起頭，朝著高臺之上的白琚喊道：「父親，難道你就這麼看著他屠戮我們的族人麼？」

白琚垂眼看看白隱娘，不帶一絲感情色彩地說道：「屠殺不好，不過悖逆天意的下場只有死路一條。你若是愛惜他們的性命，就順應天命與通靈狐王完婚。」

赤饕哈哈大笑：「是也，是也，你要他們活命很容易，送他們去死也不難……。」

話音未落卻聽得一個天狐族人高聲喊道：「當家且勿以我等為念，萬萬不可屈從那不要臉的老妖……啊！」一句話沒說完，旁邊早有人手起刀落，將他砍翻在地，一時間四野一片死寂。

赤饕長嘶一聲：「現在，還有沒有人敢反對的？」

就在此時，卻聽得一個冷冰冰的聲音說道：「等一下，我有話說。」

刻骨銘心

白隱娘早已淚流滿面，抬眼看去只見一個高大的身影擠出人群，赤膊著甲，目光清冷，正是在桃夭鄉見過的鑄師斬魄，她沒想到他居然會到了此間，只是見到他從背上的包裹裡取下一個三尺長的方盒子。

赤饕怪眼圓瞪，眼前的不速之客雖從未謀面，但可以明顯覺察到他身上有人的氣息，不過凡人是不可能有能耐，也沒那個膽子闖進他這群妖盤踞的駐地，顯然眼前人是一個妖族凡裔。他桀桀笑道：「我道是什麼人，原來是一個半人半妖的賤種，你好大的膽子，本王的地盤你也敢闖？」

斬魄冷冷一笑：「你這又騷又臭的狐狸窩，我原本也不想來，不過我曾與她有約，現在不過是把她託我打造的東西送來了。」他目不斜視地望著白隱娘，全然視群妖如無物，逕自走到白隱娘面前：「你要的東西我已經鑄好，不過我要的報酬不變，要是你在這裡應承了，東西就是你的。」

白隱娘吃驚地睜大了眼睛，他不是在開玩笑，能不顧安危闖進赤饕的老巢，這說明他很認真，而且是以性命在對她認真。她怔怔地看著眼前的男人，卻不知如何言語。

赤饕也看出兩人的不尋常，惱怒之餘咬牙道：「你們好大的膽子，敢在本王面前放肆！」說罷，將口一張，一股腥臭的黑霧直奔斬魄面門而去。

斬魄沒有迴避的意思，只是將手裡的盒子一拋，一把赤色彎刀乍然而現，鋒利的刃口帶出一大片炙熱的火焰，將那片黑霧瞬間燃盡。他伸手接住彎刀，沉聲言道：「刀名桃隱，以天狐之名，炙天之骨，鑄師之血煉就，世間僅此一把。我鑄兵千年，從來沒有為任何人流過自身鮮血，既然為你開例，你就得一生一世跟著我。」

白隱娘心念一動，就算她再笨也明白他話裡的意思，此刻早已言語哽咽：「你……何苦為我如此？值得嗎？」

「值得。」斬魄一聲低吼，手裡的桃隱刀已然化為一條火龍直取赤饕的尾巴，赤饕躲閃不及，只覺得尾部一陣炙熱疼痛，轉眼看去，那原本緊緊捲著白隱娘的長尾早已被劈為兩段，汙血四濺，將原本大紅色的地毯染作一片暗紅。

白隱娘只覺得身體一輕，已經滾落在地，待到穩住身形，卻發現眼前一陣暗黑，似乎轉瞬之間就陷入黑夜一樣。就在此時，她發現地面竟然不是冷硬的實地，而是濕濕滑滑，彌漫著一股子難言的惡臭，而且稍稍觸碰居然會覺得皮膚生疼！

忽然間黑暗中一隻大手伸來拉住她的胳膊，將她拉了起來。白隱娘不知是敵是友，正想甩開，卻聽得一個熟悉的聲音：「是我，別怕。」一聽到這個聲音，白隱娘立刻平靜了下來，隨後眼前一亮，一片赤色的火光照出斬魄的臉來。白隱娘伸手緊緊攬住了這個為她闖進老妖巢穴的男人，顫聲道：「這是哪裡？」

「我想，咱們是在赤饕的肚子裡。」斬魄伸出左臂將白隱娘抱了起來，遠離濕滑的地面。「不趕快想辦法出去的話，咱們會被那些黏液給化掉。」他右手的桃隱刀微微揮動，便在一片黑暗之中帶起一片赤色的火焰，火焰周圍三丈範圍可以看得清楚，但三丈之外卻濃黑如墨，被火焰所炙，便發出啪啪的細響，那是老妖肚子裡的劇毒瘴氣被桃隱刀炙烤所發出的聲音。斬魄眉頭微皺，他足上的銅靴雖可避免侵蝕，但留在此地卻不是長久之計。

斬魄凝視眼前似乎無邊無際的一片黑暗，將刀一挽，奮力劈出，一道火龍呼嘯而出，但不久便被黑暗所吞沒，但也掃開了眼前的一段道路，他心頭微喜，一手攬著白隱娘，一手握緊桃隱刀，快步前行，一路上以刀開路，約莫行了半個時辰，忽而聽得一陣極度響亮，類似於風箱運作的聲音，同時可以感覺到有一股強風不時來回湧動，若非斬魄站穩了身形，只怕早被刮倒在地。

「這裡……多半是到老妖的咽喉了。」斬魄喃喃言道，他掉轉刀口，衝著那滑膩膩的猩紅地面重重插了一刀，就在同時，這個黑暗而散發著惡臭的世界驟然顫抖起來，帶起一陣類似咆哮的嘶鳴，很明顯，對老妖赤饕來說，咽喉內這一刀比起之前的更為痛楚！

斬魄伸手將桃隱拔了出來，只見一片戰慄一般的震動中，刀鋒離開地面露出一線微光，但很快刀口又瞬間閉攏。

「好個老妖怪，」斬魄眉峰一沉，桃隱刀已經飛快朝著地面連斬數刀，雖說地面上刀痕縱橫，卻依舊是很快閉合，除了讓那咆哮聲愈加淒厲，周圍震動更為強烈外，對於老妖赤饕似乎傷害不大。他轉念一想，不由得歎了口氣：「這也難怪，桃隱刀時刻在與老妖腹中的瘴氣抗衡，也自然殺傷力大減。」

「等一下！」白隱娘靈機一動。「再劈上幾刀，我有辦法！」

斬魄心念一動，早已掄起桃隱重重朝著那猩紅的地面招呼過去，白隱娘手指微動，念動口訣，只見地面刀口透光之處，還未來得及閉合，就有無數細小的草莖、藤蔓，蜿蜒而出，並瞬間聚合扭結成合抱般粗的巨樹，雖無葉無花，但卻生長極其迅速！

對赤饕而言，白隱娘在他咽喉之中種下的機關草，就好似在傷口中打下了一根會不斷蔓延生長的木樁，傷口撕裂自然疼痛難忍，也顧不上許多，只好抓住那殘留體外的機關草重重一扯，生生而將植入咽喉的機關草連根拔出，頓時咽喉開了個大洞，瞬間血肉模糊！

兩道靈光早已從他咽喉處的窟窿裡飛躍而出，落在不遠處的地上，卻是斬魄與白隱娘雙雙脫困而出。斬魄落在地上，早已雙臂握刀旋身斬出，只見一道直逼天際的赤色火焰席捲而出，將那老妖赤饕瞬間斬為兩段，黏稠的汙血汩汩而出，將地面染作一片絳紫色！

周圍的妖魔見得赤饕被誅，一個個目瞪口呆。天狐族人原本見赤饕吞掉白隱娘，一個個悲痛欲絕，乍然見得這等形勢逆轉，不由得歡呼雀躍。倒是一干赤饕舊部想要為赤饕報仇，卻又忌憚著斬魄的桃隱刀，一個個裹足不前。

白隱娘眼見赤饕斃命，總算鬆了口氣，忽而身子一輕，卻是斬魄伸臂將自己挽住挾在臂彎，便邁開大步朝城寨大門走去，不由得一驚：「你……你又想幹麼？」

斬魄笑了笑：「不幹麼，只是將鑄刀的報酬帶回去而已。」他將臉轉向眼前黑壓壓的一群妖魔，以及立於高臺之上的白琚揚聲喊道：「赤饕是我殺的，從現在開始，她就是我鑄師斬魄的女人。若有什麼不痛快的，大可來桃夭鄉尋我！我鑄師斬魄絕不畏首畏尾。」

立於高臺之上的白琚依舊是面無表情，事態的發展已非當初天君旨意範疇之內，所以沒有相對應的措施，赤饕已死，北疆狐國會有很長一段時間的動盪，而誅殺白隱娘，只會使得狐界的情況更加混亂，對於天君掌控獸道有百害而無一利。對他而言，再未得到進一步指示之前，除了按兵不動，也別無他法。於是將身一轉，早已登雲而上，重歸天界。

「我什麼時候成了你……。」白隱娘咬了咬嘴唇，沒有再說下去。白琚這麼不置可否的離去，倒是她始料不及的。而這個男人置生死於不顧，闖進這妖巢救她，從這一刻起，她已經不能再離他而去。她只是伸臂攀住斬魄的肩膀和腰際，烏黑的長髮掩蓋了半張面龐。隔著那帶著他體溫的甲冑，她可以很清晰地聽到他的心跳聲，有力而炙熱。

群妖目送他二人離去，竟無一人敢上前阻攔，原本為觀禮而來，眼見赤饕伏誅，也就沒有了留下的理由，便紛紛散了。而赤饕平日裡以武立威，手段殘暴，他在時一干狐子、狐孫倒是敬畏有加，而今見他一死，自然無多大的悲慟之心，偌大的城寨裡只聽到喧鬧連連，卻是在為了誰繼任狐王之位而爭吵不休。

遠離了北疆狐國的範圍，斬魄輕輕放下白隱娘，隨後揮揮手：「你跟他們走吧。」他的目光掃過身後的樹林，可以很明顯看到那些個尾隨而來的天狐族人們，一張張忐忑不安的臉。

白隱娘心念一動：「你不是……？」

斬魄歎了口氣：「再跟下去，只怕桃夭鄉會變成狐狸窩。回去當你的大當家吧。」

白隱娘無法相信自己的耳朵：「你冒這麼大的危險來幫我，難道不是為了得到我嗎？」在一起經歷生死之後，他居然會讓她離開，一種莫名的不甘開始在她心中蔓延：「為什麼你要在這個時候讓我離開？」

斬魄突然笑了起來：「你不是說過，我若強留你在桃夭鄉，就跟那赤饕沒區別嗎？因為我幫你，所以你留下。那麼這件事上挾恩與挾威，也確實沒多大分別。其實你不用感恩，我早就說過，這不過是我心血來潮陪你瘋上一回，現在我過足了癮，也是時候橋歸橋，路歸路了。」說罷，將手裡的桃隱刀遞給白隱娘：「現在，咱們兩清了。」然後轉身離去。

白隱娘怔怔看著他的背影漸漸消失，不由得百感交集，赤饕並非泛泛，何況誅殺天君冊封的狐王，也絕非一件尋常事，她完全可以想見會有什麼樣的後果。她悖逆天君旨意，是為了保住天狐一脈的自由與尊嚴，而他呢？真如他所說的，此番前來，難道真的只是一次心血來潮的瘋狂之舉嗎？

「不！你是為了我！」白隱娘心念一動，她早該想到，他當著那許多人宣布自己與他的關係，無非是讓所有人都認定他是為了跟赤饕搶奪女人，所以膽敢誅殺天君冊封的通靈狐王，那樣便是把赤饕的死一肩承擔。如此一來，天君便不會來追究她抗旨拒婚的事，而會只把他當做眼中釘！

她想通這一節，只覺得心中酸楚，自與他相識時間並不長，沒想到他居然會為自己做到如斯境地。往昔他曾經說過的話，為她所做的事，一幕一幕盡浮於眼前。第一次表白，她當他是孟浪輕薄；第二次表白，她當他是惡意刁難；第三次，她居然相信他只是心血來潮的瘋言瘋語。白隱娘突然發現自己遲鈍得可以，她轉頭吩咐族人回鹿臺崗休養生息，自己卻奔著斬魄離去的方向而去，無論將來要面對什麼，她都無法讓他獨自面對。

桃夭鄉的林子依舊是桃花盛開，但是已經籠罩在一層她無法逾越的無形結界之中。白隱娘在林中高聲呼喚斬魄的名字，但四野寂寥，只有桃花簌簌而下，而無半聲應答。

白隱娘不能確定斬魄是否還安好，只能在林中徘徊不去，聲聲呼喚，直至月上枝頭，聲音沙啞。那一株株桃樹相互疊嶂，極目之處皆是冶豔花朵，忽然間聽得一陣清脆的銀鈴聲，轉眼望去見到林中露出的燈光照亮了一角風爐的尖頂，她不由得心中狂喜，那是他的鑄兵坊，這說明桃夭鄉的結界已然向她打開！

隨著她的快速奔走，桃夭鄉的一切又浮現眼前，草廬、鑄兵坊、籬笆，以及草廬前那張青幽幽的竹躺椅。他仰躺在躺椅上，手裡捏著一串小小的銀鈴，那是她上次重傷昏迷之時，他從她腳腕上解去的腳鏈。

「我還以為你不想再見我了。」白隱娘停下了腳步，解下腰間的桃隱刀拋向斬魄，「只留下這把刀，算什麼？」

斬魄一手接住桃隱刀，順手將刀連鞘一起插入地面的浮土之中，抬眼看著白隱娘，幽幽歎了口氣：「你本不該來的。你都不知道我說服自己放你走，費了多大的勁兒。」

白隱娘搖搖頭：「要是你以為白隱娘是說放就可以放的，那就大錯特錯了。」她緩緩走到斬魄面前，扯著他的甲冑，強迫他站起身來，四目相對，而後喃喃言道：「從來只有我白隱娘偷別人的東西，沒有人可以從我這裡偷了東西，還能全身而退的。」

斬魄笑笑：「如果你說的是鈴鐺，我還給你就是了。」

「不光是鈴鐺，還有心。」白隱娘突然跳起身來，伸臂攬住斬魄的脖子，雙足懸空，在斬魄的嘴唇上輕輕一啄，而後嫵媚地笑道，「看你怎麼還？」

斬魄睜大了眼睛，白隱娘的如花容顏就在眼前，唇上一黏即走的輕軟，就如同一張柔韌的網驀然覆上他的心。其實他曾經無數次地追問過自己，為什麼會為了這個固執的女人一改初衷，甚至放棄安逸的世外桃源生活，攪合進狐界的權力爭鬥，乃至於不惜得罪他避之唯恐不及的無上天君，全然無視可能會招來的滅頂之災。得出的結果是，他與她太多相似之處，所以才會一不小心喜歡上了她，做出那許多本不該做的舉動。一切來得很快，也很突然，所以他不認為她也會有這樣的情懷。他本以為她這般固執地在林中呼喚他、尋找他，只是為了報恩，而這一吻，卻已經讓他開始困惑。他輕輕鬆開她圈在自己脖子上的手，把她輕輕放在地上，苦笑一聲：「我說過的，你不用為了感恩跟我在一起。」

白隱娘原本滿是期待的眼中露出幾分不滿：「如果你覺得我來找你，是為了報恩，那就大錯特錯。我白隱娘向來自視甚高，就連天君旨意也無法扭曲我的意願，你以為我會為了恩惠，而跟一個男人一生一世嗎？你看不起自己不要緊，看不起我白隱娘可不行！」話音剛落，她再度躍身而起，猛地撲入斬魄懷中，抱住他的頭顱在他鼻子上重重咬了一口。

斬魄吃痛，卻又心念一動，他不是愚鈍之輩，白隱娘話裡的意思他當然明白，只是這樣的幸福來得太突然，叫他全然無所適從，這一撲使得他身體失去平衡，帶著他身上的白隱娘朝後倒去。只聽「嘎啦」一聲，那把跟了他無數歲月的青竹躺椅，已經被兩人的體重壓垮在地。

隨著夜色漸去，曙光乍現，斬魄睜開雙眼凝視著沉睡於自己胸膛上的白隱娘，手指輕輕滑過她柔順的黑髮，緩緩地落在她光潔的脊背上，碰掉了幾片緋色的花瓣。昨夜的溫柔纏綿還歷歷在目，可此刻，卻不得不讓他正視一些事。他摸索著散落在身邊的衣物，翻出那個裝著水遁珠的褡褳來。

「這是什麼？好漂亮。」白隱娘睜開了眼睛，卻見斬魄正把玩著一顆晶瑩剔透的珠子若有所思。

斬魄伸臂摟住白隱娘的身體，順便把珠子送到她眼前：「不過是件小玩意，你喜歡就送給你吧。」他將頭埋在她的髮叢中，貪婪地吸了一口青絲之間的淡淡幽香。對抗無上天君的結果，他心知肚明，更不用說他沒有聽從魚姬的告誡留在桃夭鄉，反而在天君的特使面前露了形跡。縱使能憑藉這顆珠子逃得性命，從此三界之中也不會再有他的容身之地。那位一統三界的無上尊神，不可能放過身上流淌著火靈炎啻血液的他。現在的安寧也不知道還能持續多久，一旦大難臨頭，魚姬給的水遁珠至少可以救她一命。

白隱娘用兩根手指夾住這顆珠子，高高舉起，閉上一隻眼睛。她並不知道手裡的珠子有著什麼樣的功效，更不明白斬魄給她這個小玩意的用意，只是有意無意之間透過晶瑩剔透的珠子審視上方交錯花枝縫隙中的天空。雖然嘴角帶笑，但心裡卻是心事重重。她不覺得高高在上的天君，能夠放過破壞他一統狐界計畫的斬魄，也無法預計會在什麼時候天降災劫，毀掉眼前的一切。只是從她回到斬魄身邊那一刻開始，她早已作出了決定。無論即將到來的是什麼，她都會和他一起，永不分離。

這對情人相依相擁，卻各自轉著各自的心思，他為她留下獨活的希望，而她卻想著與他同生共死。在避無可避的劫難到來之前，他們只能一次又一次地彼此糾纏，不只是身體，還有靈魂。

桃夭鄉中花瓣紛飛，依舊是春色無邊，可桃夭鄉上方的天空，卻由曙光初現的魚白色漸漸轉為黯啞的層雲密布，隨之而來的是陣陣悶雷。或許是感知大難將臨，就連林中一向歡鳴的雀鳥都噤若寒蟬。絢麗的桃花花瓣紛紛跌落於地，只剩下一叢叢禿枝不屈地指向天際。

斬魄擁著白隱娘雙雙坐在桃樹之下，看著林間的旋風將無數緋色花瓣捲得四下飄散，抬眼看去，只見桃夭鄉上空的天空乍然出現一圈刺眼的黑色光圈。

「時候到了。」斬魄托起白隱娘的臉喃喃言道，「答應我，好好地活下去，繼續做以前那個無畏無懼，固執得要死的白隱娘。」

白隱娘慘然一笑，只是緊緊抱住斬魄的脖子：「你既然知道我固執，難道還指望撇下我獨自一人嗎？就算我肯，天也不容我。」言語之間，一道巨大的閃電已經從天而降，撞向那只剩層層枯枝的桃夭鄉。然而卻在即將觸及桃夭鄉的時候瞬間消散，彷彿是撞上了一道無形的屏障。

千百年來籠罩在桃夭鄉的結界也隨之煙消雲散，就在第二道閃電接踵而來的同時，一切都開始土崩瓦解，在光與火的焦灼中，斬魄與白隱娘對視一笑，他們眼中只有彼此，哪怕下一刻化為飛灰，也無所畏懼！

就在閃電擊中地面之前，一道不甚明顯的白光乍然而現，籠罩住白隱娘全身，剛才那種刺痛的焦灼瞬間消失，取而代之的是一種冷到極致的寒意。她突然發現眼前的景象轉瞬之間發生了改變，周圍不再是正化為齏粉的桃夭鄉，而是一大片茫茫無際的海域，只有一色的水與天，以及彌漫在水天之間的白色霧氣！

「斬魄……斬魄！」白隱娘猛地嗆了口水，划動四肢讓自己浮在水面，心頭驀然閃過一陣懼意，四下張望，四周只有茫茫大海，哪裡有斬魄的蹤影？

忽然間見得遠處的水霧之中有一個人影影影綽綽，白隱娘心頭一喜，忙划動手臂朝那個方向游去，然而到了近處，卻停住了動作。水霧中走出的只是個十一、二歲的白衣女童，她那雙綴著白色絨球的鞋子在水面輕點而過，使得水面泛起一陣陣漣漪。

「看來斬魄把水遁珠給了你。」魚姬低頭看著水中的白隱娘。

「斬魄在哪裡？」白隱娘已然失去了平日的判斷力，沒心思去計較眼前的事物有多麼不合常理。

「很遺憾，」魚姬歎了口氣，「沒人能抵抗天君所掌控的天雷矢。」

白隱娘早已經猜到了結果，聽到此言，頓時萬念俱灰，停止了手足的划動，整個人開始緩緩下沉，當海水漫過頭頂之際，眼前依稀可見斬魄的面龐。白隱娘在冰冷的海水之中悵然一笑，心想就這麼永沉海底，總好過在撕心裂肺的回憶中苟且偷生，到底還是因為她，才使得斬魄招來無妄之災，只是他什麼都算準了，卻算漏了他在她心頭的分量。

冰冷的海水灌入她的口鼻，並沒帶起如何難受的感覺，只是寒冷到了極致，忽然冥冥之間聽得一個聲音說道：「你就這麼死了，肚子裡的孩子怎麼辦？」

白隱娘心念一動，眼前的海水豁然裂開，就如同被一把大剪刀驟然剪開的一大段絲綢。她驚異地睜大了眼睛，看著正沿著如同山坡一般傾斜的浪峰緩緩走下來的魚姬，剛才的話是對她說的，可是……她哪有什麼孩子？

「唔，似乎是個男孩。」魚姬歪著頭看著白隱娘，「天狐一脈的後裔，流著人類的血液，卻又有著火靈炎啻的血緣。你的兒子會是一個比他父親斬魄，還要不可預測，且更讓天君頭疼的異數。若是就這麼悄無聲息地消失，豈不正遂了那位樂於擺布眾生的無上天君心意？你甘心嗎？」

「什麼……！」白隱娘越聽越驚，與斬魄一夕之歡就算有了身孕，也不是一天半天就能看出來的，可眼前女童所說的話，竟然讓人無法懷疑。

「其實你不用把斬魄的死歸咎於自己，就算沒有你，他那繼承自火靈炎啻的血統也會使得天君視他為眼中釘。」魚姬見白隱娘臉上的表情由驚詫轉為憤怒，微微頓了頓，繼續說道，「而這樣的對立，還會延續到你的兒子身上，除非他一出生，你就封印住他血液裡潛藏的火靈之氣，否則，他也難逃天君毒手。」

白隱娘不由自主地伸手捂住平坦的小腹，似乎真的感到那裡有一個小小的生命正在萌芽。一時間，悲喜交加，卻又憂懼參半，六神無主，求死之念不知不覺已拋到九霄雲外。

「留著性命回去吧。」魚姬微微一笑，「畢竟活著總是有希望的。」

白隱娘只覺得眼前白光一閃，那一片無邊無際的汪洋和那神祕的白衣女童都已經消失不見，取而代之的是沐浴在雨中的一大片焦土！龜裂變形的土地，在雨中還冒著嗆人白煙的枯樹，還有那死一般的寂寥。若不是碎裂於地的熔爐碎片，和那把半埋焦土中的桃隱刀，她幾乎認不出這裡就是那個遍地桃花的世外桃源桃夭鄉。

白隱娘顫抖的雙手刨開焦土，取出那把以她之名，斬魄之血鑄就的妖刀，緋紅的刀刃犀利如舊，只是鑄刀的人已然不復存在。天君的法器摧毀了關於斬魄的一切，而她卻根本無能為力。那高高在上的尊神擺布他們的生死，就跟捏死隻螞蟻一樣容易。只是有些東西，卻是任憑怎樣的無上神力也不可磨滅的。斬魄在她的生命中猶如曇花一現，雖然極其短暫，卻刻骨銘心。而她腹中正孕育的小生命，也不僅僅只是他的延續。或許那個神祕的女童說得很對，活著總是有希望。

白隱娘立在廢墟之中，沒有歇斯底里的哭號嘶吼，只是緊握手裡的桃隱刀，拭去了眼角淌出的淚水。因為前路還有無數的曲折艱難，所以她要做那個無畏無懼，固執得要死的白隱娘。這是他的心願，也是她自己的。只有一個無畏無懼的白隱娘，才能保護他留下的那個異數——他與她的孩兒安全地長大成人。

終有一天，憑藉一己私欲擺布一切的人會付出代價，就算他是高高在上的天君也不例外！

第四話

羈雲灘

聽得魚姬說完桃隱刀的故事，所有的人都陷入了長久的沉默之中。魚姬輕輕撚指，綁著三皮的捆龍索已經「倏」一聲回到衣袖之中，三皮一個翻身落在地面，背對著魚姬、明顏與龍涯，早已淚化傾盆。

「……三皮……。」明顏上前一步，想要寬慰他幾句，然而話到嘴邊，卻又不知該如何出口。

三皮吸了吸鼻子，咬緊牙抹去臉上的淚水，魚姬的故事結局很殘酷，殘酷到他無法接受，卻又不得不相信。白琚飛升之後的倒行逆施，他聽族裡的遺老說過，母親白隱娘以炎刀天狐之名，稱霸一方的威名，更是如雷貫耳，唯獨那把赤色桃隱刀的由來，卻沒有幾人說得清楚。魚姬的故事就如同連貫那些支離破碎訊息的一條線索，把所有的事都串了起來。此時此刻，他完全可以體會當年母親心頭的悲憤，卻不願表露人前，只是抹抹淚沉聲道：「我……後面還有活兒沒幹完……。」說罷，轉身奔後院而去。

「三皮！」明顏心中擔心，正要跟過去，卻聽得龍涯歎了口氣：「就讓他一個人靜一靜吧。」

明顏轉眼看看魚姬，見她也微微頷首，於是停下了腳步，悶悶地走到桌邊坐下，許久方才喃喃言道：「既然那個天君都已經是至高無上了，又何苦搞那麼多事出來？」

龍涯苦笑一聲：「一個人掌控的權勢越多，就越喜歡掌控更多的東西。說來說去也不過是一個貪字。看來高高在上的神也不能免俗。只是那些因為拂逆其心意而被踩在腳下的人可惜了。」

魚姬一聲輕歎：「的確如此，細細想來許多事，許多人的遭遇皆是由此而來。」她抬眼看看龍涯：「還記得媚十一娘嗎？」

不速之客

金明池又名西池、教池，位於宋代東京順天門外，本是皇家別苑，唯獨是每年三月初一至四月初八開放，允許百姓進入遊覽。金明池沿岸垂楊蘸水，煙草鋪堤，東岸臨時搭蓋彩棚，百姓在此看水戲。西岸環境幽靜，遊人多臨岸垂釣。而大好春光裡，在此泛舟遊歷，更是怡然自得。

初三那天適逢衙門無事，龍涯去東市轉轉，本想又去魚姬的傾城魚館叨擾叨擾，打發時間，不料到了魚館外，卻見門扉關閉，門上貼了張紅紙，上寫「休業一日，煩請見諒」八字。

龍涯撲了個空，自是有些失意，在街頭溜達許久，忽然聽得身後有人叫喚，轉頭一看，卻是時常在一起廝混的刑名知事查小乙。

查小乙一見龍涯，便眉飛色舞，上前言道：「小弟一早便過府尋你未果，不想卻在這裡碰上。」說罷，便扯了龍涯要走。

龍涯一面尋思你小子莫非又欠了賭債、酒錢，一面將手探進懷裡掏出錢袋來：「你小子也老大不小了，就算不為以後打算，也得想想上有高堂要奉養吧。這次又要借多少？」

查小乙嬉笑道：「游闐兄過慮了，此番兄弟不是要借錢，是有好關照。」

龍涯心想今個太陽是打西邊出來了，一路問詢，那查小乙也是嘻嘻哈哈，只是不說。兩人就這麼拉拉扯扯地出得順天門去，到得金明池的東堤上。

這天春光明媚，堤上垂柳依依，柳絮紛飛，更間插新雪也似的楊花，就連風中都帶著怡人的甜味。一路上多是情侶、夫妻把臂同遊，越發顯得龍涯和查小乙這兩個拉拉扯扯的鬍眉男兒尤其突兀。

龍涯見查小乙停下腳步來左右張望，似乎是在找人，於是伸手拉開查小乙的手掌，開口言道：「折騰了許久，居然是來這裡。光天化日的，兩個大男人拉拉扯扯地做一路也不好看，究竟有什麼事，你就直說吧。」

查小乙咧嘴笑道：「本來小弟還有些擔心，聽得游闐兄這麼一說，倒是放心了。自打去年游闐兄去交趾國出得遠差回來後，兄弟們相約去勾欄廝混，你卻轉了性也似的，不是託辭缺席，就是半路開溜，兄弟們見你能吃、能睡，且精力充沛，也不像那啥不行……，」言至於此，聲如蚊鳴：「就紛紛擔心你連胃口也變了，於是人人自危……。」

龍涯聞言，不由得撟舌難下，在查小乙頭上重重敲了一記：「胡說八道些什麼？我龍精虎猛正當盛年，何來的不行？就算我轉了口味，也不會找上你們這群賊廝鳥，憑地這般無事生非，莫不是要討打？」

查小乙呼痛抱頭，左閃右避之餘見得遠遠來了個著紅背子、戴紫幕首的老婦人，便揮手高聲叫道：「老娘！這裡，在這裡！」

龍涯轉過臉去，識得來人正是查小乙的老娘查大娘，也不好再當著查大娘的面痛揍查小乙，於是收回手來拱手一禮，心裡卻在犯嘀咕，心想這查大娘本是戶部點的官媒，說媒拉縴乃是汴京一絕，這時間出現在這裡，倒是應景兒，說不得又在為什麼人家奔走牽線。

思慮之間，查大娘已然到了近處，風乾橘子皮似的老臉上滿是笑容：「哎呦，龍捕頭怎生這個時候才到？人家都已經久等了。」說罷，也不避忌，一把拉住龍涯就朝堤下去。

龍涯登時一頭霧水：「大娘，大娘，什麼人家？什麼久等。」

查小乙也貼上身來，拉住龍涯另一隻臂膀朝堤下引，口裡言道：「前些時候，小弟不是拿了許多花箋草帖給你麼，你自己選的朱員外家小姐。」

「我什麼時候選過什麼朱家小姐了？」龍涯奇道，一時不察已經被查小乙母子拉上一艘小艇。

「不就是初一那天，兄弟幾個射字花，游闐兄自己抽的蘭花花箋麼？」查小乙壞笑道，「既然都已經來了，也叫緣分啊，見上一面又何妨？」

龍涯不由一慌，急道：「那是射字花，哪裡做得了準？要見，你自己見去！」說罷，便要下船，不料身後的查大娘上來一把拖住：「那臭小子倒是想，人家還看不上他那貨色呢。哎呀呀……。」言語之間，只覺得船身一陣晃動，卻是船家已然將船撐離了堤岸。

查大娘站立不穩，龍涯忙一把將她扶住，再轉過身去時，見查小乙已在岸上，而船已然快如離弦之箭，離岸兩丈。只聽得查小乙喊道：「老娘，游闐兄可就交給你了！」

「你個混蛋！」龍涯聽得查小乙言語，心想此番倒是讓這傢伙給坑了，想要甩開查大娘飛身躍上岸去，卻是遲了。轉眼看看一臉笑意的查大娘，苦笑道：「此番我倒是著了你們娘兒倆的道兒了。」說罷，也只好就桌邊坐下。

查大娘笑道：「龍捕頭說哪裡話，那朱家小姐論家世、論樣貌，都是一等一的人才，和龍捕頭你是那天造地設的一對兒。反正龍捕頭也已而立之年，是該考慮一下成家立室之事。朱夫人來我官媒衙門奔走了許久，都未能相中一個合心意的女婿，結果一聽說是你，便急急忙忙催著『過眼』，而今龍捕頭你是當幫我這老婆子也好，是為自己考量也罷，且去見一見，若是不中意，咱也不是非得做成這事不可。」

龍涯心想反正這會兒也下不了船了，只好硬著頭皮撐過這一段，反正這事得兩廂情願，終不成硬給綁了去做人家女婿，姑且走走過場，等回去再找查小乙那個混蛋算帳，於是假笑一下，不置可否，轉眼看去，只見小艇划過水面，朝那狀如飛虹的拱橋下穿去。

這金明池周長九里三十步，池形方整，四周有圍牆，設門多座，西北角為進水口，池北後門外，即汴河西水門。池中本有不少大大小小的畫舫小艇，如片片銀葉散落在這方方正正的偌大水面上。過了拱橋，便見得一艘頗為精緻的畫舫，停靠在池水中央，青紗垂幔，顯出幾個影影綽綽的人影。

小艇竟直奔畫舫而去，緊貼停靠一旁，只見畫舫紗簾一開，走出一個五十出頭的婦人來，但見穿戴頗為貴氣，想來就是查大娘所說的朱夫人，目光一對上，便上上下下仔細打量，沒有絲毫避忌。

龍涯不由自主地吞了一口唾沫，心想這回自己也成任人挑揀的大白菜，幸好明顏、三皮那兩個傢伙不在這裡，不然還不成了天大的笑話。就在此間，那朱夫人也顧不得船身搖晃不定，三步併作兩步跨上小艇來，查大娘早一臉堆笑地迎了上去，兩個女人搖頭接耳，竊竊私語一陣，卻同時笑將起來，四隻眼睛都朝龍涯身上齊刷刷地投射過來。龍涯見得那兩人走將過來，不由得手足無措，接著便是查大娘上前介紹，雙方見禮各自坐定。那朱夫人見得龍涯本人，倒是格外喜歡。

查大娘也是個伶俐人，見得這般情狀，自是口裡劈里啪啦說個沒完沒了，不外乎便是誇耀朱家家世，閨女美貌賢慧之類，口若懸河之餘，也不忘奉承龍涯如何英雄了得，如何受官家倚重之類。那朱夫人卻是眉開眼笑，與查大娘一搭一唱，從閨女能工擅繡，到龍涯祖上八代，都一一探討了一番，甚至話題擴展到了禮金、文定之類……。

龍涯心裡焦躁，坐如針氈，哪裡聽得進去，心想此番被這兩個婆子纏定，當真是失策，倘若再不離去，只怕連何時拜堂，如何洞房，生兒育女都要教人攞上檯面來。只是此刻船在池心，四面都是水，除非是生出那通天徹地的本事，才可從這小艇之上逃了開去。左顧右盼，見遠處有一些畫舫小舟，自是遠水救不了近火。

這廂惴惴不安，而對面的朱夫人和打橫的查大娘卻越發說得熱絡起來，四片不停上下翻飛的乾癟嘴唇口沫飛濺，兩張皺得像菊花一樣的老臉驚悚地越貼越近，就差沒有直接貼在龍涯的鼻子上。雖龍涯依舊坐定，但此時此刻，只覺得汗流浹背，就連手心也全都汗濕，想來往日遇上何等棘手的對頭，大戰數百回合，也不比眼前這般難纏。就在此時，忽而聽得湖面上傳來一陣琵琶聲。龍涯雖不擅音律，但以往與查小乙等人一起去教坊裡廝混時，也聽過不少。這曲調很是應景，正是這《金明池》。只因隔著池心的五殿和那狀如飛虹的仙橋，難以看到對面的景致，唯獨一縷清音應著叮咚琵琶聲傳將過來：

西池早暖，臨鏡瓊樓，
翦翦燕子戲蘭舟。
堤盡綠，芊草曼染，
且顧妖嬈舞煙柳。
魚自游，銀鱗逐波，
懶眷顧、垂釣蓑翁蓬頭。
咫尺行宮近，仙橋落虹，
遙聞宮樂箜篌。

霓裳羽衣調如故，
唯雲鬢花顏，憑誰留住？
一曲罷，金縷莫惜，
杯酒盡，悔覓封侯。
苦營營，百舸爭流，
恰江湖漸老，白髮難抒。
未若趁春在，簪花滿頭，
尋芳不羈風流。
……

龍涯心想，好個「一曲罷，金縷莫惜，杯酒盡，悔覓封侯。」這唱曲的姑娘倒是一把好嗓子。倘若此刻不是被眼前這兩個難纏的婆子纏住，少不得要去看看是何等的人物。一曲終了，琵琶聲尤在，只是剛才的寥寥清音，卻換成了另一個調調，一個男聲扯開破銅鑼嗓子直嚎：「啊啊啊……不羈……嗷嗷嗷……風流……。」

聽得這般煞風景的歌聲，龍涯卻不由得眉頭一展，心想這不是三皮的聲音麼？三皮在這裡，那麼之前唱曲的，自然不是魚姬，便是明顏，先前遍尋不著，此刻居然在這金明池遇上，莫不是老天見我被困此處，特地降下的救星。於是揚聲喚道：「三皮，三皮，且來相見！」他內力雄渾，聲如洪鐘，在水面上遠遠傳播開去，不多時，遠處的拱橋下轉出一艘不大不小的彩船來，驚破原本如鏡面般平靜的水面，快如魚游，直奔此處而來。到得近處，龍涯果然見得三皮立在船頭，手執長蒿在水中疾點，雖還是那一身不合時宜的滾毛白袍，但頭上倒是真個兒簪花滿頭，除碗口大一朵芍藥外，還夾帶若干杏花、桃花，就如同長了手腳的花瓶一般，看來莫名的喜慶。

三皮身後的船艙紗幔輕挽，但見几案上擺了不少酒食，明顏坐在左首，對面便是手抱琵琶的魚姬。

龍涯心想，認識這魚姬姑娘許久，還不知道她有這手絕活，欣喜之餘揮手喊道：「魚姬姑娘，明顏妹子，我在此……。」話沒說完，忽而臉色一變，高聲喊道：「停住！停住！快撞上了！」只見三皮手裡的長蒿點得像搗米也似的，那彩船如同離弦之箭一般乘風破浪而來！彩船大小和龍涯所乘的小艇相若，只是這般急速撞上前來，小艇自是不敵，猛地一震，若非龍涯立時使出千斤墜的功夫穩住船身，只怕是撞擊之下已然傾覆水中！

只聽撲通一聲，原本立在小艇尾划槳的船夫，已然「阿也」一聲摔下水去，一時間水花四濺。查大娘和那朱夫人俱是弱質女流，哪裡還坐得穩？若非龍涯眼明手快，一手挽住一個，只怕此刻如落湯雞一般的，又多出兩個人來。龍涯一邊將兩個婆子扶定，一邊轉頭看去，只見三皮死蛇爛鱔一般杵著長蒿，一臉壞笑：「喲，龍捕頭，真是人生何處不相逢啊，走哪兒都會遇上。」

龍涯正要喝斥於他，卻覺得腰間一沉，轉頭只見那朱夫人雙臂抱緊自己腰間，面無人色慘聲喚道：「好女婿，若非你在，此番非嚇死老娘不可！」言語之間口沫飛濺，噴了龍涯一臉。

三皮見得龍涯面容抽搐，不由得哈哈大笑，若非船頭窄小，只怕要就地滾上兩滾才算愜意：「好女婿啊好女婿，快快備下彩禮接新嫁娘去。」

「給我閉嘴！」明顏掐了三皮一把，眼睛瞟瞟呆若木雞的龍涯，又看看旁邊畫舫低垂的紗幔，「也不知道是誰家的姑娘這般不開眼，怎麼看上這廢材也似的貨。」

三皮嬉笑道：「顏妹老說我是廢材，而今總算後繼有人，摘掉這頂帽子了。」

明顏翻翻白眼：「他是廢材，你便是廢材中的廢材，撐你的船吧，多事！」

魚姬探頭看清眼前的狀況，眉毛微揚，曼聲說道：「對不住，對不住，原本是來看看何人招呼三皮，不想驚擾了龍捕頭……改日再以酒水賠罪，今個……就不在此間妨礙龍捕頭的終身大事了，告辭！」言畢，將手裡的琵琶放在座椅之側，索性轉身而坐，也不再看龍涯一眼，只是揚聲對三皮喝道：「開船，咱們回東面去！」

龍涯聽得魚姬說要開船，心想好不容易盼來這麼個救星，此時不走，難道還留在此間被那兩個婆子囉唕？眼見三皮探出長蒿撐船，也顧不得許多，慌忙掰開朱夫人環在腰間的雙臂，高聲喊道：「姑且帶上我！」

三皮有心刁難於他，權當沒聽見一般，長蒿猛地一點，彩船已然滑出兩丈有餘。龍涯見狀，哪裡顧得上許多，將身一縱，朝彩船上撲去，「啪嗒」一聲，雙臂環住三皮雙腿，匍匐在彩船船頭，兩腿貼在船舷兩側，雖不曾蘸水，但整個人看去就好比懸在船外的大青蛙一般，說不出的狼狽。只聽得身後小艇上那朱夫人猶自呼喚：「好女婿，好女婿，哪裡去？」只是彩船滑行速度極快，轉瞬之間已然將小艇拋在七八丈外。

魚姬原本心中莫名焦躁，而今見得龍涯這般行徑，也忍不住好笑，早把剛才忽然冒出來的滿腹不快拋到九霄雲外，招呼三皮將龍涯拉上船來，待到踏上船板，龍涯總算鬆了口氣，站起身來將手臂搭在三皮肩膀之上，含怒笑道：「你小子倒是越發能耐了，越叫越走，是不是骨頭太緊，想我幫你鬆一鬆？」雖是在尋三皮晦氣，卻在偷望魚姬的神情，見她笑顏逐開，不再是之前彆扭摸樣，總算舒了口氣。這次雖是上了查小乙母子的惡當，才出了這場鬧劇，若是因此落下嫌隙，也只好回去揪了查小乙那個臭小子，陪他去大相國寺做和尚，才算了此劫數。

三皮也知好漢不吃眼前虧，於是咧嘴陪笑道：「不是我越叫越走，無奈掌櫃的發了話，便是不想走也得馬上走，你知道的，三皮的日子不好過啊……。」話沒說完，忽然指著那小艇旁的畫舫驚叫道：「不好了，你未來娘子追上來了！」

龍涯轉頭看去，只見一道黑氣自那畫舫的輕紗後滾滾而出，緊追彩船而來，轉眼間化作一個妙齡少女落在船頭。那小艇上的查大娘和朱夫人見得此景，不由得大叫一聲，雙雙昏厥過去。龍涯、明顏與三皮見得那少女這般變化，也知是遇上了異類，下意識地朝船艙裡退了幾步，唯有魚姬不動聲色地坐在原位未動。龍涯上下打量這那少女，只見容貌姣好，身著黑衣，唯獨是眉目之間隱隱帶了幾分煞氣。心想查小乙這兩母子真是好關照，自作主張安排相親也就罷了，居然還安排個女妖精來，而後弱弱地言道：「就算你追了來……我也是不會娶你的……。」

「你給我閉嘴！」那黑衣少女目光如冷電一般掃過龍涯、三皮，落在明顏臉上，「幾日前在中牟縣撞見你時，便覺察出些許似曾相識的微弱妖氣，想來定是與我遍尋近一年不著的貓妖有來往，所以才順藤摸瓜地找上你。而今既然貓妖已然現身，我也沒那個耐心繼續附在那姓朱的女子身上和你這凡夫俗子囉唕！」

明顏見勢不對，一把把三皮推到前面抵著，口裡卻不服軟：「我與你素不相識，你找我作甚？」

那黑衣少女冷笑一聲：「我只想知道去年七夕左右，你為何在五百里修羅澤的斷山錮前停留那麼長的時間？你與妖王鼉刖是何關係？那晚是否還有人和你一起？」

明顏也不是好相與的人物，自是拿話頂了回去：「本姑娘愛去哪裡就去哪裡，愛待多久就待多久，何時要你這妖怪來過問？」

那黑衣少女面色不善，咬牙道：「你這黃毛丫頭休得這般嘴硬，好好說出來便罷，否則……。」

「我想，你要找的其實不是她，」魚姬的聲音自明顏等人的身後傳了過來，漫不經心中卻帶幾分凜然，「你想找的是我吧，黑蛇精媚十一娘。」

明顏轉頭看看魚姬，只見魚姬雖表情如常，但雙目之中卻帶幾分怒意，而後心念一轉，開口道：「原來你就是間接害死仙草小落的那條黑蛇精媚十一娘！」言語之間，三皮、龍涯識相地讓開道來，魚姬已然走上前來，與媚十一娘四目相對，目光森冷。

龍涯、三皮尋常見魚姬總是笑語嫣然，何嘗見過她這等神情？雖然他們不似明顏一般知曉千年前修羅澤的舊事，但也覺察出眼前這名為媚十一娘的女子和魚姬之間頗有淵源，小小彩船之上氣氛頓時變得局促起來，似乎隨時都會爆發出大爭端！

媚十一娘乍然見得魚姬，也不由得吃了一驚，臉上的神情古怪，卻是又驚恐又歡喜，就連面容也有幾分扭曲，許久才喃喃言道：「非神、非妖、非人……千年前自修羅澤走掉的那個小女娃就是你？」

魚姬冷笑一聲：「很意外麼？不過今天我倒是很意外，媚十一娘，比起千年前，你可變了不少，不光年紀變小了，更越發地不長進起來。算算時日，你現今應有兩千餘年道行，而今卻是越活越回去，就如當初東海之濱初見時，那個才修了五百年的小妖一般。不過，更讓我意外的是，就這般境況，你還有膽子找上門來……。」

三皮一聽，心想眼前這媚十一娘原來道行有限，於是將胸一挺，腰一扠，朗聲言道：「掌櫃的且莫動怒，這等雜碎，便讓三皮來打發了吧，豬肉貴了，今晚咱們便烹製一鍋蛇羹來開開葷！」說罷，便躍躍欲試。

龍涯一把抓住三皮，低聲耳語道：「賣乖也不選好時候，虧你也跟了你家掌櫃的一些時日，怎連半點眼力勁也沒有？適才明顏妹子才說過這妖精害死那個什麼仙草小落，想必掌櫃的是想親手清算。沒你什麼事，退下吧。」

三皮轉眼看看魚姬，心想這龍涯說得也有道理，於是訕訕言道：「也好，蛇羹咱們留著慢慢吃，先看看，先看看。」說罷，拉拉明顏，和龍涯三人退到船艙之中，悄悄問道：「顏妹，你跟掌櫃的時間最久，她今年到底多少歲數了？」

明顏翻翻白眼：「關你什麼事？」

龍涯轉眼看看魚姬的背影，心想那媚十一娘也說魚姬姑娘非神、非妖、非人，也不知道究竟什麼來頭。去年在天盲山中，那射傷魚姬的暗箭，也是設下了上千年之久。雖說早應承了魚姬不再過問此事，但而今看來，這魚姬姑娘想必是背負了什麼天大的祕密，也不知道她究竟是何身分。

媚十一娘聽得魚姬言道一千五百年前的東海之濱，眉梢不自然地一跳，臉上的神情越發惶恐起來，身軀起伏微顫，好半天才顫聲道：「難怪千年前在修羅澤的枯竹水榭那裡會有那樣的感覺，原來我猜得沒錯，果然是你，果然是你……。」

魚姬冷笑道：「你既然懷疑那就是我，居然還敢唆使那惡蛟來攻打水榭，連帶害了小落。當年你是覺得那惡蛟有能耐克制我倒還罷了，而今你這般狀況還敢找上門來，莫不是嫌命太長，想讓我送你一程？」

媚十一娘顫聲道：「我從沒想過借蛟戮之力來與你為敵，只是蛟戮一心想化為龍身，才會打小落的主意。何況那一役，我也被他吸盡妖力，差點打回原形，而今才會是這般模樣，便有什麼不是，也算惡有惡報了。我在那修羅澤舊地等了近三百年，就是想等到你前去祭奠小落時見上一面。直到一年前在鼉刖的斷山鐧前發現了貓妖的妖氣殘餘，才會順著這虛無縹緲的線索找到這裡來。我知道你一定還記著小落的死，若非我已到窮途末路，也不敢這樣來找你。」

「那你想如何？」魚姬冷冷看著眼前的媚十一娘。

媚十一娘雖心中狂跳如雷，腿腳發軟，但此時卻嚥了口唾沫，強自鎮定下來：「我找了你三百年，只為求一瓶回元露。」

魚姬斜眼看看媚十一娘道：「你現在這模樣雖不濟事，倒也不至於真元潰散，打回原形。況且就算你得了回元露，也不可能幫你恢復失掉的道行，求來又有何用？」

媚十一娘低頭言道：「我求回元露是為了救人的……。」

魚姬冷笑一聲：「救人？你不是一向只會害人麼？何時生出這菩薩心腸來？」而後雙目一寒：「你有功夫編那些騙人的鬼話，還不如想想接下來會怎麼樣。三皮，你想吃燉的，還是炸的？」

「炸的上火，還是燉的吧。」三皮舔舔嘴唇。

「那就燉的吧！」魚姬袖子一揮，彩船下的水面頓時濺起一片水花來，水花瞬間匯成一顆碩大的晶瑩水珠，將媚十一娘包裹在內，懸浮在船頭前方的水域上空。

媚十一娘面露驚恐之色，雙手在咽喉處亂抓，只見那白皙的脖子上出現碩大的指痕，且越來越緊，越陷越深，就如同有一隻無形、巨大且有力的手在扼殺媚十一娘一般！媚十一娘只覺得胸悶欲裂，痛苦難當，心知眼前之人有心置自己於死地，下手毫不留情，驀然之間心念一轉，雙手抓住胸前衣襟一分，露出白皙脖頸之下那一片凝脂也似的酥胸來。

龍涯和三皮乍然見得此景，都是下意識地伸長脖子，拖長聲音發出「喔——」的一聲。轉眼間俱被一隻手掌猛地拍在臉上，眼球發麻之餘，哪裡還看得見半分？只覺得眼眶上覆蓋的手掌異常嬌嫩，卻偏偏死活甩不掉。

明顏紅著臉，一手掩住三皮的眼睛，一手按在龍涯臉上，口裡卻嗔道：「好個不知羞恥的妖怪，命都快沒有了，還不忘勾搭男人。」

魚姬見得媚十一娘白鴿也似的右胸之上有一個龍飛鳳舞的古篆烙印，待到看清，卻驀然臉色一變，既驚且怒！眼見媚十一娘已然雙眼翻白，氣若游絲，於是不得不收了法術，只是臉上陰晴不定，心事重重。魚姬法術既收，那渾圓的水珠頓時變回普通的池水，「嘩啦」一聲倒回金明池中，激起一丈高的水花。而那媚十一娘的身子失了依憑，墜入水中，待到再浮出水面之時，已然嗆了好幾口水，渾身淨濕，面色慘白，好不狼狽。

龍涯聽得水聲，忙掰開明顏死死掩住自己雙眼的手，只見魚姬垂首看著水中的媚十一娘，身子微微起伏，想是異常憤懣，心想剛才這魚姬姑娘本有意置那媚十一娘死地，不知為何這個時候反倒手軟了。

魚姬冷眼凝視媚十一娘，而後低聲喝道：「上來，有話問你！」

媚十一娘如獲大赦，忙將身一躍，自水中上得彩船來，看看魚姬臉上的神情，下意識地整理好散亂的衣襟，嚅嚅言道：「我知道你記著小落的仇，必定不肯放過我，所以……。」

「我雖不知道你是怎麼烙上這水侍印的。」魚姬冷笑一聲，「但是你別以為有了這個印記，就權當免死金牌，玄蛇一脈雖說世代為獸道之中水靈近侍，但你這樣的孽畜還不配。你烙得上去，我就摘得下來！」說罷，右手遙指媚十一娘胸口，五指一收。

媚十一娘面露痛楚之色，雙手掩住胸前的水侍印，顫聲道：「這水侍印不是我自己私自烙上去的，而是長老臨終前親手傳下。」

魚姬神情蕭殺，咬牙道：「然則，你言下之意，便是我殺你不得了？」

媚十一娘深吸一口氣，暫時穩住心頭的懼意，直視魚姬含怒的雙眼：「自古以來，獸道之中便有金蟾、天狐、玄蛇、焰虎、伏翼、銀雕六脈，世代為金、木、水、火、土、風等六靈近侍，在六靈輪流執掌獸道之時，為之驅使效命。這兩千年來獸道之中發生了不少事情，雖然我也不甚明白，但焰虎一脈兩千年前已然滅絕，風靈近侍銀雕一脈卻日益鼎盛坐大，天狐、伏翼雖受封誥，也不過是被投閒置散，一個個只求逸樂……。」言至於此，媚十一娘的眼光轉到船艙裡的三皮身上。

三皮被她看得發慌，乾咳兩聲道：「關你什麼事？有那功夫，管好你自己吧！」

媚十一娘轉眼看看魚姬，繼續說道：「金蟾、玄蛇同被銀雕壓制，漸漸人丁凋敝，尤其是三百多年前與銀雕一場火拚之後，金蟾一脈均被驅散各地，難回羈雲灘故土，而我玄蛇一脈卻死傷殆盡，我想這件事你應該知道。」

魚姬不置可否，只是冷聲言道：「說了那麼大一堆廢話，你究竟想說什麼？」

媚十一娘道：「我要說的是，而今玄蛇一脈只剩我一個。你若是圖一時之快，殺了我洩憤，那麼……。」

魚姬不怒反笑：「那麼……又怎麼樣？」

「不怎麼樣。」媚十一娘壓低聲音，如耳語一般對魚姬言道，「只不過我接下這水侍印記之後，無意中發現水靈殿裡裝載聖體的寶匣是空的……。」

魚姬面色驀然一變，一把扯住媚十一娘的衣襟，逼近那張滿是懼意，卻又莫名興奮的臉，咬牙道：「你這是在要脅我？」

媚十一娘顫聲道：「不敢……不敢……我只是想告訴你，殺我沒有半點好處，之前種種只是我心中猜想，更加不會讓旁人知曉，所以無論如何也不會將水靈殿中之事四處張揚。我此番前來，只為救人，別無他圖，只求你不念舊惡，把回元露給我。」

龍涯等人雖未聽清魚姬與媚十一娘的言語，但見魚姬面色鐵青，緩緩鬆開媚十一娘，心頭均想也不知道那妖女耍了什麼手段，居然逼得魚姬放她一馬。

魚姬定定神，轉眼見媚十一娘面露哀求之色，也不似作偽，於是開口問道：「你口口聲聲說要救人，究竟是要拿著回元露去救何人？」

媚十一娘開口言道：「他名叫慕茶，乃是現今金蟾一脈的族長。」

三皮聽得此言，卻是一笑：「你編笑話，也得編個合情合理的。咱獸道之中，誰不知道玄蛇、金蟾兩族歷來不合，偏偏又世代居於羈雲灘為鄰，便是你一個，從小到大，也不知道拿了多少金蟾來填肚子，此等天敵，哪會連命都不要來求回元露？」

媚十一娘慘然一笑：「若是在一千年前，我也會覺得這是個編得很蹩腳的笑話，可是現在卻半點也笑不出來了。」

魚姬看看媚十一娘，轉身走回船艙的座頭坐下，而後言道：「不妨說來聽聽。」

陳年舊事

對媚十一娘而言，一千年前的修羅澤一役可以說是畢生難忘。

她一心想要依附的妖王蛟戮，對修羅澤的所有妖精而言，無異是一個恐怖的惡夢，當她被吸盡妖力，無法動彈地癱倒在那堆積如山的妖精屍堆裡時，眼睛的角度只能看到遠處的鼉刖和蛟戮的殊死搏鬥。直到鼉刖那把黝黑的斷山鐗挾著石破天驚之力，穿過妖王蛟戮的喉嚨，將他牢牢釘在山崖之上。四處噴濺的黑血混合著泥漿，也撒在了媚十一娘的身上，暖暖地，帶著腥氣。

這便是那個她曾經仰望過，費盡心機取悅過的王，留給她的最後一絲印象。

她看到那個不知道從什麼地方冒出來、胡亂裹著不合時宜衣衫的女童，抱著那盆已經變得慘白無色的幽草走向那全身浴血的鼉刖；看著那五百里修羅澤的新妖王以斷山鐧立誓，禁絕修羅澤的殺戮和傾軋，群妖呼聲雷動。

媚十一娘只覺得心裡很空很空，比被吸盡妖力的身體更加空蕩。

往昔是一妖之下，萬妖之上的絕世妖姬也罷，而今是行將就木，離死不遠的老蟒蛇也罷，一切都是空。無論她以往做什麼，如何努力想要抓住什麼，可她什麼也抓不住，什麼也不曾擁有過。

她只能無力地癱在那裡，看著前面積聚的修羅澤群妖一個個散去，那本可位居群妖之上的新妖王，懷抱幽草在那樹下默默流淚，最後化為一眼幽泉。

「啪嗒啪嗒！」

細碎的腳步聲響過她的身邊，媚十一娘看到那個來歷不明的女童，她低垂的臉龐一晃而過，滿臉的悲戚。

她從沒見過這個女童，但不知為什麼卻驀然生出一股難言的懼意來，就和那天在那枯竹水榭之外的感覺一樣，那種似曾相識的畏懼，似乎是有生以來便深藏骨髓之中。

媚十一娘下意識地閉上雙眼，就如同那一大堆死去的妖精一般，沒有半點生機，待到她再度睜開眼睛的時候，那個女童已然去得遠了，想來也不曾留意到她還一息尚存。遠處流淌的幽泉在地上蜿蜒，浸潤著那盆早已沒了生機的幽草，一時間泉水流淌過的泥地上，都發出無數帶著粉色的淒淒芳草。水流被修羅澤的風吹得滴溜溜直轉，鬼使神差一般晃晃悠悠到了媚十一娘滿是血汙泥濘的臉邊。

媚十一娘莫名地張開嘴來，探出纖細的舌頭在泉水上一點，只覺得舌尖一片苦澀，她知道，那是妖王鼉刖的眼淚。

她沒哭過，所以從來都不曾有過眼淚，只是聽說過眼淚有很多種，傷心的時候是苦的，開心的時候是甜的。這滴淚這般苦澀，想必流淚的人必然很傷心。

媚十一娘心裡驀然浮起一絲酸楚，心想那小落雖已不在，還有人為她如此悲切，比之自己，卻不知道幸運多少。

細細想來，小落的運氣一直都比她好。

當年在東海之濱，她、小落、以及許多的小妖們，大家都是一處修行，姊妹相稱，雖不是親密無間，至少也是相安無事。大家的目的只有一個，在東海之濱等待一個契機，那便是每百年會有執掌三界的尊神，來此地挑選適合的人選躋身天界。那時候媚十一娘雖只得五百年道行，只因系出名門，也知道其中不少關鍵。

若干年前六道並立之時，金、木、水、火、土、風六靈輪班執掌六道，各自在每一道中都曾留下過一支近身侍衛軍。她所在的玄蛇一脈祖祖輩輩的天職，便是在水靈霽悠依序執掌獸道之時貼身護衛，以供驅策。所以，相對於其他的妖魔精怪而言，玄蛇一脈無疑是地位尊崇的。

只可惜一場浩劫致使天殘地缺，火靈、土靈、木靈相繼隕滅，剩下的金靈、水靈、風靈不得已將殘缺的六道劃為天、地、人三界，從此有高下等級之分。獸道被併入地界後，原本地位尊崇的玄蛇一脈也就落得與尋常妖獸無異。想要躋身最高的天界，東海之濱的選拔就成了唯一一條康莊大道。只可惜，幸運兒永遠只有那麼一個，所以競爭異常激烈。

碰巧那一年前來選拔菁英的正是水靈霽悠。媚十一娘在候選的小妖之中，本是甚為強悍的一個，她在東海之濱初見霽悠，只覺得莫名敬畏，加上玄蛇一脈與霽悠的淵源，便以為只要好好表現，必定青眼有加，於是在角力之時便全力以赴，甚至不惜重創了幾個一同角逐的小妖。哪裡知道霽悠卻對她不予理會，反而將那只知道傻傻耗費自身真元，救治受傷小妖的草精小落帶了回去，臨行之時的冰冷眼光，直教她驚懼得難以言喻。她不敢去怨懟本族膜拜的尊主，只能將一腔不忿傾注在小落身上，所以在修羅澤再見之時才會辣手無情。只是沒想到害人害己，惡果自嘗，此刻回想前事，也就越發覺得悲戚起來。

媚十一娘眼見漫過自己身邊的清流下也發出粉色的淒淒芳草來，有幾株就在嘴邊晃蕩，於是帶著一腔抑鬱一口咬下去，甘甜冰涼的草汁在喉間流淌，一時間那種虛無的無力感居然消除了許多。當她終於可以吃力地爬起身來，卻發現原本遍布血腥的修羅澤已然成為一大片無邊無際的粉色草場，漸漸地，粉色逐漸轉為翠綠，便如尋常的野草一般，隨著遠處的風如海水一般上下起伏，風中送來一陣幽幽的草笛聲。

是她聽過的，小落的草笛聲。

媚十一娘艱難地喘息著四下環顧，只見些許和她一般衰弱的妖精們，茫然地從草叢中爬起身來，一個個面露驚詫之色不明就裡，她的淚水不由自主地決堤而出，握拳尖聲吼道：「我不稀罕你救我！你這算什麼？你這算什麼？……你這個爛好人！」

媚十一娘的嘶吼撕心裂肺，遠遠傳了出去，卻依舊無法掩蓋那幽幽的草笛聲，也無法抹殺心中的認知。她沒有在妖力盡失之後打回原形，只是因為那個已經故去的爛好人，最後一次做了她所深惡痛絕的好事，偏偏承下這份人情的卻是她自己。

媚十一娘跌跌撞撞走出那片已經變成草海的修羅澤，雖然她手腳發軟，連喘息也很費力，但是在那個地方，她一刻也呆不下去。然而出了修羅澤，卻沒了別的去處。別處是有適合她休養生息的泥沼大澤，但也同樣有其他的妖魔鬼怪。那裡沒有修羅澤新妖王矖刖定下不可相互傾軋的金科玉律，無論是覓食果腹，還是尋求棲身之所，都和當初的修羅澤一樣，是龍爭虎鬥、弱肉強食的險惡之地。像她這樣全無半點妖力的妖怪，只怕是隨隨便便一個不入流的小妖，也可以輕易取了她的性命。想來想去，媚十一娘忽然想起一個地方來，那便是自己的出生之地——羈雲灘。

那是一處風清水冷的廣袤水域，平靜的水面如同一面巨大鏡子，空中的雲朵倒映水中彷若靜物，故而被稱為羈雲灘。她在那裡出生，在那裡長大，直到數百年前，她承載著族中長老的期望離開羈雲灘，前去東海之濱修行，等待被選中飛升天界。可惜事與願違。雖然到現在她還不太明白水靈霽悠為何會對自己深惡痛絕，但有這一段恩怨在，想要再進天界，也是癡人說夢。飛升固然無望，更無面目再回家鄉見族人，所以媚十一娘才會移居修羅澤，恰巧遇上身居萬妖之上的妖王蛟戮，便傍了上去尋求庇佑，為今日劫數種下禍根。老實說，若非已然走投無路，她也不會選擇再回去故里。

時隔五百年，雖說羈雲灘景色依舊，但也早已物是人非。媚十一娘沒臉面回族人聚居之處，只在羈雲灘邊上尋了處不顯眼的洞穴，蟄伏其中暫時容身。小落最後留下的法身，雖能保她一時不至於真元潰散，打回原形，但卻無法長時間維持她原本的形貌。沒過多久，媚十一娘便發現身體開始萎縮變小，原本數丈長、水桶粗的身子，而今卻只得五尺左右，細如井繩，便如八九百年前初得妖身時一般。身在羈雲灘，周圍多是同類，只要小心謹慎，不誤入其他蛇妖的領地，也不至於發生同類相殘的慘事。但想要安然無恙，還必須打起十二分的精神，提防其他的妖怪才成。尤其是看到水面上有巨大的影子滑翔而過時，媚十一娘便會深藏洞穴之中，因為她知道，那是遠處風崖上的銀雕。

銀雕一脈是風靈提桓主事獸道時的近衛，而今提桓貴為三界之首，銀雕一脈自然無比興旺，就算過界來羈雲灘覓食，也無人敢去追究。偏偏銀雕一脈最為喜好的就是青蛙、蛇、鼠之類，以前或許會忌憚玄蛇一脈乃是水靈霽悠的近衛而有所收斂，但自從聽說年前霽悠適逢天人五衰而身故，就沒了顧忌。除了羈雲灘中法力高深之輩，其餘的孱弱小妖，也不過是任人魚肉的餌食而已。

而羈雲灘中並非只有玄蛇一脈，還有千百年來都比鄰而居的金蟾一脈。金蟾一脈是昔日金靈師曠留在獸道之中的近衛軍，與玄蛇一脈旗鼓相當，時有征戰摩擦。以媚十一娘今時今日的狀況，自然不敢去招惹羈雲灘中的金蟾一脈，也只好在水邊胡亂尋些魚、蝦果腹，苟延殘喘之餘，更少不得潛心修行。

她深知重修妖力才是擺脫現今任人魚肉慘狀的唯一途徑。只是看看現狀，再想想從前的風光，少不得心中酸楚難當。時間過得很快，轉眼五百年過去，媚十一娘雖未能恢復當初的千年道行，但也和千年前離開羈雲灘，去東海之時所差無幾。當她終於可以重新化作人形，走出蟄居的洞穴，看到羈雲灘水面照出那張年輕而似曾相識的臉時，卻不由得歎了口氣。想想這千年時光，便如恍然一夢，她轉了一圈，又回到原點。

就在媚十一娘心中思緒萬千，唏噓不已的時候，她看到水面上漂來一個拳頭大小的金燦燦物事。定眼一看，卻是隻奄奄一息的小金蟾，背上開了一條長長的爪痕，幾乎將他攔腰斬斷！

看爪痕的形狀，說不得又是那該死的銀雕一脈來此地做的好事。這金蟾還太小，就算拿來吃，也沒多少肉，若是為獵食而對其下手，此刻只怕早進了那些混帳的肚子，哪會讓他這般漂浮在水面上？想來只是一時興起，順手給了這小金蟾一爪……看那金蟾背上雖靈光黯淡，但眼後卻已有兩條金線，想來也修煉了百年有餘，可化為人形，受此重創自是難逃打回原形的厄運，就連這條小命，也未必保得住。

媚十一娘歎了口氣：「每次那幫子鳥怪來的時候，便是道行精深的妖精也知道避開，以免招來殺身之禍，偏生你這不知天高地厚的小蛤蟆還敢出來，而今落得這般下場，也是你自己活該……。」

想是聽得她的聲音，那小金蟾原本已然閉合的雙眼又緩緩地睜開，滿臉哀求之色，直盯著媚十一娘，喉嚨動了動，卻早已發不出聲音來。

媚十一娘眉毛微動：「你是不是傷得太重，糊塗了？看清楚，老娘可是蛇精，不吃你就已經阿彌陀佛了，還指望老娘救你麼？」說罷，搖頭一笑，滿是譏諷意味，轉身朝蟄居的洞穴而去。剛走開兩步，又聽得身後的小金蟾有氣無力地慘叫了一聲，下意識地轉頭一看，只見一隻水鳥倏地落在水邊，長長尖嘴朝那小金蟾背上啄去！

這只是一隻尋常的水鳥，原本修煉成精的金蟾是不用再怕這等低等的鳥獸，但是那小金蟾傷勢太重，全無反抗之力，被連啄了幾下，原本就裂開的脊背，已然被撕下一大塊皮來，一時間血肉模糊！

媚十一娘見得此景，心裡卻像被什麼給扎了一下，心想五百年前從修羅澤逃回此地之時，便和這小金蟾一般無二，隨便一個雜碎也可毀掉她一條性命。想到此處自是難以坐視，伸手一招，早將那倒楣的水鳥吸入掌心：「老娘最恨的就是你們這夥乘人之危的扁毛畜生，扒皮是吧，老娘先拔了你一身毛再說！」隨後，只見花花斑斑的鳥毛四散，不多時媚十一娘手上只剩光溜溜的一隻禿鳥，被她隨手扔在地上，便連撲帶爬地鑽進草叢之中。

她拍拍手上的鳥毛，轉眼看看依舊漂在水邊的小金蟾，於是彎腰將他撿了起來：「今天算你運氣好，老娘心情不錯，洞裡還剩了點療傷的草藥，姑且拿來給你試試，能不能保住你的賤命，就看你的造化了。」說罷，轉身回到洞穴之中，取來草藥，嚼爛了敷在那小金蟾背上，而後撕下一片紗衣將傷口包裹停當，便小心地將其放在洞中陰涼濕潤的泥土上。心想今個也不知道是吃錯藥了，還是怎地，居然也做起這等婆婆媽媽的事來，一時間不由得幾分糾結，煩躁地指著那小金蟾喝道：「你這小蛤蟆可聽好了，老娘現在出去走走，你要是醒了，就自個兒滾回窩去，可別死在這裡，臭了老娘的地！」說罷，便頭也不回地轉出洞去。

外面風清水冷，雖說已有千年未嘗在故土盤桓，周圍的小妖們也多是生面孔，媚十一娘沒心情和那些小妖打交道，只是悄悄潛入羈雲灘的水底深處，遠遠看著水靈殿的高高飛簷。金、木、水、火、土、風，六靈都有各自的專屬靈殿，布局大體相似，只因歸屬不同，而成為其餘五靈的禁區。水靈殿是供奉水靈尊霽悠主事獸道時所用之聖體法身的神殿，以水之靈力布下結界，除了水靈尊本人和玄蛇一脈中獲得水靈近侍身分象徵水侍印的長老之外，其餘無論是尋常妖魔，還是高高在上如天君提桓一般的神，都無法進入結界。因為，一旦不慎踏上水靈殿的臺階，就會被那結界強大的力量奪去性命，甚至灰飛煙滅。

媚十一娘將身體隱藏在澤底的水草之中，遠遠地窺探著。水靈殿前那片寬闊的平地還是那樣一塵不染，一個身披黑袍的老者端坐在水靈殿前的那把石頭交椅上，神情還是那樣的肅穆威嚴，儘管他眼前列隊而立的近衛隊已然人丁凋零，甚至還不到十人。端坐在交椅上的便是玄蛇一脈這一任的長老黑蝮，看著那白髮蒼蒼的垂老容顏，媚十一娘不由得心中難過，那是她的父親。

眼前列隊而立的盡是些熟識的老人，都是黑蝮一輩的舊人，而沒有半個青壯年，可想而知，她離開的一千年來，玄蛇一脈是何等沒落。年輕的一代要麼是不成氣候，要麼是不堪銀雕一脈傾軋，自動放棄玄蛇一脈的尊嚴，遠走他方，更悲慘的，則是做了人家口裡的餌食。

媚十一娘慘然一笑，心想那水靈尊霽悠已亡故五百餘年，那幫迂腐的老傢伙還固執地守著這水靈殿，也不知道如此執著，有什麼意義？就在此時，忽然見得黑蝮的眼光朝她瞟過來，驀然心慌起來，忙飛快游開，遠遠離開那片族人聚居之地，待到浮出水面，心情卻愈加抑鬱。就這般漫不經心地在水面上漂浮一陣，又想起了留在自己洞穴裡的那隻小金蟾。於是躍出水面，輕飄飄地落在岸上，見草叢中不少蟲、豸、蚱蜢之類，便胡亂逮了幾個，本打算帶給那小金蟾充飢，不想一回洞穴，卻發現洞裡空空如也，那隻受重傷的小金蟾已然不知去向！

此事當真非同小可，那小金蟾傷勢太重，絕對不可能自己走掉，難不成是什麼其他的野貓、野狗之類的，闖進來叼了去？媚十一娘自洞內快步奔了出去，鼻子微微抽動，發現一絲不易察覺的妖氣，猛地一抬頭，只見洞口上方的巨石上坐著一個身著金色錦袍的年輕男子，面如冠玉，眉清目朗，嘴角微微帶笑，眼光流轉中自有一番溫柔，唯獨是眼後一條纖長的金線斜飛入鬢，在暖陽之下閃閃發光。

媚十一娘初見此人，自是吃了一驚，而後上下打量一番開口道：「你是金蟾一脈的什麼人，居然這麼大的膽子跑到我的地盤來？」

那男子微微一笑，媚十一娘只覺得眼前一花，那人已經落在了她的面前，媚十一娘戒備地跳開身去，卻不料那人的身法比她還要快，她這一轉身，倒是「碰」的一聲，撞到那人的胸口，一抬頭，只見那張甚是俊俏的臉上，盡是促狹的笑意。媚十一娘心想這不知死活的蛤蟆精，倒是色膽包天，今個居然調戲到老娘頭上了，手一翻，已然亮出那把蛇形劍，揮劍就斬！那人面無懼色，身形飄忽，一一避了開去，金色錦袍在陽光下隱隱閃耀。媚十一娘連攻了十餘招，都被他閃了開去。媚十一娘急躁起來，手上的蛇形劍舞得越發快捷，半點不留情面，劍尖微顫，在那人臉上劃開一道口子！

那人吃痛，將身一晃，落在三丈開外，而後伸手碰碰臉上那條細細的血線，滿不在乎地笑道：「不過是開個玩笑，你又何必這般當真。」

媚十一娘冷笑道：「誰有功夫和你這蛤蟆精開玩笑？居然有膽子來招惹老娘，是不是不知道死字怎麼寫？」

那人笑笑：「我看你也不怎麼老麼，又何必自稱老娘，把自己叫得老氣橫秋呢？何況就連受傷的小金蟾也會收留的，我想也不是動不動就要人命的主兒。」

媚十一娘眉頭一挑：「看來那小蛤蟆是讓你給帶走了。」而後邪氣一笑：「我想你是會錯意了，我撿那小蛤蟆回來是打算留著晚上吃的。」

那人頷首道：「原來如此……那你還捉那些蚱蜢什麼的，莫非是留著做夜宵？」

媚十一娘沒心情和他繼續東拉西扯，冷聲喝道：「夠了，既然那小蛤蟆你已經帶走，還在這裡囉唕什麼？你到底是什麼人？」

那人微微一笑：「我叫慕茶。」

「慕茶？」媚十一娘腦中飛快地搜尋著這個名字，忽而心念一動，「你就是現今金蟾一族的族長。」

慕茶點點頭：「這五百年來，你一直深居簡出，看來也不是消息閉塞，不知世事。」

媚十一娘瞟了瞟慕茶，沉聲道：「看來你留意我，也不是一天兩天的事了。今個既然撞上了，也正好攤開來說，你究竟意欲何為？」

慕茶笑笑：「也不用那麼緊張，只不過你寄身的洞穴離我的部族太近，想不留意也是不行的，還好這些年來都相安無事，我便尋思著什麼時候來和芳鄰打個招呼。今天豆丁這孩兒要不是遇上你，只怕早就沒命了。此番前來，是為了說一聲謝謝。」

媚十一娘翻翻白眼：「現在你說完了，可以走了。」

慕茶搖頭道：「道謝只是一樁事情，還有件更要緊的事得麻煩你一下。」

媚十一娘不置可否，冷冷地哼了一聲，心想自古以來金蟾一脈和玄蛇一脈就勢成水火，這慕茶既是一族之長，自然是老成持重之輩，這麼開門見山地找上門來，也不知道有什麼不得了的緣由。

慕茶見媚十一娘的神情，只是微微一笑：「你也不用顧慮太多，我只是想見見你們玄蛇一脈的長老黑蝮，煩請你引薦引薦。」

媚十一娘心想，別說現今一事無成，無顏去見家中老父，就算真的回去，又豈會貿貿然帶這蛤蟆精去羈雲灘，而今羈雲灘人丁凋零，萬一他要是包藏禍心，豈不是引狼入室？這般心思一轉，便冷笑一聲：「我想你是找錯人了，我只是暫時路過棲身此處，和羈雲灘裡的玄蛇一脈並無淵源。」

慕茶歎了口氣：「我既然來找你，自是早已知根知底。倘若連玄蛇一脈長老黑蝮的愛女都和玄蛇一脈毫無淵源，只怕玄蛇一脈步上焰虎一脈後塵的一天也不遠了。」

媚十一娘柳眉倒豎：「好你個蛤蟆精，居然敢查我的底細！」

慕茶笑笑：「又何必去查？你我均是自幼便在這裡長大，早已打過無數次照面，只不過你不記得罷了，我倒是記得千餘年前，你離開羈雲灘去東海修行的時候，玄蛇一脈傾巢而出送行的風光場面……。」

媚十一娘聽得慕茶提起東海之行，心頭猛地一沉，時常縈繞心間的羞愧不甘，此刻統統浮上心頭，冷聲喝道：「夠了！廢話少說！我是絕對不會帶你進羈雲灘的，有本事你自己闖進去，莫要再在此間囉唣！」

慕茶搖搖頭攤手道：「我要見你父親本為商議要事，若是闖進去，少不得要和你族中的高手打上一架，拳腳無眼，傷了和氣便不好了。」

媚十一娘冷冷瞟了他一眼，逕自轉身朝洞穴而去：「那是你的事情，與我何干？而今我只是無根無底無主孤魂一個，你要是不樂意，大可以進來取了我的性命，不然就給老娘滾得遠遠的！」

慕茶見她這般神情，知道再說下去也是枉然，於是微微一笑，對著媚十一娘的背影道：「看來今天你心情不太好，那就改天再談吧，我還會再來的。」

媚十一娘猛地回過頭來喝道：「沒見過你這麼死皮賴臉的……。」話未說完卻傻眼了，慕茶的身影早已消失不見，不知道人已經去了多遠。

媚十一娘心頭火大，卻沒了發作的物件，自是不免有些焦躁，矗立片刻跺跺腳，轉身鑽進洞中。

殺戮戰場

又過了幾日，這天媚十一娘還在洞中安睡，忽而聽得洞口有聲響，起身睜眼一看，只見一個不到她膝蓋高，圍著金色肚兜的小孩兒正跌跌撞撞地奔洞裡而來。

媚十一娘識得幾分微弱的妖氣，心想哪裡來的小妖精這般不知死活，微微躊躇，那小孩兒已然咯咯笑著，張開一雙肥肥胖胖的小手撲將過來，抱住媚十一娘的小腿，口裡咿咿呀呀，說個不停，只是年紀太小，口齒不清，委實聽不清他在說什麼。

媚十一娘拎起那孩兒走出門去，接著外面的陽光一看，只見那孩兒生得粉妝玉琢，眼後有一條金線，分明也是一隻金蟾精。

媚十一娘心想這回和蛤蟆倒是結下梁子了，來來去去都是些自來熟的，而後仔細留意周圍，冷聲喝道：「出來！再不出來，老娘就把這小蛤蟆吃了！」

哪裡知道那孩兒忽而面露欣喜之色，鸚鵡學舌一般高聲歡叫：「老……娘，老娘，老娘……。」

媚十一娘只覺得頭皮發麻，一時手足無措，耳邊聽得風聲，轉眼看去慕茶的錦袍在陽光下乍然而現，臉上依舊是那副笑臉。

慕茶見媚十一娘被那孩兒纏住面容抽搐的模樣，不由得一笑：「你要吃他，幾天前就吃了，何必裝出這副模樣來？」

媚十一娘聞言，心中一動，轉眼看看那孩兒白白嫩嫩的脊背，果然見得一條橫貫背部的狹長創口，只是早已癒合，露出粉色的新肉來，而那孩兒脖子上還圍著一塊黑紗，卻是那天替小金蟾包紮傷口而撕下的一片衣角。

「這……就是……！」媚十一娘吃了一驚，轉眼看看慕茶，「不可能，那小蛤蟆的傷太重，怎麼可能區區幾天就痊癒？何況早被打回原形，更不可能幾天就重修人身。」

慕茶笑笑：「本來是不可能的，只不過族裡傳下的一瓶回元露，全給他灌了下去，不然就算你一時間救得了他的傷，也保不住他的百年道行。」

媚十一娘心想有那麼神妙的寶物，卻拿來救這麼個沒用的小東西，眼前這一族之長顯然當得相當敗家，而後伸手將那孩兒拋給慕茶：「我管他是什麼，是你家的就自己看好，別讓他到處亂跑，老娘可不保證什麼時候不會一口吞了他。」

哪知道那孩兒一聽得她自稱老娘，又莫名欣喜起來，一面掙扎著從慕茶懷裡下地，朝媚十一娘奔去，一面歡聲呼喚：「老娘，老娘……。」卻是半點也不知道害怕，一抱住媚十一娘雙腿，便親暱地蹭著小臉。

慕茶笑道：「看來豆丁真當你是他娘了。」

媚十一娘無語望天，心想哪有蛇精養出個蛤蟆兒子的，說出去只怕笑掉人大牙。真要一腳踹開這黏人的小東西，又有些下不了手，就在此時，忽然發現天色暗了下來，抬頭看去，只見天空一片暗黑，定睛一看，卻是無數正在拍打的大鳥翅膀，黑壓壓地遮天蔽日。其中有數十頭遍體銀色長翎的巨鳥在上下翻飛，勁風過處，頓時間飛沙走石，澤邊的樹叢也是枝折葉損！

「不好！銀雕一脈又來了！」慕茶憤然道，「這窩子扁毛畜生！」言語之間，一頭巨大的銀雕已然長嘯一聲，朝慕茶和媚十一娘俯衝下來！

媚十一娘見其來勢洶洶，於是彎腰抱起小金蟾豆丁，閃身避開，眼角餘光見得慕茶手裡多了一柄金色長鞭，長鞭呼嘯而出，正好捲住那銀雕的脖頸。慕茶大喝一聲，運氣一拉，那銀雕慘嘯一聲摔了下來，一頭撞在媚十一娘洞口上方的巨石上，頓時頸折頭破，銀色的羽毛散了一地，巨石上紅紅白白，卻是些腦漿血漬，眼見是不得活了！

就在此時，那無數大鳥猛禽都在銀雕一脈的驅使下襲向這片水域，偌大一個羈雲灘如同被黑壓壓的雲層蓋住一般，不時聽到有慘叫哀鳴之聲，卻是那些來不及逃開的小妖們被猛禽擒住帶上高空，再拋摔下來！那些小妖中也有不少金蟾和蛇精，大多都和豆丁一般，初得道行，哪裡禁得住這般肆虐？一時間死傷無數！

媚十一娘順手將手裡的豆丁拋進自己棲身的洞穴，再轉眼看去，只見慕茶已然和三頭銀雕鬥在一處，金色的長鞭上下翻飛，在銀雕巨大的鋼爪之間游弋。每每相撞，都鏗鏘有聲，火光四濺！

媚十一娘心頭猶豫了一下，尋思究竟應該上去幫忙，還是轉身躲回洞中，不聞不問，只求太平，忽然間見得七八道黑氣自羈雲灘水域深處噴湧而出，再定眼一看，卻是老父率領手下的幾名老將飛身而出，迎上那一片鋪天蓋地的猛禽！

只見一片刀光劍影，殘羽飛揚，鮮血四濺，無數猛禽自空中墜下，撲通撲通落入水中，鳥群的攻勢早已被打亂，四下紛飛，而水中、地上的小妖們總算偷得一刻逃生的機會，進洞的進洞，下水的下水，一個個只恨爹娘少生了兩條腿。

一見黑蝮等人出來，那正在與慕茶苦鬥的銀雕就「呼啦」一聲，統統飛上了半空，與其餘的銀雕匯在一處，而之前被黑蝮等人趕散的鳥群，卻又黑壓壓地匯聚在一塊兒。只聽得一陣異常響亮的嘶叫，只見那黑壓壓的鳥群豁然露出一個空隙，跳出一個背生雙翼，手執長叉，形容凶悍的漢子來！

慕茶翻身落回媚十一娘身邊，見狀眉頭一皺：「糟糕，是銀雕一脈的族長鋼爪，連他都來了，只怕事情不妙！」

媚十一娘心頭一沉，只見老父已然亮出長劍和那鋼爪鬥在一處。而其餘幾個玄蛇一脈中的老人，卻被餘下那數十頭銀雕死死纏住！

玄蛇一脈絕非浪得虛名，只是這六名老將俱是花甲之年，時間一長，自然力有不逮。而在空中作戰乃是銀雕一脈的長項。加上人多勢重，且一個個年輕力壯，異常凶悍。如此一來，自然高下立見。

黑蝮自然清楚己方的劣勢，與鋼爪相鬥之餘，見下面的小妖們都躲得差不多了，便長嘯一聲，示意屬下先行退回水中。鋼爪豈會輕易放走黑蝮等人？尖聲呼哨之下那數十頭銀雕攻勢越加緊密，漫天翻飛的鳥群也得了鋼爪號令，紛紛匯成一片蜂擁而上，就像一個碩大的囊袋將陷入苦戰的黑蝮等人層層圍困！

對於黑蝮等人而言，一旦被這數量遠勝己方的敵群圍住，便陷入了車輪戰的困局。要不了多久，體力耗盡，不免淪為對方爪之下的餌食。而此番銀雕一脈傾巢而出，便是存了將玄蛇一脈盡數覆滅之念。就算死傷慘烈，也一個個前仆後繼，毫無退縮之意。

黑蝮一路苦戰，手上已然結果了十數頭銀雕，只是體力消耗過大，身形已然遠不如先前迅捷，就連握劍的手臂也開始酸麻起來。相對而言，鋼爪則在屬下圍困玄蛇一脈時跳出戰團，稍事休息。眼見敵方一個個面露疲憊之色，得意之餘也不與難纏的黑蝮正面衝突，只是一掄長叉，衝著黑腹身邊傷勢最重的一個老人突襲而去。

那老人已經受了重傷，應對眾多銀雕的侵襲已然吃力，又如何能躲得開鋼爪的突襲？只聽得一聲慘烈的嘶吼，那柄長叉已然自那老人的胸口穿過，再抽出來的時候，早已血如泉湧。那老人的身體無力地跌摔下去，沒入厚如雲層一般的鳥群之中，無數尖銳如鐵鉗一樣的鳥嘴紛紛朝那奄奄一息的軀體啄去。無數細碎的血肉被撕裂開，只有異常淒慘的呼聲傳了出來，但很快，便湮沒在無數鳥翼拍打的混雜噪音之中！

媚十一娘見得一具碩長而血跡斑斑的蛇骨，從空中黑壓壓的鳥群中跌落下來，不由心裡一沉，心急之下也顧不得許多，將身一縱躍上高空，手中的蛇形劍風馳電掣一般朝黑壓壓的鳥群揮去！那鳥群如同高速旋轉的飀風，迴旋紛飛，往來不息，想要從外面闖進去，卻是談何容易？蛇形劍雖削下幾隻猛禽，但打開的缺口眨眼間又被其他的猛禽填補，任憑她如何揮劍斬殺，也似斬之不盡，殺之不絕！轉眼間又聽得撲通一聲，低頭看去，又一具被啄食殆盡的碩長蛇骨墜入水中，不由得越加驚惶。

就在此時，忽而聽得一聲長嘯，數點金光飛升而起，如同離弦之箭一般射向那鳥群構成的颶風，卻是慕茶喚來金蟾一脈中的幫手，到了近處，突然金光大盛，甚是刺眼！十一娘只覺得雙眼刺痛，忙將頭一轉，卻見眼前的群鳥有一大半「嘎嘎」亂叫，偏離了先前飛行的航道，反而如沒頭蒼蠅一般胡亂衝撞！由於速度過快，許多鳥在相撞之後折斷脖頸和翅膀，紛紛自空中跌摔下去，那牢不可破的鳥群頓時裂開一個巨大的缺口，露出裡面正在苦戰的玄蛇一脈和銀雕一脈來！

「還愣著做什麼？等會兒那些扁毛畜生醒過神來，便進不去了！」慕茶的聲音在媚十一娘身後響起，只見那條金色長鞭飛捲而出，正好纏住一頭體型碩大的銀雕！隨後媚十一娘只覺得腰間一緊，已然被慕茶攬在臂彎，兩人飛速地朝那戰團之中拋甩而去！

慕茶和媚十一娘的闖入，自是出乎銀雕一脈意料之外，原本全都集中精神對付戰團中的黑蝮等人，一個個背後空門大開。媚十一娘的蛇形劍自然不是吃素的物事，劍尖微顫，陡然蜿蜒而出數丈之長，劍鋒犀利無匹，幾頭銀雕來不及閃開，頓時被削成兩半，一時間殘肢四飛，鮮血亂濺！那鋼爪也不是好相與的人物，將身一擰，手裡的長叉朝媚十一娘當胸刺來。

媚十一娘身形靈動險險地閃避開去，蛇形劍避過長叉的勁風，直取鋼爪的咽喉。眼見便要一擊得手，那鋼爪的雙翅卻急速拍打，身形暴退，無數銀色翎毛如同飛箭一般朝媚十一娘飛射過來。媚十一娘躲閃不及，眼見就要被射成刺蝟一般！說時遲那時快，慕茶的身影快如閃電，已然攔在了媚十一娘前面，金色長鞭飛旋而出，舞成一個飛速旋轉的圓盤，將那片密匝的飛翎紛紛擊落。媚十一娘只覺得身子一輕，已然被慕茶拋甩起，在半空劃過一道圓弧落在鋼爪近處。眼見鋼爪近在咫尺，手裡的蛇形劍便飛快遞出，橫掃鋼爪腰際。

蛇形劍快如閃電，鋼爪倉皇之間翻身閃避，卻覺得左翅劇痛襲來，轉眼看去，只見半副翅膀已然被媚十一娘一劍斬斷，創口血如泉湧！鋼爪吃痛大叫一聲，身子頓時失去平衡，朝下摔去，旁邊幾頭銀雕自是不能坐視，也顧不上圍困黑蝮等人，紛紛展翅追趕鋼爪而去，趕在鋼爪摔進水中之前，將其托了起來。

鋼爪受創離開戰團，銀雕一脈不免軍心不穩。黑蝮等人精神大振，終於乘機突破重圍，與媚十一娘、慕茶等人匯在一處，刀劍過處，銀雕一脈折損過半，那牢不可破的鳥陣也隨之土崩瓦解！媚十一娘等人紛紛落回水中，抬頭看去，

鋼爪蓄勢而來，功虧一簣自是心有不甘，無奈傷痛刺骨，唯有一聲長嘯，招呼手下銀雕和役使的群鳥一併離去，不多時已然走了個乾淨。羈雲灘的天空再度恢復清明，只是水面、地上均留下了不少猛禽和小妖們的屍首，這一仗打得慘烈非常，雙方都是元氣大傷。

媚十一娘見得銀雕一脈離去，總算鬆了口氣，轉眼看看旁邊的慕茶，心想今日幸好得他相助，不然玄蛇一脈勢必就此傾覆。慕茶見媚十一娘眼帶感激之色，只是對著她微微一笑，而後對著不遠處的黑蝮拱手道：「黑蝮老爹，晚輩慕茶有禮。」

黑蝮看看慕茶：「你就是金蟾一脈現今的族長？不錯，不錯，果然好本事。不過你們金蟾一脈和我們玄蛇一脈素來交惡，今日你為何還要冒險來相助於我等？」

慕茶笑笑：「談不上相助，我們兩族雖說素來交惡，但世易時移，而今銀雕一脈坐大，你我兩族都日漸勢微，正所謂唇亡齒寒，倘若我們還只記著以往的舊仇相互敵對，被人吞掉也只是時間的問題。所以現今的形勢，幫你們，便是幫我們自己。」

黑蝮冷笑一聲：「說得倒是容易，你忘了你爹是怎麼死的了麼？」

慕茶歎了口氣：「自是沒忘，先父是在和黑蝮老爹你對陣之時受傷落下病根，才會去世。」

黑蝮道：「既然你記得，那應該也沒忘記老夫為何和你爹對陣。」

慕茶點點頭：「因為先父殺掉了黑蝮老爹的兩個兒子。至於為什麼先父會殺掉黑蝮老爹的兩個兒子，那是因為他們侵入我部族地界，吞食了不少族人。至於為什麼他們要侵入……那又是一筆算也算不清的糊塗帳了。」

黑蝮微微頷首：「沒錯，既然都積累了那麼多仇怨，老夫自問難以放下，也不信你做得到。」

慕茶歎了口氣，看看周圍兩族眾人言道：「黑蝮老爹，晚輩有事想與你單獨一敘，不如……。」

黑蝮見其言辭懇切，微微頷首道：「那就跟我來吧。」言畢，正要轉身奔羈雲灘水域深處而去，卻突然看到自始至終都背對自己而立的媚十一娘，不由得歎了口氣，喃喃低語道：「十一，十一，這麼久了，你還不回家麼？」

媚十一娘聽得老父言語，心中酸楚，若非形勢危急，她也無臉出現在族人面前，而今老父就在身後，更是不知如何應對，只是將身沉入水中，化為一條小蛇，順水潛行而去。

黑蝮見媚十一娘始終都不肯相認，也別無他法，轉眼看看慕茶，見他看著水流的去向若有所思，驀然心念一動：「你和十一很熟？」

慕茶笑笑：「說不上很熟，只不過她回來之後的五百年，都在此地棲身，想不留意一二也是不行。」

黑蝮微微頷首，開口讓下屬暫留水面，隨時警戒以防銀雕一脈再來滋擾，言畢轉身遁入水中，奔水域深處而去。慕茶安排下屬善後，也沉入水中緊跟黑蝮，直到兩人都到達深水之中的水靈殿前，黑蝮停住了腳步轉過身來：「在這裡就可以了，有什麼你就說吧。」

慕茶看看四周，但見四野開闊，唯有那座水靈殿莊嚴矗立，此地確實只有他與黑蝮兩人在，於是心下一寬：「不瞞黑蝮老爹，前些時日，天狐一脈的白隱娘在飛升之前來見過晚輩。」

「白隱娘？」黑蝮眉頭微皺，「居然連她也得了天君的封誥，飛升天界為仙了，現今天狐一脈還剩什麼人？」

慕茶歎了口氣：「天狐一脈受命於天，守護雙生妖花，原本就是個可有可無的虛職，而今只剩她那個出世不久的黃口小兒白三皮，還在留在這獸道之中，其餘族人雖多，但只是尋常狐妖，白隱娘一去，自然走的走、散的散，委實是不成氣候了。」

黑蝮微微點頭：「你言下之意，便是獸道六脈繼焰虎之後，天狐也即將絕跡是吧？」

慕茶應了一聲：「不錯，天狐、焰虎都是胎生，所以數量上頗受限制，雖有不少族人，但真正繼承六靈近衛之血的也是鳳毛麟角。而那伏翼之王天伏翼雖厲害，卻只是個四肢發達、頭腦簡單的上古妖獸，僅僅知道食人腦髓，要麼就是終日昏睡，族中伏翼數量不少，但成氣候的卻是少之又少。焰虎覆滅是因為當年六道紊亂而不幸滅族，還可以歸咎於天災。而天狐一脈雖說也是得了天界封誥代代相傳，但飛升的時間卻日漸頻密……。」

黑蝮微微思索，隨即言道：「你是說上界對天狐一脈明升暗抑，想在無形中減少天狐一脈的數量。數百年前白隱娘自其父手中接手天狐一脈之時，不過是少女之身，而今她雖憑藉一把桃隱刀一統狐界，闖出一番局面，但也無法扭轉被召上天庭的命運。那乳臭未乾的狐狸崽子，自然不可能從白隱娘那裡學到什麼厲害的法術，充其量也就是個四流貨色。即便是天資聰穎，修行有成，也逃不出這一千五百年來的常例，能否趕在下一次天庭誥封之前，繁衍出具有天狐靈力的下一代，都是未知之數。」

慕茶搖搖頭：「我族與天狐一脈世代交好，所以白隱娘飛升之前來找我，她告訴我，一旦服下天界靈珠，此後便與獸道再無瓜葛，希望我能夠幫忙看顧她兒子三皮。」

黑蝮眉頭一皺：「她兒子再不濟也是頭天狐，尋常的妖魔想要動他，只怕也不容易。便是遇上了其餘幾脈的勢力要與他為難，萬不得已朝那木靈殿裡一躲，旁人也拿他沒辦法。何須你看顧？」

慕茶歎了口氣：「起初我也覺得奇怪，直到我看見她兒子三皮的時候，就發現了一點，那小狐狸身上的天狐靈氣甚是微弱，就和尋常的妖狐沒多大分別。而白隱娘吞下天界靈珠飛升之時，本身的靈氣也似乎消耗大半……。」

黑蝮瞳孔猛地一縮，微微思索後，一拍大腿：「白隱娘這小妮子倒是個厲害人物，居然想到這個法子來！那狐狸崽子身上的天狐靈力，想必是被那小妮子用自身靈力封印，目的就是希望可以瞞過上界，縱使是上界有心想讓那狐狸崽子受封離開獸道，以他的靈力也不可能駕馭靈珠，更是師出無名。如此就可以在獸道中多留數百年，確保下一代仍有機會繁衍生息，不至於在那狐狸崽子這一代就滅絕。」

慕茶點點頭：「黑蝮老爹所想與晚輩一致。當初木靈敷和發下宏願，散去自身靈氣歸於六道，以維繫六道生機，功在天地眾生，所以就算有人想終結歸屬木靈麾下的天狐一脈，也不得不用這等懷柔手段，步步為營，但是我們兩族卻沒有這般造化。以前我們兩族鬥生鬥死，都各有損傷，即便如何不濟，也不曾被他方勢力欺上門來。銀雕一脈雖日漸鼎盛，可真正囂張起來，卻是近幾百年的事。」

黑蝮臉色漸漸陰沉，恨恨咬牙道：「沒錯，準確來說，衝突是在五百年前我家主上傳出惡耗之後，才日漸加劇。那窩子扁毛畜生趁著我們兩族時有紛爭、傷亡之際來襲，一來二去將我族中年輕一輩有所作為的全都戕害殆盡……。」

慕茶點點頭，神情也甚為激憤：「而銀雕一脈和我金蟾一脈為敵，卻是近三百年的事，先父在世時倒未曾深究此事，心想主上金靈師曠雖許久不曾下界來羈雲灘巡視，但他身居要職，僅在天君之下，我們金蟾一脈絕非你們玄蛇一脈一般全然失了靠山。和銀雕一脈最多也只是小有摩擦，不至於大舉來犯，所以一直都把你們玄蛇一脈視為心腹大患。不想等到我接任族長之位，循例進入金靈殿祭祀之時，卻發現金靈殿中供奉的聖體起了變化……。」

「什麼變化？」黑蝮心念一動，開口追問道。

慕茶看看水靈殿，沉聲道：「事到如今，已然影響到整族的將來，便是不該說的，晚輩也不打算隱瞞黑蝮老爹。金靈殿中的聖體靈光黯然，只怕是主上已然步了水靈尊後塵，是以銀雕一脈才會如此肆無忌憚。」

黑蝮聞言沉吟片刻：「你連此事都說了出來，看來你是看準了老夫會應允與你結盟了。難道你就一點不擔心老夫知曉你族中境況，反而調集人手對付你們？」

慕茶微微一笑：「若無這點把握，晚輩也不會跟黑蝮老爹你來這裡了。你我兩族俱受重創，如果再生死相搏，只怕又會折損過半。以往的仇怨雖重，但而今擺在你我兩族面前的也就只有兩條路：要麼放下仇怨，結盟互助，一起對抗人多勢眾的銀雕一脈；要麼是鷸蚌相爭、漁翁得利，讓銀雕一脈將你我兩族澈底滅絕。黑蝮老爹乃一族之長，說什麼也不會選後面這條死路。你我兩族結盟，銀雕一脈自然有所顧忌，若是可得數百年太平，讓你我兩族得以休養生息，等現下年幼小兒都長大成人，族中勢力壯大，那才真正可保太平。」

黑蝮頗為讚許地點點頭：「長江後浪推前浪，你這小子年紀輕輕，倒是比你爹更有遠見，結盟一事，老夫應承你了。」

慕茶面露喜色，抱拳以禮：「多謝黑蝮老爹不念舊惡。晚輩還有一問，希望黑蝮老爹為晚輩解惑。」

黑蝮微微點頭：「何事？」

慕茶言道：「晚輩適才說過金靈殿中供奉的聖體起了變化，加上銀雕一脈的作為，是以揣測主上遭遇不測。而今見得黑蝮老爹，正好確認一二，不知道自水靈霽悠亡故之後，這水靈殿裡的聖體是否和我家主上的聖體一樣情況？」話一出口，便見得黑蝮眼中劃過一絲不易覺察的防備，但很快便恢復如常。

黑蝮轉眼看看慕茶，歎了口氣：「主上已去五百年，聖體自然早無半點靈光。這水靈殿就只是一個墓塚，而非昔日神殿。」

黑蝮言語之時，慕茶自是分外留意，雖說黑蝮言之鑿鑿，但剛才被他捕捉到的那個眼神，卻叫他百思不得其解。眼前的黑蝮言語雖合情理，但必定有所隱瞞，只是究竟在隱瞞什麼，卻全然不得而知。無論如何，結盟之事談妥，總算無後顧之憂，於是便將之前設想的布防、警戒等想法說與黑蝮。兩人細細研究，歷時許久，總算理出一套兩族合作警戒的套路來，金蟾一脈善守，而玄蛇一脈善攻，至於人員調度方面，卻是打破了歷來兩族涇渭分明的局面，交叉布防，相互照應。兩族的結盟無疑是一個明智的抉擇，再不用相見眼紅打得死去活來，反而在羈雲灘的旱地伏下了驍勇善戰的玄蛇，而豐茂水域也成了金蟾們休養生息的絕佳場所。

情生緣起

在小妖們茁壯成長的過程中，有無數眼睛在密切地注視著羈雲灘，只是沒有十足的把握去對付玄蛇、金蟾兩族為數不多，卻一個個都可以一當十的精銳力量。於是只好在高高的天空拍打翅膀，滑翔而過。他們也不敢飛得太低，因為在羈雲灘總有那麼一柄可長可短，出手狠辣的蛇形劍，若是不夠小心，便會被那蛇形劍斬落下來，丟掉自己的性命。

每當晴空萬里，適合飛禽高飛盤旋的時候，媚十一娘總是盤坐在盤踞洞穴上方那顆巨石上，那把日漸犀利的蛇形劍，未嘗出鞘斬殺敵人之時，只是低調地橫在她的腿上。時間過得很快，轉眼間又是百多年過去，歲月對於媚十一娘而言，似乎並無多少意義，她沒有離開，也沒有回去，只是默默留在這個與家近在咫尺的地方。

窸窸窣窣，身後的草叢裡在隱隱作響。媚十一娘不用回頭，也知道是誰正蹣跚而過，奔自己而來，不多時豆丁小小的身軀撲到她背上，咯咯笑著在她脖頸間磨蹭。媚十一娘歎了口氣，伸手將豆丁拎了下來，輕輕放在腿上，卻見豆丁用稚嫩小手，抓了一枚草芝朝她嘴邊送。

「你自己吃吧。」媚十一娘笑笑，摸摸豆丁的頭，眼光卻移向遠處的波光，心中若有所思。

「既然放不下，為何不回去？」慕茶的聲音從她身後傳來，而後那金色的錦袍乍然而現。

媚十一娘轉過頭去，看到慕茶臉上的溫和微笑，忽而覺得有些亮得刺眼，於是移開眼去，喃喃道：「關你什麼事？」

慕茶彎腰坐下，低頭看看媚十一娘：「當然關我事，從你不再凶巴巴地管我叫蛤蟆精那天起，一些事兒，多多少少有些不同了。」

媚十一娘轉眼看看慕茶：「話別說得太滿，你當我媚十一娘是什麼人？沒準下一刻我會一口咬死你也不一定。」

慕茶搖搖頭：「當年的媚十一娘或許會，而今的媚十一娘早已經不同了。」

「是嗎？」媚十一娘微微瞇著眼睛，帶有威脅意味地湊近慕茶面容，只是看不到半點畏懼和防備的神情，唯有溫暖如春的淺淺笑意。媚十一娘心頭猛地一跳，翻起幾絲莫名的不安來，下意識地想要避開，卻覺得右手手腕一緊，已被慕茶扣住：「為什麼要躲開？若不是早知道你是玄蛇一脈的人，我只怕會誤以為你是龜、鱉之類的妖精。」

媚十一娘有些不忿：「說話小心點！別以為你幫忙救過我父親，我就會買你帳。」

慕茶咧嘴一笑：「難道我說得不對？現在倒承認那是你父親了，那為何還不回去他身邊，盡盡為人子女的孝道？家門近在咫尺，卻畏畏縮縮地躲在這裡幾百年，只怕是龜精、鱉精，也不至於這般沒種。」

「我回不回去關你屁事！」媚十一娘惱羞成怒，使勁掙扎想要從慕茶的手掌中脫困，卻發現慕茶的力氣大得驚人，幾番掙扎無果，抬眼怒視慕茶雙眼，「我知道你厲害，但別以為我一定怕你，不要逼我出劍！」

豆丁見得媚十一娘發怒，只是一把抱住媚十一娘脖子，眼淚四濺，哇哇哀號不止。

媚十一娘見得豆丁大哭，原本剛直的心腸卻不由自主地軟了下來，空出的左手抱住豆丁輕拍，一面憤懣地看著慕茶：「奚落夠了吧？你還想把我的手抓多久？」

慕茶嘻嘻一笑：「這個我倒沒想過，好不容易才抓到，當然是能抓多久就抓多久，最好是一輩子都別放開。」

媚十一娘心跳如雷，臉上不由得一紅：「你這不要臉的蛤蟆精，究竟知不知羞？」

慕茶答得乾脆俐落：「不知。我都等了千多年才等到這個機會，當初本以為你會飛升天界，加上你我兩族歷來不合，所以想也白想。結果你又兜兜轉轉地回來這裡，而今我們兩族的恩怨也得以化解，幹麼還要為了什麼勞什子的羞恥虛度光陰？」

媚十一娘心念一動，卻驀然又想起當初在修羅澤的事來，當初和蛟戮在一起的時候，又何嘗不是甜言蜜語，風光旖旎，那時候她也傻得相信那妖王會真心待她，甚至為了討好那妖王去對小落下手，結果那蛟戮卻為了吸取足夠的妖力，駕馭那顆天界靈珠，連她也不放過！

想到此處，媚十一娘勃然大怒，左手一揮，一巴掌重重落在慕茶臉上，一下子站起身來吼道：「我知道你定是擔心兩族結盟不夠穩固，所以才想利用我。你當我還是少不經事，好欺騙麼？」

慕茶吃了一巴掌，只是鬆開緊握媚十一娘手腕的手，揉揉發燙的臉，苦笑道：「摔了……。」

媚十一娘怒氣未消，卻見他答得牛頭不對馬嘴：「什麼摔了？」

慕茶指指下方：「剛才你太激動，豆丁摔了……。」

媚十一娘一驚，低頭一看，果然見得豆丁頭朝下、腳朝天插在下方洞口旁的泥地裡，不由得低呼一聲，飛身躍將下去，伸手將豆丁扯出泥地一看，只見滿臉泥漿，卻還在咧嘴咯咯發笑，貌似沒有受傷，方才放下心來，抱起豆丁走到水邊，小心洗去豆丁臉上的泥漿，細細檢視頭上有無傷處。

身後腳步聲響，慕茶自是到了近處，沉聲言道：「聯姻固然可以讓兩族更加緊密，但你我具為妖身，絕非凡人一般只得數十年光陰朝夕相對，若非真的希望有一個人可以陪我去面對那數千年的歲月，我也不會說出這番話來。我自是知道你並非少不經事，我又何嘗不是？人浮於世，誰不曾負過人，又有誰不曾被人負過？若是只記著前塵舊事，又怎麼活在當下，更不用說以後了。」

媚十一娘聽得慕茶言語，面向眼前那一片泛著金色陽光的水波，心中卻是此起彼伏，許久，方才喃喃言道：「那你想我如何？」

慕茶微笑言道：「我只是希望你可以放下一些背負已久的東西，有一個新的開始。畢竟很多人、很多事，不是你逃避就逃得開去的，感情也一樣。」

媚十一娘苦笑一聲：「你轉彎抹角說那麼多，就只想要一個開始？難道你不怕結局是我一口把你給吞了？別忘了，我是蛇，而你是一隻金蟾。蛇吃金蟾乃是天性。」

慕茶笑道：「我倒還真的沒想過，不過就算有一天我被你給吃了，也沒什麼好說的。只要曾經真心相待，就算有什麼變故，也是死而無憾。」

媚十一娘眉頭微皺，轉身將豆丁塞在慕茶懷裡：「將來會發生什麼，沒人知道。但願日後你不會後悔今天對我說這番話。」說罷，將身一躍，人已經遁入水中。

慕茶抱著豆丁立在水邊，看著水中漣漪一點一點地歸於平靜，知道媚十一娘已然去得遠了，只是搖頭歎息一聲：「她又溜了，你說她這意思是接受了，還是……？」

豆丁年紀太小，哪裡懂慕茶的心思，只是咧嘴咯咯直笑。

慕茶自我解嘲地一笑：「看來我真是傻得可以，這些事兒你這小傢伙哪裡明白。」說罷，將豆丁放在地上，揚揚手：「自己玩去吧。」眉宇之間盡是惆悵。看著豆丁腳步蹣跚地奔進齊腰高的草叢，方才將身一躍，落在媚十一娘棲身洞穴上方的巨石上，抬眼望天，但見高遠的碧空雲層中劃過幾道淡淡陰影，又是鋼爪派出的探子。

事實上，百多年來這樣的窺視，一直沒有停止過。很明顯，銀雕一脈並沒有放下對玄蛇、金蟾兩族的敵意，種種行為的出發點，似乎並非只是對豐美領土的覬覦。天狐一脈的境況擺在眼前，如果說是上界有計畫地在削減天狐一脈勢力，那麼銀雕一脈對玄蛇和金蟾兩族的打壓侵略，是否也是上界授意而為？

每每想到此處，慕茶總是不由自主地以最大的惡意去揣度一些事，但每次都沒敢想得太深遠，因為想得越多，就越發覺得步步荊棘。他身為一族之長，接下這個擔子之時，整個族群都已勢微，雖說與玄蛇一族結盟，多少能力挽狂瀾，暫時解除族群覆滅危機，但要看護族中許多如同豆丁一般的幼稚孩童平安長大成人，達到中興族群的目的，並不是那麼簡單的事情。

雖說與玄蛇一脈的結盟乃是相互照應，互利互惠，甚是穩固。但這些年來和黑蝮打交道，越發讓他感覺黑蝮背後隱藏了一些事情。事實上，玄蛇一脈的境遇比起金蟾一脈更加不容樂觀，雖說老人們一個個都驍勇善戰，但中間青壯年一代，除了那個至今還固執地留在此間的媚十一娘外，已經絕跡。而再下一代的小妖們和豆丁水準差不多，不經過數百年的修煉磨礪，根本派不上任何用場。

按理說，到了這樣的地步，黑蝮理當和他一樣，將重心放在保護小妖，調教下一代上。但是黑蝮除了派出手下所有老將擔當日常警戒之外，自己卻從不出澤，依舊和從前一樣留守水靈殿外，就算明知自己女兒在附近棲身，近在咫尺，也從未前去探望過。倘若真如黑蝮所說，那水靈殿只是一座墓塚，那要什麼樣的忠誠，才可以使得一族之長忽略族群的將來和父女親情，去死守一座無用的墓塚。以他對黑蝮的了解，黑蝮絕對不是這樣一個只會追憶往昔榮光而墨守成規的老頑固。直覺告訴他，黑蝮在守著一個天大的祕密，而這個祕密和這數百年間獸道六脈的興盛衰替，有著千絲萬縷的聯繫。很可惜，就算以而今金蟾一脈和玄蛇一脈的關係，仍不足以讓黑蝮和他分享這個祕密。

時間過得很快，轉眼又是幾十年。羈雲灘的小妖們過得既快活又安穩，在兩族的協作守護下，一年一年長大。豆丁的個頭已然高出兩寸，行動也快捷了不少，只是依舊不會說話，開心便咯咯發笑，不開心便哇哇大哭。除每日嬉戲、覓食之外，還是黏著媚十一娘不放，跟進跟出。

媚十一娘早已習慣了這個小傢伙的陪伴，唯一的煩惱便是低頭不見抬頭見的慕茶。對著這個有著溫暖笑容，偏偏又神出鬼沒，死纏爛打的冤家，卻全然不知所措。他在她棲身洞口上方的巨石後種下茂密青藤，密密垂掛在她的洞口，使得那簡陋的山洞更加陰涼適宜。而洞外也開墾了一片花田，每到仲夏時分悶熱焦躁的時候，總有一抹淡淡花香引出幾分恬靜。每每聽到窸窸窣窣作響，便是他領著豆丁在花田中忙碌，而第二天一早，總會看到洞外擺著一大束沾惹著晨露的香花。還有暗夜中的悠悠吟唱，不時訴說著長達千年的相思。

然而，何為情，何為愛，何為至死不渝，媚十一娘真的不會區分。她見過修羅澤中小落和亹刖的生死相許，甚至在離開修羅澤時，也有過模糊不清的豔羨和憧憬。可切身體會過被背叛、傷害的痛苦滋味，歷經數百年，依舊是如附骨之蛆，個中滋味難以言喻。所

便是那銀雕一脈，而銀雕一脈包括他們治下的群鳥、猛禽都是夜不能視，不可能挑這幽深黑夜來襲。遂心中一寬，起身出洞查看，剛要伸手去拂開垂掛在洞口的綠藤，只覺得眼前人影一閃，卻是慕茶的身影欺進洞來。

媚十一娘心想，往日這傢伙雖說行為孟浪，但大體來說都還算規矩，不想今個倒是放肆起來。正要開口喝斥於他時，卻被他一把扣住右手，神色凝重，做了個噤聲的手勢，伸手指了指洞外。

媚十一娘順著他手指的方向看去，只見幽黑的水面上泛起層層漣漪，將月亮的倒影攪得支離破碎！一個和月影一樣泛著耀眼白光的倒影在水面一晃而過，轉眼間去得遠了。

慕茶眉頭微皺，屏息觀察許久，方才道：「沒事了。」

媚十一娘奇道：「那玩意兒是什麼？不太可能是銀雕一脈過界。」

慕茶說道：「自然不是，那窩子扁毛畜生全是夜盲眼，不可能這時候還跑來生事。」而後眉目之間頗為憂慮：「我是擔心是那個東西。」

媚十一娘心念一動，開口道：「你是說天伏翼？」

慕茶點點頭：「咱們都是代代相傳，唯獨伏翼一脈從開天闢地之始就是那個東西為尊，其餘的都是尋常精怪。這等上古妖獸甚是凶猛，好在不聰明，否則這天下也沒幾個人能對付他。他本是土靈雩笙的近侍，雩笙被誅殺之後，便被現在的天君提桓收為己用，直接封賞了老魔嶺一帶給他，千餘年來都未曾出來走動過，現在突然出現在這裡，也不知道所為何來。」

媚十一娘聞言，心念一動：「難道連那東西也要與我們為難？」

慕茶沉吟片刻：「你也不用太過擔心，天伏翼懼怕日光，只能晚上出來活動，咱們晚上都藏身巢穴，倒不用怕他，估計只是過路而已。」

媚十一娘覺得慕茶言之有理，放下心中大石：「想來也是，按理說老魔嶺也好，供奉土靈尊的土靈殿也罷，都離咱們這裡萬水千山，怎麼想都犯不著來和咱們為難。」

慕茶嘿嘿一笑：「終於不把我當外人了，咱們，咱們的，真是暖心。」

媚十一娘原本甚是緊張，忽而聽得慕茶言語，才發現自己的手掌又被慕茶握住，不由得又是好氣又是好笑：「好好地說正經事，怎生又不規矩起來。」想要抽手，卻哪裡抽得出來。

慕茶笑道：「不錯，我正是要說正經事，天伏翼是不是衝著咱們而來，還是未知之數，我覺得應該找黑蝮老爹商議一下，你也看到了，自然與我同去。」

媚十一娘聽說要見老父，心頭卻慌亂起來：「要去你自己去，我……我不去……。」

慕茶笑道：「只聽過醜媳婦怕見家翁的，黑蝮老爹是你父親，何況你還如此美貌，哪用躲躲閃閃？這些年來你守在這羈雲灘，也不知為兩族的孩兒們斬殺了多少前來滋擾的扁毛畜生，也算是大功一件了。」說罷，不用分說伸臂一攬：「現在你有兩個選擇：要麼是我抱你去，到時候要談的就不光是天伏翼的事情了；要麼是你自己去，選吧！」

媚十一娘臉上一紅：「鬆手，我自己走……。」

慕茶嘻嘻一笑：「這就對了，扭扭捏捏的不像你媚十一娘啊。」說罷，鬆開臂膀，伸手一引。兩人走出洞外，潛入水中，奔水域深處而去。

還是那片幽深寧靜的水域，蒼老的玄蛇一脈族長黑蝮，依舊是端坐在那石椅之上，閉目養神。

媚十一娘在慕茶身後閃閃縮縮，躊躇著怎麼開口問候父親時，黑蝮的眼睛卻慢慢張了開來：「十一，你回來了。」語調平和，就像是媚十一娘年少時在外面嬉鬧戲耍，忘了回家的時辰晚歸一樣，而不是離家千餘年之久。

媚十一娘聽得這一平淡無奇的言語，驀然心中一酸，兩行淚水簌簌而下，一面伸手拭去，一面勉力笑笑：「是的，我回來了。」

黑蝮威嚴的臉上露出一絲少見的慈祥微笑：「回來就好，過來讓爹看看，這些年來，你一個人在外面，一定吃了不少苦頭。」

媚十一娘含淚走上前去，跪伏於地泣道：「是十一不長進，辜負了爹爹的期望，所以一直沒臉回來見您。」

黑蝮歎了口氣，伸出手掌摸摸媚十一娘的頭：「真是傻孩子，爹爹是希望你有一番大好前途，但最希望的還是你可以過得自在快活，能否飛升其實並不重要，你又何必背上這麼重的包袱，把自己逼成這樣？」

媚十一娘泣道：「這些年來，十一很惦記爹爹和族人，無奈早已聲名狼藉，委實不敢回來……。」

黑蝮搖搖頭道：「以前的事，爹爹也有失策的地方，老是想著和天界建立更為緊密的聯繫，所以自小就對你們要求嚴格，尤其是對你逼得太緊。現在想想也幸好你沒能飛升天界，不然就和那瀕臨滅絕的天狐一脈一般，多出個六親不認的神仙，卻沒了個貼心懂事的女兒。你的哥哥們現今都已經不在了，我這把老骨頭也是日薄西山，玄蛇一脈能否昌盛延續不那麼重要，爹爹擔心的就只有你一個，現在既然回來，就不要再走了。」

媚十一娘再也無法自持，伏在黑蝮膝蓋上放聲大哭，顫聲道：「以後……十一再也不走了，永遠留在家裡陪伴爹爹。」

黑蝮微笑道：「這就是了，這裡是你的家，什麼時候回來，家裡的門都是為你敞開的。」言畢，轉眼看看立在一旁的慕茶，眼中盡是感激之意：「多謝你把我的十一帶回來，這份心意老夫記下了，他日必定報答。」

慕茶笑笑：「黑蝮老爹太過客氣，不過是舉手之勞，晚輩不敢索要什麼。今夜冒昧前來，不光是將令嬡勸返，還有件更要緊的事情，想和黑蝮老爹你商議。」

黑蝮點點頭：「可是為適才自你我兩族上空飛過的天伏翼而來？」

慕茶點頭應到：「正是，那妖獸來頭不小，以往與你我兩族也沒有什麼糾葛，晚輩總覺得這妖獸此行只怕有些不妥，倘若真是衝著我們而來，總得提早做打算，以免措手不及。」

黑蝮沉吟片刻道：「那妖獸嘯聲厲害，便是藏在水底也避無可避，想要安然無憂，深藏土中是唯一辦法。所幸他不能在白日出沒，按理說不會對咱們構成什麼威脅。不過防人之心不可無，萬一他真要來與我們為難，外面那些年幼力弱的孩兒們倒是一塊軟肋。今後還得告誡那些孩兒們不要夜間外出嬉戲，遠離危險。」

此時的媚十一娘心境慢慢平復，聽得黑蝮與慕茶兩人的言語，不由得心念一轉：

「那些孩兒們數量眾多，行動遲緩，只怕突然來襲之時躲閃不及，倘若我們事先在水下的堤岸上，預先挖好眾多藏身的洞穴，讓孩兒們可以及時避到地下深處，也少了些顧慮。」

慕茶點點頭：「這不失為一個辦法，就算那妖獸要來，只要預先送走孩兒們，咱們也可以和他放手一搏。」

三人合計一番，在兩族水域中挑選了幾處適合疏散的地方，便著人負責開洞，族中可用之人雖不多，但在眾人齊心協力下，幾天之後也小有成果。

媚十一娘也很自然地回到黑蝮身邊，每日為父親分擔族中要務，與慕茶一道訓練兩族的小妖們逃生躲避，以免事到臨頭，措手不及。這般每日朝夕相對，兩人情意愈加契合，甚至是一個眼神，一個微笑，也可體會彼此心意。

黑蝮看在眼裡，起初雖覺得兩族恩怨無數，但既然如今可以相安無事，共同對付外敵，與當初不可並存的局面不可同日而語。若是玄蛇、金蟾兩族結成姻親，更是件利於雙方族群的大好佳話。然而最重要的是，看到慕茶對自己女兒情意深邃，只要女兒喜歡，自然也樂見其成。

慕茶自是伶俐，眼見黑蝮不反對，於是便開口求親，雙方定下佳期，在七月初六後就開始籌備婚事。而今兩族勢微，許久沒有過這等風光大事，正好借此機會熱鬧熱鬧，一洗千餘年的頹廢之氣，重振聲威。於是事先廣發喜帖，邀請附近的妖精魔怪們前來觀禮，一方面為慶祝，另一方面也是刻意告知銀雕一脈，以示警戒。喜帖發出之後，銀雕一脈派來巡視的探子確實少了許多，白日裡在外活動的小妖們也少了許多擔憂。而周圍的妖精魔怪們見得玄蛇、金蟾兩族聯姻，無論從實力還是格局上，都可與一向飛揚跋扈的銀雕一脈分庭抗禮。審時度勢之餘，自然也有結交之意，紛紛送上賀禮以示親近。

婚事的籌備自有黑蝮與慕茶去應對。媚十一娘的心境百轉千回，一方面是甜蜜期許，另一方面卻不知為何總有些擔心，真要說擔心什麼，偏偏又不得要領。就這麼患得患失，眼見婚期一天天靠近，轉眼間已經到了婚禮當天。

佳期如夢

羈雲灘一片喧囂熱鬧，前來道賀的賓客不少，玄蛇、金蟾兩族自是盡心招待。婚禮進行得有條不紊，種種規矩皆依照俗例，拜過天地，依次遙祭過水靈殿和金靈殿之後，一雙新人便在黑蝮面前叩拜敬茶，在族人和賓客的見證下，正式成為夫婦。

豆丁等小妖自是見不得熱鬧，一個個圍在慕茶與媚十一娘身邊笑鬧，無處不見歡聲笑語。

禮成之後，慕茶與媚十一娘對視一笑，心中盡是溫馨，兩人攜手而出，向前來道賀的賓客敬酒道謝，忽然間聽得遠處鬧酒聲乍然停了下來，新人面前原本喝得酒酣耳熱的賓客們一個個面面相覷，紛紛放下手裡的杯子，轉過頭去，只見密密麻麻的人群中間忽地亮出一條道，遠遠看到一行人正朝這邊走過來。

媚十一娘見到為首的人不由得瞳孔猛地一縮，來人正是兩百年前率領銀雕一脈來犯，卻被她斬下半幅翅膀的銀雕族長鋼爪！

來觀禮的賓客自是知道玄蛇、金蟾與銀雕一脈之間的紛爭，均想此番鋼爪只帶了區區數人前來，似乎不是來發難的。既然現今玄蛇、金蟾兩族聯盟穩固，銀雕一脈想要生事也必定有所顧忌，尤其是見得鋼爪手中托了個錦盒，一臉笑意，均猜測鋼爪是打算借慕茶與媚十一娘大婚，送來賀禮求和。

媚十一娘見狀，自然心生疑慮，悄聲對幕茶言道：「這扁毛畜生只怕來者不善，咱們可得小心才是。」

慕茶低聲應道：「這裡有我和岳丈來應對，你先招呼孩兒們回洞裡去避一避。」

媚十一娘點頭稱是，開口招呼一群小妖們回洞，豆丁等小妖雖貪熱鬧，但長期訓練下也知所進退，轉眼間已然行動一致地飛快退了開去，人數雖多卻井然有序，還未等鋼爪一行人到近處，小妖們都已經撤到了遠處。

周圍的賓客見得這番情形，也不由得暗自咂舌，心想這玄蛇、金蟾兩族果然非同凡響，假以時日，待那些小妖都成了氣候，實力必然凌駕銀雕之上，也無怪那鋼爪會親自上門，求和之意顯而易見。

鋼爪也不是瞎子，眼前的景象確實出乎意料之外。驚訝之餘，眼光犀利、目露凶光，但很快便打了個哈哈，笑著走上前來打招呼：「俺聽得玄蛇、金蟾喜結良緣，雖說以往有些不愉快，也是些等閒小事。既然大家都是獸道六部中人，也犯不著老是記著些舊事。故而冒昧前來討杯喜酒喝喝，大家一笑泯恩愁，從此永為兄弟之邦，豈不是喜上加喜？為表誠意，俺特地備下薄禮一份以表存心。」說罷，將手裡的錦盒送上：「盒子裡的是天君賜下的天界靈珠兩顆，而今轉贈賢伉儷，以賀新人永結同心，共修仙緣。」言畢，打開錦盒，頓時華光四射，無比奪目！

眾賓客皆譁然，便是黑蝮與慕茶也不由得大吃一驚，唯有安置好小妖們才重新回到席間的媚十一娘眉頭一沉。鋼爪沒有說謊，那兩顆無比光亮的珠子的的確確就是傳說中的天界神物。因為這靈珠和當初妖王蛟戮費盡心機，從龍王那裡求來的一模一樣！

慕茶定定神，尋思這等大庭廣眾之下，那鋼爪也玩不出什麼花樣來，倘若一口回絕，倒顯得玄蛇、金蟾兩族人沒了氣度，更落人口實，多生事端。何況鋼爪肯捨出這兩顆天界靈珠來求和，足見誠意，若是可以由此化解與銀雕一脈的仇怨，和平共處，對玄蛇、金蟾兩族也不失為一件好事。

他有此念頭，轉眼看看身旁的黑蝮，見黑蝮微微點頭也有應允之意，於是抱拳向鋼爪施了一禮：「多謝鋼爪大族長的厚誼，慕茶心領了。只要銀雕、玄蛇、金蟾三族今後和睦共處，便已經是天大的喜事。至於這兩顆天界靈珠，委實太過貴重，煩請鋼爪大族長收回。」

鋼爪哈哈大笑：「送出的賀禮，哪有收回之理？既然我等三族已為兄弟之邦，兄弟之間又何必如此客氣？」言罷，將錦盒蓋上，轉遞給慕茶。

慕茶收下錦盒，還了一禮，恰好見得媚十一娘走上前來，便順手將錦盒交給她，而後對鋼爪說道：「兄長不辭勞苦，親來道賀，且隨兄弟去席間飲上幾杯。」

鋼爪笑道：「原本愚兄是應該留下痛飲一番，無奈走得匆忙，族中還有不少要事等著愚兄處理。而今咱們三族結誼，再無刀兵之禍，大事已定，愚兄也應該早早回去，就不叨擾了。且在此祝賀兄弟與弟妹白頭到老，永結同心。」言畢，施了一禮，轉身離去，那數名隨從自是緊跟其後，待到離了宴席，只見碩大的銀翅一展，幾個銀色身影扶搖而上，展翅高飛，不多時已然消失在藍天白雲之間。

媚十一娘看著鋼爪等人去得遠了，低頭看看手裡的錦盒，卻不知為何生出幾分忐忑來，悄聲對慕茶言道：「鋼爪的態度突然變了這麼多，我總覺得有些不妥。」

慕茶點點頭：「的確是有幾分蹊蹺。這天界靈珠非尋常之物，得之可功力大增，他會給我們，便是表示不會與我們正面為難。姑且先收好這兩顆靈珠，免得節外生枝。」

媚十一娘心想慕茶的話也有道理，於是應了一聲，將錦盒帶回洞府。

外間的賓客鬧酒聲不斷，媚十一娘坐在石床上，打開錦盒細細端詳，只見兩顆靈珠光芒互映，美不勝收，便是靠近一點，都覺得體力充盈，心想這天界靈物果然神奇，無怪當初妖王蛟戮會花那麼多心思去討好龍王。

一想到蛟戮，媚十一娘的心不由得一沉，不久前的那個惡夢又不由自主浮上心頭。忽而心念一動，心想今時今日自己和慕茶的修為，不見得可以超過當初的蛟戮，就連蛟戮也要靠吞噬周圍妖精的妖力，才可駕馭那顆天界靈珠，那鋼爪送來這兩顆靈珠的用意，莫非是讓她與慕茶為飛升仙界，而做出當年蛟戮一樣的行徑，戕害同族不成？這想法一進入腦海，媚十一娘不由得打了個冷顫，心想這鋼爪用意好生狠毒，乃是想借這兩顆靈珠滅掉玄蛇、金蟾兩族。若非她有修羅澤一役的歷練，一定受不了這靈珠的誘惑。想到此處，便聽得腳步聲響，卻是慕茶在幾名賓客的攙扶下，醉醺醺地進洞來，後面還跟了不少前來鬧房的喜客，嬉笑喧鬧不止。

黑蝮隨後跟了進來，開口將一干好事的妖精們勸了出去，順手放下洞口的喜簾，留下一對新人在洞中相對。

媚十一娘聽喜客去得遠了，正要對慕茶說明靈珠之事，卻發現原本已經喝得滿面通紅的丈夫已然變了一副神情，神智清明，全無半點醉意。

媚十一娘吃了一驚，正要開口，就見得慕茶手指在唇邊做了個噤聲的動作，隨手扯過被單，蓋住媚十一娘手邊的錦盒，而後牽著媚十一娘的手走到桌邊坐下，手指從桌邊的酒杯中沾取酒水在桌面上寫道：別出聲，小心話隨風傳，落在別人耳中。

媚十一娘心念一動，也沾酒在桌上寫道：鋼爪有意借靈珠滅我們兩族。

慕茶面容凝重，點點頭，繼續寫道：昔日天狐一脈得靈珠飛升者，都斷絕血親聯繫，歸附天界，而今天狐將絕，我們萬不可步其後塵。鋼爪能以靈珠作餌，很明顯是上界授意。我們也只得將靈珠收下，以免授人以柄。

媚十一娘見得這段文字，不由得心頭一沉，心想銀雕本為昔日風靈尊提桓舊部，而今看來與玄蛇、金蟾兩族為敵，並非是領土之爭，而是為昔日的舊主，今日統領三界的天君提桓效命。倘若真是天君有心要借銀雕滅掉玄蛇、金蟾兩族，一方是至尊無上的尊神，一方只是已趨沒落的妖族，孰高孰低顯而易見。思慮之下不由得心事重重，沾酒寫道：那我們怎麼辦？

慕茶見媚十一娘神情惶恐，也知她心中顧慮，伸臂攬過媚十一娘，在她額頭輕輕一吻，沾酒寫道：他會通過銀雕來行事，自然是不想出面。倘若只是直接面對銀雕，咱們也不是毫無勝算。玄蛇、金蟾兩族源遠流長，歷經風風雨雨才走到現在，決不能就這麼滅絕在你我之手。

媚十一娘抬眼看看丈夫臉上的剛毅神情，心中酸楚，伸手拂過慕茶面頰顫聲道：「你我已為夫妻，此後自然風雨同路，永不獨行。」

慕茶微微動容，緊緊擁住媚十一娘，言道：「縱有風雨，也自有我為你遮擋。」言語剛落，心中又喜又悲。喜的是等待千餘年才等來這段姻緣，兩情相悅實屬不易；悲的是前方劫難重重，吉凶難卜。

許久，媚十一娘心境漸漸平復，沾酒在桌上寫道：「那兩顆靈珠怎麼辦？」

慕茶沉吟片刻，在桌上寫道：「待外間賓客散去，我便把盒子送到遠離羈雲灘的地方，深埋於地，以絕後患。媚十一娘點點頭，夫妻倆相擁而坐，這原本風光旖旎的新婚洞房，卻沉浸在一股沉悶的憂傷之中，因為他們都知道，這乃是山雨欲來的前奏。

約莫過了兩個時辰，外面也漸漸靜了下來，慕茶微微挑開喜簾，見外間的宴席上已經橫七豎八地醉倒了不少賓客，正被金蟾、玄蛇兩族的族人一一安排休息之處，一來二去，洞府之前已然淨空。

黑蝮立在洞府外，招呼族人攙扶賓客，聽得背後微聲，轉過頭來和慕茶交換了眼色，點點頭，隨後將眼光轉向右邊的小徑。

慕茶會意，知道黑蝮已經著人清空了那條離開羈雲灘的小徑，於是轉身拿起那個錦盒，媚十一娘自是不放心，伸手扣住慕茶手掌。

慕茶微微一笑，心知她的意思是要同往，於是點點頭，握緊媚十一娘的手掌，一手抱緊錦盒，轉身走出洞府，兩人腳步輕盈，行動快捷，在沒有引起任何人注意的情況下，奔那條小徑而去。

羈雲灘地界不小，要離開這麼大的地盤，也不是轉瞬間就可以做到的事情，慕茶與媚十一娘心中急切，自是覺得路程頗長，約莫跑了一個時辰，終於見得眼前山脈丘伏，到了羈雲灘與外界的邊界上。

兩人心中一喜，彼此對望一眼，正想前行時，忽然間心頭一凜，雙雙停下腳步。因為前方妖氣很重，有人在等著他們！

一陣狂笑聲中，鋼爪的身影出現在山路的轉彎處，身後還跟著不少侍從。

「春宵一刻值千金，賢伉儷不在洞房中恩愛纏綿，跑來這裡作甚。」鋼爪玩味地看著眼前的慕茶和媚十一娘笑道。

慕茶將錦盒交給媚十一娘，朝前跨了一步將媚十一娘護住，微微一笑道：「只因兄長走得匆忙，連酒水都未能喝上一杯，我夫妻二人特來賠禮。」

鋼爪搖頭笑道：「兄弟果然識大體，做兄長的自也不可失了禮數。」說罷，手一攤，露出掌心裡一顆光芒四射的天界靈珠來！

靈珠光芒一現，媚十一娘手裡的錦盒便開始劇烈顫抖起來。

媚十一娘大吃一驚，心知盒子裡的兩顆靈珠必然起了變故，連忙死死扣住錦盒。

鋼爪獰笑道：「我忘了告訴你們，你們手上的天界靈珠，原本是和我這顆靈珠放在同一個三星珠匣裡的連環御風珠，彼此關聯，倘若分開之後，十二個時辰之內沒有被人服食，偏偏又讓三顆珠子再度遇上的話……嘿嘿，原本是想給你們一條明路，既然你們敬酒不吃吃罰酒，也只好送你們一程！」

慕茶心念一動，欺上前去伸手奪鋼爪手裡的靈珠。

鋼爪早有防備，銀翅一展，已然閃身躲過，飛上半空，將手裡的靈珠朝羈雲灘方向的水域拋去，慕茶雖立即飛身攔截，但到底是慢了一步。

那靈珠如離弦之箭一樣射了出去，原本晶瑩剔透的珠體已然化為血紅！

就在同時，媚十一娘只覺得手裡的錦盒如同燒紅的烙鐵一般，雖然強忍炙手之痛，勉力扣住盒子，卻聽得一聲脆響，手裡的錦盒已然裂成碎片，兩顆血紅的珠子風馳電掣一般飛射而出，追趕那顆正射向羈雲灘的天界靈珠！

三顆珠子匯到一起，便開始滴溜溜旋轉起來，越轉越快，共同劃出一道血紅的光帶，落在羈雲灘的水域之中，頓時間水面如沸，不斷翻滾蔓延開去，速度快得驚人！

「糟糕！」媚十一娘驚叫一聲，眼前的景象她並不陌生，在七百年前的修羅澤，妖王蛟戮的那顆天界靈珠發紅，落入水中之後，所引發的那股毀滅性颶風，正是毀掉五百里修羅澤水域的元凶！

而今，災難再度重演！

她看到三股不斷旋轉的水流在羈雲灘的水域中不斷碰撞、擴大、拔高……。

原本的晴朗清空也在剎那間變得陰暗詭譎，流雲飛旋動盪，就和這羈雲灘中的水域一般！

慕茶落回媚十一娘身邊，只覺得周圍風聲呼嘯異常詭異，抬頭看去，只見空中的鋼爪一展雙翼，朝高空雲層中穿去，就連他的那些隨從也是如此！

「完了……完了……！」媚十一娘喃喃道，驀然想起父親和族人來，尖叫一聲，發足狂奔，慕茶自是緊跟其後，可是無論他們跑多快，都無法跟上颶風的速度！

那三股細細的水龍捲逐漸拔高，終於接上了天空中的雲流，就如同三個肆無忌憚的舞孃一樣，瘋狂地旋轉、碰撞著，很快便匯成了一道巨大的黑色水龍捲，以蕩盡世間萬物的姿態在水天之間招搖著、咆哮著，飛快地移動著！

媚十一娘遠遠看到羈雲灘的水流，被吸進颶風之中，連帶水中的一切，甚至包括那些橫在岸上宴席之間半醉半醒的妖精們，都被吸了進去。她無法知曉父親是否安全，只是不顧一切地追趕著颶風，突然間覺得身子一輕，也不由自主地旋轉上拔！

很快，一隻有力的手掌扣住了她的腳腕，將她硬生生拉回地面，而後慕茶的身軀將她壓在下面牢牢護住。只聽得耳邊狂風呼嘯，黑壓壓的泥漿在四周飛旋，幾乎無法呼吸！

這個狀態維持了大約一炷香時間，媚十一娘眼前驀然一亮，抬眼看去，只見得那巨大的黑色旋風直飛天際，連帶捲走了無數還在哀鳴的妖精們。而眼前的羈雲灘就和當初颶風過後的修羅澤一樣，原本幽深，搖曳著妙曼水草的水底，變成了一片無邊無際、光禿禿的泥地，只有遠處那依舊神聖不可侵犯的水靈殿還立在原地，顯得說不出的淒涼。

羈雲灘的水域變成了泥沼，就連那金靈殿也有一大半傾斜陷入泥濘之中，偌大的土地上再也看不到半個生命！

慕茶撐著地面爬起身來，伸手將已然驚得呆滯的媚十一娘攙扶起來：「別灰心，岳父他們一定及時避開了，咱們先回去。」

媚十一娘回過神來，重拾希望：「沒錯，有咱們開的藏身洞穴，他們一定沒事的。」

兩人趕回家園，只見族人們從藏身之處爬了出來，一個個面色慘白，驚魂未定。黑蝮渾身鮮血淋漓，仍在勉力支撐，招呼兩族倖存的人們，清點人數。見得媚十一娘和慕茶平安回來，不由得鬆了口氣，蒼老的身軀晃了晃，終於再難支撐，摔倒在地。

滅頂之災

媚十一娘與慕茶俱是心頭一沉，飛奔上前攙扶黑蝮，才發現黑蝮背心一條既寬又深的創口，也不知道是在躲避颶風之時，被什麼物事擊中而造成，幾乎從後背貫穿胸前，就連最為重要的心脈也被撕裂！

黑蝮年紀老邁，受如此重傷，再無癒合的希望，只是心裡懸著女兒和族人，所以強打精神苦苦支撐，然而大限已到，也是無可奈何。眼見女兒平安回來，總算放下心中大石，苦笑一聲：「十一，你……沒事，我就放心了……今後……玄蛇一脈就交給你了。」

媚十一娘見得眼前的慘狀，不由得悲從中來，哀聲泣道：「爹爹別這麼說，您得好好保重，這麼重的擔子，十一挑不起啊。」

黑蝮歎了口氣，勉力直起身子，伸指點向媚十一娘額頭，只見一道銀光自黑蝮指尖射出，沒入媚十一娘眉心。

媚十一娘只覺一道寒流自眉心而入，遊走全身，最後凝聚在右胸之上寒徹心扉，她微微揭開衣襟，只見右胸之上出現一個三指寬的古篆烙印，乃是一個「水」字。

「水侍印！」媚十一娘心中一寒，心想爹爹連水侍印也傳了她，必定是已知傷勢難癒，才會有此安排。思慮之下，淚如泉湧，「十一不要這水侍印，十一也不要當族長，十一只要爹爹安然無事……。」

黑蝮慘然一笑，百骸之中再無力氣，只是轉頭看看正扶著自己的慕茶，嘴角動了動，已然發不出一點聲音。

慕茶知他心意，於是開口道：「岳父請放心，小婿會盡力保護好十一……。」

黑蝮滿意地點點頭，目光轉向已經泣不成聲的媚十一娘，用盡最後一點力氣抬起指頭遙指遠處的水靈殿，似乎還有話說，但是手臂很快便無力地垂下，含淚的眼睛也瞬間失了神采。

媚十一娘原本順著黑蝮手指的方向看向水靈殿，心中本有不少疑問，忽然間見得父親氣絕身亡，猶如被人在腦後敲了一棍似的，半晌回不過神來，兩行清淚流淌而下。

慕茶將黑蝮的屍身平放在地，伸臂攬住媚十一娘，心知她傷心欲絕，卻無法寬慰，只有轉頭看看周圍兩族倖存的族人，發現多是年幼孩童，已成年的所剩無幾，大多都已折損在那場毀滅性的颶風之中。而這些孩童也是因為之前就被勒令待在洞穴中才得倫生，倘若這個時候再遇到別的襲擊，只怕全族覆滅也是不遠了。他沒忘記那卑鄙的始作俑者，一直躲在高空之上，實在沒有任何理由會放過這個將玄蛇、金蟾兩族盡數覆滅的機會。思慮自此，慕茶猛醒，眼前的孩童大多是玄蛇一脈，而金蟾一族卻所剩不多，就連豆丁也不知去向！

轉目四顧，只見遠處傾斜的金靈殿一角正壓在附近一處藏身洞穴之上，想來那裡還困住了不少族人，正打算招呼眾人前去營救，忽然間眼前一黑！他抬眼看去，只見天空中烏雲密布，黑壓壓的一片。待到看清楚了，卻是銀雕一脈手下的猛禽。數量比上次來襲已然多出數倍，正密密麻麻地覆蓋下來，遮天蔽日，四周的光線也隨著猛禽的逼近，而漸漸暗淡下來！

「快！快躲起來！」慕茶見事不對，一面招呼小妖們躲藏，一面集結兩族殘餘的戰士準備應戰。

媚十一娘喪父之痛猶在心頭肆虐，見得此景不由得怒火中燒，抹去臉上的淚水，抽出那把蛇形劍咬牙道：「好你個扁毛畜生！老娘不來尋你，你倒是自己找上門來。」言畢，那把蛇形劍一揮，只見劍身暴漲數十丈，原本黝黑的劍身變成一條碩長的銀色巨蟒，橫掃鳥群而過，頓時將黑壓壓的鳥群劈開一條大縫來，縫口透下的陽光中，無數猛禽跌將下來，非死即傷！

媚十一娘錯愕地看著手裡的蛇形劍，心想怎生突然變得如此厲害，而後轉念一想便知其中的玄機。劍還是那把劍，只是用劍的人已經不再是以前的媚十一娘，因為她多出一個水侍印，傳說中只有水靈尊的近身侍從才會有的水侍印。在她很小的時候，所有的兄弟姊妹之中，只有她一個可以煉出蛇形劍為護身利器，之後父親對她的種種苛刻訓練，無非是寄望她能繼承水侍印，成為真正的水靈近侍。她本以為那只是個虛無的榮譽，現在看來這個印記遠沒有她想像中的簡單！

就在媚十一娘心念起伏之時，那被切開的巨縫又一次被猛禽填補，周圍再一次變得濃黑、陰暗，猶如深夜。就在此時，她忽然聽得一聲悠長的鳴叫，抬眼望去，只見那片黑壓壓的鳥群中飛出一個巨大的白色物事，隨著那物事的飛速靠近，那不停的悠長鳴叫已然震得兩耳發麻，頭痛欲裂！

「不好！是天伏翼！」慕茶臉色一變，高聲呼喚眾人躲避，然而在遮天蔽日的猛禽圍困下，四周如同深夜一般，許多小妖眼力不濟，來不及閃避，紛紛被天伏翼的奪命嘯聲，震倒在地，便是那些個道行頗深的戰士，也覺得腦中轟鳴，頭昏眼花！

那天伏翼飛行速度極快，一路橫掃而過，遍體的白光映出地面無數小妖的屍體！

媚十一娘心知那鋼爪之所以找來這上古妖獸助陣，便是想借這奪命嘯聲，擊殺玄蛇、金蟾兩族的小妖，讓他們兩族無以為繼，愈加敗落。於是清嘯一聲，手裡的蛇形劍直刺天空，挽出一片劍花，劍鋒攪動之處，將上方密集的鳥陣捲出一大片破口來，光線投映下來照在天伏翼身上。

那妖獸被光線炙傷，慘叫一聲飛向另一片被鳥陣覆蓋的暗黑之地，雖說嘯聲不斷，但相隔遙遠，殺傷力也立減！媚十一娘的蛇形劍本要追擊天伏翼而去，不料聽得一陣鳥翼拍打，在鳥陣缺口下方的光亮之中，數十頭銀雕呼嘯而來！

慕茶領著玄蛇、金蟾兩族的戰士，一聲發喊衝上前去，只見刀劍橫飛，雙方各有損傷，然而仇人見面分外眼紅，生死相博之下，自是無所不用其極。只是銀雕一脈人多勢眾，時間一長，玄蛇、金蟾兩族傷亡慘重。

媚十一娘撤劍前去相助族人，頂上的鳥陣則有閉合之勢，暗處的天伏翼蠢蠢欲動，聲聲長嘯，奪命追魂！

正是腹背受敵，最可憐的還是玄蛇、金蟾兩族的小妖們，面對天伏翼的嘯聲全無半點招架之力，幾個回合下來，折損了十之八九，只有僥倖逃進洞中的幾個得以存活。

慕茶見得天伏翼滑翔而過，追擊逃生的小妖，不由得心中恨極，長鞭一揮席捲而出，正中天伏翼脖頸，本想將至拉到陽光之下，哪裡知道那妖獸力大無窮，居然揮舞長翼，將慕茶扯離地面！

慕茶順勢翻身落在那妖獸背上，還未站穩身形，那妖獸已然將身一翻，將慕茶掀下背去，那鋒利的指爪一探，飛快朝慕茶頭頂抓落，若是被一擊即中，便是銅頭鐵顱只怕也會被抓得粉碎！

就在此時，媚十一娘的蛇形劍飛捲而來，將那妖獸的雙翼牢牢纏住。

天伏翼無法展翅滑翔，碩大的身軀頓時沒頭沒腦地朝地面撞了下來，在地面撞出一道深深的溝渠，並順勢滑向銀雕、玄蛇、金蟾三族混戰之地，被上空透下的陽光晒得嘶吼不已！

媚十一娘恨透了這頭上古妖獸，將蛇形劍一收，便直斬而下，想要將那妖獸斬殺當場，替兩族被戕害的孩兒們報仇。不料劍到中途，卻驀然背心一痛，倉促之間將身一滾，險險避開，卻聽得「碰」的一聲，一個金色的身影被一支長叉牢牢釘在她身旁的地面上！

鋼爪習慣性的偷襲很少落空，原本以為這快如閃電的一叉，會將正在全力對付天伏翼的媚十一娘，結結實實地釘在地上，只是沒想到這樣的距離，這樣的速度，居然會有人自己送到他鋒利的長叉之下，以血肉之軀擋住刺向媚十一娘的致命一叉！

鋼爪臉上露出不可思議的表情，他的長叉貫穿了合身撲上的慕茶，唯有叉尖穿透慕茶的身體，在媚十一娘的背上留下幾處輕傷。

媚十一娘看到慕茶為自己擋下那致命的一擊，整個人如同被定住一般，就在此時，那被晒得渾身瘡疤的天伏翼長嘯一聲，整個碩大的身軀彈跳起來，朝媚十一娘撞將過去！

媚十一娘一心關注慕茶，哪有提防，頓時被撞得摔將出去，蛇形劍也脫手而出，釘在在遠處的泥地上，轉眼間那天伏翼已經拖著一身傷疤，連滾帶爬地撞進那片濃黑的黑暗之中。

鋼爪見天伏翼撞倒媚十一娘，心想此乃天賜良機，於是想要收回手裡的長叉，但是很快，他臉上的表情變得甚是驚訝，因為他的長叉如同嵌進了狹窄的石縫一樣紋絲不動！然後他看到被他的長叉釘在地面上的慕茶，死死地扣住了那把刺進自己身體的長叉，大吼一聲：「十一！」

吼聲未盡，一道巨力已然撞到鋼爪身上，一時間鋼爪腳步趔趄，身形不穩。卻是媚十一娘眼見慕茶為救自己折在鋼爪手下，心中哀痛憤怒，哪裡還管蛇形劍脫手，也沒想與比自己塊頭大出許多的鋼爪角力有多少勝算，只是大吼一聲合身撞了上去，居然將鋼爪健碩的身軀推得飛快朝前滑去！

鋼爪見媚十一娘兩眼血紅，不由心頭一寒，心想這娘們怕是瘋了，正想掙扎著脫身，驀然回首，卻發現媚十一娘發狂似地推自己撞去的地方，正是那高聳的水靈殿！

「你不要命了？」鋼爪的臉因為驚恐而扭曲，他沒忘記這水靈殿是可怕的禁地，除了水靈尊本人和得到水侍印的玄蛇一脈族長外，任何人，即使是高高在上的天君，也難以抵抗那水靈殿的結界。

媚十一娘沒想過這麼多，她只是自小就謹記著那是一個進去就會丟掉性命的地方，而今她只想死！拖著這個萬惡的扁毛畜生一起死，就算是被水靈殿的結界毀去元神，也在所不惜！所以她一咬牙，雙手抱緊拚死掙扎的鋼爪，雙腿在地面猛地一彈，借著勢頭飛身而起，兩人如飛鳥投林一般越過高高的臺階，撞向那神殿堅實的地面！

一切發生得很快，媚十一娘只覺得身子猛地一震，便失了神智，甚至沒有聽到被自己死死抱住的鋼爪臨死前發出的淒厲慘嚎。當然，叫得多淒慘也是沒有用的。他進了不該進的地方，自然也逃不開灰飛煙滅的命運，無數黑色的飛灰自神殿飄灑出去，那便是鋼爪留下的唯一東西。

待到媚十一娘悠悠醒來，發現周圍很靜，也不知道自己已經昏迷了多久。

這是一個寬大而冷清的殿堂，牆壁上刻滿她看不懂的咒符，凹陷的字體發出隱隱靈光，殿堂裡分布著一些似玉非玉的家具，不外乎就是些座椅、牙床、香案之類，甚至還有一個巨大且遍布了整個牆面的梳妝檯，鏡面邊雕刻著無數獸紋。

這哪裡是什麼神殿，分明是女子的閨房，一切都很考究，只是布滿了雪白的浮塵，也不知道有多少年沒有人踏足過。東面牆邊立著的香案上擺著一個精緻的玉盒，泛著柔柔的白光。旁邊擺放著一些供果、鮮花之類，花朵鮮豔，果實飽滿，就像是才供奉的一樣，只是表面有厚厚一層雪白的浮塵，很明顯是擺上了無數年，依舊不曾衰敗。

媚十一娘不由自主地走將過去，見那玉盒的蓋子上鐫刻著一個古體篆字，就和烙在她胸前的水侍印一樣。驀然心裡一跳，心想這盒子裡的，莫非就是父親曾經說過，水靈霽悠依序統領獸道之時，用過的法身不成？她被好奇心蠱惑，遲疑地打開那個玉盒，可是結果卻讓她很意外。

那個盒子是空的。

裝聖體的盒子是空的，那聖體又去了什麼地方？

既然水靈霽悠早在七百年前就已經亡故，而這水靈殿也只是空無一物的墳塚，那父親一直守著這個空塚，還有什麼意義？

父親去世前遙指這神殿，難道只是告訴她要記著來供奉不成？

……

一連串疑問跳入她腦海中，翻來覆去也找不到結果，驀然想起慕茶還在外面生死未卜，水靈殿空不空，聖體在不在，甚至水靈霽悠死不死，都和她沒有關係，她只在乎慕茶，其他什麼都無所謂。

「慕茶……慕茶……。」媚十一娘念叨著，飛快地奔了出去。

外面的世界也很靜，天依舊很高，陽光依舊燦爛，只是往昔美麗的家園，已經一去不復回了。

來襲的銀雕一脈和他們部下的群鳥早已散去，那可怕的妖獸天伏翼也沒了蹤影，在一望無際的泥沼中橫著無數屍體，有敵人的，也有族人和朋友的……

玄蛇一脈終於只剩下了她一個，就連事先逃進洞穴的小孩兒都被殘忍地殺死在洞中，很明顯，這場戰役他們輸了，敵人在殺光所有抵抗者之後，又進行了搜索，斬草除根。

她看到鋼爪的長叉，還釘在那滿是血腥的地上，只是被釘在長叉下的慕茶不見了！

媚十一娘的心懸到了嗓子眼裡，這樣的情況下，她不敢去想慕茶究竟是死了，還是被銀雕一族的人馬抓了去，只是徒勞地呼喊著慕茶的名字，在那片滿是血腥的土地上尋找，就算是喊得喉嚨嘶啞，也毫不停歇。直到她尋尋覓覓，來到傾覆的金靈殿附近，聽到一個稚嫩的聲音在哼歌，正是那首慕茶常在悠長的深夜中，在她洞外哼唱的情歌！

媚十一娘跌跌撞撞地循聲找去，只見傾倒的金靈殿下方隱藏著一個洞穴，正是當初他們開鑿出來，給小妖們避禍的所在。她彎腰走了進去，一個小小的身子撲了過來，卻是豆丁。轉眼看去，幽暗洞穴中還有幾個戰戰兢兢的小小身影。媚十一娘心中一酸，心想大概是因為這洞穴正好被傾倒的金靈殿擋住，銀雕一脈的人忌憚著金靈殿的結界，不敢過來搜索，才讓豆丁這幾個孩兒逃過一劫。

媚十一娘歎了口氣，正要招呼幾個孩兒們出去，卻聽得一聲微弱的言語：「十一，是你麼？」

媚十一娘聞言，不覺兩行淚下，那是慕茶的聲音。

小妖們紛紛讓開，慕茶慘白的容顏出現在媚十一娘面前，依舊是那彷若暖春的溫暖笑容。

媚十一娘喜極而泣，經歷這等劫難，能夠再度重逢，已經是天大的喜事，她伸手觸碰慕茶的面容，顫聲道：「我就知道，你一定不會死。」

慕茶歎了口氣：「那是，我們只拜了堂，還有很多事沒做，自然還不捨得死……。」

媚十一娘拭去眼淚笑道：「又來胡說八道，沒一點正經。」

慕茶費力地喘息一聲，苦笑道：「我說真的。不過，我想也撐不了多久了，鋼爪那一叉正中要害，就算僥倖逃得性命，過不了多久，就會打回原形，讓你終日對著個蛤蟆，也甚是委屈，看來你我緣分到此，也就盡了。」

媚十一娘慌亂地搖頭道：「不可能的，你不是有回元露麼，可以救豆丁，也自然可以救你。」

慕茶慘然一笑：「那玩意是數千年前水靈霽悠依輪迴之序主事獸道的時候，論功行賞傳下的，只此一瓶，救豆丁已經用完了。哪裡還有許多？看來是命中注定……我變回蛤蟆後，這群孩兒們就勞煩你看顧了。」

媚十一娘泣道：「又是交給我看顧，爹爹是這樣，你也是這樣，有膽子你就變回蛤蟆，丟下我一個試試，看我不一口一個吞了他們。」

慕茶啞然失笑，卻牽得傷口疼痛：「這才是你媚十一娘的本色啊，嘴硬心軟，豆丁他們跟著你，我很放心。」

媚十一娘搖頭道：「別再說這些胡話，就算沒有了回元露，我也會想辦法找到靈丹妙藥來救你。」驀然間心念一動：「小落……找小落，她可以救我，一定也可以救你，我們去修羅澤……。」

慕茶歎了口氣：「只怕是沒到那裡，我就已經打回原形，老死於半路上……我現在的狀況，根本抵抗不了時間的反噬。」

媚十一娘聞言，眉頭深鎖，忽然間想起水靈殿裡的鮮花、供果來，繼而面露喜色：「不會的，我看到水靈殿裡的鮮花和果實，都不受歲月的侵蝕，想來是結界保護所致。既然水靈殿可以，這金靈殿自然也可以，你是金蟾一族的族長，一定也繼承了金侍印，可以自由出入神殿。」

慕茶聞言，微微思索：「這也是一個辦法，咱們不妨一試，只是得辛苦你，去找可以救我的藥了。」

媚十一娘搖搖頭：「你我之間，何來的辛苦？」說罷，伸手攙扶慕茶，走出洞外。

那金靈殿已然傾覆，門口洞開，也就不必費力地從臺階進去，媚十一娘將慕茶扶到門邊。她稍微靠近那金靈殿的結界，便覺得很不舒服，無奈只得就近放下慕茶，讓他自己慢慢地爬進去。慕茶一番辛苦，總算進入傾倒的神殿，平躺在原本是牆的位置上，果然覺得自身妖力不再外泄，隨後探出頭去對媚十一娘言道：「留在此處果然是個保全自己的好辦法，你放心去吧，順便把豆丁他們帶上，他們還小，留在此地始終不安全。」

媚十一娘微微一笑：「你放心，我會帶他們去修羅澤，那裡很安全，沒有任何紛爭和傾軋。你在這裡等我，不管是一百年也好，或一千年也好，我總會找到可以救你的藥回來。」

慕茶與媚十一娘隔著結界相望，心中自是依依不捨，然而事到如今，暫時分開也是沒有辦法的事，唯有互道珍重，揮淚分離。從此慕茶留在了羈雲灘的金靈殿中，媚十一娘帶著豆丁等小妖，踏上了前去修羅澤的路途。

金明池依舊風和日麗，魚姬聽得媚十一娘說完那段發生在羈雲灘的舊事，微微動容，也不言語。

媚十一娘繼續說道：「待到我們幾經辛苦，來到修羅澤的時候，這裡的景象和我當初離開的時候一般無二，還是那麼寧靜安詳，我找到地方安置好豆丁等人，便隻身前去斷山鐧附近，希望找到那種粉色的草，但是無論我怎麼找，也是徒勞無功。」

魚姬冷冷言道：「你當然找不到，小落早讓你給害死了。你所見的粉色纖草，只是小落法身的殘餘，在那之後，就已然歸於修羅澤之地，不復存在。」

媚十一娘歎了口氣：「我知道是我的錯，若非為了救至愛之人，也沒有那個臉面去尋小落化生的草藥。其實若非小落的點化，我也不會順著線索找到這裡來。就在我回到修羅澤的第二年，我被一陣若有若無的草笛聲，引到了斷山鐧前，然後看到那裡擺放了不少菜肴、酒食，知道有人來拜祭過小落和鼉刖，可是那周圍沒留下任何氣息，我就猜到前去拜祭的是什麼人。於是便留在修羅澤，一邊看顧豆丁等小妖，一邊等待。這三百年下來，也讓我想通了不少事情，你希望我在這裡說麼？」言畢，轉眼看看周圍的明顏、三皮與龍涯。

魚姬聞言，眼光一寒，注視著媚十一娘的雙眼沉默片刻，而後言道：「你跟我來。」說罷，轉身走向船頭，只見船頭兩側的池水開始微起波瀾，無數細小而晶瑩剔透的水珠，開始自水面游離飛向天空，便如同下雨一般，出現一道密集的雨簾，只是這雨簾的方向與常理完全相反。

媚十一娘看著魚姬的白色衣裙消失在雨簾之中，雖說心中畏懼，但依舊是鼓起勇氣跟了進去。她已經一無所有，只剩下一個慕茶。眼前這個神祕而可怕的女子會如何對付自己，早不在她考量之內。

池水很冰涼，一旦進入，媚十一娘便覺得眼前一片刺眼的強光，不由自主地閉上眼睛，直到感知雙腳踏上實地，方才睜開眼睛。眼前不再是那春光旖旎的金明池，而是一座寬大而冷清的殿堂，正是三百年前她闖入的水靈殿！

魚姬站在那面碩大的鏡子面前，伸出手去輕輕拂拭梳妝檯上的雪白微塵：「算算時間，也有千多年沒有回來了。」

「你……你……！」媚十一娘雖然早已猜到了魚姬的身分，但聽到魚姬此刻的言語，依舊是難以言喻的驚悚，「原來你果然沒有死。」而後她慘然一笑，「殺了我吧，我只求你用回元露救我的丈夫！」

魚姬看看媚十一娘：「聽你的口氣，似乎已經豁出去了。」

媚十一娘微微頷首：「沒錯，我害死小落，你本就容不下我，何況我還知道你的身分，更沒機會活著出去，若能用我這一命換得慕茶得救，就已是求仁得仁，夫復何求。」

魚姬淡淡一笑：「看來這個慕茶的確讓你改變了不少。很好，公平交易，我可以給你回元露，但是我也要一件東西。」

媚十一娘甚是茫然，接著看魚姬嘴裡擠出四個字：「你的內丹。」

媚十一娘聞言一呆，而後慘然一笑，深吸一口氣，拇指頂住丹田，櫻口一張，只見一枚發出幽暗青光的珠子飛了出來，落在手掌之上。內丹一離身，便覺得腳步虛浮，人早已軟倒在地，只是手裡還握著那粒事關她生死的內丹，顫聲道：「內丹你拿去，把回元露給我，我得在打回原形、魂飛魄散之前，把回元露送去慕茶身邊。」

魚姬蹲下身子，自媚十一娘手裡取出內丹，微微端詳片刻，驀然纖掌一握，只聽得「啪」一聲，那渾圓的珠子已然碎裂開來，幽綠的粉塵從魚姬白皙的指縫中流出，轉眼便消失在空氣中。

媚十一娘只覺得全身百骸之中再無力氣，接著便見得魚姬將手指探進口裡一咬，纖細指頭上頓時鮮血淋漓，而後那冰涼的指頭點向自己的額頭，一瞬間一道難以言喻的寒流自額頭湧入遊走全身，就如同當初父親臨終時為她烙下水侍印一樣，只是這一次的寒意更為強烈。

媚十一娘不由自主地張口呼叫，驀然身子一輕，已然自地上坐了起來，先前的衰弱感蕩然無存，此時此刻，只覺得身體遠比之前更為輕巧靈便，體力充盈！

媚十一娘神情錯愕地看著眼前的魚姬，只見魚姬的指頭已然迅速恢復原樣，半點傷口也不見，於是顫聲問道：「你做了什麼？」

魚姬淡淡一笑：「我替小落殺了你一次，這筆恩怨從此了斷，但是你我還有另一段淵源。你自己看看胸前的水侍印。」

媚十一娘扯開衣襟一看，只見那原本黑色的印記，此刻卻變成了泛光的銀白！

「你從你父親那裡繼承的水侍印，只是你們玄蛇一脈血液中世代相傳的烙印，這個才是真正水靈尊近侍會有的印記。」魚姬站起身來，踱向那面巨大的鏡子，繼續說道，「你既然已經知道了我的身分，又是玄蛇一脈唯一的傳人，以後應該有用得著你的地方。不過你別得意，我給你水侍印既是認可，也是制約。若是有一天我有什麼不測，或者是我知道你又有惡行，便會收回水侍印。一條失去自身內丹的蛇精會怎麼樣，你很清楚。」說罷，袖子在梳妝檯上一撫，一個青玉小瓶出現在梳妝檯之上，「這就是你要的回元露。」

媚十一娘眼中的神情既驚又喜，奔到梳妝檯前拿起那小瓶，轉眼看看魚姬，單膝拜伏於地：「多謝主上惠賜，十一定當為主上效力，萬死不辭！」

魚姬歎了口氣：「將來的事情會如何沒人知道，你救回慕茶就留在此地，好好修行繁衍生息吧，重建玄蛇一脈才是你應有的擔待，別讓你父親失望。」說罷，轉身走向那面鏡子，就如同水滴融入了一眼清泉，再無半點蹤跡。

船上的龍涯等三人看著魚姬和媚十一娘一前一後步入那雨簾之中消失不見，自是各懷心事。不多時，卻見得魚姬自雨簾中徐徐走出，一踏上船頭，那上升的雨簾頓時倏地落回池中，半點波瀾不驚。

三皮見只有魚姬一個人回來，忍不住問道：「掌櫃的，那個女妖精呢？你把她給宰了嗎？」

明顏狠狠地掐了三皮一把：「不關你的事就別問，小心我把你給宰了！」

魚姬也不去理會這對冤家，只是走到桌邊坐下，見旁邊的龍涯眼神頗為耐人尋味，只是微微一笑：「難道連龍捕頭也在懷疑我殺了她？」

龍涯笑笑搖頭道：「沒有，聽了媚十一娘的故事，我只是在揣測，魚姬姑娘究竟在這個故事裡扮演了什麼樣的角色。」

魚姬淡淡一笑，眉宇之間頗為落寞：「我只是一個逃兵，僅此而已。」

汴京城中已經打過三更，打更人走街串巷，呼聲悠長。

明顏伏在桌面上已經睡熟，今晚她破天荒地喝了不少，早已不勝酒力。簡單的人，自然少有煩惱。即使明知前路步步荊棘，但在她內心深處卻從未憂慮，似乎只要有她仰仗的掌櫃的在，一切都不足掛齒。

三皮蜷在酒廊羅列的大酒缸之間的空隙裡，身軀隱在幽暗夜色之中。他也想像明顏一樣醉去，只是喝得越多，反而更是清醒。越清醒，就愈發糾結於父母的舊事。曾經他以為這一生都只是混吃混喝，坐等飛升，族群衰落分散，只是人各有志。而今知道了那些隱藏於安逸生活之後的惡意擺布，也能深切體會母親的良苦用心。往後是繼續隨波逐流，或是像母親從前一樣與天爭命，堅守身為天狐傳人的驕傲與自由，這已經是今晚最大的困惑。他抬眼看看門廊之上隨風微動的燈籠，傾城魚館四個字在朦朧暖光映襯下，似乎要從昏黃的燈籠紙上飛躍而起。他本以為，當初跟著明顏來到魚姬的酒館只是一個意外，而今看來，冥冥之中一切早有定數。

大堂火盆裡的炭火只剩下星星點點的火斑，微弱的光影浮於魚姬面龐之上，憑添幾分失意。她下意識地晃了晃手邊的酒壺，才發現壺中已空。

「沒怎麼注意酒卻盡了，我再去取一些來。」魚姬緩緩起身，正要提起那個空壺時，龍涯的手掌輕輕覆在酒壺上：「酒入愁腸愁更愁，若是失意，再醇香的佳釀也是苦的，飲下只是平添抑鬱，又何必糟蹋魚姬姑娘的美酒？」

魚姬歎了口氣，鬆開酒壺坐回桌邊：「可能故事說得太投入，想要抽離卻是不易。」

「倘若僅僅只是幾個杜撰的故事，倒是輕鬆許多。」龍涯目光落在街面飄飛的細雪之上，白色的雪花在暗夜之中分外皎潔，卻偏偏無比細小，飄落於地就融入泥濘，化為一片渾濁。「小阮等人的悲劇，始自不同種族的利益爭鬥；天盲山中更是弱肉強食，將人性之惡展露無遺；白隱娘與媚十一娘雖是得道的精怪，也依舊逃脫不了任人魚肉的可悲。細細想來，無論人也好，妖也好，甚至是神，都無法擺脫爭權奪利的怪圈。」

魚姬喃喃言道：「確實如此。倘若當年的六道浩劫從未發生，興許現在依舊是那個平和安寧的世界。只是世上事往往都沒有倘若，既然經歷天崩地潰，六道之中應劫而來的，又豈止是故事裡的那些人。」

龍涯專注地看著魚姬黯然神傷的臉，忽然心念一動：「其實我早該猜到的。魚姬姑娘在天盲山為暗箭所傷之時，我曾套問過貓丫頭。她只說出一個『天』字，就被魚姬姑娘阻止。而今想想，這個『天』便是那位統領三界的無上天君。」

魚姬微微一顫：「龍捕頭果然通透。」

龍涯搖搖頭：「我雖不甚明瞭魚姬姑娘與那高高在上的天君有何淵源，但見他擺弄蒼生的手段，也不由齒冷。這些年在魚館也看過不少光怪陸離的事，想想皆是因其而生。魚姬姑娘隱於市井，料想也是因為這個緣由。」

魚姬自我解嘲地喃喃言道：「我曾說過自己只是一個逃兵，只因昔年為人處世過於謹慎，權衡得越多，也就不免隨波逐流，以至於放任大禍釀成，到了孤掌難鳴的境地，才會有昔日修羅澤詐死重生之事。起初隱身市井的確是為了避禍而獨善其身，沒想到混跡人世越久，冷眼旁觀許多不平事，根源皆是因當年之禍衍生。一時怯懦累及蒼生，久久自責難安。直到開了這家傾城魚館之後，一杯酒一個故事交一個朋友，漸漸身邊的朋友也就越來越多。見過他們的堅韌與抗爭，潛移默化之下與當初孤身避禍的心境已不相同。」說到此處，魚姬臉上浮起一絲微笑：「尤其是其中一個朋友，很久以前他曾對我說過一句話：『無論什麼樣的境地，只要還有值得自己去守護的東西，就應該有為此而戰的勇氣，永不放棄……。』迄今為止已有千年，仍言猶在耳。」

龍涯擊掌喝了聲好：「好個永不放棄！不知道這位朋友是誰？可惜相隔千載，無緣結識。」

魚姬歪著頭專注地看著龍涯滿面的神往之態，嘴角微微上揚：「這位朋友總在當值的時候溜來我這傾城魚館，最愛喝館裡的離喉燒。被貓丫頭戲弄也不以為忤，對三皮倒是頗不客氣。」

龍涯心裡咯噔一聲，遲疑地看著魚姬的雙眼，低聲問道：「魚姬姑娘的酒館也不過才開幾年而已，時常來此處叨擾的……你……你不是說……我吧？」

魚姬掩口一笑：「難道還有第二個麼？」

龍涯又是驚奇又是狂喜：「可是自打咱們在鬼狼驛結識以來，何曾跟魚姬姑娘說過那樣的話？難道……？」他突然想起魚姬離開鬼狼驛時，曾經提過的那個人情之說，豁然開朗：「難道千年前……前世咱們真的有過一面之緣嗎？」

魚姬的目光移向街面的飛雪，淡淡一笑：「不是前世，是今生，不過，那又是另一個離奇的故事了……。」

國家圖書館出版品預行編目

魚館幽話. 二, 鬼狼驛 / 瞌睡魚游走著. -- 初版. -- 新北市 : 悅智文化館, 2018.11
336面 ; 14.7×21公分. -- (山海 ; 2)
ISBN 978-986-7018-29-8(平裝)

857.7　　107015817

山海 2

魚館幽話之二
鬼狼驛

作　　者 / 瞌睡魚游走
總 編 輯 / 徐昱
主　　編 / 黃谷光
編　　輯 / 趙逸文
封面設計 / 古依平
執行美編 / 古依平

出 版 者 / 悅智文化事業有限公司
地　　址 / 新北市板橋區板新路206號3樓
電　　話 / 02-8952-4078
傳　　真 / 02-8952-4084
電子郵件 / insightndelight@gmail.com
粉絲專頁 / www.facebook.com/insightndelight

戶　　名 / 悅智文化事業有限公司
郵政劃撥帳號 / 19452608

2018年11月初版一刷　定價320元